STAO
우산
별자리: 황소자리
혈액형: B형

이민아
별자리: 사자자리
혈액형: O형

인소의 법칙

인소의 법칙 7

1판 1쇄 발행 2017년 10월 27일
1판 9쇄 발행 2022년 1월 26일

지은이 | 유한려
발행인 | 신현호
편집장 | 예숙영
편집 | 최은지
편집디자인 | 한방울
영업 | 김민원
물류 | 이순우 박찬수

펴낸곳 ㈜디앤씨미디어
출판등록 2002년 5월 1일 제117-90-51792호
주소 서울시 구로구 디지털로 26길 111 JnK디지털타워 503호
대표전화 (02)333-2513 팩스 (02)333-2514
전자우편 dnсbooks@dncmedia.co.kr
디앤씨북스 블로그 http://blog.naver.com/dncbooks

ISBN 978-89-267-1302-0 04810
ISBN 978-89-267-1819-3 (SET)

인소의 법칙
유한려 지음 녹시 그림

제27조. 여주인공 오빠와 나(하)

여주인공 오빠와 나(하)

여단 오빠는 날씨가 추워지면 으레 꺼내 입는 검은 목 폴라 티에 청바지, 얇은 회색 코트 차림이었다.

내 옷차림을 위아래로 슬쩍 훑어본 나는 한숨을 내쉬었다. 나도 나름대로 멋을 부린다고 부렸는데, 여단 오빠를 보니 곧바로 기가 죽었다.

나보다 고작 한 살 연상인데도 여단 오빠에게선 완연한 어른의 분위기가 풍겼다. 키나 외모 때문인지, 정신 연령 때문인지.

우리가 다가가자 앉아 있던 남자애들이 테이블을 탕탕 두드리며 말했다.

"야, 너희 왜 이렇게 늦었어. 아까 완전 재미있는 일 있었는데. 진짜 대박이었어."

여단 오빠를 넋을 빼고 바라보다가 그제야 정신을 차린 이민아가 고개를 흔들고는 되물었다.

"재미있는 일? 뭔데?"

"아까부터 지금까지, 우리 한 10분 앉아 있었나? 그동안에 대학생 누나들이 몇 명 다녀갔게?"

"몰라, 몇 명인데?"

"열두 명. 믿겨지냐."

이민아가 곧장 기겁해서 외쳤다.

"열두 명이라고?!"

한편 놀란 것은 나도 마찬가지였다. 나는 괜히 여단 오빠와 내 사이에 낭떠러지만큼의 거리감을 느끼기 시작하며 몸을 슬슬 뒤로 뺐다. 매일 아침 인사하는 사이임에도 불구하고.

남자애들이 말을 이었다.

"이 형이 자기가 고등학생이라고 해도 안 믿는 거야. 옆에 있는 우리가 고등학생인 거 빤히 알아봤으면서."

그 정도는 반 씨 남매와 함께 있으면 흔히 하게 되는 구경이기는 했다. 하지만 대학생에게까지 대시 받을 줄은 몰랐는데, 지금 여단 오빠의 차림을 보니 납득하지 않을 수도 없고.

이윽고 남학생들이 앞에 앉으라고 말하는데도 이민아는 여단 오빠를 보며 멸종한 공룡이라도 본 표정으로 주춤거렸다. 그런 민아의 반응에 답답해하기에는 과거의 나 역시도 그런 적이 있었다.

나는 4년 전 여단 오빠를 처음 보았을 때를 떠올렸다. 아파트 현관 앞에서였다.

머리카락은 그때도 물기 어린 검은색이었고, 반여령과 똑같이 빛을 받으면 보라색을 띠는 것도 여전했다. 컵에 고인 우유처럼 흰 얼굴 위에는 무서울 정도로 정교한 이목구비가 새겨져 있었다. 까만 두 눈은 정물처럼 고정된 채 나를 빤히 응시했다.

4년 전, 나는 그를 마주친 즉시 그 자리에서 굳어 버렸다. 그때야 사대천왕을 본 지도 얼마 안 돼서 저런 외모에 면역이란 것 자체가 없었을 때였을 뿐더러, 사대천왕의 머리색이 하도 희한한 탓에 게임 캐릭터처럼 거리감이라도 느껴졌던 반면에 반여단은 그렇지도 않았기 때문이다.

나를 빤히 내려다보던 그는 담담하게 안녕, 하고 인사를 건넸었다. 그러다 내가 문손잡이를 잡은 채로 꼼짝도 하지 않자, 다가와서 건조한 손길로 내 이마를 짚었다. 이마에 닿은 손은 조금 서늘했다.

그날 내가 어떤 정신으로 집에 들어갔는지는 기억나지 않지만, 그날 밤을 샜던 것만은 생생하게 기억한다. 그런 기억을 떠올리며 이민아의 굳어진 모습을 보고 있자니 웃음이 나올 것 같았다.

애써 웃음을 누르며 이번에는 여단 오빠 쪽을 돌아보는데 시선이 마주쳤다. 돌아보자마자 눈이 마주친 것을 보면 아마도 지금까지 계속 나를 응시하고 있었던 모양이었다. 흠칫 어깨를 떠는 내게 그가 고개를 내저었다.

응? 나는 고개를 기울였다. 안 된다니, 뭐가?

나는 혹시나 몰라, 눈빛에 생각을 쏘아 보냈다.

'아는 척하지 말라고?'

될까 싶었는데 그 순간 여단 오빠가 고개를 끄덕이는 바람에 나는 화들짝 놀랐다. 이 오빠, 그새 사람 마음까지 읽을 수 있게 된 거야?

옆에서 다른 목소리가 들려온 것은 그때였다.

나는 고개를 돌렸다. 맞은편에 앉아 있던 우리 반 여자애들이 밝은 얼굴로 묻고 있었다.

"열두 명? 그럴 만하네, 엄청 잘생기셨으니까. 안녕하세요! 대타로 나오신다던 선배시죠?"

그제야 시선을 옮겨 그들을 바라본 여단 오빠가 작게 고개를 끄덕였다. 단지 눈이 마주쳤을 뿐인데도 여자애들이 손을 맞잡으며 작게 비명을 질렀다.

정신을 차린 듯한 민아도 꾸벅 인사를 건넸다.

맞은편 자리에 앉은 그녀가 자기를 소개한 다음, 사뭇 공손한 자세로 물었다.

"저기, 선배는 이름이 어떻게 되세요?"

"반여단."

여느 때같이 짧은 대답인데도 테이블의 공기가 술렁였다. 옆을 돌아보니 이민아는 물론이고 다른 여자애들도 일제히 눈을 깜빡이며 대박, 하고 속삭였다.

그도 그럴 게 우리 교실에서 옆 학교 킹카의 이름으로 반여단이 거론된 것이 불과 저번 주의 일이었다. 그런데 이렇게 며칠도 안 돼서 실물로 보게 되다니.

옆 고등학교 킹카란, 솔직히 말하자면 우리에게 있어서 동갑내기 아이돌보다도 가치 있는 존재였다. 언제든지 실제로 볼 수 있지, 잘하면 사귈 수도 있지. 이윽고 여자애들은 저마다 신나 하며 손을 맞잡았다.

마침내 소란이 정리되자, 우리는 주문을 하고 자리로 돌아와 서로를 소개하는 시간을 가졌다.

"나는 김지민."

"나는 손세영이야."

"천동호야."

이민아가 말했던 대로 여단 오빠를 제외한 나머지는 모두 같은 1학년에, 아주 친하다 까지는 아니어도 면식 정도는 있는 모양이었다.

나만 그들의 이름을 몰랐기 때문에 그들은 자연스럽게 내 쪽을 보고 자기소개를 하는 모양새가 되었다. 옆에서 턱을 괴고 듣고 있던 여자애들이 한마디씩 던졌다.

"야, 느끼하다."

"평소 말투 써라."

그러는 와중에 한 여자애가 가슴에 손을 얹고 '나는 손세영이야.' 하고 목소리를 내리깔고 흉내 내자 다 같이 웃음을 터트렸다. 나도 작게나마 키득키득 웃기 시작하자, 웃지 않고 있는 것은 여단 오빠뿐이었다.

그때, 자신을 천동호라고 소개한 남자애가 여단 오빠를 힐끗거리는 것이 보였다. 바로 옆에 앉아서인지 여단 오빠의 그런 침묵이 부담스러운 눈치였다.

여단 오빠는 아마 미팅 내내 이럴 텐데, 괜찮을까? 걱정스러운 눈으로 그쪽을 보다가 천동호와 그대로 눈이 마주쳤다.

그는 눈을 크게 뜨더니 이윽고 어색하게 웃었다. 마찬가지로 어색하게 마주 웃어 준 나는 다시 고개를 돌렸다.

익숙한 떠들썩함, 그러나 처음 보는 남자애들, 그리고 남몰래 주고받는 어색한 웃음과 눈빛들. 새삼 긴장이 되어 가만히 테이블 아래로 손을 쥐었다 폈다 하는데 옆에서 여자애들이 차례로 말했다.

"저는 문세라예요!"

"저는 안지영이요."

그들을 모르는 사람은 여단 오빠밖에 없어선지 소개는 자연스레 존댓말로 이루어졌다.

그리고 마지막으로 자신을 소개한 이민아가 나를 가리켰다.

"저는 이민아라고 해요. 그리고 여기는 저랑 같은 반—."

대타로 나온 나를 배려해선지, 이민아는 마술사라도 되는 것처럼 과장된 태도로 나를 가리켰다.

아니, 긴장 풀라는 의도는 알겠지만 이게 더 부끄러운데! 괜히 뺨이 붉어진 나는 더듬거리며 말했다.

"함단이라고 하, 합니다."

"하, 합니다?"

맞은편에서 날아온 목소리를 들으며 나는 두 손으로 입을 막았다. 아, 혀 씹었다.

코 아래는 가린 채로 슬쩍 시선만 들어 맞은편을 바라보니, 나를 놀린 사람은 다름 아닌 천동호였다. 얼마나 됐다고 벌써 장난이야? 내 귀 끝이 빨개짐과 동시에 테이블에서 다시 한번 웃음이 터졌다.

옆의 이민아가 나를 꼭 끌어안고 내 어깨를 토닥였다.

"아, 귀여워서 그래, 귀여워서. 야, 그치?"

그녀의 질문이 향한 곳은 다름 아닌 천동호 쪽이었다.

나는 더욱 당황하고 말았다. 아니, 우리끼리야 귀엽다는 소리 아무렇지 않게 한다지만, 남자애한테 그런 얘기 들으면 진짜 부끄러울 것 같은데.

바로 그때였다.

"응."

질문이 향한 곳은 천동호였는데, 대답이 흘러나온 것은 다른 곳에서였다. 테이블에 앉은 사람 모두가 눈을 한곳으로 향했다.

무심코 나를 보고 있던 여단 오빠가 문득 눈을 깜빡이더니 옆을 돌아보았다. 그는 그제야 낮잠에서 깨어난 사람 같은 표정을 지었다.

잠시 후, 우리 반 아이들 문세라와 안지영이 저마다 입을 가리며 탄성을 터트렸다.

"와, 어떡해, 어떡해."

"여단 오빠, 오빠라고 불러도 돼요? 오빠 방금 목소리 완전 스윗 했어요."

"와, 대박이야."

소란이 일어난 가운데 나는 작게 한숨을 내쉬었다.

방금 저 오빠, 우리 두 사람만 있는 자리가 아니라는 거 잊어버렸어. 그래서 반여령과 나와 같이 있을 때 으레 우리를 챙기듯 그렇게 말한 것이다.

이거, 괜찮을까 몰라. 나는 잔뜩 걱정하는 표정을 지었다. 애초에 연기도 잘 못하는 사람이 왜 굳이 서로 모르는 척을 하겠다고 하는 거야?

게다가 미팅하자고 모인 애들 앞에서 서로가 아는 사이인데도 숨기는 것은 아무래도 예의가 아닌 것 같았다. 아침에 친구들과 공부하러 가겠다고 집을 나섰던 여단 오빠가 여기 있는 걸 보면, 틀림없이 오빠도 오빠 나름의 사정이 있겠지만.

괜히 머리가 복잡해지는 기분에 가만히 이마를 감싸는 그때였다.

"어디 아파?"

작게 속삭이는 소리에 고개를 돌리자, 나를 걱정스레 응시하는 천동호가 보였다.

천동호는 셋 중에 가장 눈에 띄는 외모였다. 탈색한 듯한 금발은 머리끝 부분이 흰색에 가깝게 닳아 있었는데, 끝이 올라간 눈초리와 오밀조밀한 이목구비가 이루다를 떠오르게 했다.

새파란 아디다스 저지 안으로 흰 티가 보였고, 그 사이로 검은색 목걸이 끈이 대롱거리고 있었다. 학생증을 목에 걸고 다니는 모양이었다.

나는 엄청 얌전한 옷차림인데, 나랑 같이 밖에 걸어 다니면 엄청 안 어울리겠네. 나는 잠시 그런 생각을 하다가 그가 나에게 말을 걸었다는 사실을 떠올렸다.

나는 어색하게 웃으며 고개를 내저었다.

"아, 아니."

"지금 저기 벌써 지방방송 합니까?"

남자애 중 하나가 장난스럽게 말하자, 천동호가 가볍게 웃으며 그들에게로 고개를 돌렸다.

"아, 뭐래."

장난스런 주먹질이 오가는 것을 보던 나는 그 옆에서 여단 오빠가 나를 향해 눈짓하는 것을 발견했다. 관자놀이 부근에 손가락을 얹은 여단 오빠가 입모양으로 물었다.

'머리 아파?'

괜찮다는 뜻으로 내가 고개를 내젓자, 다시 고개를 끄덕인 여단 오빠가 도로 내게서 시선을 떼었다.

이윽고 간단한 신변잡기 대화가 시작되었다. 분위기 휘어잡기로는 우리 반에서 둘째가라면 서러울 이민아가 대화를 주도했다.

대화 주제는 취미에서 가수 취향으로, 또 연예인 얘기로 휩쓸리듯 바뀌어 갔다.

대화가 지속될수록 나는 점차 긴장을 풀기 시작했다. 미팅이라더니, 다들 같은 학원 다니는 사이라서 그런지 아무래도 반 친구들끼리 대화하는 듯한 느낌이 강했다.

긴장을 풀고 소파에 푹 기대어 있던 나는, 흥미로운 주제가 튀어나오자 몸을 앞으로 내밀었다.

내가 물었다.

"랩?"

천동호가 멋쩍게 웃으며 대답했다.

"응, 그래서 좋아하는 노래 리믹스도 좀 해 보고, 아는 형들 녹음실도 다니고, 가끔 녹음실 빌려서 같이 녹음도 하고. 그냥 그래."

"와, 멋있다."

나도 모르게 튀어나온 진심에 천동호는 멋쩍게 고개를 숙이고는 학생증을 만지작거렸다. 그 모습을 본 나는 뒤통수를 긁적였다.

너무 오버 하는 것처럼 보였나? 하지만 나는 늘 내가 모르는 영역의 일을 하는 사람이 대단하게 느껴지고, 또 궁금했다. 게다가 하고 싶은 일을 하기 위해 구상하는 데서 끝나는 게 아니라, 발품을 팔아 가며 구체적인 활동까지 하고 있다니.

그때, 갑자기 고개를 돌려 카페의 스피커 쪽을 돌아본 천동호가 말했다.

"그러고 보니까 나, 지금 나오는 노래 리믹스 한 거 지금 핸드폰에 있어."

"와, 진짜? 들어 봐도 돼?"

천동호는 부끄러워하는 기색 없이 고개를 끄덕였다. 그러고 보면 다른 사람에게 녹음한 곡을 들려주는 데는 익숙한 모양이었다.

주머니에서 이어폰을 꺼낸 그가 테이블 너머로 한쪽을 넘겨주려다 멈칫했다. 이어폰을 같이 끼기에는 테이블 너비가 너무 넓었다.

결국 자리에서 일어난 나는 천동호의 옆으로 자리를 옮

졌다. 그의 옆에 앉자 불현듯 아까의 긴장이 되살아났다.

괜히 너무 가까운 듯한 느낌이 들었다. 그거야 이 소파가 다섯 사람이 앉기에는 너무 좁으니 어쩔 수 없지만.

나는 옆을 힐끗 보았다. 엉켜 있는 이어폰을 풀어내는 천동호의 손끝이 계속 헛돌았다. 천동호가 작게 중얼거렸다.

"아, 진짜……."

그 모습을 보고 있던 내가 손을 뻗었지만 별 도움은 되지 않았다. 엉킨 이어폰을 풀려니 자꾸만 손이 맞닿아서 괜히 더 어색한 분위기만 흘렀다.

음악 좀 들으려던 건데, 이게 뭐람. 결국 이어폰에서 손을 뗀 나는 괜히 목에 손부채질을 하다가 문득 고개를 돌려 주변을 둘러보았다.

여단 오빠는 우리 반 여자애들의 열성적인 성원에 힘입어 저쪽 끝으로 자리를 옮긴 채였다. 문세라와 안지영이 막 신나서 그에게 질문 공세를 퍼붓고 있었고(오빠 어디 사세요? 동생 있으세요? 왜 남고 가셨어요!), 그 옆에서는 이민아가 한 남자애와 얘기를 나누고 있었다. 아마도 이름이 김지민이었던 것 같은데, 단정한 얼굴에 안경을 써서 순정 만화에 나오는 학생 회장처럼 보이는 남자애였다. 빠르고 활달한 민아의 목소리와 느리고 묵직한 김지민의 목소리가 화음처럼 듣기 좋게 어우러졌다.

그러다 문득, 내 시선을 느꼈는지 여단 오빠가 고개를 휙 돌려 이쪽을 돌아보았다. 여단 오빠의 눈에 실린 구조 신호를 읽어 낸 나는 흠칫했다.

하기는, 피곤한 것을 싫어하는 여단 오빠에게 이런 자리가 달가울 리 없었다. 정말 어쩌다 여기 나오게 된 거지? 그리고 나는 어색하게 웃었다.

여단 오빠는 내가 무슨 핑계를 대서라도 자기를 데리고 나가 주길 바라는 것 같지만, 미안하게도 나는 여기가 생각보다 재밌었다. 학교 밖에서 누구 새로운 사람 만날 일이 적다 보니 이게 이렇게 신선하고 재밌을 줄은 몰랐지. 하하!

여단 오빠를 무시하고 고개를 휙 돌리자 뺨에 와닿는 시선이 뜨거워졌다. 볼을 긁적이던 내게 천동호의 목소리가 닿았다.

"아, 됐다. 여기."

"아, 고마워."

나는 이어폰을 받아 한쪽 귀에 끼고는 천동호를 바라보았다. 그의 손이 재생 버튼을 누르는 것을 보고 있는데 어째서일까, 불현 듯 유천영이 떠올랐다.

나는 작게 중얼거렸다. 그러고 보면 작년만 해도 내가 유천영 말고 다른 사람이랑 음악을 이런 식으로 듣게 될 줄은 상상도 못했는데.

이곳을 소설이라고 생각하지만 않으면 이렇게나 많은 방

식의 삶이 가능했구나. 나는 사대천왕과 반여령 외에도 얼마든지 다른 사람들을 내 삶 안에 편입시킬 수 있었다. 예를 들면 천동호라든가, 저기 저 학원 애들이라든가. 정말 많은 사람들을.

지금까지 너무 닫혀서 지냈는지도 모르겠다는 생각이, 비로소 오늘에야 처음으로 들었다.

사대천왕이나 반여령 중 아무와도 함께하지 않는 주말은 처음이었지만, 이것도 이것대로 괜찮다는 생각이 들었다.

나는 눈동자를 굴려 옆을 보았다. 탈색된 머리카락 아래 바쁘게 구르고 있던 천동호의 눈동자가 나를 향했다. 이제야 알았는데 그의 눈은 보통 사람들보다 옅은 갈색이었다.

눈이 마주치고 잠깐의 시간이 흘렀을까, 정적이 어색해진 나는 어색하게 웃으며 말했다.

"노래 진짜 좋다. 이렇게 새로 녹음한 거 들으니까 되게 신기해."

"아, 별거 아닌데."

말은 그렇게 하면서도 천동호의 얼굴빛은 환해졌다.

이어폰을 빼서 그에게 돌려준 내가 말을 이었다.

"뭐가 별거 아니야. 이렇게 녹음도 진짜 가수처럼 하는구나. 나, 이런 거 처음 들었어. 진짜 신기하다."

"아, 진짜 별거 아닌데."

그렇게 말하는 천동호의 얼굴이 여전히 붉었다.

그때, 별안간 짝짝 하고 박수 치는 소리가 들려왔다. 나와 천동호도, 신나 있던 문세라와 안지영과 질문 공세에 시달리던 여단 오빠도, 비교적 조용히 앉아 있던 손세영과 김지민도 고개를 들었다.

박수 친 것은 다름 아닌 이민아였다. 모두의 눈이 모이자 그녀가 활기차게 말했다.

"이제 슬슬 자리 바꿔서 두 사람씩 앉을까?"

그제야 나는 다시 깨달았다. 이거 미팅이었지, 참. 붙어 앉아 있다고 긴장해 놓고는 또 방금만 해도 새 친구를 사귀느니 어쩌느니 하면서 들떠 있었다니, 조금 어이가 없었다.

그리고 나는 새삼 머리를 헝클어트리며 불안한 표정을 지었다. 아, 어쩌지? 방금까지는 그래도 다 같이 앉아 있어서 편한 거였지, 둘씩 나뉘게 되면 엄청 긴장될 것 같은데.

그때 테이블 저편에서 손세영과 천동호가 조용히 손을 들어 올렸다.

"그 전에 우리 잠깐 화장실 다녀와도 되냐?"

모범생 같은 외모의 김지민이 의외의 장난스러운 목소리로 되물었다.

"니들 왜 둘이 같이 가냐?"

"아, 꺼져, 김지민."

김지민을 향해 가볍게 주먹을 휘두르는 시늉을 한 천동호가 손세영과 어깨동무하고는 카페 저편으로 사라졌다.

그 모습을 바라보다 고개를 돌리던 나는 문득 여단 오빠와 눈이 마주쳤다. 그가 카페 바깥을 눈짓하고 있는 것을 깨달은 나는 눈썹을 찡그렸다. 으음, 어쩌지.

계속 외면하기에는 그에게 이런 자리가 얼마나 고역인지 알아서 미안하고. 마침 쉬는 타이밍이니 잠깐 정도는 괜찮겠지?

고민 끝에 자리에서 일어난 나는 일부러 큰 소리로 말했다.

"나, 전화 좀 하고 올게. 여기는 음악 소리 있으니까 카페 밖으로 나가려고."

"다녀와."

핸드폰을 내려다보던 민아가 시원시원하게 대답한 말에 나는 핸드폰만 챙기고는 서둘러 카페를 나왔다.

잠깐 주변을 서성이다 전봇대를 발견한 나는 그 뒤에 몸을 숨기고 잠시 기다렸다. 얼마 안 가 카페에서 나온 여단 오빠가 주위를 두리번거리며 의아한 얼굴을 했다.

나는 손을 흔들었다.

"여단 오빠, 이쪽!"

여단 오빠가 이리로 오자마자 나는 그를 전봇대와 벽 사이에 밀어붙였다. 내가 여단 오빠보다 머리 한 개는 작았으므로 잘되지는 않았다.

급한 마음에 여단 오빠 옆의 벽을 쾅, 친 내가 물었다.

"여단 오빠, 오빠가 왜 여기 있어?"

그러자 잠깐 복잡한 눈빛으로 벽을 짚고 있는 내 손을 힐긋 본 여단 오빠가 대답했다.

"그 전에, 이게 무슨 자세야?"

"벽치기인데."

"……."

침묵이 흐르는 가운데, 벽을 짚고 있던 손을 조용히 떼어낸 내가 작게 말했다.

"……미안."

"아니야."

작게 한숨을 내쉰 여단 오빠가 내 머리를 으레 하듯 툭툭 두드렸다. 그러다가 갑자기 고개를 휙 돌려 행인들을 바라본 여단 오빠의 표정이 변했다.

불현듯 불안해진 내가 물었다.

"왜 그래?"

"잠시만."

갑자기 코트 깃을 열어젖힌 그가 갑자기 나를 제 옷 안으로 감추었다. 얼떨결에 코트 안에 폭 파묻힌 나는 눈을 크게 떴다. 여단 오빠가 입은 목 폴라가 내 뺨에 짓눌렸다. 귓가에는 희미하게 심장이 뛰는 소리가 쿵쿵 울렸다.

얼마나 지났을까, 커튼이 걷히는 것처럼 여단 오빠의 코트 깃이 사라지자 잠시 멍해 있던 나는 고개를 들었다.

보일러가 세게 틀어진 곳에서 갑자기 추운 바깥으로 빠

져나온 것처럼 조금 어지러운 기분이 들었다. 내뱉는 숨이 더워진 것도 같았다.

잠시 숨을 고르던 내가 물었다.

"무슨 일이었어? 방금 그거."

그러자 여단 오빠의 얼굴이 난처한 듯 찌푸려졌다. 손을 뻗어 헝클어진 내 머리카락을 정리해 주면서 그가 입을 열었다.

"내가 여기 나오게 된 이유."

"응?"

"스토커야."

"뭐? 스토커!?"

갑자기 저게 무슨 소리야?

여단 오빠는 계속 얼굴을 찌푸린 채 지나가는 행인들을 의심하듯 관찰하다가, 갑자기 내 손목을 잡아끌고 가까운 골목으로 향했다.

마침내 인적이 아예 없는 곳에 도착하고서야 그는 자세한 얘기를 꺼냈다.

사건의 시작은 2주 전쯤. 자꾸만 여단 오빠의 물건이 사라지기 시작했다. 주변에 장난기 많은 녀석들이 태반이니만큼 그들 중 누군가의 장난이겠거니 생각해서 무시했던 여단 오빠는 그런 일이 점점 빈번해지자 마침내 짜증을 냈다.

그런데 돌아오는 반응은 그게 대체 무슨 소리냐는 말들뿐.

가방에 수상한 편지가 섞이기 시작한 것이 바로 그 무렵이었다. 거기까지 들은 내가 눈을 크게 뜨며 물었다.

"그럼 그때 그 편지도?"

엘리베이터에서 그가 떨어트렸던 편지를 떠올리며 물은 말에 여단 오빠는 고개를 끄덕였다. 어쩐지 그의 무표정한 얼굴이 조금 침울하게 보였다.

"무슨 생각을 했는지는 모르지만, 있는 줄도 몰랐기 때문에 놀란 거였어. 다른 이유가 있는 게 아니라."

나는 어색하게 웃으며 괜히 두 손을 뒤로 숨겼다. 무슨 생각을 했냐니. 딱히, 여단 오빠랑 사귀는 사람은 도대체 얼굴이 어떻게 생겼냐든가 전생에 뭘 한거냐든가 하는 생각밖에는 안 했는데.

아무튼 드디어 밝혀진 편지 사건의 전말에 나는 의미 모를 한숨을 내쉬었다. 허무하기도 하고 괜한 안도감이 들기도 했다.

그리고 나는 다시 고민에 빠졌다.

사실 스토커란 여단 오빠에게 있어 그리 낯선 존재는 아니었다. 그보다도 신경 쓰이는 것은 따로 있었다.

한참을 망설이던 나는 조심스럽게 물었다.

"음. 그런데, 오빠. 스토커가 붙어 있는데 미팅에 나와도 돼? 상대 여학생의 안전이란 게……."

그러자 미미하게 인상을 쓴 여단 오빠가 대답했다.

“나도 그렇게 생각하는데…… 내 친구들이 편지를 읽고 평가하기는 지고지순파라나 봐.”

“아, 그래서!”

“순정파라면 여자 친구가 있는 남자를 계속 쫓아다니지는 않을 테니까.”

아하, 그렇게 된 거로군. 나는 고개를 끄덕였다.

확실히 악질적인 스토커라면 모를까, 그저 앞에 나올 용기가 없어 계속 소지품을 가져가거나 편지를 몰래 두고 가는 것만을 반복하는 정도라면 이런 방법으로도 떨쳐 낼 수 있을 것이다. 그러니까, 여자 친구를 만드는 것 말이다.

아니지, 그렇게 생각해도 여전히 의문은 남는데? 다시 고개를 기울인 내가 물었다.

“그래도 오빠가 순순히 받아들인 건 되게 의외인데? 오빠, 낯선 사람들하고 어울리는 거 싫어하잖아. 아니지, 낯선 사람은 고사하고 친구들하고 어울리는 것도 귀찮아하면서.”

그가 친구들에게 끌려가면서 죽을상을 짓는 것을 본 것만 해도 여러 번이었다. 내가 사람들을 좋아하지만 용기가 없어 함부로 끼지 못하는 반면에, 여단 오빠는 사람과 어울리는 것을 귀찮아하는데도 주변 친구들이 워낙 활발한 성격이라 억지로 끌려다니는 쪽이었다. 부럽기도 하고, 좀 안쓰럽기도 하고.

그런 성격의 그가 하물며 연애라니? 나는 살짝 인상을

썼다. 그럼, 그가 여령이 외의 어떤 여자에게도 관심을 줄 수 없을 거라던 내 판단이 틀린 거야?

내가 짝사랑을 단념한 지가 벌써 몇 년인데! 아니, 물론 여단 오빠의 철벽이 무너졌다고 해도 내게 여지가 생기는 건 아니겠지만……. 그러다 불쑥 들려온 말에 나는 고개를 들었다.

"순순히 받아들인 적 없어."

"엥? 그럼?"

"스토커를 단번에 해결할 비책을 알려 준다기에, 속는 셈 치고 나오라는 시간에 맞춰 나왔더니 여기였어."

"아."

나는 멍하니 내뱉었다.

"그 자식들."

눈을 내리깐 여단 오빠가 씹어뱉듯 중얼거린 말에, 나는 아하, 하, 어색하게 웃고는 고개를 돌렸다.

일이 그렇게 된 거였군. 역시, 여단 오빠가 제 발로 이런 곳에 나올 리 없지.

다시 여단 오빠의 눈빛을 확인한 나는 그의 친구들에게 속으로나마 애도를 표했다. 아무래도 조만간 그의 교실에서 큰 싸움이 날 것 같았다.

그리고 여단 오빠는 비로소 나를 여기로 데리고 나온 용건을 꺼냈다. 모든 해명을 마쳐서 홀가분해진 듯, 구름이 걷혀 맑게 갠 얼굴로 여단 오빠가 물었다.

"너도 대타로 나온 거라며. 곤란하면 같이 빠져나갈까."

"아, 그래서 모르는 척하라고 한 거야?"

어쩐지, 거짓말을 싫어하는 데다 연기 자체를 못하는 사람이 뜬금없는 주문을 하기에 뭐지 싶더라니.

내 물음에 여단 오빠는 주저 없이 고개를 끄덕였다.

억지로 나오긴 했지만 역시 여단 오빠는 여자 사귈 마음은 없는 모양이었다. 연애를 할 마음도 없는데 앉아 있는 것도 미안한 차에, 상대편 여자애들 중에 내가 떡하니 나타났으니 여단 오빠에게는 내가 구원자이자 출구로 보일 수밖에.

여단 오빠는 그 깊은 눈으로 나를 응시했다. 그의 시선을 받으며 잠시 생각에 잠겨 있던 나는 이윽고 천천히 고개를 내저었다.

"음…… 미안. 나는 아직 조금 더 지켜보고 싶은데. 곤란하거나 그러지는 않아. 애들 다 착하고 재밌어서."

"그건 그렇더라."

여단 오빠는 주저 없이 동의했다. 그로서도 내가 싫다는데 억지로 부탁할 마음은 없는 모양이었다. 하기는, 여단 오빠가 언제 내가 싫다는 거 강제로 시킨 적이 있나.

나는 문득 떠올라서 물었다.

"그러고 보니 걔들이랑은 어떻게 아는 사이야, 오빠?"

“내 친구들 아는 후배들. 나는 그냥 오며 가며 인사한 정도.”

“아, 그런 거구나.”

또 하나의 의문이 풀리는 셈이었다. 내가 고개를 끄덕이는데 여단 오빠가 별안간 골목 바깥을 느리게 턱짓했다.

내가 그쪽으로 걸음을 옮기자, 두 손을 코트 주머니에 집어넣고 나를 따라오며 그는 말을 이었다.

“원래 나오려던 애가 갑자기 나를 대신 밀어 넣어서 애들도 많이 당황했을걸. 내가 온다고 연락 못 받은 것 같던데, 그래도 놀란 티는 별로 안 내더라.”

“아, 그랬구나.”

“네 말대로 좋은 애들인 것 같기는 해. 아마도.”

그가 조심스럽게 덧붙이는 말에 나는 빙긋 웃었다.

여단 오빠와 여령이의 닮은 점을 발견하는 것은 어떤 순간에도 나를 즐겁게 했다. 그럴 때면 옆집에 살면서도 가장 비현실적으로 느껴지는 그가 돌연 바짝 옆에 다가와 서는 것 같았다.

처음 보는 사람들에 대해 어떠한 경우에도 긍정적인 평가를 내리는 점. 누군가에 대해 나쁘게 말하는 것이 그를 실제로 상처 입히기라도 할 것처럼 조심스럽고 신중한 태도.

바로 그런 점 때문에 나는 여령이를 사랑스럽다고 생각했고, 이내 여단 오빠를 좋아하게 됐다. 내가 그때까지 만나 본 중에 가장 다정한 사람들이었으니까.

나는 웃으며 동의했다.

"그치. 좋은 애들인 것 같지."

그러다 나는 불쑥 덧붙였다.

"그래도 나 빼고 다들 친한 것 같아서 좀 따라가기 버거웠는데, 오빠 얼굴 보니까 되게 반가웠어. 안심되고."

그리고 무심코 여단 오빠를 올려다본 순간이었다. 나를 바라보던 여단 오빠의 무표정하던 얼굴이 잠시나마 흐트러졌다.

일렁이는 눈으로 나를 내려다보던 그가 이윽고 대답했다.

"얘기 잘하던데."

"아니야, 나 엄청 긴장했었는데. 티 안 났어?"

"별로."

"그래? 다행이다."

내가 그렇게 말할 때까지도 복잡한 얼굴로 나를 내려다보던 여단 오빠가 갑자기 손을 들어 내 머리카락을 헝클어트렸다. 평소처럼 조심스럽게 매만지는 것이 아닌, 조금 더 친근하고 허물없는 동작이었다.

뭐야? 내가 헝클어진 머리카락을 정돈하는 사이, 여단 오빠는 나를 남겨 두고 빠르게 골목을 벗어났다.

"아, 잠시만!"

내가 그런 여단 오빠를 황급히 쫓았다.

카페 앞에서 잠시 멈춰선 우리는 다시 서로의 의사를 확인했다.

"그럼, 넌 여기 계속 있겠다는 거지."

여단 오빠의 말에 나는 고개를 끄덕였다.

"응, 기왕 나온 거 조금 더 있다가 가야지. 이렇게 차려입기까지 했는데."

그렇게 말하며 내가 빌린 블라우스 자락을 팔랑거리자 여단 오빠의 얼굴이 미묘해졌다.

내가 물었다.

"오빠는?"

"가야지."

주저 없이 흘러나온 대답에 나는 고개를 끄덕였다. 역시, 내가 그의 탈출에 협조하든 협조하지 않든 간에 혼자서라도 갈 생각이었군.

확실히 여단 오빠는 속아서 나온 것이었으니 일종의 피해자였고, 간다고 해도 나머지 애들에게 미안해할 필요는 없었다. 애들에게 미안해해야 할 것은 여단 오빠가 아니라 그의 친구들이겠지.

그가 불편한 자리를 잘 참지 못하는 성격인 것을 아는 나는 고개를 기웃거렸다. 그러고 보면 지금까지 박차고 나가지 않은 것만도 용하네. 혹시 내가 너무 긴장해 보여서 같이 있어 준 걸까? 그러다 나는 고개를 내저었다. 아니, 착각도 유분수지. 그냥 애들한테 미안했던 거겠지.

그때, 지나가는 듯 무심한 목소리로 물음이 날아와서 나는 고개를 들었다.

"누구랑 앉을 건데?"

"응? 아마 가장 많이 얘기한 애랑 앉지 않을까? 그러니까, 그 애가 나를 싫어하지 않는다는 전제하에."

"천동호?"

용케 이름을 외웠네. 그렇게 생각하며 나는 고개를 끄덕였다.

"응, 아마도."

"그렇구나."

그리고 여단 오빠는 별말이 없었다. 우리는 카페에 다시 들어가기 전에 잠시 유리 벽을 통해 안의 상황을 확인하는 시간을 가졌다.

마침 이쪽을 보는 애들은 한 명도 없었다. 다들 거울을 꺼내서 간단히 입술에 틴트를 바르거나, 고개를 푹 숙이고 핸드폰을 보며 밀린 연락들을 확인하고 있었다.

이 정도면 그냥 같이 들어가도 되겠지? 나는 여단 오빠는 나란히 걸으며 문을 밀어젖혔다. 화장실 쪽으로 통하는 통로에 이르러 내가 그쪽으로 돌아서며 말했다.

"아, 오빠. 나는 화장실 좀 들렀다가 갈게."

"나도."

그렇게 말한 그가 곧바로 나를 따라 좁은 복도로 들어왔다. 남자 화장실과 여자 화장실 문이 나란히 붙어 있는 구조였다.

우리 두 사람이 나란히 서서 각자의 화장실 문을 열어젖히는 그때, 남자 화장실 문틈 사이로 익숙한 목소리가 날아왔다. 나는 움직임을 멈추고는 고개를 돌렸다.

목소리의 주인은 방금 우리와 같이 앉아 있던 애들 중 하나, 화장실에 가겠다며 먼저 자리를 떠났던 손세영이었다. 나를 놀라게 한 것은 목소리의 정체가 아니라 그 내용이었다.

"아, 왜 하필 안지영이야."

짜증 섞인 말투에 깃든 날카로운 공격성에 나는 반사적으로 어깨를 움츠러트렸다. 고개를 돌리며 내가 작게 중얼거렸다.

"뭐야, 쟤……?"

방금까지만 해도 싫은 내색 같은 건 전혀 없었으면서. 게다가 쟤는 지영이와 같은 학원까지 다니는 사이잖아? 그 말은 평소에도 자주 어울려 다닌다는 건데. 문고리를 잡은 채 잠시 얼어붙어 있던 나는 이윽고 옆을 힐긋 보았다. 여단 오빠도 문고리를 잡은 채 그대로 멈춰있었다.

그러다 나는 문득 손세영이 혼자 나가지 않았다는 데 생각이 미쳤다. 그럼 지금 손세영의 대화 상대는 바로…….
생각하기가 무섭게 목소리가 들려왔다.

"그러니까, 데리고 나온다는 거 농담인 줄 알았는데 진짜 나왔어."

눈을 내리깔고 말하듯 느긋한 목소리 속에 녹아 있는 빈정거림. 어딜 보나 누군가를 험담하는 게 자연스러운 사람 특유의 말투였다. 그 말을 들은 순간 나는 심장이 쿵 내려앉는 것을 느꼈다.

천동호였다. 방금 자신이 좋아하는 것을 말하던 때와는 전혀 다른 목소리로 그가 말하고 있었다.

손세영의 목소리가 이어졌다.

"아, 걔는 학원에서 봤을 때나 참아 줄 수 있지, 학원 밖에 나와서까지 봐야 되냐? 아, 왜 문세라는 안지영이랑 친해 가지고."

와. 나는 얼굴을 크게 찌푸리며 속으로 혀를 찼다. 어떻게 말을 저따위로 하지? 손세영이 다시 말했다.

"아, 나 누구랑 앉지? 일단 이민아 옆에서는 비켜 줘야 하는 거 맞지."

천동호의 담담한 목소리가 들렸다.

"어, 김지민이 이민아 좋아하잖아."

"이민아도 김지민 좋아할까?"

"우리야 모르지."

"이민아 혼자 반여단한테 거의 눈길 안 주기는 하더라. 다른 애들은 졸라 반여단만 쳐다보고."

그러다 문득 손세영의 목소리가 크게 낮아졌다.

“아, 생각할수록 빡치네. 그 형은 왜 반여단을 보내고 지랄이야?”

갑자기 이쪽으로 겨눠진 화살 끝에 나는 숨이 턱 막혀 왔다. 한동안 입만 뻐끔거리다 고개를 돌리자, 옆에서는 여단 오빠가 평소의 무덤덤한 표정으로 어깨만 으쓱하고 있었다.

그러는 사이 화장실에서는 손세영의 뒷말이 거침없이 이어졌다. 무슨 브레이크도 없는 폭주 기관차 같았다.

“그 형들도 형들인데 반여단도 그래. 낄 데 안 낄 데 구분 못해? 괜찮다고 했다고 진짜 나오냐? 미친 거 아니야?”

“그러게.”

“씨발, 이제 어쩔 거야. 이거. 우리는 완전히 들러리 신세인데. 아오, 빡쳐! 내가 이러려고 미팅 나왔나!”

잠자코 듣던 나는 고개를 절레절레 내저었다. 저거 완전히 미친 놈들일세, 나는 중얼거렸다. 손세영도 손세영이었지만 ‘그러게.’ ‘어.’ ‘내가 아냐?’ 따위의 퍽 소극적인 대답만 내놓는 천동호도 똑같기는 똑같았다. 두 사람 모두에게 정이 뚝 떨어졌다.

방금까지만 해도 이곳에 남아 있겠다던 나는 여단 오빠에게 말할 결심을 했다. 아무래도 데려가 달라고 해야겠는데. 저런 애들에게 내 시간을 1분도 더 쓰고 싶지 않았다. 차라리 집에 들어가서 낮잠을 자면 잤지.

내가 여단 오빠의 소매를 당기려는 그때였다. 그들의 화제가 불쑥 다른 방향으로 튀었다. 그리고 나는 숨을 흡, 들이쉬었다.

"야, 넌 어쩔 거야?"

"뭐?"

"그 여자애 있잖아, 걔, 이름 뭐였냐."

"아, 함단이."

천동호의 입에서 튀어나온 내 이름에 심장이 바짝 얼어붙었다. 그는 마치 동물원의 동물 이름을 얘기하듯 무심히 내 이름을 부르고 있었다.

손세영이 채근했다.

"그래, 걔. 걔 어쩔 거냐고."

"너, 전에 못 들었냐?"

"뭐?"

그리고 이어진 천동호의 말에 나는 차가운 파도가 뒷목을 철썩, 하고 적시는 듯한 느낌을 받았다. 서늘한 느낌이 목덜미를 흘러 등까지 내려왔다.

"함단이 걔, 반여령이랑 존나 친하대. 아예 이웃집이라던데. 소현고 애들 다 알고 있는 얘기야."

그 말이 들려온 순간, 나는 눈을 크게 떴다가 이윽고 꾹 감고는 떨리는 손을 갈무리했다. 그러면서 나는 중얼거렸다. 그렇게 된 거였구나.

충격과 공포는 잠시뿐이었다. 이런 일에 새삼스럽게 놀라기에는 겪은 일들이 많았다. 고등학교 들어오고는 전혀 없었던 일이라 한동안 잊고 있었는데, 이런 식으로 다시 떠올리게 될 줄은 몰랐다.

나는 한숨도 없이 문고리를 잡고 있던 손을 내렸다. 화장실 벽에 부딪힌 천동호와 손세영의 목소리는 배경 음악처럼 계속 흘러나왔다.

"야, 어쩐지 잘해 준다 했다. 나 너 욕 안 쓰는 거 처음 봐서 미친 줄 알았잖아."

"아, 그런데 미안해서 잘해 준 것도 있긴 해. 애가 너무 착해서."

말과는 달리 말하는 목소리는 별로 미안한 것처럼 들리지 않았다. 손세영이 가볍게 수긍했다.

"그러게, 걔 뭔데 그렇게 착하냐? 이민아랑 친하다길래 기 센 애가 나올 줄 알았더니."

그 대목에서 나는 살짝 인상을 썼다. 착하다는 말을 싫어하는 것은 아니지만, 이런 상황에서 착하다는 말을 들으면 오히려 기분이 나빠진다. 무슨 일을 당해도 화내지 않을 사람이라는 말의 다른 표현 같아서.

하기는, 이렇게 생각하는 지금도 이미 내 어깨에서는 힘이 빠지고 있으니 틀린 말은 아닌가? 나는 가볍게 혀를 찼다. 저들에게 화를 내서 내 시간과 에너지를 낭비하는 것조차 아까웠다. 소란을 일으키기 싫다고 한다면 그것도 사실이었다.

나는 땀에 젖은 손을 웃옷에 가볍게 문질러 닦고는 여단 오빠를 돌아보았다. 밖에서는 천동호의 말이 계속되었다.

"그런데 진짜 좀 미안하긴 하더라. 차라리 반여단한테 다리 놔 달라고 얘기하는 편이 안 낫나?"

"아, 너 못 들었어? 저 형 반여령 완전 끔찍이 아낀다잖아. 농담으로라도 여동생 얘기 꺼내지 말라던데."

"그럼 어쩔 수 없네."

참으로 가벼운 체념이었다. 픽 웃은 내가 여단 오빠에게 가자고 말하려는 참이었다. 비로소 그의 얼굴을 확인한 나는 의아해서 고개를 기울였다.

여단 오빠가 그 긴 시간 아무런 말도 없기에 저 두 사람에게 화가 나서 그러는 줄만 알았다. 방금 저들이 말한 대로, 여단 오빠가 여령이 일이라면 물불 안 가리고 화낸다는 것을 나는 잘 알고 있었으니까. 오히려 당장 문을 걷어차고 안으로 들어가지 않는 것이 이상하다고 생각하고 있었다.

그런데 그는 화만 났다고 말하기에는 애매한 표정으로, 다른 누구도 아니고 내 얼굴을 유심히 살피고 있었다. 이윽고 그의 얼굴에 떠오른 감정이 분노라기보다는 걱정에 가깝다는 것을 깨달은 나는 다시 고개를 기웃했다.

그러다 나는 문득 떠올렸다. 아, 그건가?

여단 오빠쪽으로 몸을 기울인 내가 속닥거렸다.

“아, 나 이런 일로 여령이랑 싸우거나 하진 않으니까 걱정 안 해도 돼, 오빠.”

나는 나오기 직전에 있던 일을 떠올렸다.

여령이의 부모님은 나와 여령이가 무슨 이유에선지 심하게 싸운 일을 기억하고 있었다. 그리고 어렸을 때부터 지켜본 바, 여령이는 바쁘신 부모님보다도 여단 오빠와 훨씬 가까웠다. 그렇다면 여단 오빠 역시 나와 여령이 사이에 있었던 싸움을 알고 있을 것이다.

그러니 만큼 여단 오빠로서는 혹시나 내가 이것 때문에 기분이 상해서 여령이와 또다시 싸울까 걱정하지 않을 수 없겠지.

거기까지 생각한 나는 문득 쓰게 웃었다. 그래도 그렇지, 나를 너무 모르는 것 아니야? 이런 일로 질투가 나서 절교를 하려면 진작 골백번은 했지. 그리고 애초에 저건 여령이 탓도 아니고, 오히려 저런 쓰레기들에게 관심을 받는 여령이를 걱정해야 마땅하다.

그때 미미하게 인상을 찡그린 여단 오빠가 입을 열었다.

“아니, 그게 아니라…….”

나는 그에게 변명할 필요 없다는 뜻으로 고개를 설레설레 내저었다. 내가 거듭 말했다.

"아니, 나는 진짜 괜찮아. 화도 안 났고…… 조금 놀라긴 했는데, 이런 일 한두 번도 아니라서."

그런데 여단 오빠의 표정은 좋아지기는커녕 더더욱 큰 폭으로 일그러졌다.

때마침 손세영의 목소리가 우리 사이로 파고들었다. 나는 다시 고개를 돌렸다.

"근데 걔, 반여령이랑 친한데 왜 여단 선배랑은 모르고 지내? 처음에는 아는 사이인가 했는데 아닌 것 같던데. 그냥 가끔 눈 마주쳐도 바로 고개 돌리고."

"모르는 척하는 거 아니야?"

천동호의 정곡을 파고든 말에 나는 뜨끔했다. 나와 여단 오빠는 고개를 돌려 시선을 교환했다.

그때, 천동호의 무심한 목소리가 다시 이어졌다.

"아, 몰라. 아니면 아닌가 보지. 솔직히 나는 함단이가 반여령이랑 아는 사이라는 것도 안 믿기던데."

"아, 인정."

"뭐가 저렇게 평범해?"

그러자 키득키득 웃은 손세영이 대답하는 소리가 들렸다.

"솔직히 반여령이랑 쟤랑 같이 있으면 누가 쟤를 보겠어?"

"하."

나는 작게 한숨을 내쉬었다.

말이 실제로 형태를 가질 수 있었다면, 아마 나는 방금 조금쯤 다쳤을 것이다. 그랬으면 내 옆의 여단 오빠가 당장 알게 됐을 테지.

그러지 않아서 다행이다. 나는 조금도 흠집 나지 않은 내 손을 내려다보며 보다 긍정적인 생각을 해 보기로 했다.

뭐, 아무튼 이렇게라도 알게 되어서 정말로 다행이지. 하마터면 저들의 의도도 모르고 저들과 친해질 뻔했잖은가? 그랬다간 정말로 반여령을 저들에게 소개해 주는 순간이 왔을지도 모른다. 예전에 파티에서 윤정인에게 그랬던 것처럼.

그러니까 여기서 이런 얘기를 듣게 되어서 정말 다행이야, 나는 계속 되뇌었다. 정말로, 정말로 다행이라고. 최악의 상황을 면하게 됐잖아.

바로 그때, 옆에서 이빨을 으득 깨무는 소리를 들은 나는 화들짝 고개를 돌렸다. 여단 오빠의 형형한 검은 눈동자를 마주한 내가 놀라서 물었다.

"여단 오빠?"

그리고 내가 말릴 새도 없었다. 쾅! 하는 귀청 떨어질 것 같은 소리와 함께 화장실 문짝이 활짝 벌어졌다.

빠르게 열어젖혀진 문은 반대편 벽에 부딪혀 쾅 소리를 내고는 다시 되돌아왔다. 그 사이로 나는 손세영과 천동호의 창백하게 질린 얼굴들을 보았다.

문이 다시 닫히자마자 나는 여단 오빠의 팔을 붙들었다.

"오빠, 뭐 한 거야!"

내가 외쳤다. 아니, 속 시원하지 않다고는 말 못하겠지만, 그래도 여기는 10년도 넘게 살아온 동네 카페인데! 더군다나 토요일이라 같은 학교 학생들까지 우글우글 몰려 있는!

무슨 사고를 쳤다가는 소문나는 건 순식간일 것이다. 더군다나 그 사고의 주체가 여단 오빠임에야, 더 생각할 필요도 없다.

나는 다급히 외쳤다.

"오빠, 말로 해! 말로."

"그래도……."

"여령이는 내가 책임지고 보호할 테니까."

인상을 찌푸리며 무슨 말인가를 하려던 여단 오빠가 내 말에 얌전히 입을 다물었다. 그러더니 그는 여전히 인상을 펴지 않은 채로 물었다.

"방금 뭐라고."

"내가 책임지고 저 녀석들 여령이한테 접근 못하게 할 테니까 너무 걱정하지 마, 오빠."

"아니, 그게 아니라……."

"오빠 친구들이랑 상의해서 해결하든가 해야지, 당장 싸우려고 들면 어떡해? 어쨌든 우리가 엿들은 거잖아. 그런데 여기서 화내 버리면, 지금은 속 시원해도 나중에는 반 여단이 후배들 말하는 거 엿듣고 다닌다더라, 그런 소문날지도 몰라. 그럼 어떡하려고.”

“그런 건 상관없어.”

단호히 돌아온 말에 나는 속이 답답해졌다.

상관없다니! 친한 사람 외에는 잘 만나려고 하지도 않으면서. 쟤들은 딱 봐도 아는 사람 많아 보이는데.

소문 한 번 잘못 나면 수습하기 힘든 거 어려운 거 알면서 대체 어떻게 하려고 그래. 그런데 내가 그렇게 반박하기도 전이었다.

여단 오빠가 불쑥 내뱉은 말에 나는 눈을 크게 떴다.

“그보다 너는.”

“어?”

“여령이 말고, 너.”

나는 그가 무슨 말을 하는 줄을 몰라 고개를 기울였다. 나?

“괜찮아?”

그 순간, 무슨 이유에선지 좁은 복도에 윙윙 메아리치는 그의 목소리가 비현실적인 것으로 들렸다. 툭 내뱉어진 물음에 잠시 눈만 깜빡이던 나는 이윽고 떨떠름히 대답했다.

“어, 어……. 괘, 괜찮아. 진짜.”

괜찮다는 말을 굳이 강조했는데도 그는 뭐가 문제인지 또 따져 물었다.

“화가 안 나?”

“응. 나 진짜 괜찮은데. 이런 거, 익숙해서…….”

"익숙해서?"

여단 오빠가 왜인지 내 말을 따라 했다. 나는 선생님에게 이유도 모르고 혼나는 어린애가 된 것 같은 기분을 느끼며 고개를 끄덕였다. 나로서는 왜 여단 오빠가 저런 무시무시한 표정으로, 다른 누구도 아닌 나를 다그치는지 이해가 되지 않았다.

그러다 그가 두 번째로 벽을 걷어차자 나는 반사적으로 물러나며 외쳤다.

"여단 오빠! 또 왜 그래?!"

여단 오빠는 아랑곳 않고 문쪽을 노려보며 내뱉었다.

"너한테 이런 일을 익숙해지도록 한 게, 저런 자식들이지."

"뭐?"

그리고 그는 급기야는 문을 걷어차고 들어가려고 하는 것 같았다. 나는 창백해진 얼굴로 여단 오빠를 질질 끌었다.

그나마 화장실이 매장 가장 안쪽에 있어서 카운터에까지 소음이 들리지 않은 것이 다행이었다. 손님 몇몇이 사정을 모르고 이쪽으로 왔다가 빠르게 물러나는 것이 보였다.

여단 오빠의 허리를 잡아끌다 말고 내가 외쳤다.

"오빠, 이러다 안 좋은 소문나면 엄청 귀찮은 일 많이 생길 걸! 귀찮은 거 엄청 싫어하면서."

그때였다. 가라앉은 목소리로 대답이 돌아왔다.

"네가 이런 게 익숙하다는 게 더 싫어."

나는 그때까지 여단 오빠의 옆구리에 끼우고 있던 고개를 들었다. 내가 나도 모르게 되물었다.

"뭐?"

"네가 이런 거, 익숙하다는 게 싫다고."

여단 오빠가 인상을 찡그린 채 천천히 반복했다. 잠시 멍하니 있다가 나는 그의 허리를 필사적으로 끌어안고 있던 손을 놓았다.

그런 나를 복잡한 눈으로 응시하던 그가 말했다.

"너는 아직까지도 내 걱정만 하지."

나는 뭐라고 대답해야 할지 몰라 조용히 시선을 떨어트렸다.

그거야, 반여령과 사대천왕과 오랫동안 함께한 나로서는 이런 일이 생길 때면 반사적으로 이들에 대한 후폭풍을 가장 먼저 생각하게 되지 않을 수 없다.

아까 말했던 대로 여단 오빠처럼 명성이 높은 사람들의 경우에 소문은 오히려 치명적인 독으로 작용하니까. 게다가 여단 오빠는 귀찮은 거 싫어하니까, 더욱더…… 휘말리게 하고 싶지 않았는데.

내가 손을 꼼지락거리던 그때, 단호한 대답이 돌아왔다.

"나는 얼마든지 귀찮아져도 상관없어."

"어……."

"네 일에는."

그 말에 나는 눈을 크게 떴다. 그리고 한참을 나는 입만 뻐끔거리다가, 별안간 산소가 부족한 것처럼 두 손으로 입을 틀어막았다. 나는 한동안 그대로 가만히 있었다.

그사이 우리 뒤에서는 한바탕 소란이 일어나고 있었다. 아마도 손세영과 천동호가 화장실 문 너머에서 우리의 대화를 전부 엿들은 것일 터였다. 그러니 지금쯤 여단 오빠와 내 사이가 어떤지도 대강 알게 되었을 테고.

잠시 조용해진 복도 위로 잔뜩 신경질적인 목소리들이 끼얹어졌다.

"미친 새끼야, 함부로 입 털지 말랬지!"

"이렇게 될 줄 알았나?"

방금까지만 해도 내 마음을 날카롭게 할퀴어 대던 그 말들이 이제는 남 얘기인 양 아무렇지도 않았다. 멀뚱히 눈만 깜빡이다, 나는 문득 여단 오빠를 올려다보았다.

여전히 화가 가시지 않은 듯한 여단 오빠의 얼굴을 보고 나는 문득 웃고 말았다. 나를 위해 화내 주는 사람을 보고 웃는 것은 안 될 일이란 걸 알면서도.

갑작스런 내 웃음에 여단 오빠는 의아한 눈치였다. 나는 그런 그의 손 위에 내 손을 얹었다.

내가 조용히 입을 열었다.

"오빠. 진짜로, 진짜로 솔직히 말하자면 사실 방금까진 안 괜찮았거든."

"응."

"그런데, 나 이제 진짜 괜찮아졌어."

내 말에 여단 오빠가 미심쩍다는 듯 한쪽 눈썹을 치켜세웠다. 그 모습을 본 내가 웃으며 외쳤다.

"아니야, 이번엔 진짜로! 진짜로 괜찮은데."

"별로 안 그래 보이는데."

아까와는 달리 조금 큰 소리로 그렇게 말한 여단 오빠가 다시 손세영과 천동호가 있는 화장실 쪽을 힐긋 보았다. 그의 의도를 알 수 없어 의아해졌던 나는 이윽고 웃었다.

그리고 나는 여단 오빠에 대한 인상을 정정했다. 요령 없는 사람이라고 생각했는데, 보기보다 천연덕스럽게 사람 협박할 줄도 아는구나.

화장실 안에 있을 두 사람의 표정을 안 봐도 알 수 있을 것 같았다. 나는 킥킥 웃고는 여단 오빠에게 작게 손을 까딱거렸다. 여단 오빠가 내게로 고개를 기울였다.

나는 그의 귀 가까이로 입술을 갖다 댔다.

"사실 아까 여단 오빠가 문, 발로 찼을 때."

나는 일부러 목소리를 잔뜩 낮추었다. 아마 지금쯤 손세영과 천동호는 우리가 무슨 얘기를 하나 싶어 속이 타들어갈 것이다.

여단 오빠가 고개를 끄덕였다.

"응."

"엄청 속 시원하더라고."

여단 오빠의 입술에 옅은 미소가 걸리는 것을 본 내가 덧붙였다.

"나 좀 못됐지."

"그게 뭐가."

그렇게 말한 여단 오빠가 손을 들어 내 머리 위에 얹고 가볍게 토닥였다. 그 간단한 동작에 나는 불현듯 중학 시절로 돌아간 것같은 기분이 들었다.

여단 오빠와 나의 키가 지금보다 차이 나던 어린 시절. 내 눈에 여단 오빠는 너무 멋있었고, 너무 든든했고, 세상 누구도 다 이길 수 있을 것만 같았다.

여단 오빠와 같이 있으면 세상 무슨 일이 있어도 별로 두렵지 않았다. 오락실에서 지갑을 뺏기고 울며 돌아오던 나를 여단 오빠가 보고는 지갑을 되찾아 준 일, 여령이와 함께 위험에 처했을 때마다 어디서든 나타나던 그를 떠올리며 나는 작게 웃었다.

그래서 나는 한때 여단 오빠의 친동생이고 싶었고, 그래서 나는 여단 오빠를 짝사랑했다. 친동생이 될 수 없다면 차라리 가장 가까운 사람이라도 되고 싶어서. 그가 나의 곁에 오래 있을 이유를 만들고 싶었다.

뭐, 결국 바라던 것은 하나도 이루어지지 못했지만, 그래도 여전히 옆집이라서 정말 다행이지 뭐. 계속 웃던 나는 여단 오빠의 무슨 생각하냐는 말에 고개를 내젓고는 테이블 쪽을 눈짓했다. 잠깐 전화만 하겠다고 한 것치고는 너무 많은 시간이 지나 있었다.

테이블로 돌아가자, 핸드폰을 만지고 있던 이민아가 고개를 들었다. 그녀가 불쑥 물었다.

"왜 이렇게 늦게 왔어? 방금 화장실 쪽에서 엄청 큰 소리 났었는데."

그 소음의 주범이 바로 내 옆에 있는데. 그렇게 말하기도 뭐한 일이라 나는 여단 오빠를 힐끗거렸다. 여단 오빠는 무슨 일 있었냐는 듯 천연덕스런 표정으로 내 맞은편에 앉았다.

내내 이 자리에 앉아 있던 김지민이 여단 오빠와 나에게 가볍게 인사를 건넸다. 고개를 끄덕이는 내게 이민아의 목소리가 들려왔다.

"무슨 일 있었는지 알아? 너 방금 화장실 쪽에서 나왔잖아."

"아, 그게."

여단 오빠를 힐끗 본 나는 말을 이었다.

"싸움이 날 뻔해서……."

그러자 이민아의 눈 안이 대번에 불 켠 듯 환해졌다.

역시, 세상에서 제일 재밌는 게 싸움 구경 불구경이라더니. 그녀를 비롯한 안지영과 문세라까지 내게로 몸을 붙이며 물었다.

"싸움? 무슨 싸움? 왜?"

"무슨 일이었는데?"

나는 하하, 웃으며 입을 열었다.

"얘기가 좀 긴데, 다음에 학교 가서 말해 줄게."

어차피 말해야 할 테고 말이지. 저들도 일의 당사자가 아니라고는 할 수 없으니까. 내가 속으로만 중얼거리는 사이, 천동호와 손세영이 자리로 돌아왔다.

아까와는 비교도 안 되게 창백해진 얼굴로 손만 문지르던 그들은 힐끗힐끗 한쪽의 눈치를 살폈다. 그들의 시선 끝에는 아무 말도 하지 않고 핸드폰에 뭔가를 빠르게 입력하고 있는 여단 오빠가 있었다.

단지 그것뿐인데도 두 사람은 얼음 동상이라도 된 양 움직이지 못했다. 그야 그럴 만도 하지. 속으로 혀를 차던 나는 문득 새로운 사실을 떠올리고는 퍼뜩 고개를 들었다.

아차, 잠깐만. 그러고 보니 나, 여단 오빠에게 데려가 달라는 말을 했던가? 화장실 앞에서 나누었던 대화를 곰곰이 되짚어 보던 나는 마침내 깨달았다.

이런, 여단 오빠에게 내가 괜찮다는 것을 최선을 다해 납득시키느라고 정작 나를 데려가 달라고 말하는 걸 까먹었어! 나는 초조하게 머리카락을 헝클어트렸다.

그럼 이제 어쩌지? 달리 빠져나갈 방법도, 핑계도 없고, 이 애들이랑 한참 얼굴을 맞대고 있어야 하는 거야?

내가 입술을 질근 깨무는 그때였다. 내 옆의 이민아가 테이블 아래로 내 허벅지를 콕콕 찔렀다. 나는 눈을 들어 그녀를 보았다.

응? 내가 소리 내지는 않고 눈짓으로 묻자, 이민아가 아래를 가리켜 보였다. 테이블 아래로 핸드폰 액정 위에 찍힌 글씨가 보였다.

[무슨 일 있었나? 저 오빠랑, 애들이랑]

글씨 끝에서 커서가 깜빡거리고 있었다.

이런 식으로 얘기하기에는 너무 긴데. 하지만 적어도 내가 이곳에서 빠져나갈 필요성이 있다는 것을 알릴 필요는 있었다. 내가 다급히 핸드폰을 받아 두드리던 찰나, 여단 오빠가 불쑥 입을 열었다.

"저기."

테이블에서 삼삼오오 대화를 나누고 있던 이들이 그쪽을 돌아보았다. 손세영과 천동호가 아까와는 비교도 안 되게 굳어진 것은 물론이었다.

이민아가 의아한 듯 물었다.

"네?"

여단 오빠가 이제껏 내가 보아 온 중에 가장 상식적인 태도로 차분하게 얘기를 꺼냈다.

"얘기를 할까 말까 했는데……. 사실 나는 이게 미팅인 줄 모르고 나온 거라서."

"네? 아……."

어쩐지, 분위기가 내켜 하지 않으시는 것 같은 분위기더라. 금세 납득한 문세라와 안지영이 서로 소곤거리는 가운데 여단 오빠가 말을 이었다.

"내가 모르는 사람들이랑 잘 말하는 성격이 아니라서. 놀라서 더 얘기를 제대로 못한 것도 있어. 불편했다면 미안."

"아니, 아니에요! 하나도 안 불편했어요!"

민아의 말에 이어 문세라가 냉큼 말을 이었다.

"맞아요, 저희는 오빠 얼굴만 봐도 재밌었어요."

그러더니 그들은 서로의 팔을 치며 너무 솔직한 거 아냐? 하고 웃었다. 아무튼 넉살 좋은 애들이라 다행이었다.

안도의 한숨을 내쉰 나는 천동호와 손세영 쪽을 힐긋 보며 생각했다. 지금까지는 여자애들에게 미안해서 자리를 지키고 앉아 있었지만, 이제는 미안함을 감수하고라도 저 녀석들이랑 같은 자리에는 더 이상 앉아 있고 싶지 않다는 마음인 거겠지.

여단 오빠가 말을 이었다.

"날 속여서 보낸 녀석더러 당장 여기로 오라고 했거든. 가까이에 있다고, 바로 여기로 오겠다고 하니까 사람 수는 걱정 안 해도 될 거야."

“아, 그럼…….”

선선히 고개를 끄덕인 아이들이 하나둘 인사를 건넸다.

“오빠, 재밌었어요.”

“불편하셨을 텐데 아무 말 않아 주셔서 감사합니다.”

한편, 돌아가는 분위기 속에서 무언가를 눈치챘는지 여단 오빠와 손세영, 천동호를 의아하게 번갈아 보던 김지민도 천천히 인사를 건넸다.

“선배, 다음에 또 봬요.”

“그래.”

그 모습을 보며 나는 진심으로 궁금해졌다. 김지민도 손세영이나 천동호와 같은 부류일까? 아니면 그만은 믿어도 되는 걸까? 그때 딸랑, 작은 종소리와 함께 카페 문이 열렸다.

문을 열고 들어오는 사람의 얼굴이 익숙하다는 것을 깨달은 나는 조금 놀랐다. 그러다 이윽고 기억을 떠올린 내 얼굴이 즉시 해괴해졌다.

아. ‘여단아, 이제 어미는 여한이 없다!’, ‘아직 가시면 안 돼요, 어머니!’ 하며 교문 앞에서 희대의 명연기를 펼쳐 보이던 사람들 중 하나잖아.

아무튼 이 자리가 더 시끄러워질 것만은 분명하군. 내가 중얼거리는 가운데, 우리를 발견한 그가 차 주차를 돕는 것처럼 손을 좌우로 크게 흔들며 달려왔다. 과연 인사하는 모습조차 범상치 않았다.

그는 달려오자마자 여단 오빠의 등을 퍽 소리 나게 때렸다. 마침 자리에서 일어나던 여단 오빠가 인상을 찌푸리며 신음을 내뱉었다.

여단 오빠 친구가 신난 듯 떠들었다.

“아, 너 진짜 이렇게 부끄럼 타서 어떡할래? 응? 형 없으면 여자들 앞에서 말도 못하고.”

“잘했으니까 닥쳐.”

여단 오빠의 말을 가볍게 무시한 그는, 우리 쪽을 빙글 돌아보았다.

“미안해! 사정이 좀 생겨서 대신 내보낸 건데, 이렇게 부끄러움을 탈 줄은 몰랐지. 한 시간도 안 돼서 구해 달라고 문자를 보내고.”

“구해 달라고는 안 했다.”

“하하, 얘 때문에 재미없었지?”

두 사람이 대화하는 꼴을 본 나는 중얼거렸다. 진짜 환상적으로 성격 안 맞잖아. 어떻게 친구가 된 거야, 두 사람? 그러다가 마침내 여단 오빠가 그의 멱살을 대뜸 낚아챘다.

여단 오빠가 내가 일평생 들어 본 적이 없는 목소리로 으르렁거렸다.

“애초에 네가 속여서 내보낸 거잖아.”

그럼에도 불구하고 친구 분은 전혀 눌리지 않은 기색으

로 와하하, 크게 웃음을 터트렸다. 과연, 저 정도 배짱은 되어야 여단 오빠와 친구 할 수 있는 건가?

내가 감탄해서 그쪽을 바라보는 사이, 여단 오빠와 그의 자리가 자연스럽게 교체되었다. 그리고 그가 하는 말에 나는 퍼뜩 정신을 차렸다.

"자, 이제 다시 네 명, 네 명이 됐네."

아차, 빠질 기회를 놓쳤잖아.

나는 맞은편에 앉은 손세영과 천동호를 힐끗 보았다. 지금이야 여단 오빠의 기세에 눌려 아무 말 않고 시선만 교환하고 있기는 해도, 여단 오빠가 떠나고 나면 도대체 나를 어떻게 대할지 걱정이었다.

차라리 단호하게 자리를 박차고 나가는 편이 나을까? 고민하며 안절부절못하던 그때, 여단 오빠의 목소리가 들려왔다.

"다들 잘 놀아. 그리고, 너는 나중에 보자."

친구에게 최후의 경고를 남긴 여단 오빠는, '내가 그렇게 좋냐?'하고 대답하던 친구의 멱살을 가볍게 잡았다가 놓고는 몸을 돌렸다. 여단 오빠의 시선이 테이블 위를 지나다가 잠시 내게 머물렀다.

하지만 나를 위해선지, 여단 오빠는 모르는 사람을 향한 정중함을 담아 고개를 꾸벅 숙이고는 뒤 돌아섰다.

그것으로 끝이었다. 그는 그대로 카페를 나갔다. 망설임 없는 발걸음으로, 뒤 한 번 돌아보지 않고.

나는 딸랑, 하고 희미하게 흩어지는 종소리와 함께 유리벽 너머로 사라지는 여단 오빠의 모습을 넋을 빼고 응시했다. 나가자마자 핸드폰을 꺼내어 어디론가 전화를 하는 것이, 아마도 여령이에게 연락하는 것 같았다. 천동호와 손세영의 이름을 알리고 주의를 줄 심산인 거겠지. 반여단 이웃집 3년이면 풍월을 읊는다.

나는 다시 정면을 보았다. 여단 오빠 친구 분이 테이블 위에 두 손을 걸치며 쾌활하게 물었다.

“아, 얘기 어디까지 된 거였어?”

이민아가 대답했다.

“아, 저희 원래 두 명씩 남녀 섞어 앉으려고 그랬었거든요. 그런데 오빠가 다시 오셨으니까…….”

“아, 그래? 그럼 그냥 앉고 시작하자.”

흔쾌한 그 말에 우리는 자리에서 일어났다. 하지만 어디로 가야 할지 도무지 알 수 없어서, 나는 가만히 눈을 내리깐 채로 걸음을 멈추었다.

방금까지 평범한 카페 좌석이었던 이곳이 이제는 완전히 지뢰밭이었다. 나는 가장 먼저 김지민을 응시했다.

이민아를 좋아한다는 말이 거짓말이 아닌 듯, 그는 이민아의 옆을 사수하고 있었다. 그렇다면 남은 선택지는 세 개밖에 없는데 그중 두 개가 지뢰라니.

하아, 짧게 한숨을 내쉰 나는 여단 오빠 친구 분을 힐끗거렸다. 그가 나를 좀 구해 주면 좋으련만, 그의 시선이 문세라에게 박힌 것으로 보아 첫눈에 꽂혔을 가능성이 높았다.

과연 그는 기대를 배반하지 않고 문세라의 옆에 앉았다. 순식간에 사면, 아니, 이면초가의 상황에 몰린 나는 지끈거리는 이마를 짚었다.

잠시 내 눈치를 보던 손세영이 슬쩍 이동하여 안지영의 옆으로 향했다. 방금 그렇게나 욕하던 안지영 옆에 앉은 그는, 밝은 표정으로 인사를 나누었다. 대답하는 안지영도 밝은 얼굴인 것을 보니 평소엔 둘이 친하게 지내는 모양이었다.

진짜, 겉과 속이 달라도 정도가 있지. 내가 속으로 혀를 차는 그때였다. 내 옆의 좌석이 무게를 받아 푹 꺼지는 것을 느낀 나는 가만히 미간을 좁히고는 옆을 돌아보았다.

아니나 다를까 천동호였다. 그의 아디다스 저지 사이에서 학생증 줄이 가볍게 그네 타듯 흔들렸다.

그가 나를 향해 몸을 붙이며 목소리를 낮추었다.

"얘기 좀 하자."

"붙어 앉지 말아 줄래?"

나는 진심을 담아 그렇게 말했다. 내 목소리는 내가 들어도 놀랄 정도로 싸늘했다.

단순히 내가 없는 곳에서 나에 대해 나쁘게 말하는 것 정도야 그럴 수 있다고 생각한다. 사람이 타인에 대해 언제나 좋은 말만 할 거라고 생각할 정도로 내 머릿속이 꽃밭도 아니고, 누가 나를 좋고 싫어하고를 내가 어떻게 할 수 있는 것도 아니다. 하물며 사람은 다른 사람을 이유 없이 싫어할 수도 있다는 것도 나는 잘 알고 있다.

하지만 반여령이 엮이면 얘기가 다르지. 나는 얼굴을 더더욱 굳혔다. 반여령을 이유로 내게 접근해 보려는 사람들은 내가 가장 싫어하는 부류 중의 하나였다.

내가 그렇게 말하자 천동호는 더는 가까이 오지 않았다. 하지만 그와 손바닥 하나 정도 거리를 두고 가까이 앉은 이 자체가 더없이 불쾌했다.

나는 팔꿈치를 테이블 위에 붙이고 턱을 괴며 손바닥으로 최대한 천동호의 시선을 가렸다. 그러면서 나는 속으로 한탄했다. 아, 역시 여단 오빠에게 데려가 달라고 하는 거였는데, 왜 바보같이 말하는 걸 잊어서…….

그때 어렴풋이 종소리 같은 것이 들렸다. 누가 카페에 다시 들어온 것 같았지만 나는 천동호를 피하는 데 여념이 없어서 그쪽으로 시선을 줄 여유가 없었다.

그러다 종소리를 뚫고 날아온 말에 나는 옆을 돌아보았다.

"내가 뭘 그렇게 잘못했는데?"

"뭐?"

옆을 돌아보며 확인한 천동호의 표정은 나 못지않게 기

분 나쁜 기색이었다. 나는 어이가 없어서 하, 하고 웃었다.

아니, 지금 화장실에서부터 온갖 말로 얻어맞은 게 누구인데? 기분이 나빠도 내가 나쁘지 네가 나쁘기는 왜 나빠? 입 털고 싶은 대로 다 털어 놓고?

그때 천동호가 말을 이었다.

"그래, 반여령 생각하고 너랑 친해지려고 한 거, 어찌 보면 이용하려고 한 것처럼 보일 수도 있어."

잘못한 것 없다던 주제에 이민아 쪽에 들릴 세라 잔뜩 낮춘 목소리였다. 어이없어서 다시 웃은 나는 곧바로 받아쳤다.

"이용한 것처럼 보이는 게 아니라, 그냥 이용하려고 한 거지. 왜 말을 똑바로 안 하냐?"

그래도 최대한 소란 없이 끝내려고 했는데 어쩔 수 없이 목소리가 커지고 말았다. 맞은편에 앉아 있던 여단 오빠 친구 분의 시선이 힐끗 나에게 닿았다 떨어졌다.

아차, 나는 감정을 가라앉히기 위해 입을 잠시 다물었다.

그때를 놓치지 않고 천동호의 물음이 이어졌다.

"내가 너 안 좋아하고 반여령 좋아하는 것도 잘못이냐?"

그 물음에 나는 뒤통수가 뎅, 하고 울리는 듯한 충격을 맛보았다.

"……뭐?"

그렇게 물으며 나는 두통이 온 머리를 지그시 감쌌다. 방금까지 우리가 주고받던 말들이 송곳 정도에 불과했다면,

이번에는 쇠몽둥이이가 된 것 같았다.

내 그런 모습에 내가 정곡을 찔렸다고 생각하기라도 한 듯, 천동호는 의기양양하게 말했다.

"너 솔직히 방금 들은 것 갖고 나한테 그렇게 화낼 이유 없는 것 같아서. 왜, 내가 널 좋아하고 반여령을 안 좋아해야 해?"

"야, 너 진짜 요점 파악 못한다."

나는 화가 부글거리는 것을 애써 참고 말을 이었다.

"누가 너더러 좋아해 달래? 그렇게 사람 멋대로 비교하지……."

그때 천동호가 불쑥 내 말을 끊었다.

"누가 반여령을 좋아하지 널 좋아하냐고 한 거? 내 생각 말한 것도 잘못이야?"

그 말을 들은 순간 물속에 빠진 것처럼 사방의 소음이 사라지며 붕 뜨는 듯한 기분이 들었다. 한참만에 나는 중얼거렸다. 어이가 없으면 화도 안 난다는 게 이런 걸 두고 말하는 거였구나.

나는 천동호를 똑바로 응시했다. 그의 탈색한 머리카락과 검은 눈, 헐렁하게 걸친 옷을 보며 그가 루다를 닮았다고 생각한 적이 불과 조금 전의 일이었다.

그거 취소다. 나는 중얼거렸다. 절대로, 눈곱만큼도 눈앞의 이 녀석과 루다는 닮은 게 없었다.

다른 사람과 나를 비교하게 되고야 마는 순간이 있다. 하지만 적어도 그것은 자기 스스로 해야만 견딜 수 있는 일이지, 남의 입에서 저런 말을 들어 버리는 것은 정말 참을 수 없이 비참했다.

화가 정수리 끝까지 오르니까 시야 가장자리가 하얗게 번졌다. 그 가운데 천동호의 얼굴만이 액자 테두리에 둘러싸인 것처럼 선명하게 보였다.

이제 자숙하는 듯한 태도조차 완전히 집어던지고, 자기 자신에게 무기가 있다고 믿는 사람. 공격할 권리도 수단도 있다고 믿는 사람 특유의 태도로 변한 그가 의기양양하게 내뱉었다.

“아, 이거 진짜 짜증 나네. 내가 뭘 그렇게 잘못했다고 네 눈치를 봐야 하는데?”

나는 입술만 깨물었다. 너무 어이가 없어서 반박할 말도 떠오르지 않았다.

이게 텔레비전에서 방영되고 있던 드라마였다면 화면을 가리키며 지금 당장 물이라도 끼얹으라고 소리쳤을 것이다. 하지만 막상 당하는 당사자가 되고 나니 그것도 쉽지 않았다.

나는 입술만 달싹이다가, 또 아무것도 쥐지 않은 빈손만 쥐었다 펴기를 반복했다. 시간이 흐름에 따라 나를 지켜보던 천동호의 표정이 점차 의기양양하게 바뀌던 그때였다.

좌륵, 요란한 소리와 함께 천동호의 머리카락 위로 물이 쏟아졌다.

잠시 시간이 멈춘 듯했다. 그 속에서 멍하니 고개를 들며 나는 어처구니 없는 생각을 했다. 내게 무슨 초능력이나 마법 능력이라도 생겨서 컵이 알아서 날아가서 물을 뿌리기라도 했나? 그게 아니면 도대체 어떻게?

그러다 더 고개를 들자, 나와 천동호가 앉은 소파 등받이에 한 손을 얹은 채 이쪽을 내려다보고 있는 사람의 얼굴이 보였다.

"아……."

나는 가볍게 감탄을 터트렸다. 과연, 드라마 주인공에 누구보다도 잘 어울리는 사람이 거기에 있었다.

소주를 원샷 하기라도 한 것처럼 빈 잔을 가볍게 흔들어 보이던 여단 오빠에게 그의 친구가 황당한 듯 물었다.

"너, 뭐 했냐?"

"냉수 먹고 정신 차리라고."

"뭐? 야, 무슨……."

어이없어 하는 여단 오빠 친구를 뒤로한 나는 천동호의 얼굴을 살폈다. 천동호의 얼굴이 점차 삶은 문어처럼 빨갛게 달아오르고 있었다.

하긴 당연하지, 같은 학원 여자애들까지 있는 곳에서 저런 창피를 당한 것이다. 험담하다가 걸려 놓고도 내게 '내가 널 안 좋아하는 게 잘못이야?' 운운할 만큼 오만함이 넘쳐흐르던 애가.

그러다 마침내 화가 임계점을 넘어선 듯 그가 던져 물었다.

"뭐예요?"

그 물음에 여단 오빠가 기다렸다는 것처럼 대답했다.

"얘, 너 안 좋아해."

나는 또 다시 멍해졌다.

우리 얘기를 지금까지 듣고 있었던 거야? 도대체 언제부터? 어디부터 어디까지? 하여간 방금까지 답답했던 내 마음이 한 방에 뻥 뚫릴 정도로 시원한 대답이긴 했다.

그리고 이어진 말에 나는 상황도 잊고 웃음을 터트릴 뻔했다.

"너랑 나랑 같이 있으면, 누가 나를 좋아하지 널 좋아해."

"……."

"착각하지 마라."

그렇게 말하는 여단 오빠를 여단 오빠 친구는 물론이고 테이블의 모든 사람이 멍한 눈으로 응시했다.

그도 그럴 것이 아까의 여단 오빠는 적극성이 부족하기는 해도, 결코 이럴 말을 할 만큼 자신만만해 보이는 이미지는 아니었기 때문이었다. 오직 사건의 전말을 알고 있는 나만이 웃음을 죽을 각오로 참고 있었다.

다시 천동호를 돌아보니, 그는 여단 오빠의 말 한마디에 격침당해서 멍한 눈으로 이쪽을 보고 있었다.

그 가운데 여단 오빠가 내게 손을 내밀며 말했다.

"같이 나가자."

나는 귀신에라도 홀린 것처럼 여단 오빠가 내민 손을 잡고 자리에서 일어났다.

그런 내 뒤에서 투덜거리는 소리가 날아왔다.

"이럴 거면 나한테 왜 나오라고 했어? 사람 수가 안 맞잖아. 어쩔 거야, 이거?"

그렇게 묻고 있긴 해도 여단 오빠 친구는 결코 기분 나쁜 기색이 아니었다. 아니 오히려 턱을 괴고 히죽대며 우리를 향해 뿌듯한 눈빛을 보내고 있기까지 했다.

가볍게 인상을 쓴 여단 오빠가 그쪽을 돌아보며 대답했다.

"일인이역 하든지."

"와, 너 이런 놈인 거 너 옆에 애도 아냐?"

아니요, 저도 몰랐습니다. 4년 동안 이웃 살았는데 이제야 알게 되는군요. 속으로만 대답하는데, 여단 오빠 친구가 이번에는 천동호를 가리켰다.

"야, 그래도 그렇지 저건 아니지. 다시 오자마자 애한테 저게 뭐냐? 이거 학교 폭력밖에 더 돼?"

여단 오빠가 짧게 대답했다.

"여기 학교 아닌데."

"아, 진짜."

"할 만해서 한 거야."

그렇게 말한 여단 오빠가 이번에는 고개를 돌려 안지영 옆에 앉아 있던 손세영을 바라보았다. 손세영의 얼굴이 죽을죄라도 지은 것처럼 창백해지자, 여단 오빠 친구는 내막을 짐작한 듯 흐흠, 하고 콧소리를 냈다.

"그래, 아무렴 네가 이유 없이 일을 치진 않았겠지."

여단 오빠가 대답했다.

"나중에 다 설명할게."

"그래."

반대편 손세영의 얼굴이 더더욱 창백하게 질리는 것을 본 나는 자업자득이라고 중얼거리고는 여자애들 표정을 살폈다.

안지영과 문세라가 천동호가 간 쪽을 조금 걱정스레 보고 있는 가운데, 이민아는 나를 향해 살짝 입술을 모아 휘파람을 불고 있었다.

그녀는 여단 오빠를 가리키더니, 신난다는 것처럼 두 손을 쥐어 턱 아래 대고 어깨를 들썩였다. 드라마에서 여주인공과 남주인공의 연애를 보는 시청자 같은 그 모습에 나는 그만 작게 웃어 버렸다.

그리고 나와 여단 오빠는 마침내 카페를 빠져나왔다. 여단 오빠 친구 분이 마지막까지 손을 흔드는 모습이 카페 문 너머로 사라졌다.

그리고 사람들이 넘쳐흐르는 주말의 길거리로 뛰어든 순

간, 나는 몸을 구부리고 웃음을 터트렸다. 그런 내 등에 손을 얹으며 여단 오빠가 걱정스럽게 물었다.

“기분은 괜찮아?”

나는 망설임 없이 고개를 끄덕였다. 천동호가 내게 하는 말을 들었으면 확실히 걱정이 될 만은 할 테지만. 나는 손등으로 입가를 훔치며 대답했다.

“응, 나 진짜 아무렇지도 않은데. 봐, 나 웃고 있잖아.”

그리고 나는 또 손등으로 입을 가리고는 키득거리기 시작했다. 아니 하지만, 여단 오빠가 방금 말했던 게 계속 생각나는 걸 어떡해.

민망한 듯 작게 인상을 쓴 여단 오빠가 말했다.

“어이없는 소리가 들려서 그냥 그대로 따라 한 건데.”

“아, 진짜. 오빠 정말 응용력 천재 아니야?”

그렇게 말하며 속없이 웃던 나는 문득 떠올렸다. 아 참, 생각해 보니 저 사람 천재 맞지. 그러자마자 갑자기 울적해졌다. 이 자리에 나온답시고 아침부터 던져 놓고 온 문제집들이 선명히 떠올랐다.

한숨을 내뱉은 나는 아래를 내려다보았다. 미팅 나온답시고 신고 나온, 평소에는 잘 신지 않는 굽 높은 회색 샌들이 눈에 밟혔다. 내가 이곳에 나오기 위해 버렸던 모든 것과 들이부었던 모든 노력들. 이제는 전부 의미 없어져 버린 것들.

그러다 이마가 따끔거리는 느낌이 들어 다시 고개를 들자, 여단 오빠가 걱정스러운 듯한 눈빛으로 나를 보고 있었다.

아차. 손을 내저은 내가 말했다.

"아니, 괜찮다니까. 그냥……."

여단 오빠가 고개를 끄덕이며 물었다.

"그냥, 왜."

나는 샌들 앞코로 바닥을 콕콕 찍었다. 두 손을 등 뒤로 모으며 내가 대답했다.

"아니, 그냥. 이럴 거면 뭐 하러 이렇게 입고 왔나, 하는 생각이 들고……. 아니, 굳이 걔들 때문에 이렇게 입고 나온 건 아닌데, 그냥 시간 너무 낭비했다는 느낌."

"……."

그리고 내가 다음 말을 채 하기도 전이었다.

"이상한 생각하지 마."

"아. 응, 안 한다니까."

여전히 올라간 내 입꼬리를 툭툭 가리키자, 고개를 끄덕인 여단 오빠는 내 머리를 쓰다듬고는 걸음을 옮겼다. 그러면서도 불안했는지 그가 또 한 번 못을 박았다.

"진짜로 이상한 생각하지 마."

"안 한다니까."

"정말?"

"정말로. 아, 화장실 앞에서부터 왜 그래, 오빠."

그리고 나는 가슴을 두드리며 말했다.

"오빠, 내가 투명한 유리구슬처럼 보이지만, 그렇게 쉽게 깨지지는 않을 거야."

그러자 오빠가 고개를 기울였다.

"아니, 그렇게는 안 보이는데……."

"……이거 노래 가사야, 오빠."

"아, 그래."

그리고 우리는 침묵 속에서 발걸음을 옮겼다.

나는 여단 오빠가 최신 곡을 잘 모른다는 것을 잊어버린 자신을 원망하기 시작했다. 맨 정신으로 자기가 투명한 유리구슬처럼 보일 거라고 말하는 사람이라니. 대체 여단 오빠의 눈에 내가 어떻게 보였을까? 담벼락에 머리라도 박고 싶은 심정이었다.

그사이 우리가 밟아 나가는 길은 상가에서 주택가로 바뀌면서 익숙한 모습으로 변해 갔다.

아, 벌써 여기인가. 문득 주위를 둘러보며 나는 고개를 끄덕였다. 아무래도 여단 오빠와 내가 보통 함께 걷는 길이 언제나 집으로 돌아가는 길이다 보니, 지금도 우리는 누구 하나 말하지 않았는데 자연스레 집으로 향하고 있었다.

그러다 집에서 얼마 떨어지지 않은 편의점을 지날 무렵이었다. 그때까지도 말이 없음으로서 나를 심란함에 빠뜨리던 여단 오빠가 문득 말했다.

"잠깐 여기 있어 봐."

"응?"

내가 골목길에서 워낙 불량배와 마주친 적이 많은 바(사실 반쯤 여령이 때문이지만), 여단 오빠는 나를 혼자 남겨두려 하지 않는다. 그런 여단 오빠가 웬일로?

여단 오빠가 편의점 안으로 휙 사라지는 모습을 보며 의아해하던 나는, 이윽고 천천히 골목길 담에 몸을 기대었다.

혼자 서 있으려니 시간은 더욱 느리게 갔다. 차라리 날이 춥거나 더웠더라면 시간의 흐름이 이토록 무료하지도 않았을 것이었다. 한참을 핸드폰만 매만지던 나는 문득 시간을 확인했다.

"지금 몇 시지?"

아, 다행이다. 나는 한숨처럼 내뱉었다.

미팅에서 허비한 시간이 고작 두 시간이 안 되었다. 그거야 얘기 좀 하고 음료 한잔 마시고 나왔을 뿐이니. 나는 중얼거렸다.

이제 이 길로 집에 돌아가서 옷을 당장 갈아입은 다음, 블라우스는 세탁소에 드라이클리닝 맡겨 두고 못 다한 공부나 마저 해야겠네. 밤 열 시까지 하면 목표치에 조금 미달하더라도 어떻게든 끝낼 수는 있을 것이다.

다시 핸드폰을 접어 주머니에 넣은 나는 이마를 문지르

며 중얼거렸다.

"여단 오빠가 이상한 생각하지 말랬는데."

하지만 혼자가 되니 아무래도 아까 들은 말들이 파도처럼 밀려오는 것을 어찌할 수 없었다.

잠시 주춤거리다가, 나는 더러운 담벼락에 주저 없이 기대어 앉으며 다리를 꼬았다.

"내가 진짜 행운아기는 했구나."

인터넷 소설들 속의 인물들과 청춘을 함께함으로서 남들보다 퍽 스펙터클한 인생을 살고 있다고 생각했는데, 생각보다 그런 것도 아닌 모양이었다.

아니, 오히려 내 쪽이 온실 속에서 길러진 화초나 다름없는 셈이었다. 왜냐하면 인터넷 소설 속의 인물들은 거의 대부분 호불호가 확실하니까.

새삼 사대천왕과 반여령이 내게 퍼붓는 계산 없는 진심과 관심이 얼마나 희귀하고 귀중한 것인지 깨달은 기분이었다. 그들의 곁에 있도록 허락받은 자체가 내게는 대단한 행운인 셈이었다.

실제로 그들이 갑자기 사라질 거라거나, 갑자기 나를 잊어버릴지도 모른다는 불안감은 언제나 있었지만, 반면에 '사실 나를 싫어하는데 말을 안 하는 거면 어쩌지?' 같은 생각은 추호도 하지 않았다. 그런 의심은 할 필요가 없었다.

그들의 존재가 내게는 우산이었던 셈이었다. 세상일로부

터 마음을 다칠 일이 없게 지켜 주는 보호막.

그리고 나는 오늘에야 처음으로 반여령과 사대천왕을 벗어나 내 세계를 넓힐 생각을 했다. 결과는 어땠지? 나는 한숨 쉬듯 웃었다.

나만 몰랐던 거고, 사실은 다들 이런 식으로 살아가는 걸까? 사람과의 관계를 통해 자기 자신의 소중함을 깨닫기는 커녕, 자기 자신의 객관적인 가치를 깨달을 뿐인 걸까?

가족이나 친구들 사이에서 소중한 사람 취급받다가 새삼 바깥으로 내쳐져서 자신이 생각보다도 아무것도 아니란 것을 깨달으면서…….

나는 손을 들어 화끈거리는 두 뺨을 감쌌다.

"내가 너무 예쁨받아서 대단한 착각을 하고 있었나 봐."

내가 이 정도의 관심을 받아도 되는 사람이다, 사랑받아도 되는 사람이다, 하는 착각 말이다.

그러다 나는 눈을 질끈 감았다.

'내가 너 안 좋아하고 반여령 좋아하는 것도 잘못이냐?'

천동호의 말이 다시 귓가에 메아리쳤다.

나는 조용히 인상을 썼다.

'누가 반여령을 좋아하지 널 좋아해?'

이상한 생각.

나는 또 한 번 중얼거렸다. 여단 오빠가 이상한 생각하지 말라고 했는데.

하지만 이게 정말로 이상한 생각일까? 사실 현실을 보고 있지 않은 건 내가 아닐까?

그러다 머리맡에서 들려온 목소리에 나는 가만히 고개를 들었다. 떨어지는 초가을의 맑은 햇살 사이로 여단 오빠의 모습이 보였다. 그의 손이 다가와 가볍게 내 이마를 찍었다.

"이상한 생각하지 말라고 했잖아."

"아……."

"너에 대해 아무것도 모르는 사람들이 함부로 말하는 거, 진지하게 듣지 마."

그의 말을 듣고 나는 조금 놀라서 눈을 깜빡였다.

언젠가 윤정인도 그 비슷한 말을 한 적이 있었다. 내가 헛소문에 시달려 고통받을 때, 자기도 그런 적이 있다며 꺼낸 경험에서 우러난 조언이었다.

어쩌면 사람들 사이에서 소문에 의해 상처받은 사람들이 품게 되는 생각은 다 비슷한 걸까?

저 사람들이 하는 말은 진짜가 아니다, 나는 '진짜 나.'를 알아주고 좋아해 주는 사람들을 찾을 것이다. 그런 생각으로 온갖 오해와 배신이 난무하는 인간관계를 겨우겨우 버티고 있는 걸까, 다들? 그렇게 생각하며 나는 여단 오빠가 쿡 찌른 이마를 문질렀다.

하지만 나는 자꾸만 마음이 흔들렸다. 내가 좋아하는 사람들이 나에 대해 말하는 것조차 제대로 믿을 수가 없어진다, 이럴 때면.

사실 나는 좋은 말만 듣고 싶어서 사람들의 정당한 비판을 그저 모르는 척하는 거라면. 내가 아낌받을 만한 자격이 있다는 착각 속에 계속 빠져 사는 거라면.

'누가 널 좋아해?'

객관적인 사실을 무시하고 가망 없는 희망에 빠져 사는 거라면.

내가 중얼거리는 그때, 갑자기 내 볼에 차가운 뭔가가 닿았다.

눈을 크게 뜨자, 그새 가까이 다가온 여단 오빠의 얼굴이 보였다. 그리고 나는 눈을 굴려 내 볼에 닿은 것의 정체를 확인했다.

초코 우유였다. 여단 오빠가 내가 중학교 때에도, 고등학교에 올라와서도, 심지어 얼마 전에조차 어김없이 가방에서 꺼내 주던 바로 그것. 나는 문득 웃음을 터트리고는 손을 내밀어 우유를 받았다.

내가 중얼거리듯 말했다.

"뭐야, 지금 이거 사러……."

그렇게 급하게 다녀온 거였어? 내가 말하려던 그때였다. 여단 오빠의 말이 내 말을 잘랐다.

"내가 가방을 얌전히 다루는 편은 아니잖아."

불쑥 시작된 여단 오빠의 얘기에, 나는 가만 생각하다 말고 고개를 끄덕였다.

그랬지. 여단 오빠는 싸움을 하려면 가방부터 내려놨는데, 그래 봐야 툭 던지는 정도였다. 그럴 때마다 나는 여단 오빠 가방 속 내용물 괜찮을까 생각하곤 했다.

내 생각을 읽은 것처럼 대답이 돌아왔다.

"그래서 가방 속에서 우유가 터진 적도 여러 번이었거든."

"응?"

전혀 처음 듣는 얘기에 나는 인상을 찌푸렸다. 세상에, 가방 속에서 우유가 터지다니. 학교에서 있을 수 있는 짜증 나는 일 중에 탑 쓰리 안에 들잖아.

게다가 우유가 교복에 묻으면 그냥 빨면 되지만, 가방 속에서 우유가 터지면 내용물까지 젖는 탓에 어찌할 수가 없다. 교과서를 펼칠 때마다 비린내가 풍겨서 옆자리 짝꿍까지 도망가기 일쑤고. 초등학교 때의 기억을 떠올리며 나는 미간을 찌푸렸다.

왜 초등학교 때냐면, 그 이후에 나는 우유에 학을 떼고 쉬는 시간 제티 탄 우유의 기쁨을 누리는 것을 포기했으니까.

그때 여단 오빠가 말을 이었다.

“그래도, 난 그걸 계속 가져올 정도로 너를 좋아해.”

“…….”

“그러니까…… 이상한 생각하지 마.”

잠시 침묵이 흘렀다.

나는 눈만 깜빡이며 여단 오빠를 멍하니 바라보았다. 그 가운데 갈 길을 모르고 잠시 허공에서 어정쩡하게 떠 있던 여단 오빠의 손이 이윽고 내 머리에 와 닿았다.

그대로 있다가 나는 문득 내 손을 들어 올려 여단 오빠의 손 위에 얹었다.

내가 중얼거리듯 대답했다.

“응.”

“그래.”

“……그런데, 그럼 다음부터는 가져오지 마.”

여단 오빠 가방이 불쌍하잖아. 덧붙이려는데 갑자기 목이 멘 듯 뜨거워지는 바람에 나는 말을 멈추었다. 가만히 손등을 들어 눈을 가리는 나를 보며 여단 오빠가 내 머리를 토닥였다.

가을의 선선한 미풍이 내 머리카락을 자꾸만 흩날리고, 사이로 미풍보다도 잔잔한 여단 오빠의 손길이 내 머리를 계속 토닥였다.

그리고 여단 오빠가 말했다.

"어차피 그 녀석들 때문에 입고 나온 거 아니더라도, 그냥 돌아가기는 아까우니까……."

여단 오빠가 덧붙였다.

"나랑 돌아다닐까."

나는 한참을 입술만 달싹이다가 크게 숨을 집어삼키고는, 언어를 잃어버린 것처럼 절박하게 고개만 끄덕거렸다. 여단 오빠의 손이 다가와 그런 내 손을 단단하게 움켜잡았다.

뜨거운 햇살 속에서 우리는 다시 골목길을 나섰다.

* * *

영화관에 들어서자마자 달콤한 팝콘 냄새가 훅 끼쳐 왔다. 나는 팝콘 쪽에 시선을 파는 대신에 곧장 남은 좌석 수부터 확인했다.

주말이라서 조금 걱정했는데 토요일 오후 두세 시라 그런지 예상했던 것보다는 좌석이 많이 남아 있었다. 그래도 아예 안심할 정도도 아니라서, 위기의식을 느낀 나는 영화도 정하지 않았으면서 대기 번호표 먼저 끊었다.

그러고 나서야 현재 상영하고 있는 영화 이름과 줄거리를 죽 읽어 나가던 나는 문득 새로운 사실을 깨달았다. 그러고 보니 나, 여단 오빠랑 단둘이 영화 보러 온 건 처음이구나.

여단 오빠와 영화를 본 것은 어디까지나 나와 반여령이 중학교 1학년 무렵에 할 일이 없어 칭얼거리던 우리 둘을 여단 오빠가 각각 한 손에 끌고 데리고 나온 것이 다였다.

영화 장르는 순전히 나와 반여령의 취향에 맞춰 액션 영화였다. 그때도 반여령은 뭐가 부서지고 날아다니면 뭐든 좋아했고, 그것은 나도 별반 다르지 않았다.

그나마 나는 로맨스 영화도 어느 정도 집중해서 볼 수 있는 반면에 반여령은 전혀 아니었다. 언젠가 반에서 한번 무척 명작이라던 로맨스 영화를 틀어 준 적이 있는데, 턱을 괴고 꾸벅거리다가 기어이 책상에 머리를 처박는 반여령을 보고 나는 생각했다.

그래, 본인 바로 옆에 로맨스 소설 남자 주인공 같은 친오빠가 있는 데다 본인 인생이 로맨스 영화 그 자체인데 관심이 갈 리 있냐……. 초능력자가 히어로 영화 재미없는 거랑 똑같지, 뭐.

아무튼 여단 오빠는 백이면 백 나와 여령이에게 맞춰 주었기 때문에, 나는 여단 오빠의 영화 취향에 대해서 전혀 아는 게 없었다.

내가 여단 오빠를 향해 막 고개를 돌리며 입을 여는 찰나 전광판의 숫자가 72번으로 바뀌었다. 72번. 번호표를 확인한 나는 곧장 여단 오빠를 이끌어 그 앞으로 갔다. 그러면서 나는 혀를 찼다. 아직 못 정했는데!

여직원이 웃으며 친절하게 물었다.

"어떤 영화로 도와드릴까요?"

"오빠 보고 싶은 걸로 봐."

질문을 받자마자 내가 던진 말에 여단 오빠는 고개를 가로저었다. 그가 모니터를 턱짓하며 말했다.

"너 보고 싶은 걸로 골라."

"아니, 오빠 보고 싶은 거 그냥 아무거나 말해. 나 진짜 괜찮아."

"나도 아무거나 괜찮아."

"오빠, 나는 여령이랑 다르게 아무거나 잘 봐. 로맨스 같은 것도 상관없어."

"로맨스 보자고?"

"아니, 그게 아니라."

우리 사이에 오가는 대화를 듣던 예쁜 직원 언니의 이마에 이윽고 파르스름한 힘줄이 돋았다.

그녀가 우리 뒤에 손님들을 손짓하며 말했다.

"손님들, 영화를 고르시고 다시 와 주세요."

아, 네. 대답하며 물러나려던 내 귓가에 뒤에서 소곤거리는 소리가 들려왔다. 그리고 그 순간 나는 귓불까지 화끈해지는 것을 느껴야 했다. 뭐라고?

"완전 민폐 커플이네."

"같이 보면 뭐든 좋은 거면 그냥 카페 가서 서로 얼굴이

나 보지, 영화관을 왜 와?"

커플이라니, 커플이라니!

게다가 같이 보면 뭐든 좋은 거라니, 그런 거 아니거든요? 그냥 흔한 결정 장애 두 사람이 만난 거거든요!?

얼굴이 새빨개진 나는 황급히 여단 오빠의 팔을 잡아채고 줄에서 빠져나갔다. 물론 이래서는 더더욱 커플처럼 보일 테지만, 그보다 이 자리를 벗어나는 것이 더 급선무였다. 여단 오빠는 쑥덕거리는 말들을 듣지 못한 모양인지 내가 이끄는 대로 잠자코 따라왔다.

우리 뒤에 서 있던 교복 차림의 여학생들이 우리를 향해 눈을 흘기려다가 여단 오빠의 얼굴을 보더니 그대로 얼어붙었다. 이윽고 그들이 다시 소곤거렸다.

"저 사람 그 사람 아니야? 남계 고등학교……."

"와, 대박. 사진은 몇 번 봤는데 실물은 처음 봤어."

아무튼 여단 오빠가 유명 인사긴 유명 인사인 모양이군. 그렇게 생각하며 간신히 그를 끌고 영화관 구석으로 나온 나는 깊이 한숨을 내쉬었다.

괜히 목덜미를 손부채질로 식히며 내가 말했다.

"여단 오빠, 우리 얼른 아무거나 보자. 나는 진짜 다 좋다니까."

그리고 잠시 머뭇거린 나는 말을 이었다. 아, 들은 말을 옮기는 건데도 얼굴이 화끈거린다.

"우리 괜히 민폐 커플 됐잖아. 아까 사람들이 막 우리 보고 수군거렸어."

"아……."

영화를 얼른 고르자고 꺼낸 말이었는데도 여단 오빠는 입술을 매만지며 별 반응이 없었다.

아니, 그러니까 나랑 커플 취급을 당해도 별 상관이 없다는 거야, 지금? 나는 다시 한번 붉어진 얼굴에 부채질을 했다. 아까 골목에서부터 사람 심장 번번이 떨어지게 하고, 진짜!

다행히도 잠시 생각에 잠겨 있던 여단 오빠는 곧바로 영화를 골랐다. 최근에 나온 괴수 영화인 것을 봐서는 내 취향을 기억하고 반영한 것이 틀림없었으나, 아무튼 골랐다는 데 중점을 두기로 한 나는 당장 영화표를 예매했다.

그러고도 영화 시작까지 시간이 조금 남아서 우리는 영화관 옆 오락실을 찾으…….

"아악, 오빠! 나 갑자기 게임 별로 안 땡겨. 돌아가자."

……려다 말고, 그쪽에서 익숙한 인영을 발견한 나는 당장 외치며 여단 오빠의 팔을 잡아끌었다. 다행히도 여단 오빠는 게임에는 별 관심이 없는지, '그래? 그럼.' 무덤덤하게 말하고는 몸을 돌렸다.

우와, 진짜 놀랐다. 벌렁거리는 가슴을 내리누르며 나는 오락실 쪽을 연신 힐끗거렸다. 쟤들이 왜 여기 있어!

DDR 기계 위에서 나란히 선 두 기계를 전부 차지하고 현란한 발놀림을 선보이고 있는 녀석은, 안 그래도 무척 눈에 띄어서 못 보려야 못 볼 수가 없었다.

윤정인, 너 지금까지 시내에서 한 번을 마주치질 않더니 왜 여기 있냐! 왜 오늘, 왜 하필 이 시간에, 왜 하필 이 자리에! 나는 속으로만 외치며 아침에 묶고 나온 블라우스 목덜미의 리본을 만지작거렸다.

이런 차림으로 남자랑 영화관에 있는 것을 들켰다가는 내일 당장 전화해서 이것저것 물어 댈 게 뻔해.

게다가 윤정인은 신서현 외 몇몇 8반 남자아이들과 함께인 것 같았다. 제발, 오늘은 아는 사람들과 더는 마주치지 않게 해 주세요! 나는 온갖 신들을 찾아 가며 시험때도 안 한 기도를 했다.

그게 효험이 있었는지 어쨌는지, 다행히도 영화가 시작될 때까지 그들은 이쪽으로 오지 않았다. 입장 시간이 되자마자 나는 여단 오빠를 잡아끌고 재빨리 좌석을 찾아 앉았다.

영화가 시작되기 전, 광고가 나오는 짧은 틈을 타서 우리는 아까 가져온 포스터를 보며 잡담을 나누었다.

괴물에게서 도망치는 사람들을 가리키며 내가 물었다.

"이 사람들, 다 죽으려나?"

그쪽을 내려다본 여단 오빠가 담담히 대답했다.

"표정 봐서는 다 죽을 것 같은데."

"엥. 그걸 어떻게 알아?"

"다들 겁에 질린 표정이잖아. 보통 평정심을 잃으면 가장 먼저 죽고."

"아, 그건 그러네."

여단 오빠 예리하구나. 생각하며 고개를 끄덕거리던 나는 문득 뺨을 찌르는 시선을 느끼고 고개를 돌렸다. 마침 주말이라 나와 여단 오빠 양옆은 커플들로 가득 차 있었다.

커플 중 여자가 나와 여단 오빠를 향해서 뭐 저런 얘기를 하느냐는 시선을 보내고 있었다. 그러다 나와 눈이 마주치자 재빨리 고개를 돌린 그녀는 옆의 남자를 향해 말했다.

"오빠, 몇 명이나 죽을까? 나는 사람 죽는 거 너무 싫더라."

"괜찮아, 영화일 뿐이잖아. 너무 마음 쓰지 마."

정답게 오가는 대화를 들으며 나는 그녀가 어째서 나를 바라보았는지 깨달았다. 아, 나와 여단 오빠가 방금 나눴던 얘기, 도무지 커플들이 나눌 대화는 아니었던 모양이지?

게다가 우리 둘 다 영화를 보면서 뭔가를 먹지 않는 주의였기 때문에 우리 사이에는 그 흔한 팝콘 하나 없었다. 아무래도 알콩달콩 팝콘을 나눠 먹고 있는 커플들과는 그림이 전혀 달랐다. 물론, 영화를 보면서 팝콘을 찾다가 우연히 손이 맞닿는다든가 하는 전개도 없을 것이다.

하지만 나는 속상해하기는커녕 하하 웃었다. 역시 삭막

한 내 인생에 로맨스 같은 건 없어. 난 지금 이웃사촌 오빠랑 영화를 보러 왔을 뿐이라고.

때마침 커튼이 내려온 것처럼 사방이 어둠에 잠겼다. 영화가 이제 곧 시작될 모양이었다.

영사기 불빛이 화면에 비치는 것을 보던 나는 문득 고개를 돌려 옆을 바라보았다. 사방이 고요해지고 여단 오빠의 숨소리가 옆 사람의 숨소리와 섞여 구분할 수 없게 되었다.

어둠 속에 희미하게 드러난 그의 옆얼굴을 보며 나는 미소 지었다. 그의 모습이 문득 찾아낸 필름 속 얼굴처럼 몹시 친숙하면서 또 오래되어 보였다.

다시 고개를 정면으로 돌리며 나는 중얼거렸다.

여단 오빠와 단둘이서 영화를 보는 건 이런 기분이구나.

비록 우리 사이에 이게 아무런 의미가 없다고 해도, 오래 기억하고 싶은 순간을 만나는 것은 그 자체로 멋진 일이다.

* * *

영화는 재미있었다. 여단 오빠의 예고대로 영화의 주인공이 된 스미스 일가는 한 사람도 남겨 놓지 않고 전부 죽고 말았지만, 아무튼.

영화관에서 나오는 길에 여단 오빠가 물었다.

"재미있었어?"

"응, 오빠는?"

"나도. 괜찮았어."

"진짜로 다 죽더라."

그렇게 말하며 키득거리는 내 뒤로 아까의 그 커플이 지나갔다. 그들 중 여자가 나를 향해서 꼭 아까 영화에서의 괴수를 보는 것만 같은 눈빛을 보냈다.

잠시 민망해진 나는 이윽고 투덜거렸다. 아니, 뭘 어쩌라고. 무섭지 않던 것을……. 그러다 나는 곧바로 깨달았다. 내가 여단 오빠의 손을 잡아 볼 기회 한 번을 날려 버렸다는 것을.

아, 이런 멍청이! 기왕 같이 영화관에 온 건데 무서운 척 손이라도 잡아 볼걸! 후회하며 머리를 감싸 쥐는 내게로 여단 오빠가 다가와 물었다.

"왜 그래?"

"아, 아무것도 아니야."

물론, 여단 오빠는 내가 손을 잡고 싶다고 하면 당장이라도 내주겠지만 그래서는 아무런 의미가 없지. 고개를 내젓고 곧장 걸음을 옮긴 나는 영화관에 딸린 오락실로 향했다. 다행히도 이번에는 윤정인과 신서현 일당이 없었다.

나는 괜히 신이 나서 여단 오빠를 데리고 이것저것 게임에 동전을 집어넣었다. 여단 오빠는 오락실 자체가 익숙지 않은 눈치였다.

대중적인 좀비 게임, '하우스 오브 데드.' 기계 앞에서 총신을 머쓱한 듯 매만지던 여단 오빠가 말했다.

"나, 이런 거 해 본 적 없는데."

"괜찮아, 오빠. 하다 보면 늘어!"

씩씩하게 외친 나는 5분도 안 가 수류탄을 던져야 할 시점에서 손이 미끄러져 죽고 말았다. 여단 오빠만 혼자 살아남아 중간 보스까지 가는 것을 지켜본 나는 게슴츠레한 눈빛으로 물었다.

"처음 해 보는 거 맞아?"

"그런데."

하기는, 거짓말할 사람도 아니었다.

대체 여단 오빠는 못하는 게 뭐지? 요리 빼고. 다시 한번 신의 불공평함을 느끼며 나는 다른 게임으로 여단 오빠를 이끌었다. 괜히 여단 오빠가 못하는 게임을 하나라도 찾아보겠다는 이상한 각오를 하며.

그러나 역시 여단 오빠는 여단 오빠. 리듬 게임, 격투 게임, 거의 모든 게임이 처음이라는 여단 오빠는 손쉽게 승리를 거머쥐었다. 심지어 농구 게임에서는 신기록을 갱신해서 상품으로 받은 거대한 곰 인형까지 나에게 안겨 주었다.

"무거우면 내가 들게."

"아니야, 오빠……."

곰 인형을 끌어안는 한편, 나는 중얼거렸다.

이제 어떻게 봐도 커플로 보이는 걸 피할 수 없겠어……. 적어도 아주 가까운 거리에서 우리가 나누는 대화를 엿듣지 않는 한, 무조건 커플로 보이고 말 거야. 나는 오늘 시내에서 아무도 마주치지 않기를 다시 한번 간절히 기도했다.

그사이 시간은 착실히 흘러갔다. 오락실을 나오자 하늘은 이미 어둑어둑한 보랏빛이었다. 나와 여단 오빠는 잠시 상의 끝에 늘 셋이 가곤 하던 패밀리 레스토랑으로 가서 저녁을 때웠다.

그러고도 왠지 아쉬운 기분이었다. 나는 싹싹 긁어먹어서 깨끗하게 비운 접시를 내려다보며 고민했다.

"음."

그런 나를 보며 여단 오빠가 턱을 괴고 물었다.

"또 가고 싶은 데 있어?"

그는 아무래도 오늘 내게 전부 맞춰 줄 심산인가 보다. 언제는 안 그랬던 건 아니지만.

천동호에 대한 일을 줄곧 신경 쓰고 걱정하고 있는 걸까? 그 부분은 이미 깨끗하게 잊었는데.

솔직히 오늘이 내 최악의 하루가 될 뻔한 건 맞지만, 여단 오빠가 최고의 하루로 바꿔 주었다. 솔직히 말해서 미소녀 연애 시뮬레이션 게임 같은 데서 공략 대상이랑 데이트를 하면 이런 느낌일까 싶고, 현실감은 전혀 없지만 말이다. 게다가 실제로 데이트도 아닌 건 사실이고. 그리고 나는 포크로 괜히 접시를 집적거렸다.

가고 싶은 데라니, 확실히 이대로 들어가기는 왠지 아쉽고. 그러다 나는 문득 고개를 들었다. 아!

"여단 오빠. 나, 노래방 가고 싶은데."

생각해 보니 여단 오빠랑 노래방을 가 본 적은 한 번도 없었다. 나는 밝은 표정으로 물었다.

"가도 돼?"

"네가 가고 싶으면."

여단 오빠는 아까와 같은 대답을 들려주었다.

신나서 익숙한 노래방으로 발걸음을 옮기며 나는 여단 오빠가 부를 만한 노래를 열심히 추측해 보았다.

발라드? 락? 여단 오빠의 노래 부르는 모습 자체가 내게는 상상도 되지 않았다. 노래는커녕 심지어 음악 시간에 가창 시험을 보는 모습조차 잘 상상이 가지 않는데, 무슨.

아, 너무 기대된다! 내가 속으로 신나서 외치며 노래방에 막 한 발을 내딛는 그때였다.

"어, 뭐야."

누군가 내뱉은 소리에 나는 그대로 얼어붙었다. 내 뒤에서 계단을 내려오던 여단 오빠가 우뚝 멈춰 섰다.

잠시 얼어붙은 채로 나는 머리를 굴렸다. 아는 사이임은 분명한데, 누구지? 아무리 생각해도 기억 속에는 없는 목소리였다. 얼굴을 확인하기가 무서워서 한참을 망설이던 나는 겨우겨우 용기 내어 고개를 돌렸다.

내 바로 옆, 노래방에 비치된 냉장고 앞에 나보다 머리 한 개는 큰 인영이 서 있었다. 잘생긴 얼굴에 활달해 보이는 분위기, 사복 차림인 데다 키가 커서 고등학생인지 대학생인지 헷갈렸다. 나는 생전 처음 보는 그를 어리둥절해서 보았다. 대체 누구기에 아는 척을 한 거지?

그때 여단 오빠가 내 앞으로 한 걸음 나섰다.

"지연우."

내 앞을 보호하듯이 가로막는 여단 오빠를 보며 나는 눈을 깜빡였다. 사이가 안 좋은가? 설마, 적대 세력 같은 거? 내 가슴이 쿵쾅거리기 시작했다.

그에 지연우라고 불린 남자의 갈색 눈이 가늘어졌다. 가늘어진 눈으로 내 몸만 한 곰 인형을 안고 있는 나와 여단 오빠를 번갈아 보던 그는 웃으며 내뱉었다.

"아, 걔야? 네가 그렇게 아끼는 여동생이라는 애가."

그 말에 나는 기함했다. 아니, 무슨 소리야? 저 사람 설마 지금 반여령이랑 나를 헷갈린 거야? 다른 누구도 아니고 나랑 반여령을? 진짜 눈이 어떻게 된 거 아니야?

처음 보는 사람에게 몹시 실례되게도 그런 생각이나 하고 있던 그때, 인상을 쓴 여단 오빠가 내뱉었다.

"아니야. 그러니까 신경 꺼."

여단 오빠의 험한 언사는 언제 들어도 적응이 되지 않았다. 나는 눈을 깜빡거리며 여단 오빠와 남자를 번갈아 보았다.

여단 오빠의 태도를 봐도 지연우란 사람이 여단 오빠의 친구인지 적인지 전혀 감이 오지 않았다. 왜냐하면, 여단 오빠는…… 솔직히 말해서 모르는 사람들보다도 친구들에게 더 막 대했기 때문이었다.

그때였다. 여단 오빠의 대답에 그의 눈이 동그래지며 커졌다. 그리고 그가 뒤돌아 달려 나가며 외치는 말에 나는 비로소 확신했다.

"야, 다 나와 봐! 반여단이, 우리 여단이가!"

저 사람.

"여동생이 아닌 다른 여자랑 같이 있어!"

틀림없이 여단 오빠의 친구다.

"뭐라고!?"

"오 미친, 신이시여."

저마다 외치며 문밖으로 우당탕 달려 나오는 사람들을 보며 나는 입을 떡 벌렸다. 이윽고 우리는 개미 떼처럼 우르르 몰려온 사람들에 의해 완전히 갇혔다.

세상에나, 윤정인 무리를 겨우 피하면서 오늘은 제발 아는 사람 마주치지 않게 해 달라고 빈 게 언제인데, 우리를 둘러싼 사람들은 못해도 열댓 명은 되어 보였다.

여단 오빠가 팔을 들어 내 얼굴을 가리면서 나를 등 뒤로 감추었다. 그러자마자 곧바로 아우성이 터져 나왔다.

"우리 사이에 이러기냐!"

"며느리 얼굴도 못 보게 하냐?"

여단 오빠가 조금 질린 기색으로 대꾸했다.

"우리 아버지 집에 계신데."

때맞추어 이 사태를 관망하고 있던 노래방 주인에게서 불호령이 떨어졌다.

"너희, 방에 안 들어가고 뭐 하는 거야!"

그러자마자 움찔한 인파가 이윽고 파도처럼 움직였다. 우리는 얼떨결에 흐름에 휩쓸려 그대로 방 안으로 들어갔다.

여단 오빠의 등에 코를 박고 있던 나는, 시끄러운 음악 소리가 들려오자 간신히 고개를 들고는 주변을 살폈다.

스무 명은 너끈히 들어올 수 있을 만큼 넓은 방이었는데, 남계 고등학교 학생들만 있는 건 아니었다. 인근 고등학교 교복을 입은 여고생들 몇 명이 소파 저편에 앉아 있다가 나와 여단 오빠를 보고 눈을 동그랗게 떴다.

곧 손을 들어 입을 가린 그녀들이 이쪽으로 다가왔다.

"뭐야? 여단이는 안 온다며."

"와, 세상에, 이게 웬일이야? 실물이네."

조금 멍해져서 중얼거리는 그들 뒤로 남자들은 남자대로 반여단 왔느냐며 소란을 피웠다. 여단 오빠의 등장에 호들갑을 떠는 것도 잠시, 이윽고 방 안 모두의 시선은 내게로 흘러왔다.

으악! 부담스러워 죽겠네. 나는 곰 인형을 끌어안으며 더더욱 여단 오빠의 등 뒤에 얼굴을 감추었다. 그러자 다른 이들이 몹시도 희한한 표정을 지었다.

나는 울상을 지었다. 나도 안다, 주말 저녁에 시내를 단둘이 돌아다니는 남녀. 그것도 여자 쪽은 곰 인형을 끌어안고 있는 남녀가 사람들 눈에 어떻게 보일지.

가장 먼저 함성이 터진 것은 남학생들 쪽에서였다.

그들이 여단 오빠에게 우르르 몰려오며 물었다.

"뭐야, 너 어떻게 된 거야? 김선우가 너 미팅 자기 대신 내보냈다는 얘기는 들었는데."

그는 말하다 말고 갑자기 손을 들어 입을 가리더니 눈물을 글썽거렸다. 아. 나는 중얼거렸다. 나는 알지, 저 패턴.

이윽고 또다시 모두가 소파나 벽을 붙잡고 엎드리며 한바탕 신파극이 시작되었다.

"여단아, 이 어미는…… 이제 여한이 없다!"

"애비도 여한이 없어!"

"야, 꺼져. 내가 왜 너랑 부부인데."

"다 비켜, 솔직히 반여단은 내가 업어 키웠다."

말도 안 되는 말들이 그들 사이에 난무하는 것을 들으며 나는 생각했다. 도대체 여단 오빠는 어쩌다 이런 친구들을 사귄 걸까? 정말로 내가 예전부터 생각했던, 여단 오빠가 너무 침착하니 반대로 여단 오빠 친구들이 방정맞아져서 평균 온도를 맞추는 거라는 이론이 맞아떨어진 걸까.

그도 아니면…… 어쩌면 이건 모든 것이 완벽하게 타고난 여단 오빠가 짊어진 단 하나의 업보 아닐까? 신께서 여단 오빠를 보고서는 이대로는 인생이 너무 편할 것 같으니 뿌려 준 단 하나의 조미료, 그것이 바로 저 친구들인 것이다.

그렇게 처음 보는 사람들에게 무척 실례되는 생각이나 하고 있던 나는, 문득 어깨를 톡톡 두드리는 손길을 느끼고는 뒤를 돌아보았다. 노래방 조명에 반짝이는 노란색 머리카락과 붉은색 머리카락을 한 여학생 두어 명이 나를 보고 있었다.

뭐, 뭐야? 나는 어깨를 움찔했다. 내가 채 물러나기도 전에 손을 들어 올린 그들이 천천히 내 뺨으로 가져왔다.

이전의 경험이 있어서 나는 반사적으로 나쁜 생각부터 떠올렸다. 뺨? 뺨이라도 때리려나? 여단 오빠를 힐긋 보았지만 그는 친구들에게 붙잡혀 내 쪽을 전혀 보지 못하고 있었다. 이를 어째? 내가 눈을 질끈 감는 그때였다.

"어떡해, 볼 말랑한 것 좀 봐."

그 긴장감 없는 말에 내 어깨에서 모래성 무너지듯 힘이 빠졌다. 이윽고 다가온 손가락이 내 볼을 쿡 찌르는 것을 느낀 나는 반짝 눈을 떴다.

인근 고등학교 교복을 입고 있는 여학생 두 명이 내 볼을 찌르며 마치 인형을 처음 본 어린애들처럼 심취한 표정을 짓고 있었었다. 그들은 내 볼을 만지작거리며 계속 말을 주고받았다.

"애기다, 애기."

"우리도 1학년 때는 이랬겠지."

"아니, 우리는 1학년 때도 안 그랬어."

아니, 이건 대체……. 아마도 여단 오빠와 동갑일 것이 분명한 처음 보는 언니들을 보며 나는 눈을 찡그렸다. 이들이 나한테 왜 이렇게 호의적인 걸까?

이게 정말로 이상한 일인 게, 어느 학교에서든 여단 오빠와 친하게 지내는 여자들은 대체로 질투를 피하지 못했다. 심지어 여단 오빠의 친동생인 반여령조차 항상 여단 오빠와 붙어 지낸다는 이유로 약간의 질투를 받아야만 했다. 대체 남매가 붙어 지내는 게 뭐가 어떻다고?

그런 전적이 있으니 만큼, 나는 아까 정말로 뺨이라도 한 대 맞을 것을 각오하고 있었다. 그런데 이 사람들 정말 뭐야? 사람이라기보다는 고양이나 강아지가 된 것처럼 한참을 예쁨 받은 나는 이윽고 그들에게 이끌려 소파 가운데에 앉았다.

이번에는 그들이 일제히 내게 테이블 위의 과자며 주스 같은 것을 내밀기 시작했다. 나는 갑자기 강아지나 고양이에서 삼천 궁녀를 거느린 의자왕으로 변한 듯한 기분이었다.

"이거 맛있어, 이거 먹어."

"아니야, 야, 그거 많이 남은 거 보면 몰라? 그거 말고 이거 먹어."

"음료수 뭐 좋아해? 여기서 좋아하는 거 없으면 이따 화장실 다녀오는 길에 뽑아다 줄게."

나는 입에 한꺼번에 들어온 다섯 가지 종류의 과자를 한 번에 씹느라고 대답할 수 없었다. 겨우겨우 한데 섞인 과자 덩어리를 꿀꺽 삼킨 내가 마침내 입을 열었다.

"아. 저, 저기요."

그러자 정적이 돌아왔다. 서로 손에 든 과자를 자기가 먼저 먹이겠다며 싸움을 벌이고 있던 이들이 일제히 나를 돌아보았다.

"응, 왜?"

"저…… 저 여단 오빠 친동생 아니에요."

왜 이렇게 잘해 주세요?라고는 차마 물을 수 없어 대신 꺼낸 말이었다.

내 머리로 저들이 처음 보는 내게 이토록 잘해 줄 이유는 이것밖에 떠오르지 않았다. 여령이도 질투만을 받은 것은 아니라서, 여령이를 통해 여단 오빠에게 접근해 보려고 호감을 사기 위해 노력하는 여학생들이 왕왕 있었다.

혹시 이 언니들도 그런 거 아닐까? 반 씨 남매와 4년 가까이를 이웃해 살면서 인간 불신이 뿌리 깊게 박힌 나로서는 참으로 타당하게 들리는 추측이었다.

그런데 그들은 일제히 눈을 크게 뜨더니 대답했다.

"알아, 하나도 안 닮았는데."

"그리고 반여단 여동생 얼굴은 우리도 다 알아."

"걔 얼굴을 어떻게 잊어버려?"

누군가 던진 말에 나는 속으로만 탄성을 터트렸다. 아, 그러게. 정말이다. 그도 그러네.

반여단이든 반여령이든 호불호나 기억력을 떠나서 얼굴만큼은 잊고 싶다고 잊을 수 있는 게 아니었다.

그리고 나는 눈썹을 찡그리며 길게 내뱉었다.

"어……."

그럼 대체, 왜? 그리고 내 태도를 본 그들은 드디어 내가 주춤거리는 이유를 깨달은 것 같았다.

잠시 시선을 교환하던 그들이 옅게 웃으며 물었다.

"우리가 너 질투해야 하는데 안 해서? 반여단이랑 친하다고."

"아, 그게……."

고개를 끄덕이지도 내젓지도 못하는, 정직하다 못해 무례한 반응을 보이는 내 앞에서 그들은 하나같이 입을 가리고는 쿡쿡 웃기 시작했다. 내 머릿속은 또 다시 미궁에 빠졌다. 어라? 이게 대체 어떻게 된 거야?

그 여단 오빠가 화제에 올랐는데 이런 반응이라니? 내가 모르는 새 여단 오빠의 이미지가 주가 폭락할 만한 무슨 사건이 있던가?

그러다 돌아온 대답에 나는 입을 크게 벌렸다.

"반여단 쟤가 남자니? 쟤는 그냥…… 여동생 홍보 대사 같은 거야."

"네?"

옆에서 누군가 고개를 끄덕이며 말을 받았다.

"쟤는 그냥 무성으로 쳐야 해."

"반여단의 옆자리를 노리다니, 쟤를 조금이라도 아는 사람이라면 그런 짓은 안 하지."

"맞아, 왜 하니? 그래 봐야 여동생에 대한 얘기를 24시간 듣게 될 뿐인데."

"맞아, 맞아."

쏟아지는 말들을 듣던 내 속에서 사이렌이 강하게 울었다.

현자다! 현자가 나타났다! 고등학교에 올라와 김혜힐 김혜우 쌍둥이를 만났을 때만큼이나 거대한 충격이 내 머리를 강타하고 지나갔다.

충격에 가까운 감동에 빠진 내게 그들이 주스를 쥐어 주었다.

"같이 다니느라고 고생이다. 이거 먹고 기운 내."

"이것도 먹어 봐."

한참이나 얼어붙어 있던 나는, 겨우겨우 턱을 움직여 내 입안에 버무려진 다양한 맛의 과자들을 열심히 씹어 삼켰다. 그런 나를 보며 언니들은 또 다시 '귀엽다, 귀여워.'만 연발하며 후한 점수를 주었다.

그러다 누군가 건네준 주스를 받은 나는 고개를 꾸벅 숙였다. 마침 목이 마르던 참이었다.

"감사합니다."

"어떡해, 귀여워."

아니, 고작 한 살 차이에 귀엽다고 하는 사람들, 잘 없지 않나? 여단 오빠를 제치고 내가 인기 만점이 된 이 상황이 이해는 잘 안 되지만……. 아무튼 이렇게 예쁨받는 것도 흔치 않은 일인데, 즐기자고 결심한 나는 주스를 들이켰다.

그런 내 귀에 멀리서 여단 오빠와 친구들이 말하는 소리가 들려왔다.

"우리 여단이 많이 컸다. 미팅을 내보내긴 했어도 설마 진짜로 꼬드겨 올 줄은 몰랐는데."

"우쭈쭈, 우리 여단이."

"하지 마."

장난스럽게 엉덩이를 쳐 대는 이들에게 시달리는 여단 오빠를 보며 나는 표정을 흐렸다. 역시 저 친구들은 여단 오빠가 짊어진 단 하나의 업보임이 틀림이 없어……. 신의 밸런스 패치, 작가의 양심 같은 거였다고.

그들의 대화 주제는 어느새 나로 넘어가 있었다.

"그런데 어디서 많이 본 얼굴인데?"

"아, 잠깐, 나 기억난 것 같은데…… 여동생 친구 아니야?"

"아, 옆집! 맞네, 그런데 왜 여기 있어?"

그리고 잠시 침묵이 흐르는가 싶더니 일제히 탄성이 터졌다.

여단 오빠의 등을 한 대씩 친 그들이 물었다.

"야, 그래! 맨날 가방이 그 난리가 나는데도 꼬박꼬박 챙겨 가는 거 보고 수상하다 했어. 언젠가 이럴 줄 알았지!"

"맞아, 나도 재 말고는 없겠다 했다니까? 뭐야, 다 됐네! 스토커 떼고 임도 만나고."

그 말을 들은 나는 태연하게 홀짝이던 주스에서 입을 떼고 귀를 조금 붉혔다. 아까 골목에서 여단 오빠와 나누었던 대화가 떠오른 탓이었다.

맞아, 그랬지. 그때 골목에서 여단 오빠가 나한테 그런 말을 했었다.

'그래도 난 그걸 계속 가져올 정도로 너를 좋아해.'

조용한 골목에서 들었던 그 말을 떠올린 순간, 시장통처럼 시끄럽던 노래방이 일순 음소거된 것 같았다. 나는 괜히 손을 뻗어 옆에 놓여 있던 곰 인형의 손을 매만졌다.

나는 중얼거렸다. 어두워서 다행이다. 안 그랬으면 얼굴이 붉어진 걸 들켰을 거야.

그런데 바로 그때였다.

"그런 거 아니야."

단호한 여단 오빠의 말을 들은 나는 눈을 깜빡이다. 그의 단호한 목소리는 그답지 않은 분노마저 섞여 있었다. 친구들에게 짜증은 낼지언정 화는 내지 않던 그였다.

나만 그것을 깨달은 게 아닌 듯 노래방 안이 갑자기 씻은 듯 조용해졌다. 이윽고 여단 오빠의 친구들이 난처한 표정으로 하나둘 사과를 건넸다.

"아, 그래? 미안."

"그런데 진짜 아니야? 너 여기서 아니라고 해도 어차피 소문은 다 퍼졌을 텐데."

"그건 내가 수습하면 돼."

단호하게 그렇게 말한 다음, 눈썹을 살짝 찡그린 여단 오빠가 다시 말했다.

"재한테 민폐 끼치기는 싫어."

내 양옆에서 소란이 일어난 건 그때였다. 내가 그쪽을 보며 빈 주스 병만 만지작거리는데, 바로 옆에 앉아 있던 여학생이 갑자기 내 손에서 주스를 휙 소리 나게 낚아챘다. 상표를 본 그녀의 얼굴이 창백해졌다.

"아, 망했네."

"왜? 아, 그거 설마……."

"이거, 술 섞은 거잖아! 전에 수학여행 때 남은 거 가져온 거……."

그 말을 들은 내 얼굴이 따라서 창백해졌다. 아니, 대체 이 사람들 노래방에서 뭘 마시는 거야?

학생들 입에서 아무렇지도 않게 튀어나온 술이란 단어에 기겁하는 것도 잠시였다. 그간 내 머릿속에 있는 줄도 몰랐던 또 다른 자아가 불쑥 튀어나와서 말했다. 그럴 수도 있지, 뭐. 나는 홀린 듯 중얼거렸다. 맞아, 그럴 수 있지.

그녀들이 나를 둘러싸곤 당황해서 물었다.

"너 괜찮아? 이거 몇 개로 보여?"

"두 개요."

"어? 얘 괜찮은 것 같은데? 너 술 세구나?"

그들이 화색이 되어 말하는 순간이었다. 돌연 손을 쭉 뻗은 나는 바로 앞에 있던 테이블을 탕, 소리 나게 내리쳤다. 테이블 중앙에 있던 나무 그릇이 흔들리며 과자들이 우르르 아래로 쏟아졌다.

여학생들은 물론이고 여단 오빠며 여단 오빠 친구들까지 눈을 둥글게 뜨며 나를 돌아보았다. 그 가운데 내가 입을 열었다.

"아니요, 전 괜찮지 않아요!"

"내, 내가 미안해!"

안절부절못하다 급기야는 소파 위에 엎드려 절을 하려

드는 그녀에게 나는 단호하게 고개를 내저었다. 그리고 나는 손가락을 들어 한 곳을 가리켰다.

"언니가 아니라, 저 사람. 저 사람 때문에……."

그러자 모두의 고개가 한 곳으로 돌아갔다. 이윽고 손가락 끝에 있던 여단 오빠가 얼굴을 구기더니 물었다.

"누가 쟤한테 뭐 먹였어?"

내 말을 끊은 여단 오빠가 바늘처럼 서슬 퍼런 시선을 양옆으로 흩뿌리는 바람에 모든 시선이 여단 오빠에게로 돌아갔다. 그것이 마음에 들지 않았다.

아니, 지금 내가 얼마나 진지한 얘기를 하고 있는데! 내가 다시 책상을 탕, 소리 나게 치자 여단 오빠의 시선이 다시 내게로 돌아왔다. 그가 조금 난처한 듯한 얼굴로 불렀다.

"단아."

나는 아랑곳 않고 그의 눈을 똑바로 쏘아보았다. 한참을 그러고 있던 내가 마침내 입을 열었다.

"오빠는…… 민폐를 끼치기 싫었으면, 애초에 내 옆집에 살면 안 됐지!"

"뭐?"

여단 오빠가 잔뜩 충격받은 표정을 지었다. 만화로 치자면 쿵 소리가 났을 것만 같은 표정이었다. 양옆에서 그의 친구들이 소곤거리는 소리가 들렸다. 어떡하냐, 얘. 큰일 났네. 오늘 사귀었는데 오늘 차였다.

에잇, 시끄럽잖아! 다시 책상을 탕, 친 나는 여단 오빠를 쏘아보며 말을 이었다.

"여단 오빠 때문에 내가…… 키도 안 크는데 눈만 대기권을 뚫고 나가서…… 응?"

그러자 다시 한번 노래방 안이 조용해졌다. 눈보라 같은 침묵이 방 안을 뒤덮는가 싶더니, 어디선가 풍선이 펑 터지듯이 웃음 하나가 터졌다. 그것을 시작으로 발작적인 웃음소리가 방 안 가득 뒤덮었다.

여단 오빠와 나를 제외한 모두가 저마다 어떡해를 연발하며 쓰러지는 것도 아랑곳 않고, 나는 책상을 탕탕, 치며 진지하게 말을 이었다.

"그러니까 내 말은. 사람이 큰사람이 큰사람이 되려면 책임감이 있어야 하는데! 저 오빠는 내 눈은 인공위성 바로 옆에 갖다 놓고 책임을 안 진다, 이 말입니다……."

아, 어떡해, 나 진짜 웃겨서 죽을 것 같애! 저마다 어깨를 짚고 쓰러지는 가운데 나는 눈을 슬쩍 내리깔았다. 갑자기 무거워지기 시작한 눈꺼풀을 힘겹게 지탱하며 나는 말을 맺었다.

"알겠어? 여단 오빠는, 나를 책임지지 않으면 큰사람이 될 수 없다고……."

힘없이 흩어지는 내 말 끝을 낚아챈 누군가가 신나서 외쳤다.

"야, 이건 책임을 져야겠네."

"시끄러워."

그렇게 쏘아붙인 여단 오빠는 잠시 두 손으로 얼굴을 가리고는 아무 말도 하지 않았다. 그러자 사방에서 테이블을 주먹으로 두드리며 책임져, 책임져, 하고 연호하기 시작했다. 마침내 얼굴을 가리고 있던 손을 치운 여단 오빠가 짧게 말했다.

"아, 그만하랬다."

경고를 담아 사방을 쏘아본 그가 몸을 일으켜 내게로 다가왔다. 그 무렵에 테이블에 두 팔을 얹고 꾸벅꾸벅 졸고 있던 나는 퍼뜩 고개를 들었다. 흘러내린 갈색 머리칼 사이로 나를 걱정스레 응시하는 여단 오빠의 얼굴이 보였다.

허리를 굽히고 나를 관찰하듯 들여다보던 그가 이윽고 조심스럽게 물었다.

"걸을 수 있겠어?"

나는 눈을 비비며 대답했다.

"응……. 그런데 잠 와."

내 말에 그는 주저 없이 뒤돌더니 한쪽 무릎을 꿇고 앉으며 말했다.

"업혀."

나는 흘러내리는 것처럼 스르르 그의 목에 팔을 감고 기댔다. 내가 사람이 아니라 무슨 스티로폼이나 되는 것처럼, 여단 오빠는 한 번도 주춤하지 않고 곧장 몸을 일으키며 자리에서 일어났다. 그가 걸음을 옮기자 내 머리가 따라서 흔들리는 바람에 나는 인상을 찌푸렸다. 희미하게 흩어지는 소음 사이로 목소리들이 꿈속의 것처럼 들려왔다.

"너희, 곰 인형은 월요일에 학교에서 줘."

"뭐? 너 이걸 학교에 가져오라고?"

"그럼 니들이 가지려고?"

대답하는 여단 오빠의 말투가 그닥지 않았다. 혹시 내가 다른 사람에게 업혀 있는 게 아닌가 싶어 목을 끌어안고 있던 팔에 살짝 힘을 주자, 그의 말이 잠시 끊겼다.

이윽고 다시 목소리가 들렸다.

"빼돌리면 가만 안 둔다."

"야, 이런 걸 누가 빼돌리냐?"

야유하는 듯한 소리를 뒤로하고, 등을 한 번 추슬러 나를 고쳐 업은 여단 오빠가 다시 걸음을 옮겼다.

그런 그의 등에 뺨을 기대어 나는 크게 숨을 내쉬었다. 누가 끌어 내리는 것처럼 의식이 점차 가라앉았다.

* * *

갑자기 눈을 파고드는 주황 불빛에 나는 반짝 눈을 떴다. 위를 올려다보자 어두운 밤하늘을 배경으로 무대 위의 조명처럼 환히 빛나고 있는 가로등이 보였다.

뺨에 와 닿는 바람이 그새 쌀쌀해져 있었다. 괜히 입을 헤 벌리고 가로등을 올려다보다, 나는 눈앞에서 흔들리는 등을 바라보았다.

업히기 전까지의 기억이 잘 떠오르지 않았다. 누군가 가위를 갖고 잘라 낸 것처럼 끊겨있었다. 하지만 나는 별로 놀라지 않았다. 아무튼 나를 업고 있는 이 사람의 등은 내게는 아주 익숙한 것이었으므로.

다시 고개를 숙인 내가 그의 등에 뺨을 파묻으며 숨을 들이쉬자, 그의 등이 경직되는 것이 천자락 너머로도 느껴졌다. 손을 웅크리며 나는 중얼거렸다. 역시 익숙한 향기.

그리고 다시 한번 숨을 한껏 들이쉬는 순간, 익숙한 향기가 갈고리라도 된 것처럼 어렴풋한 기억들이 한꺼번에 밀려들어 왔다.

'이거 술 섞은 거잖아! 전에 수학여행 때 남은 거 가져온 거…….'

나를 둘러싸고 앉아 있던 여학생 중 하나의 다급한 말. 그 뒤의 기억은 모두 크레파스로 문지른 것처럼 엉망이었다.

나는 문득 미간을 좁혔다. 잠깐, 내가 무슨 말을 했던가? 기억나는 건 없었다. 다만 떠오르는 것이라곤 내가 뭐라 뭐라 말할 때마다 바닥으로 쓰러지던 사람들의 발작적인 모습뿐. 거기까지 떠올리자마자 찬물을 끼얹은 듯 정신이 반짝 들었다.

나는 입을 가리며 중얼거렸다. 내가 대체, 무슨 짓을 한 거야? 그러기가 무섭게 나를 업고 있던 여단 오빠가 걸음을 우뚝 멈추었다. 그대로 고개만 돌려 나를 바라본 그가 물었다.

"깼어?"

나는 괜히 말을 골랐다. 지은 죄가 있어서인지, 대수롭지 않은 물음에도 추궁당하는 것처럼 심장이 벌렁거렸다. 나는 심장 위에 가만히 주먹을 올려놓은 채 대답했다.

"응."

"너……."

뭔가를 말하려던 듯한 여단 오빠는 한숨을 내쉬더니 갑자기 말을 바꿨다.

"사람이 주는 거, 함부로 마시지 마."

"응."

드물게 훈계조인 말에도 나는 그저 고개를 끄덕였다. 그러면서 나는 속으로만 중얼거렸다. 아니, 하지만 솔직히 전부 내 탓은 아니지. 설마 노래방에 놓여 있던 멀쩡한 음료가 내용물이 그 모양일 줄 내가 알았겠어.

그때 여단 오빠가 다시 말했다.

"특히 내 친구들이 주는 건 아무것도 마시지 마. 아니, 걔네는 그냥 멀리서 보인다 싶으면 바로 피해."

그 말에 나는 금세 긴장했던 것도 잊고 웃고 말았다.

내가 소리 내어 웃기 시작하자, 여단 오빠는 어쩔 수 없다는 듯 한숨을 내쉬는 것이 아무래도 내가 아직 취했다고 생각하는 모양이었다. 아무튼 덕분에 잔소리는 피할 수 있을 것 같아 좋았다.

내가 한결 가벼운 마음으로 여단 오빠의 어깨에 팔을 두르자, 그는 별 말 없이 고개를 돌려 다시 걷기 시작했다. 나는 흔들리는 등에 다시 뺨을 기댔다. 속으로 궁색하게나마 변명도 했다. 이때가 아니면 언제 업혀 보겠어?

물론 여단 오빠는 내가 업어 달라고 하면 언제든 업어 줄 것이다. 아마도 이유도 묻지 않고. 아니, 이유 정도는 물을지도 모른다. 하지만 그것은 내 다리가 다쳐서 그러는 건가 하는 걱정 때문일 것이다.

그의 등에 조금 더 깊이 몸을 기대며 나는 생각했다.

아마도 여단 오빠는 여령이에게 해 줄 수 있는 모든 일을 나에게도 해 줄 것이다. 그러니까 어디를 데리고 간다거나 불량배에게 시비 걸리고 있으면 내쫓아 주는 것, 우산을 가져와 달라거나 마중 나와 달라는 부탁 같은 것.

어렸을 때부터 그를 보아 왔던 나는 그것을 믿어 의심치 않는다. 그럼에도 여단 오빠는 여령이의 친오빠였지 내 오빠가 아니었고, 나는 처음에는 그 사실이 싫었으며 나중에는 좋았다.

나를 좋아할 수 있을지도 모르는 유일한 사람.

내가 좋아할 수 있도록 허락된 유일한 사람.

그렇게 생각했던 적이 있다.

“단아.”

갑자기 상념을 파고든 목소리에 나는 퍼뜩 고개를 들었다. 잠시 멍하니 있던 내가 대답했다.

“아, 응.”

“네가 노래방에서 했던 얘기.”

“응?”

그의 가라앉은 목소리를 들으며 나는 이마를 긁적였다. 노래방에서 했던 언니들이랑 얘기? 삼천 궁녀에 둘러싸인 의자왕이 된 기분으로 과자 좀 얻어먹다 잠든 기억밖에 없는데.

물론 그녀들과 여단 오빠에 대해 약간의, 아주 약간의 대화를 주고받기는 했지만 어마무시하게 시끄럽던 노래방 안에서 그게 여단 오빠에게까지 들렸을 리는 없고…….

그녀들의 여단 오빠 무성 발언에 대해 잠시 생각하던 나는 고개를 기울였다. 그건 아닐 텐데, 그럼 대체? 그러다 이어진 여단 오빠의 말에 내 얼굴이 잔뜩 달아올랐다.

“내가 너 책임지라던 거.”

“뭐, 뭐? 내가 언제?!”

“어?”

여단 오빠가 드물게 당황한 듯 내뱉는 것을 보고 있자니 갑자기 잊었던 기억들이 망각의 수면에서 힘차게 헤엄쳐 나왔다. 나는 반사적으로 앓는 소리를 내며 그들을 꾹꾹 눌러 넣었다. 안 돼, 들어가! 도로 들어가라고! 그러나 별 소용은 없었다.

결국 떠올라 버린 흑역사에 나는 이마를 짚으며 고통에 빠졌다.

'오빠는…… 민폐를 끼치기 싫었으면, 애초에 내 옆집에 살면 안 됐지!'

'여단 오빠 때문에 내가…… 키도 안 크는데 눈만 대기권을 뚫고 나가서…… 응?'

'사람이 큰사람이 큰사람이 되려면 책임감이 있어야 하는데! 저 오빠는 내 눈은 인공위성 바로 옆에 갖다 놓고 책임을 안 진다, 이 말입니다…….'

아아악, 나는 고통에 몸을 뒤틀며 내 입을 매만졌다.

그게 정말 여기 내 입, 아니, 내 주둥이에서 나온 말이라고? 그것도 아무리 여단 오빠 아는 사람들이라고는 해도 처음 보는 사람 십 수 명이 바글바글 들어찬 노래방에서, 내가 그런 말을 했다고?

아니, 차라리 완전히 모르는 사람이었다면 모를까 그 사람들이 여단 오빠 친구들이라서 더 문제였다. 앞으로 마주칠 일이라도 생기면 나는 정말 민망해서 어째!

악! 아악! 속으로만 비명을 지르며 고개를 도리도리 내젓는 나를 여단 오빠가 불렀다.

"왜 그래?"

"헝, 흐엉, 아니…… 아무것도 아닙니다."

내가 힘없이 대답하자, 여단 오빠는 말없이 눈을 찡그리기만 했다. 아무래도 내가 그 일에 대해 까맣게 잊었다고는 생각하지 못하는 모양이었다.

다시 고개를 돌려 앞을 보고는 나를 업고 걸음을 옮기면서 여단 오빠가 말을 이었다.

"그래. 노래방에서 했던 말 말인데……."

차분하게 죽자. 생각하느라 나는 여단 오빠의 말에 귀를 잘 기울일 수 없었다.

솔직히 말하자면 듣고 싶지 않았다. 대체 무슨 말이 돌아올지 너무 무서워서 심장이 튀어나올 지경이었다. 하지만 업혀 있는 처지라 대답하지 않을 수도 없었다.

나는 침울하게 대답했다.

"네……."

그러자 조금 당황한 듯한 여단 오빠가 물었다.

"갑자기 웬 존대야. 아니…… 아무튼 내가 하고 싶은 말이 뭐냐 하면."

"응."

그리고 이어지는 의외의 말에 나는 눈을 동그랗게 떴다.

"너한테 스토커 일에 대해 도와달라고 얘기하지 않은 거."

"응? 응……."

선선히 고개를 끄덕이면서도 내 머릿속에 의문이 가득 차는 것을 어쩔 수가 없었다. 아, 그러고 보니 그런 얘기를 듣기도 한 것 같았다.

'걔한테 민폐 끼치기 싫어.'

그리고 그 민폐 발언에 대해 내가 대답한 말들을 생각하면…… 으으. 내가 다시 진저리를 치는 그때, 여단 오빠의 말이 이어졌다.

"사귀냐는 말에 부정한 거."

"응……."

다시 한번 고개를 끄덕이면서도 나는 눈을 굴렸다. 여단 오빠가 무슨 말을 하려고 하는지 도무지 알 수가 없었다.

"그거 말인데."

"응."

"네가 싫어서 그런 게 아니야."

갑자기 떨어진, 맥락과는 별 상관없어 보이는 말에 내 눈이 동그래졌다. 잠시 망설이던 내가 대답했다.

"그, 그런 건 나도 알아."

전부터 누누이 말하는 것이지만 여단 오빠가 나를 동생으로서 굉장히 아낀다는 것 정도는 안다. 나는 말을 이었다.

"내가 싫어서 그러는 걸 거라고 생각 안 했어. 그냥 말 그대로 오해받는 게 싫어서잖아."

그러자 여단 오빠는 작게 한숨을 내쉬었다.

"아니, 그런 게 아니라."

"응?"

"네가 눈이 너무 높다며. 인공위성 옆에 있는 것 같다고."

"응? 응……."

그게 왜, 묻기도 전에 대답이 돌아왔다.

"뭔가를 보며 높다고 말할 수 있는 건, 네가 낮을 때만 가능한 일이니까."

"……."

"네가, 네 스스로를 낮춰 생각하는 것 같아서."

그게 그런 식으로 읽힐 수 있는 줄은 몰랐다.

입을 다문 나는 곧바로 생각했다. 아니, 하지만 여단 오빠 같은 사람이 옆집에 사는데 누가 스스로를 낮잡아 생각하지 않을 수 있단 말이야?

그때 여단 오빠가 말을 이었다.

"나는, 너랑 사귀냐고 오해받은 거."

"어, 응."

"하나도 기분 안 나빴어."

"……."

나는 잠시 숨을 멈추었다. 이윽고 고개를 들어 바라보자, 여단 오빠의 검은 머리카락이 불어온 바람에 흔들리는 보였다. 그의 목소리가 아직도 대기 중에 남아 나를 감싸고 있는 것 같았다.

그렇게 말한 다음, 여단 오빠는 한동안 아무 말도 하지 않고 나를 옮기는 게 자기 사명이라도 되는 사람처럼 묵묵히 걸음을 옮겼다. 한참이나 여단 오빠의 뒤통수를 물끄러미 응시하던 나는 마침내 다시 입을 열었다.

"여, 여단 오빠!"

내가 여단 오빠의 옷자락을 용기 내어 움켜쥐자 그가 나를 돌아보았다.

"응?"

"스토커 떼어 내는 거, 역시 내가 도와줄게."

그러자 미미하게 얼굴을 굳힌 그가 대답했다.

"너한테 민폐 끼치기 싫다고 했잖아."

그 말이라면 할 줄 알았지. 나는 곧바로 받아쳤다.

"하지만 여단 오빠, 나한테도 비슷한 일 생기면 도와줄 거잖아."

그러자 과연 여단 오빠는 아무 말도 하지 못했다. 사실 맞지, 나는 속으로만 의기양양하게 웃었다.

그런 나를 한참이나 복잡한 표정으로 바라보던 여단 오빠가 이윽고 입을 떼었다.

"정말 괜찮겠어?"

"응."

"위험한 일이라도 당하면."

그렇게 말한 여단 오빠가 인상을 썼다. 가정만으로도 싫은 모양이었다.

나는 태연하게 대답했다.

"오빠랑 최대한 붙어 다니면 되는 거 아니야?"

"내가 어떻게 할 수 없는 부분들이 있잖아. 학교가 다른데."

"그래도 여단 오빠, 오빠 가방에 아무도 모르게 뭘 넣어 둘 정도면 되게 심각한 거 아니야?"

"그건……."

그리고 그는 말이 없이 한동안 걷기만 했다. 나는 그의 등에 가만히 매달린 채 대답을 기다렸다.

잠시 후, 돌아온 대답을 듣고 나는 작게 웃었다.

"너 위험해 보이기라도 하면 당장 그만둘 거야."

"응!"

"하아, 웃을 일 아니야."

모처럼 한숨을 내쉬며 타박하듯 그렇게 말한 여단 오빠가 걸음을 옮겼다.

아랑곳 않고 나는 그의 등에 매달려 웃었다.

*　*　*

여단 오빠가 나를 집 문 앞에 내려 주자마자 나는 여단 오빠에게 물었다.

"오빠, 나 볼 빨개?"

"어……."

그가 쉽게 대답하지 못하는 것을 보자마자 나는 알아차렸다. 빨갛군, 유감스럽게도. 잠시 곤란한 눈으로 나를 내려다보던 여단 오빠는 불쑥 핸드폰을 꺼내더니 단축키 1번을 눌렀다. 얼마 안 가 내가 아는 중에 가장 고운 목소리가 핸드폰 너머에서 들려왔다.

[왜?]

"너, 집에 있지."

[응. 벌써 밤 열 신데 그럼.]

"그럼 단이 좀 네 방으로 보낼게."

그러자 여령이의 황당해하는 목소리가 들렸다.

[뭐? 그걸 왜 오빠가 말해?]

"지금 같이 있어서."

여단 오빠가 그렇게 대답하자마자 여령이가 문을 벌컥 열고 뛰쳐나왔다.

반 씨 남매는 학업 성적이나 운동 신경만 우수한 게 아니라 그냥 오감 자체가 남다른 모양인지, 내게 몇 걸음 걸어오지도 않은 반여령이 걸음을 멈추더니 대뜸 외쳤다.

"뭐야? 술 냄새! 단아, 누가 술 먹였어? 오빠야?"

여단 오빠는 곧바로 대답했다.

"실수였어."

"실수? 실수 두 번이면 사람도 죽인댔어!"

눈에 쌍심지를 켜며 사납게 말하는 여령이를 보며 나는 진땀을 흘렸다. 여령아, 참을 인 세 번이면 살인도 면한다는 말은 들어 봤어도 그런 말은 들어 본 적이 없는데.

"두 번은 안…… 아니야, 내가 잘못했어."

"흐음."

"아무튼, 너도 알 정도니까 오늘은 네 방에서 재우는 게 나을 것 같아서."

그 말에 여령이는 비로소 표정을 풀고는 고개를 끄덕였다. 확실히 내가 생각하기에도 이대로 집에 들어갔다가는 한동안 등짝에 불이 나서 제대로 돌아다니지도 못할 것이다.

팔을 뻗어 나를 집으로 잡아끌던 여령이가 물었다.

"그러고 보니까, 오빠랑 단이가 왜 같이 와? 원래 둘이 따로 나갔잖아. 단이 넌 미팅 간다고 안 그랬어?"

아, 그러고 보니 그랬지, 참. 나는 대수롭잖게 고개를 끄덕거렸다. 내가 아침부터 반여령의 옷을 빌려 입고 온갖 수선 떨며 나가게 된 이유는 분명히 그것이었는데, 중간에 여단 오빠를 만나고부터 깨끗이 잊어버렸지 뭔가.

아직 술에 취해 흐릿한 머릿속에 낮 동안의 기억이 어렴풋이 떠올랐다. 카페에서 보았던 이민아의 사복 차림, 이민아보다는 덜 친한 여자애들, 문세라와 안지영의 반기던 얼굴과 반대편에 앉아 있던 남자애들.

그러다 불쾌한 기억을 되살린 나는 살짝 인상을 썼다. 그 모습을 보고 뭐라고 짐작했는지, 얼굴을 굳힌 여령이가 나를 단호하게 자기 집 안으로 이끌었다.

거실에 계시던 여령이네 부모님에게 꾸벅 인사한 나는, 곧바로 여령이의 방으로 들어갔다. 여단 오빠도 함께였다.

여단 오빠는 여령이가 스토커 건을 알게 되는 게 싫다고 내게 미리 말했기 때문에, 자연스레 얘기는 천동호에 대한 것으로 흘러갔다.

여단 오빠가 미팅에서 나를 빼내게 된 자초지종을 들은 여령이가 책상을 탕, 치며 외쳤다.

"뭐!?"

그리고 그녀는 갑자기 주변을 두리번거리더니 날카로운 샤프 하나를 집어 들었다. 내가 애써 침착을 지키며 물었다.

"여령아, 그걸로 뭐 하려고?"

"이미 있는 눈이 제 기능을 못하는 것 같아서, 뒤통수에 눈을 새로 뚫어 주려고……."

"아니, 너 샤프 들고 그런 말 하는 거 아니야. 당장 내려놔."

엄청 위험해 보이잖아. 그렇게 말하면서 여령이의 손에서 샤프를 빼어 드는 한편, 나는 고개를 숙이며 그녀에게 보이지 않도록 웃었다.

에휴, 옆집에 반 씨 남매 안 살았으면 나는 대체 어떻게 살았을까 몰라. 이런 일 당할 때마다 일일이 편들어 주는 이들이 아니었으면, 나는 진작 아주 우울한 사람이 되어 버렸을 것이다.

내 삶을 평범하지 못하게 만든 것도 이들이기는 하지만, 나를 지금까지 그럭저럭 평범한 사람이 될 수 있도록 지탱해 준 것 역시 이들이었다.

그때 여단 오빠가 문득 입을 열었다.

"아, 그리고 우리……."

그렇게 말하며 내 눈치를 보는 그의 모습에 나는 잊고 있었던 일을 떠올렸다. 아, 그렇지. 그거 말해야 하는 거였지? 내가 말했다.

"아니야, 여단 오빠. 내가 말할게."

"아니야. 내가."

"괜찮아, 내가 할게."

여령이의 눈이 휘둥그래진 가운데 한동안 실랑이하다가 결국 승기를 잡은 것은 나였다. 목을 한 번 가다듬은 나는 진지하게 말했다.

"음, 여령아. 우리말이야."

내가 말을 채 맺기도 전에 여령이가 불쑥 끼어들었다.

"싸웠어?"

"뭐? 아, 아니!"

사이좋게 같이 들어오는 거 방금도 봤으면서, 대체 어떻게 해야 그런 결론에 도달할 수 있는 거야? 아니, 뭐, 워낙 오래 알던 사이니까 싸운 거랑 같이 집에 오는 것쯤은 다를 수도 있지만. 마치 가족끼리 싸워도 이튿날 되면 자연스레 한 식탁에서 아침 먹고 있듯이.

간신히 당황을 수습한 내가 조심스럽게 말을 이었다.

"아니, 그런 게 아니라. 음, 여단 오빠랑 나 말이야……."

"잘됐다!"

"엥?"

내가 당황하건 말건, 내 손을 두 손으로 붙잡은 여령이가 반짝이는 눈빛으로 말했다.

"그래, 우리 오빠랑 거리를 두기로 한 건 잘한 일이야, 단아."

"아니, 잠깐. 그게 무슨 말이야."

"우리 오빠 집에서는 옷도 잘 안 입고 다녀서 맨날 너 놀래기나 하고."

아니, 그건 내가 생각하는 한 여단 오빠의 가장 큰 장점인데. 차마 여단 오빠 앞에서 그렇게 말할 수는 없어 나는 그냥 입을 다물었다. 그보다, 아까부터 완전히 오해하고 있잖아! 나는 당황하며 말했다.

"그런 게 아니라—."

그때, 옆에서 상황을 지켜보던 여단 오빠가 입을 열어 딱 한마디 했다.

"우리, 사귀어."

딱 한마디였다. 그런데도 우리는 딱 한마디가 사람의 안색을 어디까지 바꿀 수 있는지 직접 확인할 수 있었다. 화사하던 여령이의 안색이 당장에 검은 물을 뒤집어쓴 것처럼 푸르죽죽해졌다.

한참이나 여단 오빠와 나를 번갈아 보던 여령이가 이윽고 울상을 지었다. 우리 둘의 표정을 통해 우리가 농담하는 것이 아님을 깨달은 모양이었다.

그러더니 여령이가 내 손을 잡으며 비명처럼 터트리는 말에 나는 당황했다.

"왜, 왜? 어째서?"

"아, 그게."

그러고 보니 마땅한 이유를 설정하지 않았다. 음, 도대체 뭐라고 말해야 자연스럽게 들릴까? 고민하던 나는 옆에서 들려온 대답에 퍼뜩 고개를 들었다.

"옛날부터 좋아했어. 서로."

헉. 나는 살짝 식은땀을 흘리기 시작했다. 사실 여단 오빠, 내가 옛날에 여단 오빠 좋아했었다는 거 알고 있는 거 아니야? 내가 제 풀에 찔려 말이 없는 가운데 여령이만 목소리를 높였다.

"오빠, 언제부터 그런 불순한 눈빛으로……! 아무리 오빠라도 용서 못해!"

여령이가 그렇게 말하면 조금이라도 흔들릴 줄 알았는데, 여단 오빠는 의외로 꿈쩍도 안 했다.

"그렇게 됐다."

담담한 여단 오빠의 대답에 잠시 눈빛이 흔들리던 여령이가 이윽고 아까의 샤프를 쥐었다. 그것을 본 내가 비명처럼 외쳤다.

"아니, 여령이 너 좀, 뭐 말할 때 손에 흉기부터 드는 버릇 좀 고쳐!"

여기가 GTA인 줄 알아!? 내가 외친 말에 여령이가 한껏 외쳤다.

"한국이 총기 소지 금지라서 이 정도로 끝난 줄 알아! 아무리 오빠라도…… 흑흑."

"아니, 얘를 어떡하지. 진짜……."

방 안에서 한참이나 허우적대던 우리의 싸움은 결국 방으로 들어온 여령이네 어머니가 우리를 혼냄으로서 마무리되었다.

오빠에게 말하는 게 그게 뭐냐며 혼이 나는 여령이를 보며 나는 내심 안도의 한숨을 내쉬었다.

그래도 여령이, 부모님에게는 한마디 말도 안 하네. 하기는, 여단 오빠와 나의 연애 사실이 알려졌을 때 우리 부모님의 예상 반응을 상상한 나는 말없이 어깨를 떨었다.

안 그래도 사이가 좋은 두 집안인데 사돈까지 되었다며 경사 났다고 동네 파티라도 열겠지. 아파트 단지 입구에 현수막을 붙여도 이상하지 않다.

그럼 잠깐 위장 연애만 하려던 우리는 결국 그대로 결혼까지 가게 되고……. 어라, 잠깐. 그거 괜찮은데?

내가 턱을 매만지며 생각에 잠기는 순간이었다. 여령이네 어머니가 문을 달칵 닫고 나가시자마자 고개를 든 여령이가 여단 오빠를 향해 음산하게 쏘아붙였다.

"오빠, 착각하지 마. 숨겨 준 게 아니라 어차피 금방 헤어질 거니까 말 안 한 거야."

아주 저주를 해라, 반여령.

나는 한숨을 내쉬었다. 이거 정말 괜찮을까?

우리가 사귀는 것을 첫 번째 밝힌 사람부터가 이런 반응이어서야, 나는 벌써부터 앞으로의 나날이 몹시 걱정되었다.

제28조. 안경만 있으면 서열 1위 당신도 모범생!

이튿날 일요일, 나는 토요일에 밀린 공부를 하느라고 정신이 없어서 아무와도 연락하지 못했다. 공부하다 말고 잠깐잠깐 핸드폰을 확인했더니 다행히 여단 오빠에 대한 일이 소문나지 않은 건지 아직까지는 별다른 말이 없었고, 다만 모르는 번호로 문자 한 통이 와 있었다.

[보낸 사람 : 010-88xx-xxxx
아무튼 그땐 미안했다]

번호는 처음 보는 것이었으나 최근 내게 미안할 만한 짓을 한 사람이라면 한 명뿐이었다. 작게 코웃음 친 나는 번호를 차단하고는 다시 문제 풀이에 집중했다.

그렇게 일요일 하루동안 온종일 공부만 하다 보니, 토요일 일에 대해서는 자연스레 잊게 되었다. 아무래도 알코올의 덕도 조금 있는 것같았다.

다시 찾아온 새로운 월요일. 아무렇지도 않게 아파트 문을 열어젖힌 나는 문 앞에 생각지도 못한 사람이 서 있자 잠깐 놀라 걸음을 멈추었다.

"어."

내가 작게 내뱉자, 여령이의 옆에 서서 난간에 손을 걸친 채 아파트 단지를 내다보던 그가 이쪽을 돌아보았다. 달리 누구겠는가. 여단 오빠였다.

나는 당황하며 물었다.

"오빠, 학교는 어쩌고?"

"너 데려다주고 가려고. 그래도 지각 안 해."

확실히 반여령과 나는 비교적 일찍 등교하는 편이라, 여단 오빠가 우리 나오는 시간에 맞추어 나오면 우리를 데려다주고도 지각하지 않을 수 있을 것이다.

아니, 하지만……. 여단 오빠도 여령이처럼 사람들의 시선을 싫어해서 아슬아슬하게 지각을 면할 정도로 느지막하게 등교한다고 알고 있는데? 잠시 고민하던 나는 의외의 결론을 얻어 버렸다.

설마, 나 때문에?

바로 그 설마가 설마인 모양이었다. 아침형 인간 여령이가 드물게 아침부터 짜증을 내고 있었다.

“오빠, 우리 사이에 끼어들지 마. 길 좁단 말이야.”

“세 사람이 못 걸을 정도는 아니잖아.”

“아, 정말! 단이가 어디가 부족해서!”

고개를 홱 돌리며 여령이가 외쳤다. 아니, 그거 보통 나보다는 여단 오빠에게 어울리는 말이 아니냐. 침착하게 생각하던 나는, 여단 오빠가 내게로 손을 내밀자 눈을 깜빡였다. 어렸을 때나 자주 잡아 보곤 했던 손이 아침 햇살을 받아 눈앞에서 반짝이고 있었다.

저 손만 잡으면 무엇에도 다치지 않을 것만 같았던 시절이 있었다.

잠시 눈을 가늘게 떴다가, 나는 여단 오빠의 손을 잡았다. 그러기가 무섭게 옆에서도 여령이가 내 한쪽 손을 잡았다.

결국 작게 웃어 버린 나는 두 사람을 이끌고 걸음을 옮겼다.

* * *

나는 내 위장 연애가 주변 사람들에게 있어 별 영향을 끼치지 않을 거라고 믿었다. 왜냐하면 솔직히 우리 지역 안에 고등학교가 몇 개인데, 또 우리 학년에만 해도 커플은 몇 개인데. 특히 학원 다니는 애들의 경우 숨어서 사귀다가 들키는 경우도 적지 않았다.

심지어 중학교 때부터 사귀어서 지금은 공인 커플이 된 경우도 적지 않아서, 4반 이지한과 우리 반 김혜힐만 해도 그런 경우가 아니던가? 그런데도 김혜힐의 남자 친구가 우리 입에 오르내리는 경우는 거의 없었고, 나도 가끔 김혜힐에게 남자 친구가 있다는 사실을 까먹곤 했다.

그래서 나는 당연히 내 연애도 그런 식으로 묻힐 줄만 알았지.

"얼른 얘기 좀 해 봐!"

이런 식으로 온 반의 주목을 받게 될 줄 누가 알았겠냐고. 나는 창백한 얼굴로 중얼거렸다. 그런 내게 이민아와 윤정인이 한마음이 된 것처럼 번갈아 가며 말했다.

"야, 어디 얘기 좀 들어 보자. 주말 동안 사라졌다가 갑자기 떡하니 남친을 만들다니, 그거 어떻게 된 건데?"

급하게 책상을 두들기는 윤정인의 옆에서 이민아가 두 볼을 감싸며 소리를 높였다.

"그래, 내가 그 오빠가 너 데리고 나갈 때부터 대충 감이 왔어! 그래도 그렇지 오늘 학교 앞에서 그렇게 막……!"

그에 기겁한 내가 말을 끊었다. 얘는 무슨, 그렇게 말하면 내가 여단 오빠랑 학교 앞에서 대단한 짓이라도 한 줄 알겠네!

"그냥 교문 앞까지 데려다주고 잘 가라고 웃어 준 게 다잖아!"

“그 웃는 게 보통이 아니었다는 게 문제지! 주변 여자애들 다 기절했다던데.”

이민아의 말이 전혀 과장이 아니라서 나는 잠시 침을 삼켰다.

그래, 나도 여단 오빠가 그렇게 완벽하게 남자 친구 노릇을 할 줄은 몰랐지……. 나는 이마를 짚었다. 내내 옆집에 살아서 어느 정도 적응한 내가 이 정도 충격이었으니, 확실히 애들의 충격은 짐작이 갔다.

옆에서 나와 같이 미팅에 나갔던 안지영과 문세라가 투덜거렸다.

“좋겠다. 우리도 괜찮긴 했는데, 솔직히 너 가고 나서 남자애들 좀 이상했기도 하고.”

“맞아. 김선우? 그 오빠 중간에 안 왔으면 더 재미없었을걸. 그런데 선우 오빠가 진짜 웃겨서.”

아, 과연. 여단 오빠 친구니 그럴 만도 하지. 고개를 주억거리던 나는 윤정인과 이민아의 살벌한 시선을 받고는 입을 삐끔거렸다. 더 버텼다가는 내 머릿속을 열어서 그날 있던 일을 직접 꺼내 볼 기세였다.

아니, 제일 재밌는 게 연애 얘기라고는 하지만, 특히 우리 같은 고등학생들은. 그래도 너희 성격 너무 급한 거 아니냐. 내가 조금 진정하라고 겨우 달래려는 그때였다.

“야, 1반 난리 났어!”

사건이나 싸움이 날 때면 으레 나타나는 특파원이 이쪽 복도부터 저쪽 복도까지 달려가며 얘기를 전했다.

와, 발 한번 빠르네. 앞뒤 문을 쌩하니 스쳐 지나가는 검은 인영을 보며 그렇게 생각하다 말고 나는 벌떡 자리에서 일어났다. 잠깐, 1반이면 여령이랑 사대천왕이 있는 반이잖아?

1반은 우리 1학년 중에 제일 얌전한 반으로 유명했다. 이유야 대강 짐작하듯이, 사대천왕이 반 분위기를 꽉 잡고 누르는 통에 아무도 함부로 나댈 수가 없기 때문이다.

일각에서는 그것을 두고 공포 정치라고도 하는 모양인데, 확실히 일반 고등학교에서 볼 만한 분위기는 아니다. 하지만 애초에 사대천왕이 학교에 있는 시점에서 평범한 고등학교 생활은 글러 먹지 않았냐, 너희.

아니, 아무튼. 그 얌전한 1반에서 사건이라고? 얼마나 큰일이 터진 거야! 마침 나보다도 빨리 특파원을 붙잡은 이가 있었으니, 윤정인이었다. 특파원의 뒷덜미를 불쑥 잡아챈 그가 물었다.

"왜? 뭔 일인데?"

"은지호가 책상을……."

"뭐?"

중간만 듣고도 나는 놀라서 입을 벌렸다.

설마, 책상을 엎어 버렸다고? 그런 전형적인 학교 일진 같은 짓을 자제심 강한 은지호가 할 리가! 그러다 나는 이어 들려온 말에 입을 다물었다.

"책상에 머리를 박았어."

"뭐?"

"아니, 대체 왜?"

의문 섞인 질문이 쏟아지는 가운데 홀로 턱을 괸 나는 침착하게 중얼거렸다. 음, 책상에 머리를 박았다고. 생각보다 사태가 심각하지 않네. 그러다 이어진 말에 나는 다시 고개를 들었다.

"그리고 유천영이……."

뭐야, 유천영도 무슨 짓을 한 거야?

"아무 말도 없대."

엥? 썰렁한 침묵이 찾아왔다. 잠시 후, 윤정인이 굳어진 얼굴로 내가 할 말을 대신했다.

"그건 원래 그렇지 않냐?"

"아니, 그게 아니라."

특파원이 고개를 내저었다.

"무시무시한 표정으로 말이 없대."

"아."

그거라면 얘기가 다르지. 나는 고개를 끄덕였다.

항상 한기가 온몸을 휘감고 있다고는 해도 기본적인 표정은 살기 어렸다기보다는 무심함에 가까운 그였다. 그것은 아마도 천성적으로 잠이 많고 느긋한 그의 성품 탓일 것이다.

아! 나는 손을 들어 머리를 마구 헤집어 버렸다. 우리 반 애들한테 내 연애를 설명하는 것도 정신없어 죽겠는데, 저 녀석들은 또 무슨 일이야? 마음 같아서는 윤정인이 좀 더 자세한 정보를 캐내 줬으면 싶었으나, 하필이면 이때 짧은 안내 방송이 울렸다.

[아아, 안내 방송 드립니다. 학생회 임원들은 지금 즉시 1층 회의실로 모이시기 바랍니다.]

그 즉시 애들이 서로를 마주보며 한마디씩 했다.

"무슨 일이지?"

"글쎄, 가을이니까 소풍이니까 체육 대회 뭐 그런 거 아니야?"

"아, 그렇겠네."

귀찮아. 설렘보다도 싫은 소리가 벌써부터 하나둘 튀어나오는 와중에 윤정인이 우리 쪽을 돌아보며 말했다.

"야, 다녀올게. 가자, 이민아."

"아, 그래."

책상에서 훌쩍 내려선 이민아가 윤정인을 따라 교실을 나갔다.

그 모습을 보던 나는 뒤늦게 고개를 돌려 뒷문 쪽을 보았으나, 특파원은 이미 사라지고 없었다.

나는 혀를 내두르며 생각했다. 하기는, 설령 그가 남아 있었다고 해도 내가 뭘 어쩔 거야. 내 낯가림 때문에 뭘 물어볼 수도 없었을 테고.

2학기부터는 공부를 조금 더 시킨답시고 방과 후까지 핸드폰을 걷었기 때문에 문자를 보낼 수도 없었다. 턱을 톡톡 두드리며 나는 생각에 잠겼다. 어쩐다…….

1반에 한번 찾아가 봐? 옆 반만 되었어도 간단히 찾아갔을 텐데, 복도 끝부터 끝까지의 거리가 의외로 상당했다. 그러면 결국 대화할 수 있는 시간은 3분 정도밖에 안 될 거란 말이야. 그 시간 안에 무슨 얘기를 들을 수 있는 것도 아니고.

역시 방과 후를 기다려야 하나? 내가 결론짓자마자 복도 쪽이 또 한 번 술렁거렸다. 복도 쪽 창문을 돌아본 그들이 수선스럽게 떠들었다.

"또 무슨 일 났나?"

"오늘 학교 되게 어수선하네."

"뭐, 어차피 안내 방송 있었는데 한동안 선생님들도 안 들어오겠지."

"아, 그럼 나 잠깐 옆 반 가 볼까?"

이 틈을 놓치지 않고 몇몇 사람이 몸을 일으켰다. 앗, 확실히 그거 좋은 생각 같은데. 내가 그들에게 동조해 막 자리에서 일어나는 그때였다.

"여기 함단이라는 애 있어?"

갑자기 뒷문 쪽에서 날아온 소리에 나는 눈을 크게 떴다. 고개를 돌리자 복도 창문의 역광을 배경으로 뒷문을 가로막고 선 여학생들 대여섯 사람이 보였다.

아니, 여섯 사람도 아니었다. 여덟, 열? 거의 한 반 여학생을 전부 끌어 모아야 가능한 머릿수였는데, 명찰을 보니 상급생이었다.

겉모습이 날라리 같아 보인다거나 하지는 않았다. 오히려 청초하고 예쁜데다, 반장이나 부반장을 도맡아 했을 법한 모범생 분위기가 풍겼다. 자율 사립 고등학교인 우리 학교 특성상 그런 사람들은 다른 학교에 비해 많은 편이었다.

그러나 표정은 생김과 딴판이었다. 그녀들의 독기 어린 얼굴을 보며 눈을 가늘게 뜨고 있던 나는 이윽고 기억 속 최유리의 얼굴을 떠올렸다.

그제야 사태가 이해가 갔다. 여단 오빠, 유명 인사인 줄은 알고 있었지만 다른 학년에까지 이렇게나 빨리 소문이 퍼지다니. 예상한 것보다도 너무 빠른데? 눈썹을 찌푸리던 나는 같은 반 아이가 대답하는 것을 듣고 다시 고개를 들었다.

"지금 여기 없는데요. 뭐라고 전해 드릴까요?"

그러자 나를 보고 있던 몇몇 애들은 일제히 고개를 돌리며, 나를 최대한 힐끗거리지 않으려고 노력했다.

수상쩍다는 듯 눈을 가늘게 뜬 여선배가 다그쳤다.

"진짜 교실에 없어? 지금 시간이 언제인데. 수업 3분 남았잖아."

그러는 당신들은 수업 3분 남은 이 시점에 왜 다른 학년 복도에 와서 이러고 계신 겁니까? 속으로 불만스레 중얼거리던 나는 그녀가 덧붙인 말에 속으로 딸꾹질을 시작했다.

"얘네 지금 거짓말인 것 같은데? 다른 학년이니까 얼굴 모를 줄 알고 이러는 거잖아, 지금."

맙소사, 눈치 백단이네. 나는 혀를 내둘렀다.

그녀의 옆에서 다른 선배가 외모와 어울리지 않게도 작다리를 짚더니 삐딱하게 물었다.

"너희 우리가 걔 얼굴 알면 어떡하려고 이래? 배짱 좋다?"

"그……."

대답하던 애는 결국 입을 다물어 버렸다. 그러더니 그는 우리를 향해 미안하다는 듯한 시선을 보내기 시작했다. 아무래도 자기 때문에 일이 커질 것을 염려하는 것 같았다.

나는 속으로만 열심히 고개를 내저었다. 아니야, 너는 충분히 잘해 주었어. 그것도 잠시, 이어 들려온 말에 교실에는 싸늘한 정적이 찾아왔다.

"사람 수 세 보니까 남은 책상 수에 비해서 세 사람밖에 안 비는데? 두 사람은 아까 안내 방송 있었으니까 반장 부반장이라고 치고, 그럼 없는 그 한 명이 함단이야?"

"가능성 너무 낮지 않나?"

정말 예리하기도 하지. 잠시 입술을 얇게 깨물었던 나는 다시 교실로 시선을 옮겼다. 애들 모두가 긴장으로 잔뜩 굳어진 와중에 내 쪽은 죽어도 안 보려고 하는 것이 그토록 고마울 수가 없었다.

문득 한쪽에서 난리가 나고 있다 싶어 봤더니, 김혜힐이 김혜우의 손을 뿌리치면서 '이거 놔. 놓으라고.' 하며 살벌하게 말하고 있었다. 하긴, 김혜힐의 대쪽 같은 성격에 안 나서리라곤 예상하지 않았지만.

한숨을 내쉰 나는 결국 슬그머니 몸을 일으켰다. 더 민폐를 끼쳐서는 곤란하고, 그리고 혹시 아는가? 사실은 좋은 얘기를 하려고 나를 데려가는 것일지.

"……."

내가 생각해도 별로 가능성이 없기는 하지만. 어둡게 중얼거리는 내 앞이나 옆에서 몇몇 애들이 팔로 나를 붙들며 만류의 손짓을 보냈다. 내가 그들을 떨쳐 내고 몸을 일으키는데, 뜻밖의 일이 일어났다.

불쑥 날아온 목소리에 나는 고개를 들었다.

"다들 여기서 뭐 하세요? 사람도 못 지나다니게."

봄바람처럼 나긋한 목소리였지만 말투 자체는 묘한 빈정거림이 녹아 있었다. 그리고 그 빈정거림을 캐치 못할 선배들이 아니었다.

"뭐야, 넌?"

"잠깐, 나 얘 알아."

누군가 작은 목소리로 속닥거렸다. 얘, 잠깐 외국 갔다 다시 돌아온 그 애잖아. 이루다라던가? 과연 이루다의 존재는 다른 학년에서도 사대천왕만큼이나 유명한 모양이었다.

그의 정체를 알게 된 그녀들의 표정이 변했다. 자신만만하게 웃으며 뒷문에 기댄 그녀들이 말했다.

"아, 아무튼 여기 마지막 빈자리의 주인이 오셨네? 그럼 함단이는 지금 여기에 있다는 거고."

"함단이?"

그들 입에서 튀어나온 이름에 이루다의 얼굴에 당장 살기가 걸렸다. 그런데 그 이유가 상황을 파악해서라기보다는 이름 자체에 있어 보인다는 것이 문제라면 문제였다.

나는 지끈거리는 관자놀이를 짚었다. 나, 최근에 루다한테 잘못한 거 있었나? 저 표정은 꼭 내가 루다 원수라도 되는 것같잖아…….

얼른 기억해 내자. 루다 무서운 애다……. 내가 중얼중얼 거리는 사이, 선배들 중 하나가 루다에게 물었다.

"아, 그래. 네가 좀 데려와 주지 그러니? 이중에 함단이라는 애가 어느 애야?"

그제야 눈에서 살기를 지운 루다는 꽃향기라도 날 것처럼 나긋하게 웃었다. 정말 언제봐도 감탄스러운 표정의 변화였다.

"단이는 왜 찾으세요?"

루다의 웃음에 대화가 잘 풀려 간다고 생각한 모양이었다. 그들녀들도 웃으며 대답했다.

"응, 그 애가 지금 사귀는 사람 일로 할 말이 좀 있어서……."

그 대답에 눈을 질끈 감은 나는 한숨을 토해 냈다.

역시, 그럴 줄은 알았지만 역시 여단 오빠에 대한 얘기였군. 위장으로라도 여단 오빠와 연애하기로 한 이상 내가 감수해야 할 몫이겠지. 그렇게 생각한이번에야말로 내가 자리에서 일어나는 그때였다.

귓가에 날아와 꽂힌 루다의 서늘한 목소리에 나는 눈을 깜빡였다.

"지금 이쪽도 할 얘기 많은데 다 참고 있는 걸, 그쪽이 무슨 할 얘기가 있어?"

거짓말 같은 침묵이 흘렀다. 잠시 후, 여선배 중 하나가 믿을 수 없다는 듯한 얼굴로 귀를 매만지며 되물었다.

"……방금, 뭐라고?"

"지금 얘기하고 싶은 사람은 널렸는데 다들 참고 있는 거니까, 줄 설 거면 한참 뒤에 서. 아니, 줄 설 생각은 하지도 마. 당신들은 그럴 권리도 없어."

"뭐, 뭐라는 거니? 얘."

"안 그래도 기분 더러운데 성질 건드리지 말라고."

루다가 예쁜 푸른 눈을 가늘게 뜨며 꺼낸 말에 나는 속으로 기침을 터트렸다. 루다가 주인이나 루카스가 아닌 타인에게 저런 식으로 말하는 건 처음 봤어. 아니, 그보다도.

루다가 나한테 할 얘기가 많다고? 나는 다시 아까 접어두었던 생각을 계속했다. 루다한테 잘못한 게 있다면 얼른 기억해 내자. 생존이 걸려 있을지도 모른다…….

그 가운데 여선배들을 하나하나 쏘아보던 루다가 입꼬리를 말아올렸다.

"한 번만 더 우리 반 앞에서 이런 식으로 굴었다는 얘기 내 귀에 들어오기만 해 봐."

"너, 너 지금 그게 선배들한테 할 말이야?"

"나는 지금 두려울 게 없거든."

그럼 언제는 있었단 말인가? 내가 진심으로 의문을 담아 생각하는데 복도 뒤편에서 뭐라고 큰 소리가 들렸다. 회의가 있었던 건지 어쨌는지, 잠시 늦어졌던 선생님이 드디어 돌아오시고 있었다.

"너희, 수업 시간인데 복도에서 뭐 하는 거야!"

선생님의 노성을 들은 그녀들은 입술을 깨물더니 빠르게 달아나 버렸다.

그들이 사라지는 방향을 잠시 바라보던 루다가 천천히 교실로 들어와 자리에 앉았다. 그런 루다의 뒷모습을 빤히 보다가, 그가 귀신같이 이쪽을 돌아보는 바람에 눈이 마주쳤다.

루다가 아무 일도 없었던 것 같은 온화한 얼굴로 물었다.

"왜?"

"어……."

내가 채 적절한 질문을 찾기도 전에 갑자기 도로 앞을 돌아본 루다가 갑자기 책상에 머리를 쾅 하고 박았다.

뭐, 뭐야? 나는 놀라서 손을 움찔했다. 한 번으로는 성에 차지 않는다는 듯, 연속해서 머리를 쾅쾅 박아 대는 루다를 보며 나는 식은땀을 흘렸다.

마침 옆자리가 김혜우니까, 그라도 루다를 말려 줄 줄 알았는데 아니었다. 오히려 그는 수업 시간에 쓰는 제 목 베개를 루다의 책상 위에 올려 주더니 다정한 목소리로 말했다.

"맘껏 박아라. 아프니까 청춘이랬다."

"오냐."

성별을 알고 들으니 완연히 남자 같은 말투로 그렇게 말한 루다는 다시 책상에 머리를 박아 대기 시작하고, 그런 그를 보며 나는 의문에 빠져들었다.

앞에서는 선생님이 여느 때처럼 수업을 진행하는 것을 보며 나는 중얼거렸다.

오늘은 참 이상한 날이야…….

연애를 시작하면 세상이 다르게 보인다고는 하던데, 내게는 조금 다른 의미로 이상해진 것 같았다.

* * *

윤정인이 교실로 돌아온 것은 그로부터 한 시간 정도가 지나서였다. 무슨 일이었냐며 빗발치는 질문을 윤정인이 일축했다.

"추계 체육 대회."

당장 투덜거림부터 터져 나왔다.

"아, 그럴 줄 알았어."

"우리 운동장 넓어서 오래달리기 주자들 겁나 힘들 텐데."

"개인 달리기 없겠지? 설마 없겠지?"

그들 사이로 박수 쳐 시선을 모은 윤정인이 말했다.

"야야, 다들 일단 진정하고. 그래서 토요일 학급 회의 시간에 종목 아이디어부터 받을 거니까 그렇게 알아 둬."

우리 학교 체육 대회는 시스템이 조금 특이해서, 정해진 종목별로 나갈 사람을 정하는 것부터가 아니라 종목 자체에 대해 학생들 측에서 아이디어를 내는 것부터 시작했다. 각자 아이디어 낸 종목중에서 최종 종목이 선정되면 그 종목에 필요한 물품을 준비하느라고 준비 시간도 배는 걸리는 편이고.

그래도 재밌긴 재밌다고 들은 것 같은데, 작년만 해도 상당히 기상천외한 아이디어들이 나와서 체육 대회가 웃음바

다였다고.

나는 샤프를 들어 머리를 긁적였다. 나는 이런 쪽 짜는 머리는 없으니 적당히 학생들이 덜 힘들만 한 걸로 짜 봐야겠다.

전달을 마친 윤정인이 자리로 돌아가자마자 아이들은 하나둘 서랍에서 책을 꺼내 자리에서 일어났다. 그 모습을 본 나도 정신을 차리고는 교과서를 챙겼다. 아차, 다음 시간 음악이었지.

책을 챙긴 김혜힐과 이민아가 나를 찾아오자 우리는 다 같이 음악실로 걸음을 옮겼다.

음악실은 1반 옆이고, 우리는 8반이므로 복도를 쭉 가로질러 걷다 보면 아는 사람 한둘쯤은 만나기 마련이었다. 주로 옆 반인 7반을 지날 때 가장 인사하는 일이 많았고, 갈수록 줄어들었다. 반이 멀어질수록 친분이 적어지는 것은 어쩔 수 없었다.

그러나 1반을 지날 때는 의외로 인사하는 이들이 많이 보였다. 그야 그럴 수밖에, 우리는 같이 담력 시험까지 한 사이니까.

싸운 것은 언제고 금방 친해지는 것을 보면 역시 고등학생은 고등학생이다 싶었다. 내가 괜히 다 흐뭇해져서 작게 웃는 그때였다.

마침 교실 앞문을 열고 나오던 유천영과 내 눈이 마주쳤다. 그는 늘 그렇듯 입에 초코 우유 빨대를 물고 있다가 나를 보고 놀라서 눈을 크게 떴다.

아, 마침 잘됐다. 물어볼 얘기가 있었는데. 옆을 돌아본 나는 김혜힐과 이민아에게 말했다.

"아, 나 잠깐 1반 좀 들렀다 갈게."

"그래, 자리 맡아 둘게."

대수롭잖게 대답하는 이민아를 떠나보낸 나는 유천영을 향해 다가갔다.

그런데 전혀 예상치 못한 일이 벌어졌다. 나를 못 봤을 리도 없는데, 잠시 굳어 있던 그가 되감기 버튼을 누른 것처럼 뒷걸음질 쳐 교실 안으로 들어가 버린 것이다. 그것도 모자라서 그는 교실 문을 탁 소리 나게 닫았다.

코앞에서 닫힌 문을 보고 나는 망연자실하게 중얼거렸다.

"어어?"

바로 그때, 닫혀 버린 문 뒤에서 '사람을 왜 못 나가게 해?' 성질내는 소리가 들리는가 싶더니 뒷문을 열고 나오는 사람이 있었다. 다름 아닌 은지호였다.

나는 반가운 표정을 지으며 그에게로 다가갔다.

"야, 은지호! 잘됐다. 아니, 얘기 좀 들어 봐. 글쎄 방금 유천영이 나한테……."

신나서 말을 잇던 나는 문이 다시 한번 탁 소리 나게 닫히는 것을 보고 멍해졌다.

봉쇄된 앞뒤 문을 한참이나 번갈아 보던 내 입에서 다시 한번 탄성이 터졌다.

"허어어?"

너희 지금 대체 뭐 하자는 거냐.

* * *

사실대로 말하자면, 여단 오빠와의 연애가 위장 연애라는 것을 모든 사람에게 숨길 생각은 없었다. 반여령만 빼고.

왜 반여령만 빼냐고? 그거야 반여령은 내 일에 한해서만큼은 몹시 자유분방한 입을 갖고 있으니까. 한마디로 말하자면 통제 불가다.

누가 '너희 오빠랑 단이랑 사귄다며?' 물은 말에 반여령이 0.5초도 고민하지 않고 '웃기지 마! 그거 다 위장이야!' 하고 외칠 것이라는 데는 여단 오빠와 나 둘 다 동의했다. 그런 고로 우리는 여령이에게만은 사실을 숨기기로 했다.

하지만 여령이를 제외한, 그리고 여단 오빠와 나 두 사람 전부를 알고 있는 몇몇 사람에게는 사실을 밝히기로 했다. 비밀을 공유하는 사람이 한 사람이라도 있어야 마음이 조금 가벼워지지 않겠는가?

나는 가장 먼저 비밀을 밝힐 사람으로 사대천왕을 생각해 뒀었다. 네 사람 다 입이 워낙 무거워서 어디 새 나갈 걱정은 안 해도 되니까.

하지만 한 가지 문제가 있었으니, 사대천왕은 언제나 반여령의 곁에 있다는 사실이었다. 내가 사대천왕에게 문자로 '사실은 이러이러하다.'고 사실을 고했을 때, 반여령이 그 옆에서 통화 내용을 듣고 있었다거나 문자를 보게 되면 큰일 아닌가? 그런 이유에서 나는 사대천왕에게는 직접 만나서 사실을 털어놓자고 정해 두고 있었다.

그런데…….

결국에는 찾아온 종례 시간. 종례하기를 기다리며 자리에 앉아 있던 나는 책상을 내려다보며 멍하니 중얼거렸다.

"얘네 대체 나한테 왜 이래?"

은지호와 유천영이 나를 피한 것은 비단 음악 시간 전만의 일이 아니었다. 오늘은 유독 이동 수업이 많은 날이라 생물 시간에도, 체육 시간에도, 하다못해 점심시간에도 마주칠 일이 얼마든지 있었다.

그런데 그럴 때마다 이들은 내가 보였다 하면 돌아서서 도망치기 바빴다. 아니, 내가 무슨 생체 바이러스 환자도 아니고!

혹시나 내가 오늘 별로 아는 척하기 싫게 생긴 얼굴인가 싶어 주변 사람들을 보고 몇 번이고 물었던 나는 '아니, 너 평소랑 똑같은데?' 하는 이민아의 대답에 책상에 쾅 하고 머리를 박았다.

아니, 나한테 대체 왜 그러냐고, 진짜!

내가 속으로 울먹이는 그때, 교실 앞문을 벌컥 열어젖힌 윤정인이 우리에게 큰 가방을 흔들어 보였다.

그가 외쳤다.

"핸드폰 받아 가!"

"오, 그래."

"답답해서 죽는 줄 알았네."

2학기가 시작된 지도, 핸드폰을 걷기 시작한 지도 얼마 되지 않아서 아직 적응하지 못한 애들이 많았다. 턱을 괴고 앉아 핸드폰을 받아오는 애들을 멍하니 바라보던 내 앞에 김혜우가 핸드폰 하나를 떨어트렸다.

"여기, 보이길래."

"오, 감사."

가볍게 대답하며 핸드폰을 받아 든 나는 즉시 폴더를 열었다. 문자함으로 들어간 나는 비어 있는 문자함을 보고 눈에 불을 켰다.

무슨 변명이라도 남겨 뒀으면 봐주려고 했는데, 말 한마디도 없다 이거지? 속으로 이를 갈던 나는 그 즉시 은지호에게 전화를 걸었다. 담임 선생님이 교실로 들어오기까지는 아직 시간이 있었다.

마침 저쪽도 이제 막 핸드폰을 돌려받은 참이었는지, 신호음이 채 한 번도 가지 않아 전화를 받았다.

전화는 이렇게 잘 받을 거면서! 내 기분이 조금이나마 풀리는 참이었다.

“여보세요.”

[여보세요.]

“야! 너 왜 아까부터…….”

그런데 은지호는 드물게 내 말을 끊더니 제 할 말만 하기 시작했다. 이어진 말에 나는 어안이 벙벙해졌다.

[아, 목소리 들으니까 참…….]

“참?”

[살 것 같고 그런데…….]

은지호의 목소리는 일전에 독한 감기를 앓고 있을 때보다도 더 힘이 없었다. 게다가 살 것 같다니? 나는 황당해서 되물었다.

“그런데?”

[못 견디겠다.]

“뭐?”

그리고 뚝 소리와 함께 통화가 끊겼다. 핸드폰을 귓가에 붙인 채로 한참이나 멍하니 있던 나는 핸드폰을 귀에서 떼내며 하, 하고 한숨을 터트렸다.

화면을 내려다본 내가 중얼거렸다. 얘 방금 뭐였어? 방금 뭐 한 거냐고. 자기 할 말만 하고 끊는 게 대화냐? 너 경영 수업 받은 건 다 어쨌어?

관자놀이를 꾹꾹 누르던 내가 다음으로 전화를 건 것은 유천영이었다. 익숙한 컬러링을 따라 작게 허밍 하고 있자니 곧 노래가 목소리가 들려왔다.

[어.]

얘도 전화는 잘 받네. 나는 부러 화난 목소리로 말했다.

"야, 유천영."

그런데 내가 무슨 말을 하기도 전이었다.

[아. 잠깐만.]

나 아직 아무 말도 안 했는데? 교실에 선생님이라도 들어온 건가? 어리둥절해하던 내가 물었다.

"뭐?"

[이름 부르지 말아 봐.]

"뭐?"

[하…….]

그러더니 또다시 뚝 하고 핸드폰이 끊겼다. 은지호와 마찬가지로 어떤 전조나 경고도 없이. 삐— 하는 소리와 함께 홀로 남겨져 멍청히 있던 내 입에서 이윽고 외침이 터졌다.

나는 손을 들어 머리를 헝클어트렸다.

"아, 지금 뭐 하자는 거야! 장난하는 것도 아니고."

하루 종일 사람을 피해 다닌 것도 모자라서 전화까지 이렇게 받아? 내가 으르렁거리던 것을 들은 앞뒤 자리 애들이 내 책상을 두드리며 '무슨 일이야?' 하고 물었다. 그들을 향해 고개를 내저은 나는 곧장 주인이의 번호를 눌렀다.

이번에도 받는 건 빨랐다.

"여보세요."

내가 괜히 부루퉁한 목소리로 말하자마자 대답이 돌아왔다.

[엄마! 목소리 들으니까 너무 좋다.]

"주인아……."

나는 갑자기 눈시울이 붉어지는 것을 느꼈다. 옆 도시 사는 것도 아니고 같은 학교 다니는 주제에 뭐가 이리 애틋하냐고 물으면 할 말은 없지만, 이렇게 살가운 반응이 얼마만인지.

나는 세 번의 통화 끝에 처음으로 용건을 꺼낼 수 있었다. 내가 조금 목소리를 낮추어 물었다.

"주인아, 언제 시간 좀 내줄 수 있어? 나 할 얘기가 있는데. 아주 잠깐이면 돼."

그런데 주인이의 반응이 어째 석연치 않았다. 조금 난처한 듯한 목소리가 돌아왔다.

[아, 엄마. 그게.]

"응?"

[이것들이 얼굴 볼 엄두가 안 나면 지들만 안 보면 될 것이지.]

"뭐……?"

어째 이 통화마저 영문을 알 수 없는 방향으로 고개를 틀려는 기미를 보이고 있었다. 잠시 고민하던 나는 조심스럽게 물어보았다.

“그거 설마, 유천영이랑 은지호 얘기야?”

[으응…….]

“아니, 걔네 옆에 있으면 좀 물어봐 줘. 걔네 진짜 나한테 왜 그런대?”

[그게…… 엄마도 옛날에 고등학교 올라오기 직전에 이유도 안 알려 주고 모르는 척해 달라고 한 적 있었으니까. 일단 그거랑 퉁쳐 달라는데.]

돌아온 대답에 나는 가만히 입을 다물었다.

새삼 회상에 잠겼던 나는 혀를 내둘렀다. 와, 벌써 얼마 전이냐, 그게. 이제 열 달이나 지났을까 말까 한 일인 데도 까마득한 옛날처럼 느껴졌다. 그사이에 사건이 워낙 많았어야 말이지.

아무튼 그들이 말했던 대로 고등학교 올라오기 직전, 나는 그들에게 ‘고등학교에서는 모르는 척하면 안 되냐.’라고 이유도 말하지 않고 부탁한 적이 있었다. 그들은 답답해했지만 결국 들어주었고.

그 일은 그들에게도 내게도 유쾌한 일이 아니었을 텐데, 그것까지 굳이 끄집어냈다는 것은 지금 그들이 그만큼이나 필사적이란 뜻일 터였다.

아니, 하지만 왜? 정말 알 수가 없네. 뒷머리를 벅벅 헤집던 나는 결국 고개를 끄덕이고 말았다.

"알겠어. 뭐, 그렇게까지 말하면 어쩔 수 없네."

[응.]

"아, 그래도……."

우리는 만날 수 있는 거지? 그렇게 물으려던 내게 주인이의 말이 들려왔다.

[아, 엄마. 그리고 이 자…… 녀석들이 지금 하는 말이, 나한테도 당분간 만나거나 통화해 달라는 건 자제해 달라네.]

"응?"

의아해하는 것도 잠시, 애써 화를 누른 내가 물었다.

"그건 또 무슨 개소리래?"

웃으면서 쌍욕 하는 여령이의 스킬을 가장 배우고 싶어지는 시점이었다.

주인이의 목소리가 갑자기 다급해졌다.

[엄마, 나 이러다 정말 폰 뺏기겠어. 일단은 사랑하고.]

"응?"

[못 만나도 내가 항상 생각하고 있다는 건 알아주고.]

"아니, 잠깐만."

[첫 연애, 축하해.]

"주인아?"

그리고 어김없이 뚝, 소리와 함께 전화가 끊겼다. 이번에야말로 수화음과 함께 남겨진 나는 어찌할 바를 모르고 멍하니 앞만 보았다. 내 앞에서 연신 괜찮냐고 묻는 이들과 한참 눈을 마주치던 나는 다시 책상에 이마를 박았다.

"아악!"

그렇게 외치는 내 뒷자리에서 신서현이 중얼거리는 소리가 들렸다.

"요즘 우리 반에는 책상에 머리 박는 게 유행인가 봐."

과연 양궁 선수다운 날카로운 통찰이었다.

* * *

평소라면 학원도 다니지 않는 나는 곧장 여령이와 집으로 돌아갔겠으나, 지금 나는 여단 오빠와 (위장으로) 사귀는 사이였다.

게다가 우리가 사귀는 목적은 다름이 아니라 스토커 퇴치가 아니던가? 즉, 우리가 사귀는 사이라고 사방팔방 광고할 필요가 있다는 뜻.

그래서 우리는 학교가 끝나고 각자 집으로 들어갔다가 공부할 것을 들고 카페라도 가기로 했다. 사귄다고 광고하는 데 가장 좋은 장소는 시내 카페가 아니겠는가? 인근 학교 학생들이 바글바글할 테니.

그렇게 여단 오빠와 나가기로 약속을 잡자마자 나는 여

령이에게도 물었다.

"너도 갈래?"

여령이는 여단 오빠의 동생인 동시에 나의 가장 친한 친구이니 데이트에 끼어도 별로 이상해 보이지 않을 것이다. 광고 효과가 조금 반감되기는 하겠지만.

그런데 당연히 냉큼 따라올 줄 알았던 여령이는 의외로 머리를 감싸며 고뇌에 빠졌다.

내가 물었다.

"왜 그래?"

"아니, 두 사람이 사귄다는 걸 알고도 같이 있을 자신이 없어서……."

"……."

"흑흑, 못 보는 곳에서 무슨 일을 할지 생각하면 그것도 괴로운데, 보이는 곳에서 무슨 일을 하는지 보는 것도 괴로워."

괴로워하며 한참을 고민하던 여령이는 결국 나가지 않겠다고 선언하고는 제 집 안에 틀어박혔다.

그런 여령이의 모습을 보며 나는 조금, 아니, 꽤 많이 죄책감을 느꼈다. 어서 스토커 건이 해결되어서 '짠! 사실은 위장 연애였답니다!' 하고 밝히게 된다면 좋을 텐데.

일단 지금은 하는 수 없군. 한숨을 내쉰 나는 여단 오빠를 기다려 곧바로 카페로 향했다.

아무래도 고등학생이 이성 교제를 한다고 했을 때 가장 걱정들 하는 부분이 성적 하락인데, 그건 나도 마찬가지였다. 성적에 그렇게까지 목숨 거는 타입이 아니더라도 친구들과 같은 수도권에 머무르고 싶은 마음이 크니까. 집도 서울이고 말이다.

그런데 여단 오빠와 사귀고부터 나는 새로운 사실을 깨달았다. 만약 이성 교제가 전부 이렇다면 성적 하락 같은 것은 조금도 걱정할 필요가 없다고.

여단 오빠는 예상했던 것과는 달리 꽤 훌륭한 선생님이었다. 솔직히 말하자면 은지호만큼이나 잘 가르쳤다. 샤프 꼭지로 입술을 누르며 그의 설명을 듣던 나는 잠시 손을 들어올렸다.

“아. 오빠, 잠시만. 이 부분에서 이 부분으로 이어지는 과정 설명 건너뛰었어.”

물론 그도 천재에 속한 이상 한계는 있어서, 그의 사고에서 건너뛰어 버린 부분들을 내가 짚어 줘야 하기는 했다. 하지만 그런 부분만 감안하면 온라인 스타 강사 저리 가라 할 정도로 좋은 설명을 들을 수 있었다.

공교롭게도 우리의 공부 장소는 예전 우리의 미팅 장소였던 왕십리역 근처 투썸이었다. 왜 이렇게 되었느냐 하면 근처에 가장 큰 카페가 여기라서, 광고 효과를 위해 어쩔 수 없었다고나 할까.

우리가 앉은 테이블 근처에서 인근 교복을 입은 여학생 몇이 우리 자리를 끊임없이 힐끗거리고 있었다. 그들의 시선을 느끼고도 나는 불편해하기는커녕 흐뭇한 미소를 지었다.

공부도 하고, 여단 오빠도 돕고. 이게 바로 일석이조지.

그때 여단 오빠가 문득 입을 떼었다.

“아, 그러고 보니.”

“응?”

나는 고개를 반짝 들었다. 우리 주변을 확인한 여단 오빠가 목소리를 낮추어 속삭였다.

“나, 김선우랑 지연우한테 말했어.”

“아.”

목소리를 낮추고도 위험성을 고려해서인지 뒷말을 생략했지만 충분히 짐작할 수 있었다.

나는 고개를 끄덕였다. 우리가 사귀는 게 가짜라는 거 말이로군. 그리고 나는 입을 열었다.

“나는, 어, 우리 사귀는 거…… 그거.”

“응.”

여단 오빠가 차분하게 고개를 끄덕이는데 왜일까, 갑자기 서러움이 물밀 듯 밀려왔다. 눈이 벌게진 것을 가리려고 나는 두 손을 들어 얼굴을 감쌌지만, 그러고 보니 더더욱 우는 것 같은 자세가 되었다.

여단 오빠가 당황하며 물었다.

"단아?"

한편 옆 테이블에서는 우리를 대고 수군거리기 시작했다. 어머, 싸우나 봐. 이렇게 갑자기? 우는데? 그 가운데 나는 감정을 추스르며 말했다.

"나……. 나 있지, 여단 오빠."

"응."

사려 깊던 그의 얼굴이 이어진 내 말에 흐려졌다.

"나 친구 없나 봐."

잠시 침묵이 흘렀다. 한참이나 미묘한 얼굴로 나를 보고 있던 여단 오빠는 이윽고 몸을 일으켜 내 옆자리에 앉았다. 그리고 팔을 뻗어 내 어깨를 감싼 그가 내 머리를 자기 어깨에 기대도록 했다.

그는 그대로 애를 재우는 듯 박자를 맞추어 나를 토닥였다. 그의 품에 이마를 기댄 내가 웅얼거렸다.

"아니, 나는 정말로…… 나 정말로 비밀로 할 생각 같은 거 없었거든? 내가 말하려고 얼마나 노력했는데. 그런데."

"응."

"아무도 나랑 얘기를 안 해 줘……."

"……."

"난, 난 비밀 털어놓을 사람 같은 거 없어…… 아무도……."

"단아."

"인생은 혼자야…… 친구? 없어……."

내 말이 점차 혼잣말이 되어 가는 와중에도 여단 오빠는 내 옆을 떠나지 않고 한참이나 나를 토닥여 주었다.

* * *

여기 퀘스트가 하나 있다.

[퀘스트] 친구 두 명에게 비밀을 털어놓으시오. 0/2

왜 두 명이냐 하면은, 마침 여단 오빠도 단 두 사람에게만 비밀을 털어놓았기 때문이다.

아무튼 나는 저 퀘스트가 정말 쉽게 해결될 줄만 알았다. 왜냐하면 애초에 내가 비밀을 털어놓기로 정했던 상대는 사대천왕이었고, 당연한 말이지만 사대천왕은 네 명이다. 그러니 네 명 중에 아무나 두 명 붙잡아 비밀을 털어놓기만 해도 퀘스트는 간단히 해결될 터였다.

그런데 막상 뚜껑을 까 보니 아뿔싸, 문제가 그리 쉽지 않았다.

내가 막상 퀘스트의 내용을 실천하려 했을 때, 차가운 현실의 바람이 내게 북풍처럼 몰아닥쳤다.

현실이 내게 물었다.

너, 친구 없니?

응.

그래서 나는 퀘스트의 내용을 전면 수정했다.

[퀘스트] 친구 두 명을 사귀시오. 0/2

내가 지금까지 큰 착각을 하고 살고 있었다. 퀘스트의 시작은 여기서부터였다. 비밀을 털어놓기 전에 비밀을 털어놓을 친구부터 만들어라!

거기까지 생각한 나는 조심스레 두 손을 얼굴을 가렸다. 그러기가 무섭게 옆에서 루다의 물음이 날아왔다.

"왜 그래?"

그제야 다시 손을 떼어 낸 나는 대답했다.

"아, 아니. 잠깐 현실의 차가움에 대해 생각하고 있었어……."

"뭐?"

잠시 생각하는 듯한 표정을 하던 루다가 픽 웃었다. 그리고 내 머리 위로 손을 내민 그가 말을 이었다.

"너는 가만 보면 참 엉뚱하더라."

나는 다음으로 이어질 행동을 알고 있었다. 당연히 내 머리를 쓰다듬으려 하겠지. 루다야 친한 사이니까 그 정도를 해도 전혀 기분 나쁘지 않다. 애초에 내 머리는 우리 반 공공재 같은 느낌이고.

그런데 내 머리카락에 손이 닿기 직전, 루다는 아차 하는 표정으로 손을 떼어 냈다. 의아해하는 내게서 고개를 돌린 그가 자그맣게 중얼거렸다.

"가자. 애들 놓치겠다."

"으, 응."

어차피 이 시내는 우리 학교 학생들에게는 손바닥 들여다보듯 훤한 곳이라 애들을 놓쳐도 별문제는 없을 텐데. 핸드폰도 갖고 나왔고.

나는 허둥지둥 걸음을 옮기는 루다를 의아한 눈으로 응시했다. 그러다 다른 사실에 생각이 미쳤다.

아, 나 지금은 여단 오빠와 사귀는 사이로 알려졌으니까 배려해 주는 건가? 그리고 나는 그를 쫓아 걸음을 옮겼다.

"같이 가."

우리는 지금 토요일 학급 회의 시간을 활용하여 체육 대회 준비물을 사러 나온 길이었다.

체육 대회의 백미는 경기 결과 그 자체에도 있겠으나, 화려한 반별 입장식과 점심시간을 틈탄 반별 응원 공연, 그 외 객석 응원도 빠질 수 없어서 간단한 응원 물품과 분장 소품을 보러 오기로 했던 것이다.

중학교 때는 체육 대회 따위 설렁설렁 넘겼던 것 같은데, 우리 학교 애들 노는 데는 의외로 목숨 건다니까. 나는 조금 감탄하고 말았다.

이미 분장 소품 가게를 거친 우리의 손에는 봉투가 잔뜩 들려 있었다. 이제 길을 건너 이마트에 들렀다가 다시 학교로 돌아가는 일만 남아 있었다.

이마트 앞에서 우리는 잠시 회의를 가졌다. 나와 이루다와 함께 나온 아이들 두 명이 제안했다.

"이거 짐 들고 돌아다니긴 좀 그렇고, 계산대에서 설명해야 하니까 한 사람은 그냥 쉬면서 밖에서 지키고 있는 거 어때?"

"오, 좋아. 가위바위보."

생각할 틈도 없이 손이 먼저 나갔다. 세 사람이 보였고 내가 가위였다. 두 명이 먼저 나를 지나며 내 어깨를 툭툭 두드렸다.

"그늘에서 쉬고 있어. 끝나면 연락할게."

그들이 핸드폰을 흔들며 던진 말에 나는 고개를 끄덕였다. 마지막으로 돌아서던 루다가 물었다.

"혼자 괜찮겠어?"

나는 웃으며 어깨를 으쓱했다.

"당연하지. 여기가 뭐 위험한 데도 아니고, 서울 시내 한복판인데."

그러자 눈을 가늘게 뜬 루다가 대꾸했다.

"너는 그 속에서도 위험한 일을 알아서 찾아내잖아."

"윽."

아니라고 반박하려고 했지만, 얼마 전 서울 한복판 호텔에서 납치당했다가 루다에게 구출된 사람으로서 전혀 할 말이 없었다.

작게 비틀거리던 내가 입을 다물자, 씩 웃은 루다는 손을 흔들고 나를 지나쳤다.

혼자 남은 나는 벤치 위에 봉투를 잔뜩 쌓기 시작했다. 봉투가 벤치 반을 차지하고 나서야 남은 자리에 몸을 욱여넣은 나는, 길게 한숨을 내뱉었다.

새파란 가을 하늘을 올려다보며 나는 울적하게 중얼거렸다.

"친구 두 명을 어디서 찾는다냐……."

사실 사대천왕 외에도 친구야 있지만, 여단 오빠에 대해 아는 친구가 많지 않다는 게 문제였다. 적어도 여단 오빠와 내 평소 관계에 대해 그럭저럭 아는 사람에게 털어놓고 싶은 마음인데.

내가 고민하는 사이에도 차들은 바쁘게 내 앞을 오갔다. 주말이라 그런지 오전부터 북적거리는 도로 가로 문득 차 한 대가 미끄러져 들어왔다. 생각에 잠겨 그쪽에는 시선을 전혀 주지 않고 있던 나는 빵, 소리가 들리자 고개를 들었다.

이윽고 차창이 내려가고 나타난 얼굴을 본 내 입이 살짝 벌어졌다.

"어?"

하나로 질끈 묶은 검은 머리카락과 석고상처럼 흰 얼굴, 얼굴의 대부분을 가린 검은 선글라스 아래로 무표정하게 다물린 입매가 보였다. 차 문을 벌컥 연 그녀는 당당히 내 쪽으로 가로질러 걸어왔다.

내 앞에 멈춰 선 그녀는 놀랍게도 이전과는 비교도 안 되게 상냥하게 웃어 보였다.

"안녕. 여기서 다 보는구나."

그제야 정신을 차린 나는 방만하게 늘어져 있던 몸을 재빨리 추스르고 벌떡 일어나 고개를 숙였다.

"아, 안녕하세요."

주말 중에 일어날 수 있는 일 중에 제일 뻘쭘한 일이 일어났다. 동네에서 우연히 친구네 부모님과 마주치는 일.

다시 고개를 든 나는 민망해서 괜히 뒷머리를 벅벅 헤집었다. 그런 내게 이제니가 선글라스 끝을 추켜세우며 물었다.

"오늘 학교 가는 날 아니니? 루다도 아침 일찍 나가던데."

"아, 그게. 체육 대회 준비물을 사러 와서요. 루다도 같이요."

"그러니?"

대답해 놓고서 나는 그녀와 내가 평범하게 대화를 나누고 있다는 사실에 스스로 놀랐다. 아무래도 이제니와 나의 인연이 지금까지 썩 일반적이었다고도, 좋았다고도 할 수는 없으니까.

간신히 어깨에서 힘을 뺀 나는 애써 태연한 척 물었다.

"그러고 보니, 루카스는 잘 지내나요?"

"아아, 우리 새 첫째 아들 말이지."

어쩐지 심드렁한 투로 그렇게 말한 이제니가 문득 물었다.

"너한테는 연락 안 하니?"

"네? 아니요."

고개를 내젓는 한편 나는 약간의 아쉬움을 느꼈다.

그러게, 그러고 보면 그쪽도 나하고는 별로 좋은 인연이었다고 할 수는 없지만 일이 마무리되고 나서 인사차 한 번쯤 연락해 줄 수는 있었을 텐데. 뭐, 후계자 수업을 받느라고 정신이 없을 테니 아무 사이도 아닌 주제에 기대하는 게 더 이상한가.

그런데 내 대답을 들은 이제니가 씩 미소 지었다. 그리고 이어진 말에 나는 화들짝 놀랐다.

"잘됐구나. 연락을 했더라면 돌아가서 손봐 주려고 했는데."

"네?"

"그 애, 지금 밀림 오지에 혼자 있거든. 아, 물론 통신 기기는 사용 금지."

"……."

그 말인즉, 제가 방금 '네. 가끔 하죠.' 하고 대답하기라도 했으면 루카스는 끝장이었다는 얘기입니까…….

이 집은 변함없이 살벌하군. 나는 후계자 자리를 되찾자마자 밀림 오지로 던져진 루카스에게 마음속으로나마 행운을 빌었다.

그리고 나는 또 다시 고개를 기울였다. 그나저나 정말로 의외로 대화가 수월하네? 예전에는 상상도 못했는데, 이제는 정말 친구네 어머니랑 평범하게 대화하는 것 같아.

비로소 이루다의 일이 해결되었다는 것이 실감이 나는 기분이었다. 내가 작게 미소 짓던 그때, 갑자기 핸드백을 뒤적이던 이제니가 나를 불렀다.

"아, 그러고 보니 줄 게 있어."

"네?"

"이거."

그리고 갑자기 내밀어진 흰색 봉투에 나는 눈을 크게 떴다.

아니, 방금까지 우리 평범하게 친구네 어머니와 자식 친구 간의 대화 나누고 있던 거 아니었습니까? 그런데 지금 이게 대체 무슨 상황이야.

"받으렴."

초점 없는 눈으로 흰색 봉투를 응시하던 내게 이제니가 무표정하게 종용했다. 바로 그때, 뒤에서 다급한 발소리와 함께 외침이 날아왔다.

"엄마! 대체 지금 무슨!"

등 뒤에서 다급히 뛰어온 루다가 우리 사이로 파고들어 봉투를 탁 소리 나게 낚아챘다.

주변 사람들의 시선이 전부 이쪽으로 쏠린 가운데, 그가 이제니의 손목을 잡아끌며 속닥거렸다.

"아니, 갑자기 이 봉투는 또 뭐예요? 대체 시내 한복판에서 무슨 짓을."

내게 안 들릴 줄 알고 하는 말 같았지만 유감스럽게도 아주 잘 들렸다. 루다야, 너 일반인의 청력을 너무 무시하는 거 아니니. 내가 그쪽을 보며 미묘한 표정을 짓는 가운데 이제니의 대답이 돌아왔다.

"드라마 보니까 헤어질 때는 돈 봉투로 되던데. 그럼 만날 때도 돈 봉투 아니니?"

"아니, 한국을 드라마로 배우면 어쩌자는 거야."

듣는 나도 같은 생각을 했다. 아니, 헤어질 때도 돈 봉투 만날 때도 돈 봉투라니. 한국 드라마의 영향력, 이대로 괜찮은가?

바로 그때였다. 이어진 루다의 다음 말이 망치처럼 내 심장을 콰광! 두드렸다.

"단이는 친구예요!"

"아들, 갑자기 그게 무슨 소리야? 엄마 재미없게."

"아들을 그렇게 파렴치한으로 만들어야 속이 풀려요? 임자 있는 사람을 그럼 어쩌자고!"

"연애는 파워 게임이야."

"이 아줌마가 정말!"

오가는 대화를 멍하니 듣고 있던 나는 가만히 손을 내밀었다.

갑자기 팔을 붙들리자 흠칫 놀란 루다가 이윽고 나를 돌아보았다. 그가 왜, 하고 물으려다 말고 내 표정을 보더니 화들짝 놀라 물었다.

"왜, 왜 그래?"

"루다야."

나는 애써 차분하게 말을 이었다.

"그치, 우리 친구지?"

"응? 그, 그렇지."

아무렇지도 않게 그렇게 대답하고 잠시 멍하니 있던 루다는 곧 뜨악한 목소리로 되물었다.

"자, 잠깐, 왜 울어?"

"기뻐서……."

옆에서는 이제니가 그런 우리 둘의 모습을 황당하다는 듯 쳐다보았다.

* * *

결국 내가 위장 연애의 비밀을 가장 먼저 털어놓은 사람은 루다가 되었다.

이야기를 들은 루다는 잔뜩 놀란 표정이더니, 다음으로 손을 모으며 나는 모르는 무슨 기도문 같은 것을 중얼거렸다.

그런 그를 미심쩍은 눈으로 보던 내가 물었다.

"루다야?"

"응, 아니야. 아무것도……."

모으고 있던 손을 뗀 루다가 물었다.

"그래서, 앞으로는 어떻게 할 거야?"

그에 앞으로 고개를 돌린 나는 의미 없이 부루퉁하게 발 뒤꿈치로 바닥을 툭툭 찼다.

내가 대답했다.

"모르겠어."

"그래?"

"응. 아니, 여령이랑 여단 오빠를 둘 다 아는 사이기도 하고, 그래서 가장 먼저 털어놓으려고 했던 녀석들이 그렇게 나와 버리니까……."

뭘 어떻게 해야 할지. 내가 말하려는 그때였다. 루다가 달짝지근한 목소리로 불렀다.

"단아."

"응?"

어느새 루다의 손은 내 손 위에 얹혀 있었다. 그리고 반짝거린다 싶을 정도로 해사한 미소와 함께 그가 말했다.

"그 녀석들한테는 당분간 말하지 마."

"왜?"

"그 녀석들 하는 짓이 괘씸하잖아."

그리고 멍하니 있던 내 앞에서 루다가 청산유수로 말을

이어 갔다.

아니, 친구가 애인이 생겼다는데 축하해 주지는 못할망정 얼굴을 피하고 연락도 안 받아? 먼저 연락해도 끊고, 심지어 다른 사람들한테까지 연락 못하게 하고. 그거 안 되지, 절대 안 될 일이지.

듣고 있던 나는 조심스레 고개를 끄덕이고는 말했다.

"그건 그래. 나, 조금 소외감 느꼈어."

아니, 솔직히 말하자면 좀 많이.

루다가 거 보란 듯 웃었다.

"그래, 그러니까 말하지 말자. 얘기할 거면 차라리 다른 사람을 찾아. 아니면 우리 둘만의 비밀로 해도 좋고."

"그럴까?"

"아무튼, 내가 있잖아."

그리고 루다가 내 어깨를 토닥이며 하는 말에 나는 다시 울컥했다.

"그동안 많이 답답했겠네. 털어놓을 사람도 없고."

"루다야……."

감동해서 그렇게 말하다 말고, 나는 주머니에서 뭔가 부스럭거리는 것을 느꼈다. 내 손을 맞잡던 루다가 문득 내 주머니를 보더니 물었다.

"거기 뭐 있어?"

"응? 아니, 글쎄."

가을이 되면서 교복 위에 코트를 입기 시작했는데, 내 코트는 주머니가 꽤 큰 편이었다.

이윽고 코트 안에서 흰색 봉투를 끄집어낸 나는 놀란 표정을 지었다. 이게 왜 여기 있어! 루다도 얼굴이 새빨개져서 성을 냈다.

"그, 그게 왜 여기 있어?"

"너희 어머님이 아까 넣고 가셨나 봐."

"아니, 산타클로스도 아니고!"

양말도 아니고 주머니에 돈 봉투를 꽂아 주고 가는 산타가 어디 있어? 투덜거리는 루다를 외면하고 나는 조심스레 봉투를 개봉했다.

아니, 하지만 너무 궁금했단 말이야. 재벌 집 부모님이 주시는 돈 봉투의 액수는?

그리고 나는 할 말을 잃었다.

봉투에 들어 있던 것은 귀엽게도 놀이공원 자유 이용권 두 장일 뿐이었다.

그 모습을 옆에서 가만히 지켜보던 루다가 자리에서 일어나며 성을 냈다.

"이 아줌마가 날 놀렸다 이거지!"

"아니, 루다야, 진정해."

그리고 놀이공원 티켓을 다시 조심스레 봉투에 넣으며 나는 어색하게 웃었다. 아무튼, 루다네 어머니와 루다는 사시사철 전쟁 중이로군.

참으로 모전자전이란 말이 잘 어울리는 집안이었다.

* * *

천만 다행으로, 나와 여단 오빠가 위장 연애를 시작하고 얼마 안 있어서 여단 오빠에 대한 스토커 짓은 뚝 끊겼다. 편지가 더 이상 오지 않는 것은 물론, 물건이 사라지는 일도 더는 없었다. 물론 그렇다고 해서 위장 연애를 곧바로 그만둘 수는 없는 노릇이기에 앞으로 적어도 한 달은 지켜봐야 할 것이었다.

그런 생각을 하며 복도를 걷고 있던 나는 문득 한숨을 푹 내쉬고는 걸음을 멈추었다. 내가 중얼거렸다. 그래, 한 달. 한 달이란 말이지.

그런데도 비밀을 털어놓을 사람이 아무도 없다니.

루다에게 비밀을 털어놓아 일차적인 갈증이 해소되긴 했지만, 왜인지 나는 비밀을 털어놓을 사람을 더 찾아야 한다는 생각을 버리지 못했다.

글쎄, 여단 오빠가 두 사람에게만 털어놓았으니 나도 수를 맞추고 싶기도 하고. 그보다는 인간관계에 대해 회의감이 들어서기도 하고. 그러다보니 비밀을 털어놓을 사람에 대한 고민은 자연스럽게 친구를 더 사귀어야겠다는 결심

자체로 옮겨 갔다.

하지만 갑자기 친구를 더 사귀자! 한다고 해서 친구가 하늘에서 솟아나는 것도 아니고. 우리 반 아이들과는 이미 다 친할 뿐더러 다른 반 아이들과는 부딪힐 기회가 한정적인데. 잠시 턱을 매만지던 나는 다시 걸음을 옮겼다.

체육 대회가 다가오면 다가올수록 학교 안은 점차 부산스러워졌다. 수업 시간에도 복도를 자유롭게 뛰어다니는 학생들이 늘어나 선생님들이 주의를 줄 정도였고, 운동장에서 들려오는 응원 소리 때문에 수업이 불가능해지는 경우도 생겼다. 그렇게 되면 우리도 창밖으로 목을 길게 빼고는 경기를 구경하거나 아는 사람을 응원하기도 했다.

교실 문을 벌컥 열어젖히자마자 책상이 온통 벽 쪽으로 붙어 있는 광경에 나는 눈을 깜빡였다. 텅 빈 가운데서 아이들이 칼라콘과 공을 갖고 뭔가를 하고 있었다. 아하, 새 종목 개발 중이로군. 고개를 끄덕인 나는 앉아서 구경하기 위해 창가 쪽으로 다가갔다.

그런데 그들 중 하나가 마침 들어오던 나를 보고 불렀다.

“단아, 지금 할 일 없어?”

“응? 응.”

“그럼 있잖아, 이것들 실수로 몇 개 더 가져와 버렸는데 도로 창고에 좀 갖다 놔 줄 수 있어?”

체육 대회 준비 위원인 그녀가 그렇게 말하며 빨간색 칼라콘을 훽 들어 올렸다.

"개수 부족하면 다른 반 곤란할까 봐."

나는 흔쾌히 고개를 끄덕였다.

"어, 그래. 그럴게."

체육 대회 준비로 다들 바빠지는 가운데 나처럼 기본적으로 운동을 잘하지도, 적극적이지도 않은 애들은 시간이 남아도는 분위기라서. 눈치가 보인다 싶었는데 잘됐네. 칼라콘을 받아 든 나는 빠른 걸음으로 다시 교실을 나왔다.

체육 부장을 해 본 적이 한 번도 없어서 체육 창고를 찾는데 꽤 시간이 걸렸다. 마침내 창고 앞에 도착한 나는 눈을 깜빡였다.

창고는 상상한 것보다 크고 꽤 넓은 반면에, 조명이라고는 없어서 들어가는 것이 조금 긴장되었다. 좁은 창문을 통해 들어온 희미한 빛으로나마 체육 시간에 한 번씩은 보았던 온갖 잡다한 것들을 볼 수 있었다. 라켓, 공, 훌라후프나 뜀틀. 그러다 마침내 칼라콘이 놓인 곳을 발견한 나는 마침내 걸음을 옮겼다.

툭 튀어나온 무언가에 내 발이 걸려 넘어진 것은 전혀 예상 못한 일이었다.

"으악!"

쿠당탕 소리와 함께 넘어진 나는 재빨리 몸을 일으키곤 손바닥부터 살폈다. 으, 왜 바닥에 장판 하나도 깔아 놓지를 않은 거야. 까진 부분을 살살 매만지던 나는 뭣에 넘어졌는지 확인하기 위해 뒤를 돌아보았다.

기껏해야 뜀틀이나 라켓 손잡이 정도를 생각했는데 아니었다. 어둠 속에서 선명하게 빛나는 안광을 보고 나는 순간 숨을 헉, 하고 들이쉬었다.

까치집 머리 아래로 걸쳐진 두꺼운 뿔테 안경, 그 너머로 보석처럼 선명한 빛을 뿜는 붉은 눈. 거기까지 확인한 나는 입속으로 중얼거렸다. 네가 왜 여기서 나와……?

그의 정체를 깨닫자마자 숨 막히는 압박감이 뒷목을 덥석 누르는 것과 동시에, 생존 본능이 번갯불처럼 깨어났다.

생존 본능에 따라 용수철처럼 자리에서 튀어 오른 나는 당장 창고 입구로 내달렸다. 그러면서 나는 중얼거렸다. 설마 얼굴을 보진 못했겠지? 나는 문을 향해 온몸을 내던지다시피 부딪쳤다.

그런데 문제는 그 다음이었다. 당연히 문이 활짝 열리며 햇빛이 쏟아질 줄 알았는데, 생각해 보니 이 문은 여는 방향이 반대였다.

"악."

곧장 문에 세게 부딪힌 나는 그대로 고꾸라졌다. 뒤에서 뭔가가 주춤 움직이려는 듯하다가 내가 넘어지자 다시 멈추었다. 그 가운데 다시 몸을 일으킨 나는 체육관 문을 안쪽으로 잡아당겼다.

그런데 또 다시 문제가 일어났으니, 아까 내가 너무 세게 밀어서 문틀에 끼거나 고장이 나기라도 한 모양이었다. 아무리 당겨도 문이 열리지가 않았다. 낑낑대며 손잡이에 한참을 매달려 있던 나는 결국 어깨를 들썩이며 손을 놓았다.

그리고 뒤통수로 쏟아지는 강렬한 시선을 느끼며 나는 절망에 빠져들었다.

요 근래 가장 만나고 싶지 않던 사람을 가장 만나고 싶지 않던 장소에서 만났다. 이때의 내 심정을 서술해 보시오(서술형 10점).

아니, 현실 도피용 헛소리는 그만두자.

"……."

침묵이 흐르는 가운데 나는 마침내 천천히 뒤를 돌아보았다.

붉은 눈과 그대로 눈이 마주친 나는 속으로 비명을 지르며 문에 기대앉다시피 주저앉았다.

다시 머리카락을 마구 헝클어트린 내가 외쳤다. 아, 진짜 쟤가 왜 여기서 자고 있는 건데! 우연이 겹쳐도 정도가 있지!

그러다 또 다시 인터넷 소설의 법칙을 떠올린 나는 눈물을 흘리며 무릎에 얼굴을 처박았다. 아니야, 내 잘못이다…….

내가 이곳을 현실로 받아들이기로 결심한 지 아주 오랜만에 꺼내 보는, 아, 전국 서열 1위한테는 법칙 좀 따져도 돼.

아무튼 인터넷 소설의 법칙 28조에 따르면, 서열 1위는 언제나 옥상이나 음악실이나 창고에서 자고 있다. 알겠는가, 저 세 장소는 평범한 학교 생활을 위해서라면 반드시 피해야 하는 곳이다.

다 이런 당연한 것도 잊어버린 내 잘못이다……. 나는 자책하며 머리를 숙였다.

나는 일단 최대한 침착하게 반휘혈이 지금 이 상황을 어떻게 받아들이고 있을지 생각해 보았다. 그는 낮잠을 자다가 막 어떤 칠칠맞지 못한 녀석(그건 물론 나다)가 자기한테 걸려 넘어지는 바람에 잠을 깬 상황이다. 이럴 경우 반응은 크게 두 가지로 짐작해 볼 수 있다.

하나, 내 턱을 붙잡고 '생긴 것도 멍청하게 생겨서는…….' 하고 말하다가 상상한 것보다 예뻐서 반하는 경우. 그러나 이럴 경우 반여령 정도의 외모가 아니라면 안 된다. 그러니 패스.

둘, 이게 가장 가능성이 있는 건데, 낮잠을 방해했다는 이유로 불같이 화를 낸 다음 빵 셔틀이나 가방 셔틀로 임명하는 경우이다.

음, 신빙성 있는데.

그런데 문제가 하나 있으니, 둘 모두 지금의 내게는 해당하지 않는다. 왜냐하면 반휘혈은 며칠 전에 이미 나와 만난 적이 있기 때문이다. 게다가 그는 심지어 '기억했다.'며 내 이름을 부른 적까지 있다.

결국 나는 일단 사과부터 하기로 했다. 어색하게 웃은 나는 고개를 꾸벅 숙이며 말했다.

“주무시는데 방해해서 죄송합니다. 그럼 저는 이만…….”

가 볼게요, 하며 손잡이를 잡아당기는데 역시나 문은 꼼짝도 하지 않았다. 아, 좀. 눈치 없게 이러기냐? 너의 눈치가 한 사람의 생명을 살릴 수 있어. 내가 속으로 재촉하며 문을 몇 번이고 잡아당기는 그때였다.

어둠 속에서 날아온 말에 나는 눈을 질끈 감았다. 내 이럴 줄 알았지.

“너, 내가 기억하겠다고 했지.”

그리고 이어진 말에 나는 입을 벌렸다.

“함박눈.”

뭐라굽쇼.

“기억했다.”

아니, 너 기억 못했거든.

그리고 나는 손잡이를 당기던 손을 모으며 짧게 중얼거렸다.

신이시여. 감사합니다.

그동안 아무리 찾아도 응답하지 않으시던 신께서 처음으로 내 기도를 들어주셨다.

나는 기억을 되짚었다. 워낙 인상적인 만남이었던 탓에

반휘혈과 마주쳤던 기억은 어제인 듯 생생하기만 했다.

'기억했다, 함단이.'

그런 말을 들은 데다 이름까지 불린 이상, 앞으로 평범한 인생은 완전히 틀려먹었다고 생각하고 있었는데. 도대체 반휘혈의 기억력에 무슨 일이 일어난 걸까?

인소의 법칙 29조, 전국 서열 1위는 공부마저 전국 서열 1위인 경우가 대부분이다. 심지어 전교 꼴등이라고 할지라도 머리만은 똑똑하다는 설정인 것이 보통!

예를 들면 이런 식이다.

전국 서열 1위에게 고백당한 여주인공. 어떻게든 거절할 명분을 찾는 와중, 전국 서열 1위가 전교 꼴등이라는 사실을 떠올리는데!

여주인공 : 하지만 너, 너는 전교 꼴등이잖아! 난…… 멍청한 애는 싫어!

전국 서열 1위 : 아, 그래? 그럼 전교 꼴등만 아니면 괜찮은 거냐?

그리고 다음 시험에서 전국 서열 1위는 당당하게 전교 1등을 차지해 버리고 마는데……. 그 다음 이루어지는 여주인공과 전국 서열 1위의 대화는 보통 다음과 같다.

여주인공 : 마, 말도 안 돼, 커닝한 거 아니야?

전국 서열 1위 : 아니? 내가 지금까지 전교 꼴등을 한 이유는…….

여주인공 : 이유는?

전국 서열 1위 : 시험을 빼먹어서다.

저렇듯 전국 서열 1위가 평소에 전교 꼴등 포지션을 고수하고 있다면, 나는 단호하게 말하겠다. 그건 그냥 색다른 모습으로 여주인공의 마음을 탈환하기 위해 추진력을 얻고 있을 뿐이라고.

하지만 생각해 보니, 반휘혈의 이름은 전교 1등은 물론이고 10등 안에서는 본 적이 없었다. 내가 그것을 어째서 알고 있냐 하면은, 유감스럽게도 마침 전교 1등부터 10등까지를 차지하고 있는 녀석들이 대부분 내가 아는 녀석들이기 때문이다.

전교 1등이야 두말할 것도 없이 반여령이고, 2위는 은지호. 심지어 두 사람은 전국 모의고사에서까지 1, 2위를 차지하고 있는 괴물들이다.

그리고 전교 3등부터 10등까지는 은형이와 김혜힐, 김혜우, 이루다, 그리고 윤정인도 한 자리를 차지하고 있었다.

음, 이렇게 보니 확실히 내 친구들 중에 공부 잘하는 녀석들이 정말 많기는 하구나. 아무튼 저 안에 반휘혈의 이름이 없다는 것정도는 알고 있다.

나는 굳어진 눈빛으로 눈앞의 반휘혈을 바라보았다. 그렇다면 너는 대체 뭐 하는 녀석이냐? 평범한 학생인 척 연기하느라 일부러 시험 성적을 중위권으로 맞추고 있는 건가? 주인이처럼?

그것도 그럴듯했다. 공부를 못하는 전국 서열 1위라니, 정말 말도 안 된다. 그건 전국 서열 1위계의 이단아야.

그렇게 생각하기가 무섭게 반휘혈이 다시 말했다.

"새삼 특이한 이름이군. 함박눈."

나는 다시 한번 복잡한 심경에 사로잡혔다.

하지만……. 일부러 공부를 못하는 척하고 있는 거라면 이렇게까지 연기할 필요가 있을까? 반휘혈, 너 정말로 사람 이름이 함박눈일 수 있다고 생각하니?

나는 몸의 긴장이 전부 풀리는 것을 느꼈다. 애초에 상대방이 내 이름을 완전히 틀리게 기억하고 있는 이상 더 긴장하고 있기는 힘들었다.

한숨을 내쉰 나는, 간 크게 입을 떼었다.

"제 이름, 함박눈 아니에요."

존댓말은 그나마 반휘혈이 전국 서열 1위임을 잊지 않은 나의 마지막 생존 본능 같은 거였다.

그리고 돌아온 대답에 나는 그마저 사라지는 것을 느꼈다.

"날 속인 거냐?"

아니, 널 속인 건 네 기억력뿐인데. 다시 한번 나를 가리키며 나는 유치원 선생님이나 된 것처럼 천천히, 또박또박 말했다.

"함단이야. 내 이름."

어쩌면 그가 이런 내 태도에 화를 내거나, 심지어 '네 이름이 함박눈이 아니라고? 당장 개명해!' 따위의 말을 하면 어쩌나 싶었는데 반휘혈은 의외로 아무 말이 없었다. 그는 자신의 실수에 부끄러워하는 기색도 없이 침착하게 나를 바라보기만 했다.

그러다 문득 불안한 생각이 든 내가 물었다.

"저기."

"응."

"내 이름이 뭐라고?"

그러자 특유의 붉은 눈으로 나를 무심히 보던 반휘혈이 입을 열어 대답했다.

"향단이."

"……."

이 세계, 얼마 전까지만 해도 납치에 헬기에 클럽에서의 서열들의 모임에 후계자 싸움까지, 온통 비현실적인 요소만 가득하더니 이런 데서 갑자기 현실적이냐?

그런데 그때, 반휘혈이 불쑥 몸을 일으키더니 내가 기댄 문 쪽으로 터벅터벅 걸어왔다. 나는 반사적으로 물러나며 질끈 눈을 감았다. 뭐, 뭘 하려고?

그때, 미련 없이 나를 지나쳐간 반휘혈이 창고 문손잡이에 손을 뻗었다. 엥?

손으로 몇 번 손잡이를 당겨 보던 그가 불쑥 한 다리를 들어 올리더니 그대로 문을 걷어찼다.

엄마야! 나는 다시 눈을 질끈 감았다. 별다른 준비 동작도 없이, 공을 차듯 가볍게 걷어찼을 뿐인데도 지축이라도 흔들린 것같은 무시무시한 소리와 함께 흙먼지마저 일어났다.

그러고도 문은 아무런 변화가 없었다. 그제야 나는 이상하다는 생각이 들어 얼굴을 찡그렸다.

내가 아무리 온 힘을 다해 부딪쳤어도, 그래 봐야 내 무게가 대단한 편도 아닌데 저렇게 단단히 닫혔을 리 있나? 손잡이를 몇 번 더 흔들어 보던 반휘혈이 무심히 던진 말에 나는 놀랐다.

"누가 일부러 잠근 것 같은데."

"뭐? 말도 안 돼, 대체 왜?"

그러자마자 머릿속에 짚이는 것이 있었다. 아, 여단 오빠 스토커. 나는 중얼거렸다. 혹시나 우리 학교였던 걸까?

인근 고등학교는 몇 안 되고, 사귄다는 것이 알려진 지 며칠도 안 돼서 선배들이 우르르 나를 찾아올 정도로 여단 오빠의 인기가 대단한 것도 사실이다. 그러니 그중에 스토커가 한 명쯤 끼어 있었다고 해도 이상할 것은 없겠지.

거기까지 생각한 나는 고개를 들었다. 내가 조심스럽게 불렀다.

"저기."

반휘혈이 뭐냐는 듯 그 붉은 눈으로 골똘히 나를 응시했다. 솔직히 방금의 바보 같은 행동들에도 불구하고 그 모습은 살 떨릴 만큼 무서웠으나, 그래도 사과는 해야 할 것 같았다. 나 때문에 휘말린 사람인데. 숨을 크게 들이마신 나는 천천히 입을 떼었다.

그때였다.

"미안하다."

불쑥 튀어나온 사과의 말에 나는 눈썹을 찡그렸다.

"응?"

"나 때문일 거다."

"왜?"

"내가…… 적이 많아서."

그거야 전국 서열 1위니 이해가 가지 않는 것은 아니다. 하지만……. 나는 손가락을 들어 그의 두꺼운 안경테를 가리켰다. 그가 뭐냐는 듯 나를 보았다.

"뭐지?"

"아니, 너 지금 그렇게……."

위장하고 있는데, 너를 알아본 녀석들이 있는 거냐고 물으려던 나는 흠칫 말을 삼켰다.

솔직히 내가 봐선 반휘혈이 전국 서열 1위란 것은 하늘도 알고 땅도 알고 모두가 알 것 같지만, 전에 본 바로는 저 말도 안 되는 위장이 실제로 먹혀드는 것 같았다.

그러니 내가 눈치챈 티를 내선 안 되는 거겠지? 내가 고개를 내젓는데, 불쑥 뒤 돌아선 반휘혈이 어딘가를 물끄러미 응시했다. 나도 따라서 고개를 돌리자, 이 창고에 하나뿐인 창문이 보였다. 창고 안이 암흑에 빠지지 않도록 해주는 고마운 존재였다.

꽤 높이 있어서 손이 닿을까 했는데, 그리로 불쑥 다가간 반휘혈은 곧장 창문을 활짝 열어젖혔다. 심지어 팔을 다 뻗지도 않은 채였다. 그런 그의 모습을 보며 나는 중얼거렸다. 와, 키 정말 크네.

저 정도면 190은 될 것 같았다. 위장을 위해선지 어깨를 굽히고 하도 구부정하게 다녀서 잘 알아채지 못할 뿐, 허리를 온전히 편 그의 모습은 위압감 그 자체였다. 창문이 활짝 열리자 쏟아지는 햇살을 등지고 선명해지는 실루엣을 보며 나는 그가 사자를 닮았다는 생각을 했다.

그때, 창문 밖을 여러 번 살피던 그가 불쑥 나를 불렀다.

"함박눈."

"함단이야."

나는 선선히 대답하며 그쪽으로 다가갔다. 아무래도 위험할지언정 나쁜 애는 아닌 것 같다는 느낌이 점점 들고 있었다. 나도 내가 '수업 시간에 늘 졸지만 성실한 애.' 같은 소리를 하고 있는 건 알고 있는데.

눈부신 햇빛이 쏟아지며 바닥 위에 사각형의 무늬를 그렸다. 그것을 빤히 보는데 반휘혈이 말했다.

"나가라."

"응?"

"여기로."

"어떻게?"

그렇게 말하며 나는 뒤를 돌아보았다. 확실히 체육 창고니 쓸 만한 게 없진 않은데, 유감스럽게도 뜀틀도 내가 밟고 올라가기엔 높이가 좀 부족할 것 같았다.

그러던 나는 뒤이어 들려온 말에 화들짝 놀랐다.

"내가 올려 주면 돼."

"네, 네가?"

하마터면 무슨 속셈인 거냐고 물어볼 뻔했다. 아니, 그렇잖아. 보통 서열 1위가 평범한 학생한테 호의를 베푸는 일을 나는 본 적이 없는데. 그러다가도 나는 문을 힐끗 하고는 고개를 끄덕였다. 아하, 그런 거구나.

"내가 나가서 열쇠 가진 사람을 찾아서 문을 열어 달란 거지?"

반휘혈의 덩치로는 이 작은 창문으론 나갈 수 없을 테니 협력을 제안하는 것도 당연하다는 생각이 들었다.

애초에 내가 체육 창고에 올 때 열쇠를 갖고 있지 않았고, 창고는 원래부터 열려 있었기 때문에 열쇠는 지금쯤 다른 사람의 손에 있을 것이다.

그가 반휘혈과 나를 가둔 범인이라면 일석이조가 되는 거니 좋고, 아니더라도 일단 반휘혈을 혼자 두고 갈 순 없잖은가. 그가 아무리 무섭다곤 해도.

그런데 뜻밖에도 반휘혈은 고개를 내저었다.

“아니, 필요 없다.”

“뭐?”

“혼자 들어가. 나는 신경 쓰지 말고.”

“아니, 왜?”

“말했잖아, 나는 적이 많다고.”

그렇게 말한 그가 대뜸 내 앞에 한쪽 무릎을 꿇고 엎드렸다. 잠시 망설이던 나는 자신을 밟고 올라가란 뜻임을 알고는 기겁했다.

“진짜 밟아도 괜찮겠어?”

“빨면 된다.”

“아니야, 있어 봐.”

일단 신발부터 벗은 나는 그의 등을 밟고 올라섰다. 내가 올라서자마자 그가 무릎을 펴서 내가 창문에 더 가까워지도록 해 주었다.

마침내 창틀에 몸을 걸친 나는 일단 신발부터 밖으로 내던졌다. 그리고 나는 심호흡을 한 다음 뛰어내렸다.

"으악."

뛰어내리다 미끄러지는 바람에 작게 엉덩방아를 찧은 나는 소리를 질렀다. 체육관 안쪽에서 '괜찮나?' 하는 물음이 날아왔다. 잠시 엉치뼈를 문지르던 나는 일단 신발부터 주워 신었다.

내가 외쳤다.

"나 열쇠 찾아서 갖고 올게!"

그리고 나는 건물을 향해 조금 절뚝이며 뛰기 시작했다. '괜찮다.'는 대답이 등 뒤에서 날아와 흩어지는 것도 같았다.

* * *

복도를 바쁘게 지나다니는 애들 몇몇을 붙잡은 끝에 바로 옆반인 7반 체육 부장에게서 열쇠를 받을 수 있었다. 마침 자기도 가지러 갈 게 있으니 같이 가자는 말에 나는 군말 없이 그를 따랐다.

아무래도 바로 옆 반이다 보니 아예 면식이 없지는 않았다. 그럭저럭 평이하게 대화를 나누다가 나는 문득 궁금한 것을 물어보았다.

"원래부터 계속 네가 갖고 있었어?"

"아니, 나도 1층 행정실에서 갖고 온 건데."

"그럼 너 갖고 오기 전에 누가 갖고 있었는지 모르지?"

그는 고개를 내저었다. 그러더니 희한한 거 물어본다는 표정으로 나를 응시하기에, 나는 볼을 긁적이며 하하 웃었다. 그리고 마침내 창고 앞에 도착해서 자물쇠에 열쇠를 꽂아 넣으며 그가 물었다.

"근데 뭐 가져가게? 너희 반 가져갈 거 다 가져가지 않았나."

"아, 물건은 아니고. 안에 사람이 갇혀서……."

"뭐라고?"

그가 잘못 들었다는 양 온 얼굴을 찡그리던 찰나 문이 마침내 벌컥 열렸다. 창고 안에 우두커니 서 있는 거대한 인영을 확인한 내가 손을 흔들었다.

"반휘혈! 여기, 문 열렸어."

그러자 당장 뛰쳐나올 줄 알았던 반휘혈은 의외로 어둠 속에 몸을 가린 채 말이 없었다. 낯가림하나? 어이없는 상상을 하며 나는 볼을 긁었다.

한편 옆에선 7반 체육 부장 녀석이 잔뜩 놀란 얼굴로 반휘혈과 나를 한참이나 번갈아 보았다. 그 범상치 않은 반응에 의아해진 내가 물었다.

"왜 그래?"

"아, 아니. 너 재랑 친하냐? 갇힌 것도 알고 사람 불러다

주게…….”

원래는 같이 갇힌 거라는 말을 하려다 나는 그냥 고개를 내저었다. 내가 말했다.

“아니, 나도 얘기는 오늘 거의 처음 해 봤고. 뭐 좀 놔두러 왔었는데 잠겨 있어서 보니까 안에서 사람 목소리가 들려서.”

그렇게 말하며 나는 아까 엉덩방아를 찧어서 흙먼지가 묻어 있는 치마 뒤를 슬쩍 털어 냈다. 그런 나를 복잡한 눈으로 보던 그가 대답했다.

“그래?”

“모르는 사람이어도 갇혀 있는데 도와줘야지, 그럼 어떡해.”

“아, 너 모르는구나…….”

말끝을 흐린 그가 다시 반휘혈을 힐끔거렸다. 하는 말을 봐서는 저도 잘 모르는 사이임은 분명한데, 그렇다기에는 눈빛은 전염병 환자를 보듯 꺼리는 기색이 가득 담겨 있었다.

노골적인 그의 눈빛에 나는 천천히 얼굴을 찌푸렸다. 뭘 하는 거야, 아까부터?

그런 가운데 반휘혈이 어슬렁어슬렁 다가와 마침내 창고를 나왔다. 안에서 봤을 때도 꽤 대단하다고 생각은 했는데, 햇빛 아래서 제대로 본 모습은 정말 차원이 틀렸다. 어깨도 넓고 팔다리도 굵은 느낌이라 흡사 곰처럼 느껴졌다.

동면을 마친 곰처럼 느리게 움직이던 반휘혈은 왜인지

주변을 주의 깊게 살폈다. 마치 백 일 동안 굴에서 쑥과 마늘만 먹고 마침내 인간이 된 곰이 바깥세상을 보며 놀라는 것처럼 새삼스런 모습이었다.

그런 모습을 보며, 나는 그가 어떻게 저런 말도 안 되는 위장으로도 자기 정체를 숨길 수 있었는지 알 것도 같았다.

창고에서, 어둠 속에서 보았던 위압감은 온데간데없이 사라지고, 남은 것은 덩치가 크고 동작이 조금 굼떠 보이는 학생 하나였다. 동작이 어찌나 느린지 동작이 조금 잽싼 아이라면 쉽게 놀리고 달아날 수 있을 것 같았다. 요컨대 만만해 보인다는 얘기였다.

같은 사람이 이렇게까지 다른 분위기를 풍길 수 있구나. 내가 감탄하는 사이 반휘혈이 나와 7반 체육 부장이 있는 쪽으로 걸어왔다. 딱히 우리가 목적이라기보다는 학교 건물로 돌아가는 길에 우리가 있어서 지나친다는 기색이 역력했다.

그러나 나와 어깨가 스칠 듯 지나치기 전, 그가 잠깐 주춤하는 것을 본 것도 같았다. 나는 인사를 하려고 했지만 타이밍을 놓치고 말았다.

멀어지는 그의 모습을 물끄러미 응시하던 내게 7반 체육 부장 녀석이 소리 낮춰 속삭였다.

"야, 재랑 엮이지 마. 너 그러다 큰일 난다."

"뭐?"

"쟤 2학년 3학년들 사이에서 완전 찍혔잖아."

그의 말에 나는 눈을 깜빡였다. 성적 커트라인이 높아서 비교적 온건할 줄 알았던 이 학교에도 학년 간에 그런 게 있단 말인가?

그러다 여단 오빠의 일에 우르르 몰려왔던 선배들이나 황시우의 일을 떠올린 나는 끙, 하고 앓는 소리를 내뱉었다. 모를 건 아닌데, 반휘혈이 그런 처지라고?

7반 체육 부장이 말을 이었다.

"그래서 쟤, 우리 1학년에 친구 하나도 없어. 사실 이삼학년에 찍힌 것 외에도 그냥 애가 워낙 음침해서 그런 것도 있는데."

"야, 왜 그래."

그에게 살짝 지적하는 한편 나는 생각했다. 음침하다니, 그런 느낌은 전혀 들지 않던데. 오히려 이목구비가 너무 뚜렷해서 혼혈을 연상시킬 편인 데다 어깨를 구부정하게 굽히고 다니는 것 외에 딱히 눈에 띄는 점도 없지 않나?

내가 시큰둥한 반응을 보이자 금세 티가 났는지, 그는 어중간하게 말을 맺었다.

"아무튼, 나는 분명히 말했다."

"아, 그래. 신경 써 줘서 고마워."

"뭘."

그리고 그와 헤어져서 잠시 걸음을 옮기던 나는, 이윽고 달리기 시작했다. 정확히 방금 반휘혈이 향했던 방향이었다.

그는 여전히 방금 굴에서 기어나온 곰처럼 아주 천천히 어슬렁거리며 걷고 있어서, 나는 그를 쉽게 발견할 수 있었다. 마침 인적 드문 복도였다. 내가 그를 불렀다.

"반휘혈!"

그가 나를 돌아보았다. 그러자마자 보이는 빨간 눈에 나는 반사적으로 주춤하면서도 말했다.

"고맙다고."

그러자 이해 안 된다는 듯 잠시 나를 빤히 보던 그가 되물었다.

"뭐가."

"아까 나가게 해 준 거."

사실 창고에서 그를 처음 마주쳤을 때의 기분을 생각하면 살려 보내 줘서 고맙다고 말하고 싶었다.

하지만 그러기에는 그가 너무 착했다.

창고에서 나를 먼저 내보내려던 것이나 나를 위해 기꺼이 등을 밟는 것을 허락하던 것, 넘어진 내게 괜찮냐고 물어보던 것. 그리고 무엇보다도 가장 신경 쓰이는 건 사람을 불러오겠다던 내게 그럴 필요 없다고 딱 잘라 거절하던 모습이었다.

이유를 물은 말에 그는 대답했었다. '내가 적이 많아서.' 자신 때문에 내가 위험해질 것을 신경 써 준 거겠지.

나는 돌아서서 다시 걸음을 옮기는 반휘혈의 뒷모습을 응시했다. 햇살을 받아 둥그렇게 빛나는 그의 뒷모습이 유난히 쓸쓸해 보였다.

7반 체육 부장 녀석이 충고했던 것을 생각하면 이 학년에 친구라곤 없다고 봐야 맞겠지. 잠시 손을 멋쩍게 매만지던 나는 그의 뒤통수에 대고 불쑥 입을 열었다.

"있잖아. 너만 괜찮으면 다음에 봤을 때 인사해도 돼?"

그러자 나를 힐끔 돌아보며 이상한 애도 다 있다는 표정을 지은 그는 다시 제 갈 길을 가 버렸다.

* * *

체육 대회가 며칠 앞으로 다가옴에 따라 각 반에서는 수업 대신 체육 대회 연습을 하는 날이 늘어났고, 그것은 강력한 우승 후보인 1반도 마찬가지였다.

사대천왕에 반여령까지 포함된 그들의 선수진은 실로 막강했다. 경기하는 꼴을 한 번 본 이들이 혀를 내두르며 너희는 연습할 필요가 없다느니, 압살이라느니 해도, 1반은 체육 대회 연습을 즐겼다. 아무렴 교실에 틀어박혀 있는 것보다는 운동장에서 노닥거리는 것이 백배는 좋았다.

체육 대회가 일주일도 안 남은 어느 날도 그들은 생물 선생님이 '너희 수업 듣기 싫지?' 하고 물은 말에 '네!!' 하고 적극 동의한 포상으로 운동장에 나왔다.

신나서 교복 아래 껴입고 있던 체육복 차림이 되어 앞다퉈 운동화를 신고 우르르 달려가는 이들과 달리, 사대천왕과 반여령만은 조금 우중충한 기색이었다. 앞서 달려 나가던 이들이 한 번씩 뒤를 힐끗거릴 정도였다.

반 전체를 통솔하기 위해 먼저 나간 권은형을 제외한 은지호와 유천영, 우주인, 그리고 반여령은 반의 끝머리에서 천천히 걸음을 옮겼다. 이유 모를 정적 속에서 가장 먼저 입을 뗀 것은 반여령이었다.

"너희, 단이한테 왜 그래?"

그에 고개를 든 은지호가 전혀 짚이는 것이 없다는 듯 천연덕스런 표정으로 대답했다.

"뭐가?"

"똑바로 대답해. 대답 여하에 따라 체육 대회에 못 나가는 수가 있어."

"어떻게 하려고?"

대답을 예상하면서도 물은 말에 역시나 반여령은 위협적인 얼굴로 발을 들어 올렸다. 창백해진 얼굴로 슬쩍 고개를 돌린 은지호가 속으로만 혀를 찼다. 올 게 왔군…….

반여령이 눈치가 없는 것은 어디까지나 연애 한정으로, 그 외의 것에는 기본적으로 눈치가 빠르고 또 빠를 수밖에 없는 환경을 거쳐 왔다. 그러니 만큼 그녀가 함단이를 모르는 척하는 그들의 전략을 눈치채는 것은 실로 시간문제라고, 예상은 하고 있었다.

그나마 연애 쪽에는 눈치가 없는 게 어디야. 표정을 조금 푼 은지호가 중얼거렸다. 그랬더라면 자신은 몇 년 전에 진작 산 목숨이 아니었을 것이다.

그렇게 생각하던 은지호는 반여령의 이어진 말에 뜨악해서 입을 벌렸다.

"아니, 너희 정말 왜 그러냐고. 단이한테 고등학교 들어오기 직전 일까지 꺼내면서 잠시 모른 척해 달라고 했다며."

은지호가 당황해서 되물었다.

"걔가 그런 것도 말하던?"

"그럼 나한테 말하지 누구한테 말해? 니들 얘기를."

뭐라고 대답하려던 은지호는 반여령이 허리에 두 손을 얹고 기세등등하게 잇는 말에 그만 입을 다물었다.

"단이, 너희에 대한 얘기 나 말고는 할 사람도 없잖아. 너희가 갑자기 한동안 아는 척하지 말아 달라고 했단 얘기를 대체 누구한테 해? 이상한 소문 돌 텐데."

"……."

은지호의 미간이 일그러졌다. 확실히 듣고 보니 그랬다.

함단이는 반여령만큼이나 소문에 휘말리는 일이 많아서, 소문이 날 만한 여지 자체를 안 주는 편이었다. 그러니 만큼 함단이가 사대천왕에 대한 얘기를 어디 함부로 하고 다닐 수도 없을 거고, 혼자 속만 썩고 있을 거란 것을 예상했어야 했는데.

거기까지 생각한 은지호는 다시 한번 속으로 혀를 찼다. 하지만 이쪽도 마음에 여유가 없는 것을 어쩌라고.

애초에 이렇게까지 상태가 엉망이 아니었더라면 대화하지도 않고 다짜고짜 '도망친다.'는, 문제 해결에는 하등 도움 되지도 않고 오히려 악화되는 선택지를 골랐을 리도 없었다.

더욱 환장할 노릇인 것은, 시간이 흐르면 흐를수록 머릿속에서 어렴풋한 의문이 머리를 치켜든다는 것이다. '이게 과연 시간을 두고 본다고 해결될 일인가?' 하는.

애초에 얼마나 오래되었는지도 불분명한 마음이고, 정리하려고 시도한 것만 수 십 번인데도 아직까지 정리하지 못한 마음이었다. 그런데 시간이 지나면 해결될 것을 기대하다니, 실로 안이한 것이 아닌가 하고.

'함단이한테 애인이 생겼다. 그것도 꽤 괜찮은 사람으로.' 하고 입력된 값에 머리는 다른 때와는 달리 '아, 그렇습니까.' 하고 고분고분한 대답을 내놓지 않았다.

이쪽이야말로 도무지 말을 안 듣는 마음이란 녀석에게 목줄이라도 매고 싶은 마음이었다. 은지호가 다시 한번 크게 한숨을 내뱉는 가운데, 반여령이 말을 이었다.

"단이가 아무리 조심해도, 이제 곧 단이랑 너희랑 싸웠다는 소문 돌걸. 그러면 단이 엄청 스트레스 받을 거야, 오빠랑 사귀는 거랑 별개로."

구구절절 맞는 말이라 할 말이 없었다.

다시 한번 한숨을 내뱉던 은지호는 뒤에서 유천영이 미간을 짚는 것을 보고는 혀를 찼다. 그리고 그는 문득 억울해짐을 느꼈다.

아니, 분명히 원인을 제공한 데는 반여령의 오빠, 반여단의 지분이 꽤 클 텐데, 사실을 털어놓으라고 추궁하는 것도 반여령, 처벌하는 것도 반여령이라니. 이 남매, 우리한테 조금 너무하지 않아?

바로 그때, 뒤에서 그때까지 듣고만 있던 우주인이 불쑥 입을 열었다. 모두의 시선이 그쪽으로 향했다.

"여령아, 그런데 이거 물어봐도 돼?"

"응? 뭔데?"

"엄마랑 너희 오빠 되시는 분이 사귀게 된 거, 어쩌다 그렇게 되었나 하고."

"아."

"전에 엄마네 집에 잠깐 가서 봤을 때는 두 사람 사이에 별다른 전조 없지 않았나 해서."

그렇게 말한 우주인이 이쪽을 힐끔거리며 눈짓을 줄 때에야 은지호는 우주인의 의도를 대강 눈치챘다.

우주인이 말하는 '전.'이란 것은 꽤 오래된 일로, 고등학생이 되기 직전 반여령의 가족과 함단이의 가족과 함께했던 고기 파티 때였다.

확실히 자신들이 반여단을 '제대로' 본 것은 그때가 처음이었다. 같은 중학교기는 했어도 반여단은 그 놀라운 실력에도 불구하고 임원 활동도 동아리 활동도 도통 하지를 않아서, 성적 우수상을 받을 때 옆에서 몇 번 본 것이 전부였으니까.

그리고 막상 보았던 함단이와 반여단의 관계는 간혹 먹을 것을 챙겨 주는 친한 옆집 동생, 그 정도의 분위기였다. 사실 반여단이 워낙 표정이 없어 그 정도 분위기조차 나지 않았다. 누가 보면 어색한 사이라고 오해받을 것이 분명해 보였다.

그래, 그렇게 별 사이 아니어 보였던 함단이와 반여단이 갑자기 사귀게 되었다면 말 그대로 '그냥 한번.' 사귀어 본 것일 수도 있다.

그리고 만약 그렇다면 두 사람의 교제는 오래가지 않을 것이다. 우주인도 그것을 노리고 묻고 있는 것이 분명했다.

아니, 하지만 함단이 성격에 그냥 한번 사귀어 볼 리가 없는데. 은지호가 생각하는 그때였다. 반여령의 낭랑한 목소리가 그의 귀에 박혀들었다.

"몰라. 어렸을 때부터 서로 좋아했다던데."

"아, 그래?"

경직된 얼굴로 그렇게 대답한 우주인이 은지호와 유천영 쪽을 돌아보고는 귀엽게 웃었다. 그가 실수를 무마하려 할 때 흔히 보이는 웃음이었다.

눈이 마주치자 그가 입모양으로만 '미안.' 하고 말하는 것이 보였다. 한숨을 내쉰 은지호는 대답 없이 한쪽 손을 들어 얼굴만 가렸다.

운동장에 나올 무렵, 네 사람의 분위기는 너무 얼어붙어서 그쪽만 겨울처럼 느껴질 정도였다.

운동장에는 1반 외에도 총 네 개 정도의 반이 나와 있었다. 학년마다 다른 구역을 썼으므로 어느 학년인지를 알아보는 것은 쉬웠다. 2학년이 한 반, 1학년은 세 반이나 되었다.

1학년 구역은 넓지 않았으므로 각 반끼리는 얼굴을 알아볼 수 있을 정도로 가까이 붙게 되었다. 무심히 1반 대열에 합류하며 은지호는 옆을 힐끗 보았다.

옆 반은 6반이고, 옆옆 반은……. 이윽고 그의 차분하던 얼굴 표정이 흐트러졌다. 그는 중얼거렸다. 호랑이도 제 말하면 온다더니, 그 말 하나도 틀린 데가 없네.

모여 선 이들 사이에서 갈색 머리카락이 보였다. 저 정도 밝기의 갈색 머리카락 따위 특별한 것이 아님을 알면서도 한 번 그곳에 박힌 시선은 떨어지질 않았다. 분주하게 움직이던 그녀가 마침내 고개를 돌리고, 찾고 있던 얼굴을 확인한 은지호가 속으로 내뱉었다.

차라리 보이지나 않았으면. 그는 한숨지으며 신경질적으로 머리카락을 쓸어 넘겼다.

누군가 길에 함단이를 세워 놓고 시민 투표를 해서라도 그녀가 눈에 안 띈다고 결론을 내든 어떻든, 그런 건 은지호에게는 하등 소용이 없었다. 저 특별할 것 없는 머리색조차 저토록 눈에 띄는데 뭘 어쩌란 말인가.

함단이를 피해 다닌 것도 그래서였다. 머리카락 끝만 눈에 띄어도 어느 샌가 고개를 그쪽으로 돌리게 될 테고, 시선을 떼지 못하게 될 테고, 그러면 저쪽에서도 시선을 눈치 채리라. 그리고 눈이 마주치면…….

바로 그때, 옆의 이루다와 즐겁게 떠들고 있던 함단이의 시선이 문득 이쪽으로 향했다. 은지호의 가슴이 철렁했다.

잠시 망설이던 그녀는 이쪽을 향해 손을 흔들었다. 정확히 은지호와 유천영 쪽을 향해서였다.

뒤에서 중얼거림이 들렸다.

"인사해 주지 그래?"

반여령이었다.

그 말이 들려온 순간, 저 인사를 무시했다가는 함단이의 마음이 상처받는 것보다도 반여령이 자신들을 죽이는 것이 빠를 거란 사실을 알았다.

공포 영화 내레이션도 이렇게 음산하진 않을 거다. 그런 생각을 하면서도 은지호는 마침내 손을 들었다.

그래. 언제까지고 시간이 해결해 주길 바랄 수도 없는 일이지. 소용이 없다는 것을 이미 한 번 경험했으면서. 그는 애써 평정을 가장하며 중얼거렸다.

그때, 바로 옆인 6반 대열에 서 있던 한 학생이 머뭇거리더니 천천히 손을 들어 올렸다. 정확히 함단이를 향해서였다.

은지호의 시선이 자연스레 그리로 향했다.

"……뭐야?"

뭐야, 이 녀석은? 은지호의 첫 소감이었다.

키는 190쯤 될까, 어깨와 목을 움츠리고 무척 구부정한 자세로 서 있는데도 자신과 키 차이가 크지 않았다.

검은 머리카락은 무척 덥수룩해서 눈썹도 잘 보이지 않을 정도였고, 눈은 짙은 뿔테 안경 너머에 파묻혀 있었다. 코와 입술이 큼직한 데다 피부색이 짙어서 외국인 같은 인상을 주었다. 남다른 덩치도 그런 인상에 한몫했다.

전체적으로는 문명사회에 어울리지 않는 듯한 인상의 녀석이었다. 욕하려는 게 아니라 솔직한 느낌이 그랬다.

굳이 말하자면 자연에서 스스로의 힘으로 잘 사냥해서 먹고살고 있던 야생 동물을 억지로 잡아다 동물원 우리에 가둔 느낌이랄까, 그랬다. 자신이 왜 처음 보는 녀석에게서 이런 느낌을 받는지는 알 수 없지만.

그보다 중요한 것은 그가 함단이의 인사를 자신에게 하

는 줄 착각하고 받아 주었다는 사실이었다. 함단이에게 일정 수준 이상의 관심이 있는 것은 분명했다.

이윽고 준비 운동이 끝나자 각 반이 스탠드의 정해진 자리로 이동하기 시작했다. 그런 가운데 은지호는 함단이가 놀랍게도 아까의 야생 동물 같은 녀석(이름도 모르는)에게 다가가며 친근하게 인사하는 것을 보았다.

"안녕."

뭐야, 그럼 정말로 저 녀석한테 인사한 거였어? 저 녀석만의 착각이 아니라? 눈을 크게 뜨고 우뚝 멈춰 서 있던 은지호에게 충격적인 한마디가 들려왔다.

덩치 큰 녀석이 함단이에게 다가서며 쑥스러운 듯 내뱉었다.

"함무라비."

"……."

은지호는 잠시 자신의 귀를 의심하며 반 녀석들을 따라서 걸음을 옮겼다.

그것도 잠시였다. 갑자기 액션 영화에서 차가 유턴하는 것처럼 급하게 방향을 꺾은 그는 함단이에게로 일직선으로 걸어갔다.

유천영이 황급히 그런 은지호를 뒤쫓는 가운데, 함단이는 정체 모를 녀석과의 인사를 막 마치고 돌아서고 있었다. 그런 함단이에게 은지호가 내뱉었다.

"야."

그를 돌아본 함단이가 태연하게 물었다.

"응?"

너 지금 그 소리가 나와? 은지호는 입을 뻐끔거리다 말고 방금 사라진 이름 모를 녀석을 손가락으로 가리켰다.

그가 되물었다.

"너 지금 누구랑 인사한 거야?"

"응? 누구냐니."

그리고 태연히 돌아오는 대답에 은지호는 분통이 터졌다.

"친구랑 인사한 게 뭐가 어때서?"

"네 이름도 제대로 모르는 녀석이랑 어떻게 친구를 해!?"

은지호는 외치지 않을 수 없었다.

* * *

"아니, 걔네 진짜 이상하다니까."

방과 후, 이제는 일상이 된 것처럼 집에서 얼마 떨어지지 않은 카페에 앉아 여단 오빠와 공부를 하던 나는, 문득 샤프 움직이던 것을 멈추고 그렇게 말했다.

여단 오빠가 턱을 괴고 이쪽을 보는 가운데, 나는 투덜거렸다.

"아니, 휘혈이가 내 이름도 제대로 모르는데 친구를 어떻게 하네 마네 하는데, 그러는 지들은 내 이름 알고도 불러 주지도 않으면서. 게다가 최근에는 아는 척하지 말자고도 했고."

"응."

여단 오빠가 묵직하게 고개를 끄덕였다. 샤프로 문제집 위를 신경질적으로 탁탁 때리며 나는 말을 이었다.

"당연히 몰라서 틀린 사람이랑 알고도 모르는 척하는 사람 중에, 알고도 모르는 척한 사람이 나쁜 거 아니야? 그런데 왜 나한테 휘혈이랑 친구를 하네 마네. 그러는 니들이 휘혈이보다 백배 나쁘다, 진짜."

여단 오빠는 말없이 고개를 끄덕이거나 가끔 평소에 그러듯 내 머리를 토닥이기만 했다. 나는 문득 여단 오빠와의 위장 연애가 끝나면 아쉬워서 어떡하나 하는 생각이 들었다.

언젠가 사람 간의 접촉이 폭력성과 스트레스를 낮춘다는 연구 결과가 있다고 들었는데 그게 틀리진 않은 모양인지, 여단 오빠의 손길을 받으면 머리 끝까지 올라 있던 화가 천천히 내려가는 것이 느껴졌다.

위장 연애가 끝나면 더는 이렇게 지내지 못할 거라고 생각하니 내심 아쉬운 기분까지 들었다. 여단 오빠의 손이 마침내 내 머리에서 떠났을 때도 미련이 남았다.

미련이 뚝뚝 떨어지는 손으로 여단 오빠의 손을 바라보

던 나는, 문득 들려온 물음에 고개를 들었다.

"휘혈이라면 혹시, 전에 주차장에서 봤던 그……."

"아."

그렇지, 그러고 보면 반휘혈과 내가 최초로 만났던 그때 여단 오빠도 거기 있었지. 내가 가만히 고개를 끄덕이자 여단 오빠가 다시 말했다.

"친해졌어?"

"그렇다기보다는 그냥 우연히 서로를 좀 알 기회가 있었는데, 괜찮은 애 같아서. 인사하고 지내기로 했어."

그러면서 나는 문득 여단 오빠가 하루 동안에 이렇게 많은 질문을 한 것은 처음이란 사실을 깨달았다.

그러고 보면 우리는 몇 년이나 이웃해 지냈으면서 그동안은 서로에게 거의 아무런 질문도 하지 않았지. 나는 테이블 위로 턱을 괴며 고개를 기울였다.

어떻게 우리가 함께한 시간이 길다고 해서 서로를 잘 알고 있다고 믿었던 걸까? 나는 요즘 하루하루 여단 오빠에게서 새로운 모습을 발견할 때마다 놀라고, 점점 궁금한 게 많아지는데.

여단 오빠도 혹시 나와 같은 거려나. 잠시 생각하던 나는 여단 오빠의 빤한 시선에 그제야 정신을 차리곤 입을 열었다.

"아, 그게."

창고에 갇혔던 얘기는 아무래도 걱정할 것 같은 데다 원인이 스토커 쪽인지 반휘혈 쪽인지도 확실치 않으므로, 나는 적당히 말을 바꿨다.

"그냥, 높은 곳에 있는 뭘 좀 꺼내야 했는데 내 키가 부족했는데, 걔가 등을 밟고 올라가게 도와주더라고. 그런데 알고 보니까 위 학년들한테 찍혀서 우리 학년에선 말 섞는 애들도 제대로 없다고 하고. 좋은 애인 것 같아서 좀 안타까워서."

대수로운 말을 하는 것도 아닌데 여단 오빠는 인터넷 강의라도 듣는 양 내 얼굴을 지나치게 골똘히 응시했다. 조금 민망해진 나는 뒷머리를 긁적이며 말을 이었다.

"아, 그리고!"

내가 별안간 외쳤다.

"애가 인간미가 넘쳐."

"인간미?"

"그게, 휘혈이가 내 이름을 못 외우거든."

"……."

여단 오빠가 이해 안 된다는 시선으로 바라보는 가운데, 나는 하하 웃으며 뒷머리를 긁었다. 물론 그건 나한테 관심이 없다는 뜻이지, 나도 안다.

나는 머쓱하게 말을 이었다.

"인간 같지도 않은 애들 사이에 껴서 공부 갖고 시달리다가 휘혈이를 만나니까 이게 참, 인간미 있게 느껴져서."

그래, 모든 사람들이 인터넷 소설 인물들처럼 허구한 날 싸움박질만 하고도 전교 1등을 지키는 건 아니구나 하는 생각이 들어서.

"내 학습 의욕 증진에 크나큰 도움을 주더라고."

말해 놓고 보니 본의 아니게 반휘혈을 뒷말이라도 한 듯한 느낌이었다.

뒷머리를 긁적이며 하, 하하. 어색하게 웃는 한편 나는 여단 오빠의 눈치를 살폈다. 나한테 실망했으면 어쩌지?

그런데 여단 오빠의 반응은 전혀 뜻밖이었다. 방금까지 내게 설명해 주던 부분을 짚은 그가 조용히 말했다.

"나도."

"응?"

"공부 도와주는데."

나는 어리둥절해서 여단 오빠의 표정을 살폈다. 그는 왜인지 심기가 조금 불편해 보였다.

나는 방금 전 여단 오빠의 말을 곱씹어 보았다. 나도, 공부 도와주는데? 언제나 직설적인 화법만 구사하는 이곳 반씨 남매 같지 않은 화법이었다.

나는 멀뚱히 여단 오빠를 바라보았으나, 그는 그렇게 말하고 잠시 우리 사이에 놓인 테이블을 보며 말이 없었다. 결국 뒷말은 나 스스로 추론해야 한다는 얘기였다.

아니, 이럴 수가. 난데없이 희대의 고난도 문제 중 하나로 손꼽히는 이성의 기분 헤아리기 문제가 나오다니? 예고도 없이 이런 게 어디 있어?

나는 일단 최대한 머리를 굴려 보기로 했다. 저번에 인터넷 소설의 법칙은 전국 서열 1위에게만 적용하겠다고 했던가요? 그거, 여주인공 오빠에게도 적용해도 됩니다. 둘 다 인종이 다르니까요.

잠시 고민하던 나는 조용히 입을 열었다.

"여단 오빠."

"응."

그가 무뚝뚝하게 고개를 끄덕였다. 보랏빛 도는 검은 눈안에 내 모습만이 박혀 있는 것이 슬슬 익숙해지는 것도 같았다.

그 눈을 올려다보며 나는 물었다.

"왜 기분 상했어?"

추론이니 뭐니 했지만 결국 내가 택한 것은 직구였다. 아니 왜냐하면, 이미 추리는 은지호와 유천영이 내 머리를 터지게 한 탓에 셜록 홈즈 다 되겠는걸. 물론, 그렇다고 내 뇌가 셜록 홈즈가 되겠다는 뜻은 아니다. 추리를 많이 하는 것과 추리를 잘하는 것은 다르니까.

아무튼 나는 여단 오빠에게는 그냥 솔직하게 물어보기로 했다. 여단 오빠가 거짓말하지 않으리란 생각에서였다.

여단 오빠는 순순히 미간을 찡그리더니 대답했다.

"내가 기분 상해 보여?"

"응. 이유는 모르겠지만 일단 그런데."

내가 고민 없이 대답하자 여단 오빠의 미간에 팬 주름이 조금 더 깊어졌다.

나는 잠시 망설이다 다시 물었다.

"오빠 요즘 내 공부 봐주느라 공부 너무 못해서 그런 거 아니야?"

세월은 무심해서 내 기억 속에서 처음 만났을 때는 고작 중학교 2학년 꼬마 애였던 그가(물론 나도 꼬마였지만) 어느덧 고등학교 2학년, 게다가 지금 시기는 2학기 가을이었다.

그래, 여단 오빠에게 여단 오빠 스스로는 모르는 수험생 스트레스 같은 게 있을 수 있잖아. 타당하다며 고개를 끄덕이던 나를 여단 오빠의 한마디가 격침시켰다.

"원래는 이보다도 안 했는데."

"아."

"오히려 너 봐주면서 복습……. 그래, 복습이라는 걸 하고 있어."

복습이라는 단어를 말하면서 여단 오빠는 답지 않게 말을 더듬기까지 했다.

잠시 그런 그를 멍하니 바라보던 내가 되물었다.

"오빠, 혹시 복습 처음 해 봐?"

설마 해서 물은 말인데 대번에 고개가 끄덕여지는 것을

보며 나는 속으로만 생각했다. 아아, 어쩌란 말이냐 트위스트 추면서.

세상에 여주인공 오빠는 국영수 위주 복습도 안 한대요. 그럼 진짜 수업만 들은 거잖아. 저 사람, 역시 사람 아닌 거지? 속으로는 큰 타격을 받았지만 애써 내색하지 않은 내가 다시 물었다.

"그럼, 음. 과외비가 없어서?"

"……."

잠시 생각에 잠겨 있던 여단 오빠가 말없이 고개를 내저었다. 내가 다시 물었다.

"앗, 그럼. 나랑 있는 게 짜증 나서!"

"아."

"왜 그래?"

그러자 잠시 미간을 좁힌 여단 오빠가 고개를 내젓더니 대답했다.

"기분이 더 나빠져서."

"헉, 그럼 방금 그거 정답 아니야?"

"아닐걸."

내가 화들짝 놀라 뱉은 말에 대번에 그렇게 대답하고는, 잠시 고민하는 듯 하던 여단 오빠가 대답했다.

"……아닐걸?"

"으음."

나는 결국 테이블 위에 옆에 뒹구는 쿠션을 가져와서는 그 위에 머리를 파묻어 버렸다. 도대체 어떻게 직구를 던져도 풀리는 게 없냐.

내 갈색 머리칼이 먼지떨이처럼 흐트러지는 모양을 말없이 보고 있던 여단 오빠가 무심코 손을 내밀어내 머리카락을 그러쥐었다. 얼떨결에 그의 손안에서 내 머리카락이 사과 머리 같은 모양새를 갖추었다. 쿠션에 얼굴을 파묻은 채 나는 생각했다.

그러고 보면 나, 사과 머리 중학교 때 여름쯤에 미쳐서 자주 하고 다녔는데, 지금 생각하니 왜 그랬나 몰라. 가끔 앞머리 거슬려서 여름에 집에서 이러고 있다가 거울 보면 되게 웃기던데.

아무튼 여단 오빠에게야 뭐, 볼 장 다 본 사이니까. 그렇게 생각하며 나는 쿠션에 파묻었던 고개만 빙글 돌려 여단 오빠를 돌아보았다. 물론, 내 앞머리는 여전히 여단 오빠에 의해 둥글게 말려 올라간 채였다.

그런데 그때였다.

"아."

"왜 그래, 오빠?"

엉망일 것이 틀림없는 내 얼굴을 골똘히 내려다보던 여단 오빠가 문득 말했다.

"……나, 기분 좋아진 것 같아."

"뭐? 말도 안 돼. 갑자기 왜?"

"글쎄."

그렇게 말하며 여단 오빠가 둥글게 쥐고 있던 내 머리카락을 만지작거렸다.

그러다 그가 내 머리카락을 갑자기 놓는 바람에 쏟아져 내린 머리카락이 내 얼굴 위를 귀신처럼 덮었다. 내가 푸, 바람을 불어 머리카락을 날려 보내기도 전에 앞에서 웃음소리가 터졌다. 그 짧은 웃음소리가 그토록 낯설게 들릴 수 없었다.

잠시 귀를 의심하던 나는 재빨리 시야를 방해하는 머리카락을 걷어 올렸다. 그러나 내가 머리카락을 올렸을 때, 여단 오빠의 입가에서는 이미 미소가 사라져 있었다.

다만 그 잔재는 있었다. 바다가 마른 뒤에 반짝이는 소금기처럼 희미한 그 웃음기만으로도 내 혼을 빼놓기는 충분했다.

잠시 멍해진 내가 내뱉었다.

"와……."

"왜?"

나는 나도 모르게 여단 오빠의 손을 붙들고 간청했다.

"오빠, 한 번만 더 웃어 보면 안 돼?"

그때 여단 오빠가 또 작게 아, 하고 탄성을 내뱉기에 내가 다급하게 물었다.

"또 왜 그래? 또 기분이 나빠?"

"아니……."

잠시 눈을 다른 곳에 두었던 여단 오빠가 다시 나를 똑바로 응시하더니 대답했다.

"이번에도 괜찮은 것 같은데."

휴, 다행이다. 일단 손잡는 건 괜찮다 이거지? 한숨 놓은 나는 이어서 허겁지겁 말했다.

"그럼 얼른, 아까 왜 웃었어? 그 이유부터 생각해 봐. 나 그 웃는 얼굴 진짜 봐야 한다고. 여단 오빠가 그런 식으로 소리 내서 웃는 거, 나 진짜 태어나서 처음 본 것 같단 말이야."

여단 오빠의 손을 두 손으로 잡고 흔들며 내가 재촉했다.

"응? 얼른 생각해 봐, 얼른. 나 진짜 오빠 웃는 얼굴 꼭 봐야겠으니까."

내가 진지하게 하는 말에 여단 오빠도 덩달아 진지해졌다.

아니, 공부하다 말고 이게 무슨 꼴이람. 아직 펼쳐진 문제집을 보며 생각하는 것도 잠시, 여단 오빠의 대답이 돌아오자 나는 다시 고개를 돌렸다.

"글쎄……. 머리 스타일인가."

"아, 아까 이거?"

그렇게 말하며 내가 앞머리를 모아 위로 불쑥 올리자마자 여단 오빠가 입을 가리며 작게 웃었다. 아. 나는 놀라서 눈만 깜빡였다.

여단 오빠의 손 위로 잔뜩 휘어진 눈초리나, 손 아래 가려졌지만 못 알아볼 정도는 아닌 입 모양을 눈으로 따라가며 나는 문득 기시감을 느꼈다.

저렇게 못 견디겠다는 것같은 얼굴로 웃는 누군가를 본 적이 있는 것 같은데. 그것도 잠시였다.

뭐, 아무튼 기분을 나쁘게 한 이유는 몰라도 나빠진 기분을 좋게 만들 방법은 알 수 있다 이거지. 그렇게 생각한 나는 고무줄을 꺼내 결연히 머리를 묶고는 말했다.

"오빠, 이거면 돼?"

여단 오빠가 또 손으로 웃는 얼굴을 가렸다. 아랑곳 않고 내가 여단 오빠에게 얼굴을 계속 들이밀며, 응? 이거면 돼? 이거면 되냐고, 하고 묻자 여단 오빠는 고개를 끄덕였다.

그래서 나는 시대를 5년, 아니, 10년쯤 빗나간 사과 머리를 하고 앉아 있게 되었다. 심지어 이 머리는 나의 실제 연령에도 10년쯤 빗나간 것이었다. 아무튼 같은 반 친구들을 마주치는 일만 없기를, 하고 나는 바랐다.

과연 내가 사과 머리로 머리를 묶은 다음부터 여단 오빠는 다시 기분이 좋아 보였다. 정확히는 평소의 상태로 돌아왔다.

아무렇지도 않게 턱을 괴고 나를 보고, 간혹 손을 내밀어 내 정수리에 대롱대롱 매달린 사과 머리를 손가락으로 콕

콕 집어 보곤 했다.

결국 공부는 평소의 반밖에 하지 못했다. 고작 아홉 시밖에 안 된 시각, 나는 문제집을 가방에 넣고는 여단 오빠와 얘기하는 편을 택했다.

대롱거리는 머리카락을 매만지며 나는 물었다.

"오빠, 이 머리가 어디가 좋아? 나, 이거 엄청 안 어울리는 거 내가 아는데."

농담이 아니라 진짜로. 고등학교 1학년 때쯤인가 아무 생각 없이 귀찮아서 묶었다가 화장실 거울에 비친 내 모습을 보고 그대로 뒤돌아 나온 적이 있다.

"글쎄."

여단 오빠도 딱히 짚이는 것은 없는 듯한 표정이었다.

"웃겨서?"

내가 내놓을 수 있는 최대한의 추론이었다. 이번에도 여단 오빠는 고개를 내저었다.

이래서는 아까 같이 제자리잖아. 여단 오빠의 기분이 안 좋은 이유에 이어 여단 오빠가 왜 내 사과 머리 한 모습에 갑자기 빠졌는가 따위를 탐구해야 한다니.

이 판국에 갑자기 울릉대에 오징어 심리학과가 있다는 옛적 개그가 떠오르는 것은 왜인가. 여단 오빠 심리학과도 하나 차리는 게 나으려나? 시답잖은 고민에 빠져들다, 불쑥 날아온 여단 오빠의 말에 나는 고개를 들었다.

"너 어릴 때 생각나서 그런가."

"어."

여단 오빠가 내놓은 대답이 처음으로 그럴싸해서 나는 조금 놀랐다. 이윽고 잠시 망설이던 내가 물었다.

"오빠, 어렸을 때 일들 기억나? 나랑 있었던 일이라던가."

"그게 왜 기억이 안 나."

그거야 기억력 좋으니 그러려니 생각하긴 했지만. 중얼거리는 것도 잠시, 여단 오빠가 내 묶은 머리를 또다시 매만지며 꺼낸 말에 나는 벙쪘다.

"너, 이 머리 처음 묶었을 때가 내가 사 준 머리 끈으로 묶었던 건데."

"아."

"파란 별 모양 달린 거였는데, 안에 보라색 가루 들어가서 반짝이는."

가물가물한 기억을 되짚어 보던 나는 고개를 끄덕였다.

아. 기억 속에 분명히 있었다. 받은 기억은 없는데 그냥 언제부터인가 내 서랍에 들어 있었다.

본래 어린애란 본능적이라서 반짝이는 것을 그 무엇보다도 좋아하는지라, 그 머리 끈도 내가 중학교 때 가장 좋아하던 것이었다. 그래, 그걸로 사과 머리 잘도 묶고 다녔지.

"그거, 오빠가 준 거였어?"

말하자마자 나는 곧바로 후회했다. 아차, 내가 기억 못한다는 거 알면 섭섭해 하겠다.

그러나 여단 오빠는 별다른 서운한 기색이 없었다.

"너 열세 살 생일 때."

"아."

나는 고개를 끄덕였다. 그래서 내 기억에 없던 거였군.

열세 살이면 내가 이 세계에 오기 전이니까, 지금의 나와 그때의 함단이는 엄연히 다른 인물이다.

거기까지 생각하니 갑자기 무척 이상한 기분이 들었다.

여단 오빠의 기억 속에서 나는 둘 다 같은 사람이겠지. 사실은 그렇지 않은데. 그때의 함단이와 지금의 함단이는 완전히 다른 사람이라고 봐도 무방하지 않은가.

내가 생각에 잠긴 가운데, 바깥에서는 여단 오빠의 말이 느린 속도로 이어졌다.

"받은 날만 딱 한 번 묶어 보더니, 그 이후로 한 번도 안 하고 다녀서 잃어버렸나 보다 했어. 그 뒤에 이상하게 피하기까지 해서, 미안해서 말 안 하나 보다 하고."

"아."

나는 어색하게 웃었다.

내가 여단 오빠를 잠시 피해 다닌 일이 여단 오빠에게는 그런 식으로 각색된 줄은 몰랐네.

나라고 처음부터 여단 오빠와 반여령 둘 다를 좋아한 것은 아니었다. 당연하지, 갑자기 친숙했던 내 세계와 이웃

집 이웃들이 사라지고 그 자리를 반여단과 반여령이 대신한 건데.

열세 살이란 듣기 보다도 훨씬 어린 나이라서, 나는 심지어 외계인이 이웃집 사람들을 납치하고 대신에 반여령 반여단 가족이 그 자리를 차지한 거라는 되도 않는 망상까지 해 봤었다.

이 세계가 인터넷 소설 속을 무척 닮아 있다는 것을 알고도 그랬다. 소설로 지구 공부 잘못했나 보다 했지, 뭐. 나만 기억 조작에 안 걸린 줄 알고 그 사실이 들킬까 봐 전전긍긍했다.

아니, 하지만 대뜸 저런 사람들을 이웃으로 던져 주다니, 천사 아니면 악마의 농간이지 뭐겠어? 게다가 반 씨 가족은 현실로서 내 앞에 존재하고 있다는 것이 오히려 믿기지 않는 그런 사람들이었으니까.

그리고 나는 눈을 내리깔았다. 아무튼 여단 오빠에게는 내가 잠시 자기를 피했던 일이 내가 머리 끈을 잃어버려서라고 각인되어 있는 거군.

여단 오빠가 내 생각을 듣기라도 한 것처럼 말을 이었다.

"그런데 네가 여름에 갑자기 그 머리 끈을 하고 나타나서 조금 놀랐었어."

"그래?"

"다시 찾았나 보다 했지. 일단 그 뒤로 말 많이 걸기 시작했으니까.”

나는 다시 기억을 되짚어 갔다.

여름 무렵이면 백여민 사건이 일어난 지 채 한 달이 안 지났을 때고, 내가 그 세계에 딱 적응하기 시작했을 때며, 여단 오빠에게…… 호감을 품기 시작했던 때였다.

괜히 창피해진 나는 얼굴을 돌려 괜히 카페 바깥을 보았다.

아, 정말. 흑역사는 과거의 내가 만들었는데 부끄러움은 왜 현재의 내 몫입니까. 그건 물론 두 사람이 같은 사람이라서지요.

아, 하지만. 나는 잠시 생각을 멈추었다.

하지만 여단 오빠가 선물로 준 머리 끈을 감히 사용하지도 못한 채 고이 서랍에 모셔 놓던 열세 살 그 여자애는 내가 아니다. 그래, 나는 그것을 안다.

그리고 나는 그 여자애가 그럴 수밖에 없던 이유를 이제야 짐작할 수 있었다. 턱을 괸 나는 얕게 한숨을 내쉬며 중얼거렸다.

그러니까, 이 지긋지긋한 짝사랑의 역사는 사실 그때부터 이미 시작되어 있었던 거지?

하기는. 눈을 굴려 여단 오빠의 얼굴을 힐끗 쳐다보며 나는 생각했다. 저런 얼굴의 오빠가 이웃집에 살고 있어 봐, 안 반하고 배기나.

그리고 나는 기분이 조금 가라앉는 것을 느꼈다.

사대천왕과 만날 때면 나는 어디까지가 그들이 알고 있는 나고, 어디까지가 그들이 모르는 나인가 같은 고민을 하지 않아도 된다. 그들은 내가 이 세계에 온 뒤에 사귄 사람들이니까.

하지만 여단 오빠와 여령이는 다르다. 심지어는 그렇기 때문에 이런 생각이 가능하다.

이 두 사람이 좋아하는 건 열세 살 이전의 나인가, 열세 살 이후의 나인가?

그때였다. 찻잔 놓는 소리만 흐르던 침묵 사이로, 불쑥 여단 오빠의 목소리가 다시 들려왔다.

나는 고개를 들었다.

"그러고 보니 어렸을 때."

그렇게 말하는 여단 오빠의 눈은 조금 전의 나와 마찬가지로 카페 바깥을 향해 있었다. 그러나 그가 보고 있는 것이 카페 바깥이 아니라는 것 정도는 알 수 있었다.

그의 시선은 과거 어딘가를 헤매고 있었다.

뜨거운 햇빛이 쏟아지던 아파트 복도, 난간에는 빨래가 널려 있고 문 앞마다 아직 버리지 못한 네발 자전거가 주차되어 있던 몇 년 전의 여름.

그게 몇 년 전쯤일까? 생각하는 내게 여단 오빠의 말이 이어졌다. 그리고 나는 눈을 조금 크게 떴다.

"네가 내 동생이었으면, 하고 바란 적이 있었어."

우습게도 나와 같은 소망이었다. 내게서 살짝 고개를 돌린 여단 오빠가 말을 맺었다.

"너랑 헤어져서 집에 들어가야 하는 게 아쉬워서."

"아……."

생각에 잠기던 것도 잠시, 내가 물었다.

"몇 살 때부터?"

"응?"

"몇 살 때부터, 몇 살 때까지?"

그가 동생 삼길 바랐던 내가 '내가 되기 전의 나.'인지, '내가 된 이후의 나.'인지 알고 싶었다.

그 일견 엉뚱하게까지 들리는 물음에도 여단 오빠는 이유를 묻지 않았다. 다만 고개를 살짝 기울인 그는 찻잔을 매만지며 대답했다.

"그냥, 널 알았을 때부터 계속."

내가 다시 물었다.

"그럼 지금은?"

"글쎄."

여단 오빠는 대충 대답하고 있는 것이 아니었다. 그의 눈은 어느새 나만큼이나 깊이 침잠해 있었다.

우리 사이의 침묵이 짙어지는 그때, 갑자기 카페 문이 열렸다. 별생각 없이 그쪽을 돌아보았던 나는 아는 얼굴들을 보고는 눈을 크게 떴다.

이루다와 우리 반 아이들 몇몇이었다. 그랬지, 나는 새삼 놀라움을 담아 중얼거렸다.

이제니에게서, 후계자 자리와 추적에서 모두 벗어난 뒤로 이루다는 예전처럼 몸 사리고 살 필요가 없었다. 원한다면 같은 반 친구들과 pc방이든 노래방이든 방과 후에 얼마든지 쏘다닐 수 있는 자유의 몸이 된 것이다.

다들 신나서 그런 루다를 데리고 다닌다고 듣기는 했는데, 오늘은 여기였구나. 내가 생각하는 그때 루다가 이쪽을 보았다. 무심코 손을 흔들려던 나는 이윽고 내 몰골을 떠올리곤 얼굴을 붉혔다.

"아."

내 나이에 무슨 사과 머리야, 진짜. 허겁지겁 머리카락 묶고 있던 것을 풀며 나는 중얼거렸다. 평소랑 머리 모양 다른 거 아직 못 알아봤겠지? 아, 제발. 기도하는 가운데 루다가 이쪽으로 다가왔다.

반여단을 본 몇몇 이들이 '데이트하잖아.' 하며 말리긴 했으나, 루다는 개의치 않았다. 확실히 그는 나와 여단 오빠의 사이가 위장 연애란 것을 아는, 지금으로서는 유일한 사람이었다.

내 앞에 천천히 멈춰 선 루다는 여단 오빠를 보더니 살짝 고개를 숙였다.

"안녕하세요. 단이가 잠시 도와드리고 있다는 얘기 들었어요."

당연히 그의 입에서 우리 애가 신세 지고 있다는 등의 얘기가 나올 줄 알았던 나는 잠시 놀랐다. 아, 그렇지. 지금 여단 오빠를 도와주고 있는 것은 엄연히 나였다.

그리고 여단 오빠가 대답했다.

"그래."

왜인지 여단 오빠의 미간이 미미하게 좁아진 상태였다. 심지어 자기 이름조차 밝히려 하지 않았다. 원래 여주인공 외의 인간들에게 모두 무심한 여주인공 오빠의 특성을 생각하면 이상한 일은 아니지만, 그래도 내 친구인데? 내가 머리를 긁적이던 그때였다.

루다가 불쑥 나를 돌아보는 바람에 우리는 그대로 눈이 마주쳤다.

엉킨 머리가 잘 풀리지 않아서 내 머리카락은 결과적으로 봉두난발이었다. 내 몰골을 상상하며 나는 얼굴이 붉어졌다. 그런데, 그런 내 모습을 본 루다는 도리어 아쉽다는 듯 물었다.

"사과 머리 풀어? 왜?"

"왜라니, 그거야 당연히……."

엄청 이상하잖아. 말하려던 것을 자르고 루다가 씩 웃더니 말했다.

"귀여웠는데."

"……."

루다의 심미안, 이대로 괜찮은 걸까?

내가 잠시 생각하는 사이, 손재주가 좋은 루다는 내 머리에 손을 뻗어 금세 엉켜 있던 머리 끈을 풀어내더니 내 손바닥 위에 곱게 올려 주었다.

"자."

아, 고마워. 내가 인사할 새도 없이 여단 오빠를 향해서 예의 바르게 인사한 그가 말했다.

"당분간 잘 부탁합니다."

여단 오빠는 아예 대답하지도 않았다. 아직도 엉킨 머리카락을 손으로 빗어 내리는 한편, 나는 중얼거렸다. 여단 오빠 얼굴이 또 이상한데.

이윽고 루다가 살랑거리는 걸음으로 친구들을 향해 떠나고, 여단 오빠가 내뱉은 말에 내 얼굴이 다시 일그러졌다.

"다시 기분 안 좋아졌어."

아니, 또 왜?

* * *

결국 내 사과 머리의 성과도 없이 다시 나빠져 버린 여단 오빠의 기분은 카페에서 나와 집으로 출발하기까지도 풀리지 않았다.

여단 오빠의 기분이 풀린 것은 내가 이렇게 말하고 나서였다.

"나, 시켜 줘. 여단 오빠 명예 기상청."

"갑자기 무슨."

그렇게 말하면서도 여단 오빠는 슬쩍 웃었다.

앗, 웃었다! 내가 호들갑을 떨자, 여단 오빠가 내 입을 막는 대신인 양 내 머리를 꾹 눌렀다. 애정 섞인 동작이라 기분이 나쁘진 않았다.

킥킥 웃으며 여단 오빠의 손을 치운 내가 다시 입을 열었다.

"기상청의 의의는 일기 예보가 틀린다는 데 있거든."

"무슨 말이야."

"내가 여단 오빠 기분을 하나도 못 맞춰도 어쩔 수 없다는 얘기."

아무렴, 어쩔 수 없고말고. 내가 당당하게 고개를 끄덕이자 여단 오빠가 또 어이없다는 듯 작게 웃었다.

그것도 잠시, 그가 하는 말에 나는 눈을 크게 떴다.

"앞으로도 못 맞춰도 상관없어. 하나도 못 맞춰도."

"응?"

손을 들어 내 머리를 누르는 대신에 헝클어진 내 머리카락을 살짝 매만지며 여단 오빠가 말을 이었다.

"나도 내 기분의 이유를 알 때보다 모르는 때가 많으니까. 특히……."

"특히?"

"요즘에는, 더."

여단 오빠가 그렇게 말한 것과 동시에 우리의 발길이 문 앞에서 멈췄다.

고작 몇 발자국 거리에 나란히 놓인 아파트 문 두 개를 잠자코 번갈아 보다가 여단 오빠가 발길을 돌렸다.

그 모습을 보던 내가 불쑥 물었다.

"오빠, 나 방금 오빠가 한 생각은 뭔지 알 것 같아."

그가 다시 이쪽을 돌아보았다.

"뭔데?"

"오빠 방금 내가 왜 오빠 친동생이 아닐까, 그 생각한 거 아니야?"

내가 자신만만하게 말하자 여단 오빠의 눈이 잠깐 커지는 듯했다. 그러나 그건 아주 잠시였을 뿐, 다시 담담한 표정으로 돌아온 그가 조용히 고개를 내저었다.

엥. 내가 물었다.

"아니야?"

"지금은 모르겠다고 했잖아."

"아."

그랬지, 참. 나는 고개를 주억거렸다. 지금도 그렇게 생각하냐는 물음에 그는 짧게 대답했었다, 글쎄.

나는 그게 애매한 긍정 정도인 줄 알았다. 변한 것이 없으니 부정하지 않은 줄 알았다. 그러나 여단 오빠는 스스로의 변화에 대해서조차 민감하지 않아서.

다만, 그가 내놓는 대답은 언제나.

"모르겠어. 점점 더."

"……."

침묵이 흐르는 가운데 여단 오빠의 눈이 나를 빤히 응시했다. 아파트 복도에는 다시 정적이 찾아왔다.

그런 가운데 그의 말이 천천히 내려앉았다.

"너에 대해서도 그래. 점점 더 알아 간다고 생각했는데……."

말하면서 그의 눈살이 작게 찌푸려졌다.

그가 말을 맺었다.

"알수록 모르겠어. 너에 대해서도, 그리고."

"그리고?"

"너랑 같이 있는 나에 대해서도."

"……."

다시 복도에 침묵만이 흐르는 가운데, 이번에야말로 여단 오빠가 돌아섰다. 그의 머리 위에서 센서 등이 팟, 하고 켜지면서 주황 불빛을 우리 위에 드리웠다.

그가 말했다.

"잘 가."

"응."

"사실은, 이 말도 별로 마음에 안 들어."

그 말을 마지막으로 여단 오빠의 뒷모습이 문 너머로 사라졌다.

혼자 남은 나는 문을 멍하니 바라보며 잠시 생각에 잠겼다.

'잘 가.'라는 말이 마음에 안 든다면, '잘.'과 '가.' 중에 어느 쪽일까? 고작 두 글자인데도 의미가 몹시 달라지는 점이 신기하다.

그리고, 사람 마음이란 것도.

잠시 생각하다가 고개를 내저은 나는, 번호 키를 입력하고 문고리를 잡아 돌렸다.

신발을 벗고 거실로 들어가며 내가 말했다.

"다녀왔습니다."

웬일로 엄마 아빠 두 분 다 거실에 나와 계셨다. 요즘 아빠 회사가 한창 바쁘다고 들어서 집에 오자마자 안방에 주무시러 들어가 버리시고 엄마만 혼자 앉아 드라마를 보고 있는 게 보통이었는데.

엄마가 말했다.

"요즘 늦게 다니네."

"그러게. 벌써 열한 시 아녀."

그리고 아빠가 내뱉은 말에 나는 흠칫했다.

"딸, 연애하냐?"

진짜 내 입에 물 같은 게 들어 있지 않은 게 천만다행이다. 그랬다면 나는 인간 스프링클러가 되고 말았을 것이 틀림없으니까.

바로 정신을 차린 나는 힘차게 고개를 가로저었다.

"아니!"

이건 거짓말이 아니다. 왜냐하면 내가 하고 있는 건 연애가 아니라 위장 연애이기 때문이지! 하하. 속으로만 뻔뻔스레 웃던 나는 이어지는 엄마의 말에 멈칫했다.

"어제 여령이네 이모랑 얘기했는데, 여단이도 요즘 늦게 들어온다더라. 애가 고2인데 말이야."

"……."

"누구랑 만나고 왔냐고 해도 아무 말도 안 한다고 하고."

듣고 있던 아빠가 입을 열어 한마디 했다.

"걔는 원래가 아무 말이 없잖소."

"그건 그래요. 그래도 문제집은 들고 다니는 거 보면 도서관 다니나 싶기도 하고 그렇다던데."

그리고 엄마가 다시 나를 돌아보며 물었다.

"아무튼 딸, 연애가 아니면 썸……? 썸인가 뭔가, 젊은 애들 용어 있잖아. 아무튼 그것도 아니지?"

그때까지도 멍청히 있던 나는, 더 의심을 사기 전에 재빨리 고개를 내저었다. 내가 하하 웃었다.

"그런 게 있을 리가."

"하기는, 재를 얼른 은형이한테 붙였어야 하는디."

내 말에 아빠가 대답하자마자 엄마가 그런 아빠를 찰싹

때렸다.

"여보! 왜 그래, 단이 기죽게."

"아, 은형이 그 아만 한 남편감을 어디서 또 찾냐고. 재는 지가 지 복을 발로 차 부렀지, 뭐. 기회가 있었을 때 확 밀어붙여야 된디."

자세를 바꿔 누우며 투덜투덜하는 아빠에게 엄마가 다시 쏘아붙였다.

"왜 그래요, 또! 은형이랑 단이 지금도 친구로 잘 지내는데."

듣고 있던 나도 소심하게 거들었다.

"맞아요, 누가 들으면 은형이랑 나랑 무슨 일이라도 있는 줄 알겠네. 은형이랑 나 그런 사이도 아니고, 아무튼 앞으로도 평생 볼 거거든요."

말하다 말고 최근의 일을 떠올린 나는 시선을 아래로 떨어트렸다. 나만 보면 그림자도 보이지 않도록 피해 다니는 은지호와 유천영을 생각하자 가슴 한구석이 서늘해졌다. 그때문인지, 아니면 체육 대회 준비가 바빠선지 은형이와도 못 본 지가 꽤 되었다.

거기까지 생각한 나는 속으로만 고개를 내저었다. 아니야, 일시적인 것뿐이야. 우리가 아무리 심각하게 싸운다고 해도 일주일을 넘긴 적이 있었어? 그래, 곧 괜찮아질 거야.

그런 내 반응에 아빠는 돌아누우며 또 구시렁댔다. 더 이상 듣고 있으면 내 정신만 산만해질 것 같아서, 나는 후다닥 방으로 들어가 가방을 내려놓았다.

교복을 이제야 갈아입으며 나는 중얼거렸다.

"그나저나 깜짝놀랐네, 정말."

내 얘기 바로 다음에 여단 오빠 얘기라니. 들킨 줄 알았잖아.

하지만 확실히, 여단 오빠는 언제나 학교 일정이 끝나자마자 집으로 들어오는 집돌이였기 때문에 여단 오빠네 집에서도 그런 얘기가 나온 것이 이상한 일은 아니었다.

최근 나와 어울리느라 늦게 들어가는 모습은 부모님들 눈에 띄고도 남았겠지. 나는 한숨을 푹 쉬고 중얼거렸다.

"이러다 진짜 두 집이 알게 되면 큰일인데."

꼼짝없이 플랜 카드 걸리는 거 아니야? 제발 우리 학교의 누군가 우리 부모님이나 여령이네 부모님께 말하지 않아야 할 텐데. 속으로 비는 수밖에.

그나마 다행인 것은 이 말도 안 되는 위장 연애가 그리 오래가지 않을 것 같다는 것이다. 나는 힐끗 달력을 보았다.

나와 여단 오빠가 위장 연애를 시작한 지는 2주. 여단 오빠가 스토커에게서 편지를 받지 않은 지도 비슷한 시간이 지났다. 이 상태라면 조만간 위장 연애를 그만둬도 별문제 없을 것이다.

그리고 의미 없이 바닥에 시선을 두던 나는 중얼거렸다.

그런데 왜 자꾸만 이상한 생각이 들지, 요즘은.

"……점점 위장인지 아닌지 알 수 없게 된다는 생각."

작게 중얼거린 나는 한참이고 바닥을 바라보다가 그대로 침대에 풀썩 주저앉았다. 양말을 벗고 몸을 젖히며 그대로 생각에 잠겼다.

납치당한 다음 돌아와서 최유리의 말을 곱씹던 날로부터 한 달도 지나지 않았다. 당연히 그녀의 말은 내 고막 속에 아직도 단단히 들러붙어 있다.

기억 속에서 꺼내라고 하면 얼마든지 꺼낼 수 있다.

그 분노에 찬 표정, 원망 어린 눈빛마저.

'네가 나만큼이나 누군가에게 걷잡을 수 없이 빠졌으면 좋겠어.'

차라리 동화 속 저주의 주문 같던 그 말.

'그래서 처절하게 부딪치고, 끝내 처참하게 부서졌으면 좋겠어.'

누구도 사랑하지 못하는 저주 대신에, 누군가를 사랑하는 저주를 걸던 그녀. 어쩌면 그건 중학교 때부터 아무도 좋아하지 않겠다고 되뇌던 내게 있어선 가장 두려운 저주일지도 모른다.

잘 골랐네, 그렇게 중얼거리며 나는 침대에 얼굴을 파묻었다. 나는 정말로 그러고 싶지 않았다. 누군가를 사랑하고 싶지도, 그때문에 부딪치고 깨지고 싶지 않았다. 하지만…….

'모르겠어. 점점 더.'

여단 오빠의 말을 떠올리며 나는 괜히 고개를 끄덕였다. 점점 더 모르게 되는 것은 나도 마찬가지다.

'너에 대해서도 그래. 점점 더 알아 간다고 생각했는데…….'

나도 여단 오빠에 대해 잘 알아 간다고만 생각했다.

여단 오빠의 자그마한 버릇, 내 머리카락을 단순히 매만지는 것에 그치지 않고 미간을 좁힌다든가 가끔 손톱을 깨문다든가 하는 의외로 평범한 버릇에서부터 시작해서, 내 사과 머리를 좋아한다는 정말 알 수 없는 면모까지.

그런데…….

'알수록 모르겠어. 너에 대해서도, 그리고 너랑 같이 있는 나에 대해서도.'

나야말로 그랬다. 왜일까, 하루하루 같이 있을수록 아는 것은 늘어나는데 모르는 것도 그만큼이나 늘어나는 것 같다. 아니, 어쩌면 그게 아니라.

나는 축 늘어져 있던 내 두 손을 꼭 맞잡았다. 어느새 내 손은 이상할 정도로 차가워져 있었다.

손을 매만지며 나는 중얼거렸다.

"점점 모르는 게 많아지는 것 같은 건, 사실은 알고 싶은 게 점점 많아져서 그런 걸까."

우리 둘이 경쟁적으로 질문을 주고받은 지가 꽤 오래되었다. 서로에 대해 몰랐던 것들을 알아가던 시간이 어째서 서로의 하루에 대해 알아 가는 시간이 되어 가는 걸까.

그렇게 일상의 시시콜콜한 얘기를 듣고서도 왜 나는 여전히 그에 대해 더 알고 싶어 하는 걸까.

그렇게 대화를 나누다 문득 여단 오빠의 눈을 보면, 어째서인지 읽을 수 있을 것만 같은 감정이 그 안에 있다. 누군가 프린트기로 깨끗이 출력한 문서만큼이나 선명하게.

나는 눈을 감았다.

사람들 마음속에 제각기 상자가 하나씩 있다고 하면, 자기 상자는 자기 스스로 열어 볼 수도 내용물을 확인할 수도 그냥 닫아 둘 수도 있지만 다른 사람의 마음속 상자는 그럴 수 없다. 그냥 거기 있다는 것을 알 뿐이다.

그 안에 뭐가 있는지는 아무도 모른다. 그래서 사람들은 속고 속이고 기만하고 오해하고, 때로는 진심을 짓밟고 짓밟힌다.

내가 선명하게 볼 수 있는 상자는 기껏해야 사대천왕과 반여령의 것 정도다.

그들이 나를 좋아한다는 것을 나는 의심하지 않는다. 오랜 경험에 의해서도 그렇지만 그들과 나의 위치상에서도 그렇다. 그들은 나를 '싫어할 수 없다.' 그게 내게는 강력한 명제다.

하지만 여단 오빠는 그렇지 않다. 아니, 오히려 그가 나에게 관심이 없다는 것을 나는 지난 몇 년간 배워 왔다고 생각하고, 그에게서 뭔가를 포기하는 법을 배웠다고 생각했다. 갖지 못할 것을 포기하는 것을 이 세계에서 처음으로 가르쳐 준 것은 그였다.

그렇게 생각했다. 하지만…….

나는 다시 머리를 감쌌다.

"……진짜 모르겠어."

왜 나를 보는 여단 오빠의 눈에서 그런 눈빛을 받는지, 이 사람이 나와 같이 있는 것을 기뻐한다고, 즐거워하고 있다고. 어쩌면 나를.

좋아한다고.

친구를 좋아하는 것처럼도 아니고, 아는 동생을 좋아하는 것처럼도 아니고. 지금껏 한 번도 해 보지 않은 방식으로 다른 누군가를 좋아하고 있다고. 내가 그에게 그런 눈빛을 받는 유일한 사람이라고.

그런 느낌이 자꾸만 내 안에서 확신으로 변할 때면 나는 어쩔 줄을 모르게 된다. 물렁한 늪지대를 벗어나 갑자기 단단한 땅에 발을 디딘 것도 같고, 그러다 갑자기 구름 위를 걷는 것 같은 기분이 들기도 한다.

나는 누군가에게서 그런 감정을 받아 본 적이 없는 것 같은데, 그럼에도 알 것만 같은 기분이 든다.

지금 여단 오빠의 마음속 상자가 내 손 위에 놓여 있는 듯한 기분이 든다. 그래서 언제든지 열어 볼 수 있을 것만 같은 기분이 든다.

그렇게 생각하던 나는 얼굴을 가렸다.

"으아아."

사실은 나도 잘 가,라고 말하고 싶지 않았다.

그리고 또 사실은 여단 오빠의 기분이란 거, 나는 잘 알 수 있을 것만 같다.

기상청과는 비교도 안 될 정도로.

제29조. 우산 놓고 가면 꼭 비가 오더라고요

우산 놓고 가면 꼭 비가 오더라고요

체육 대회가 있는 전날, 기상청에서는 비 올 확률이 80퍼센트라고 예보함으로서 체육 대회를 열심히 준비한 애들을 공포에, 그리고 뛰기 싫었던 몇몇 애들을 기쁨에 몰아넣었다.

그러나 막상 체육 대회 날 아침에 일어나 바라본 하늘은 어이없을 정도로 화창했다.

맑은 하늘을 바라보다 잠시 눈을 찡그리며 나는 중얼거렸다.

"……그럼 그렇지."

명예 기상청 드립을 친 과거의 나, 잘했다.

하여간 기상청 일기 예보는 맞는 날이 없지. 심지어 체육 대회라는 중요한 날조차.

그거 믿고 일정 취소했으면 어쩔 뻔했어? 그렇게 생각하며 나는 후다닥 가방을 챙겼다. 학교에서 급식은 평소처럼 챙겨 줬으므로 도시락은 챙기지 않아도 됐다.

미리 나눠 받은 반 티로 갈아입고, 잠깐 망설이다가 머리띠는 가방에 집어넣었다. 음, 미니마우스 머리띠를 쓰고 등교하기에는 내 양심이 좀…….

우리 반 반 티는 빨간 리본 무늬가 프린트된 검정 티셔츠에 아래는 빨간 반바지였다. 반 티치고 평범한 편이라 갈아입을 옷을 가져가지 않아도 되는 것이 정말 다행이었다.

그러고 보니 여령이네 반은 뭐 한다더라? 고민하다가 어느새 학교 갈 시간이 다 되어서 나는 집 밖으로 나갔다. 직접 보지, 뭐.

문을 열자마자 역시나 화창한 가을 날씨가 나를 반겼다. 10월 초에 접어들어 반바지를 입고 다니기에는 조금 쌀쌀하기는 하지만 담요를 챙겼으니 괜찮을 것이다. 어차피 평소에도 치마 입고 다니는 걸. 생각하던 나는 옆을 돌아보았다.

"단아!"

반여령이 밝게 웃으며 손을 흔들고 있었다. 옆에는 여단오빠도 무심히 서 있었는데, 이제는 그 모습조차 자연스럽게 느껴졌다.

그리고 반여령의 옷을 확인한 나는 입을 딱 벌렸다. 잠깐 있다가 나는 조심스럽게 물었다.

"……정말 그렇게 입고 학교 갈 거야?"

반여령이 천진하게 고개를 기웃거렸다.

"응? 왜? 이게 어때서."

나는 이마를 짚었다. 여단 오빠도 반여령을 향해 조심스러운 시선을 보내면서 저거 괜찮을까, 하는 표정을 짓고 있던 참이었다.

이마를 짚은 내가 작게 중얼거렸다.

"환자복이잖아……."

미리 듣기는 들었던 것 같은데 반 티가 워낙 많아야지. 하필 1반이 환자복인 줄은 몰랐네.

반여령과 함께 길거리로 나가자마자 쏟아지는 시선이 장난이 아니었다. 이 인근이라고 다 체육 대회를 이 시기에 하는 건 아니라서, 우리 학교를 제외한 대부분은 평소 같은 교복 차림이었다.

잠깐 망설이던 나는, 미니마우스 머리띠를 가방에서 꺼내 썼다. 그래야 조금이라도 체육 대회, 내지는 할로윈 그 비슷한 느낌이 나서 환자복을 입은 반여령에게 쏠리는 시선이 줄어들 것같았다.

그러다 말고 나는 생글생글 웃고 있는 반여령의 모습을 보고 생각을 바꿨다. 사람들이 이쪽을 쳐다보는 건 반여령이 병원에서 막 탈출한 것 같아서가 아니다. 그냥 애가 예뻐서지.

헐렁한 환자복 때문에 가느다란 목이나 손목, 발목이 유난히 부각되었다. 바지가 조금 길었는지 돌돌 말아 접어 입은 것도 반여령이 하니 패션 같았다. 운동 경기를 해야 하니까 신발은 슬리퍼 대신 운동화였다.

음. 나는 잠시 대회에 나서는 반여령의 모습을 상상해 보았다. 틀림없이 환자복을 입고도 온 경기를 석권하겠지? 상상만 해도 얼마나 이상한 광경일지 짐작이 갔다.

그러다 말고 나는 문득 말했다.

"여령아."

"응?"

반 씨 남매가 동시에 나를 돌아보았다.

"1반 애들 반 티, 그거 남녀 공용이지?"

가끔 남자애들은 반티를 맞추지 않거나 축구복 같은 걸로 따로 맞추는 반도 있었다. 눈을 동그랗게 뜬 반여령이 막 대답하려는 찰나 누군가 뒤에서 불렀다.

나는 뒤를 돌아보았다.

"엄마!"

환자복 소매를 나풀거리며 주인이가 이리로 달려오고 있었다. 밝은 금갈색 머리카락이 그에 따라 흔들렸다.

무심코 주인이의 뒤로 시선을 주었던 나는 이윽고 웃음을 터트렸다.

"풋."

다리에 힘이 풀린 내가 그대로 주저앉자, 주변의 반여령과 여단 오빠가 동시에 놀랐다. 여단 오빠가 내민 손을 간신히 잡고 일어나려는데 삐딱한 물음이 날아왔다.

"왜 사람을 보자마자 웃어?"

그러는 너는 왜 지금까지 사람을 보자마자 피했는데? 소리가 목 끝까지 치솟았지만 그보다는 웃는 게 먼저였다.

여전히 일어나지도 못한 채 주저앉아 웃는 나를 보고 은지호가 말했다.

"야, 일단 좀 일어나 봐. 주변 사람들이 다 쳐다보잖아."

나는 웃는 와중에 띄엄띄엄 힘겹게 대답했다.

"아니, 그냥……. 너, 너무 안 어울려."

다시 고개를 들어 확인한 은지호의 모습은, 과연 환자라기보다는 어떤 엘리트 요원이 병원에 잠입하기 위해 환자에게서 환자복을 뺏어 입은 것 같았다. 그리고 내가 생각하기엔 저 몰골로 병원을 돌아다니다간 그대로 쫓겨날 것 같았다. 그 정도로 안 어울렸다.

한참이나 웃던 나를 은지호가 짜증스럽게 바라보는 참인데, 여단 오빠가 두 팔로 나를 안다시피 일으켜 세웠다. 그러자 잠깐 정적이 찾아왔다.

여단 오빠가 가방끈을 당겨 매며 말했다.

"이따 봐."

"응."

고개를 끄덕이자, 내 머리를 가볍게 토닥인 여단 오빠가 뒤돌아 남계 고등학교 방향으로 향했다. 교복 차림의 인파에 파묻히는 그의 모습을 보고 있자니 새삼 그와 우리가 다른 학교라는 게 실감이 났다.

동시에 오늘 있을 체육 대회가 기대되어 마음이 들떴다. 내가 흐트러진 머리띠를 바로 쓰며 작게 웃던 찰나였다.

"학교 끝나고 또 보러 가?"

"응?"

나는 고개를 돌려 옆을 바라보았다. 은지호는 질문한 주제에 내쪽은 보지도 않고 여단 오빠가 사라진 방향을 바라보고 있었다. 그 시선은 어쩐지 서늘하면서도 집요한 데가 있었다.

잠시 당황했던 내가 어물어물 대답했다.

"뭐, 그렇겠지. 같이 공부하고 그러거든. 여단 오빠 고3이니까."

여단 오빠의 스토커를 물리치기 위해 위장 연애를 하고 있고, 그 대가로 공짜 과외를 받고 있다고는 여령이가 있는 여기서는 말할 수 없었다.

그건 그렇고, 이제 아는 척해도 되는 건가? 잠시 눈을 굴린 나는 조심스럽게 물었다.

"혹시, 시간 언제 돼?"

"왜?"

나는 반여령을 의식해서 최대한 담담한 체 대꾸했다.

"할 얘기 있으니까 그러지."

은지호가 드디어 나와 대화할 마음이 들었다면 나로서는 다행이었다. 이제야 비로소 루다 말고도 여단 오빠와 내 관계의 비밀을 털어놓을 사람이 늘어나는 것이다. 비밀을 공유해 줄, 믿을 만한 사람이.

그런데 은지호는 말없이 미간을 찡그리기만 했다. 그러더니 그가 내뱉은 대답에 내 입이 벌어졌다.

"됐어. 데이트하느라 바쁠 텐데 왜 굳이 시간 쪼개서 날 봐."

"뭐? 야, 너 그게 지금……."

내가 목소리를 높이는 바람에 옆에서 한창 떠들고 있던 주인이와 여령이가 동시에 나를 돌아보았다.

여령이는 우리 쪽에 귀 기울이고 있지 않았는지 고개를 기웃하는 한편, 주인이는 아닌 척 다 듣고 있던 모양이었다.

작게 한숨을 내쉰 주인이가 은지호를 잡아당기며 물었다.

"야, 너 말이 그게 뭐야?"

"아, 나도 알아. 이게 아닌데……."

갑자기 제 머리를 답답한 듯 헝클어뜨리는 은지호를 나는 놀란 눈으로 바라보았다. 그 가운데 손을 내리며 그가 중얼거렸다.

"이럴까 봐 얘기 안 하려고 한 거라고."

"그건 또 무슨 말인데……."

말하다 말고 나는 입을 다물었다.

내가 말없이 숨을 두어 번 내쉬자, 세 사람 모두 긴장한 기색이 역력한 표정이었다. 그 가운데 나는 최대한 담담하게 말하려고 노력하며 입을 열었다.

"내가 누구 사귀고 그런다고 니들한테 소홀해질 사람으로 보였다는 거, 이제 알았네."

그러나 목소리 끝이 조금 흔들리는 것은 어쩔 수 없었다. 은지호가 놀란 듯 대꾸했다.

"아니, 그런 게 아니라. 아……."

답답한 듯 머리를 헝클어뜨리는 은지호를 냉담한 눈으로 올려다보던 나는 획 돌아섰다. 반여령의 팔을 내 쪽으로 끌어당긴 내가 덧붙였다.

"됐어. 나는 남자 친구 사귀면 너희랑은 얘기할 시간도 없어야 한다, 이거지?"

"야, 잠깐만 들어 봐."

"뭘, 네 말대로 나 바빠서 너랑 얘기할 시간이 없네."

건조한 목소리로 덧붙인 나는 반여령을 이끌고 획 자리를 떠났다. 교문에 선 은지호와 주인이의 모습이 점차 멀어졌다.

교실 쪽으로 가는 내내 여령이는 불안한 듯 뒤를 힐끗거렸다. 그러다 그녀가 마침내 조심스럽게 입을 열었다.

"단아."

나는 대답했다.

"응."

"그, 은지호가 네 생각 안 한 건 아니야. 운동장에서 어쩌다 같이 나와 있는 날엔 너 맨날 쳐다보고 그랬어."

그건 나도 알고 있었다. 체육 대회가 가까워질수록 연습하려고 나오는 반이 많아졌고, 1반과 우리 반이 동시에 나왔던 일도 적지 않았다. 그때마다 내 옆얼굴에 와 박히던 시선들을 기억하고 있다.

하지만, 하지만……. 잠시 뜸들이던 나는 간신히 내뱉었다.

"쟤가 내가 안 보는 곳에서 날 많이 봤든, 내가 모르게 날 많이 생각했든 간에."

"응."

여령이가 고개를 끄덕이며 작게 대답했다. 한숨을 내쉰 나는 낮은 목소리로 말을 맺었다.

"……막상 내 앞에서는 쟤가 저렇게 말하고 저렇게 행동한다는 게 나는 속상해."

"단아."

여령이는 어쩔 줄 몰라 하는 얼굴로 내 손을 감싸 쥐었다. 그녀가 낮은 목소리로 속삭였다.

"맞아, 네 말이 맞아. 정말 속상할 만해."

잠시 입술을 짓씹던 내가 말을 이었다.

"3년 전 일까지 꺼내면서 부탁하기에 그러려니 했어. 그런데 언제까지 이렇게 지내야 하냐고. 아무런 기약도 없이."

"단아……."

"오랜만에 말 걸어 줘서 이제 좀 괜찮은가 했더니, 따로 얘기하자는 말에는 또 저런 반응이지."

말하다 말고 목소리가 격양되는 바람에 나는 고개를 돌렸다.

반여령에게 화를 내는 것처럼 보일 뿐더러 지나가는 사람도 너무 많았다. 안 그래도 반여령과 내 사이엔 일도 많았으니 만큼, 싸웠다는 소문만은 절대로 나고 싶지 않았다.

애써 창밖을 바라보며 나는 말했다.

"아니, 그냥. 나는 말이야. 내가 정말 궁금한 건."

"응."

"내가…… 뭘 잘못했어? 나만 모르는 거."

나는 손을 들어 뜨끈한 눈꺼풀을 손바닥으로 꾹 눌렀다. 그러지 않으면 표정을 감출 수 없을 것같았다.

나는 힘겹게 말을 이었다.

"무슨 일이든 언제든지 말하라고, 도움 필요한 일은 말하지 않으면 혼낼 거라고 말했으면서. 그런데 내가 정작 할 얘기가 있다는데."

반여령이 여전히 안절부절못하는 얼굴로 말했다.

"단아. 아니야, 진짜 너 잘못한 거 없어."

"그럼 그냥 내가 싫어진 걸까?"

"그럴 리 없잖아."

"나도 그럴 리 없을 거라고 생각했어."

나는 단호하게 대답했다.

내가 얼마나 축복받은 사람인지 깨닫게 된 지가 고작 2주 전이었다. 평범하지 않은 인물들에게 둘러싸여 평범함과는 거리가 먼 일상을 영위하면서 고생도 많이 했다고 생각했지만, 그래도 심리적인 면에서 나는 온실 속 화초나 다름없었다는 것을 깨달았다.

그들의 마음을, 나는 의심조차 하지 않아도 되니까.

그들은 적어도 겉과 속이 다르지는 않아서, 천동호인가 뭔가처럼 겉으로는 상냥하게 웃으면서 뒤에서는 욕하고 싫어하는 일 따위 없을 거란 걸 아니까.

애초에 싫어하는 사람 비위 맞추기 위해 상냥하게 웃을 필요조차 없는 사람들이었다. 그래, 다른 사람들은 다 의심해도 그들 마음만큼은 의심할 필요가 없다고 생각했다. 그런데…….

"이게 뭐야."

"단아."

"아니, 그냥. 이유라도 좀 말해 주면……."

어디가 덧나서. 중얼거리던 나는 옆에 지나던 학생들이 수군거리는 소리가 커지자 숨을 삼켰다.

나는 황급히 눈을 문질러 닦았다. 눈을 손바닥으로 내내 누르고 있던 탓에 눈물이 흘러내리지 않은 것은 정말 다행이었다.

많이 빨개지진 않았겠지? 그렇게 생각하며 손바닥을 치우자, 처음 보인 것은 비 내리는 하늘이었다. 나는 그 모습을 멍하니 응시했다.

옆에서 다른 이들이 중얼거리는 소리가 들렸다. 수군거림이 커진 것은 내가 우는 모습을 들켜서가 아니라 갑자기 내리기 시작한 비 때문인 모양이었다.

"기상 예보, 또 틀렸네. 체육 대회 망했다."

"그러게. 그런데 틀릴 만하잖아, 하늘은 저렇게 맑은데."

그리고 또 누군가 말했다.

"그러고 보니 맑은 하늘에 비 내리는 거, 뭐라고 하지 않아?"

누군가 대답하는 소리가 들렸다.

"여우 시집가는 날."

그리고 여령이가 걱정스러운 듯 내 손을 쥐었다.

"단아, 진짜 너 잘못한 거 없어."

나는 대답하지 못한 말을 입속으로 삼켰다.

은지호에게는 아닌가 봐.

* * *

반여령은 나와 계속 같이 있어 주고 싶어 하는 눈치였지만 오늘은 체육 대회 당일, 아무리 비가 온다고는 해도 각자의 반은 일정으로 바쁘다.

8반 앞에 도착해서도 내 손을 놓지 않는 반여령에게 나는 계속 말했다.

"이제 괜찮다니까."

"그래도……."

한참을 머뭇거리던 반여령의 손이 결국 내 손에서 떨어졌다.

멀어지는 그녀를 향해 손을 흔들던 나는 이윽고 교실 문을 열어젖혔다. 윤정인이 반 한가운데서 떠들고 있다가 들어서는 나를 보고 인사했다.

"어, 왔냐."

다행히 운 티는 안 나는 모양이었다. 고개를 끄덕인 나는 의연하게 물었다.

"우리, 체육 대회는 어떻게 되는 거야?"

"안 그래도 그 얘기 중이었다."

그렇게 대답한 윤정인이 모인 이들을 둘러보며 말을 이었다.

"아마 교무실에서 곧 얘기 나오긴 할 텐데, 비 내리는 거 봐서는 운동장 오후까지 안 마를 것 같으니까 운동장에서 하는 건 전체 계주까지 전부 취소될 것 같다."

아, 뭐야. 우리 준비 많이 했는데, 이길 수 있는데. 투덜거리는 소리 사이로 짝짝, 박수를 쳐서 시선을 모은 윤정인이 덧붙였다.

"배구나 농구, 발야구 같은 건 체육관에서 할 수도 있으니까, 일단 그쪽 나가는 사람들은 어디 가지 말고 반에 있어. 다른 사람들은 다 놀러 가도 너희는 안 된다."

"아, 치사하게."

볼멘소리들이 튀어나오는 가운데 갑자기 스피커 쪽에서 지잉 하고 아주 큰 금속성이 울렸다.

내가 놀라서 어깨를 움츠리는 한편, 곳곳에서 뭐야? 뭐야, 하고 묻는 소리가 들리는가 싶더니 스피커에서 여느 때와 같이 학생 부장 선생님 목소리가 흘러나왔다.

[각 반 반장, 부반장들은 지금 바로 교무실로 와 주시기 바랍니다.]

"아, 역시 부르네. 다녀온다."

그렇게 말하며 책상에서 훌쩍 내려선 윤정인이 이민아와 같이 교실을 나갔다.

윤정인과 이민아가 사라진 직후, 나는 김 쌍둥이 사이의 빈자리에 앉았다. 내가 오기 전에 싸웠는지 둘은 자리 하나를 사이에 두고 반대편을 보고 있던 참이었다.

여전히 하늘은 수채화 물감을 탄 듯 새파랗게 맑은데도 투명한 빗방울이 그 위로 바쁘게 떨어지고 있었다. 그 모습을 멍하니 보고 있으려니 옆에서 김혜힐이 작게 중얼거렸다.

"주말 낮에 꿈이라도 꾸는 기분이네."

나는 여전히 멍한 채 고개만 끄덕였다. 나도 딱 그런 기분이었다.

나는 비가 와서 조금 붕 뜬 머리카락을 매만지며 중얼거렸다.

"진짜, 기분 이상한 날이네."

나는 비가 오는 날을 별로 좋아하지 않았다. 굳이 인터넷 소설이 아니더라도, 하고많은 소설 영화 드라마에서 보통 날씨는 여주인공의 마음을 대변한다.

물론, 모든 비 오는 날마다 무슨 일이 터진 건 아니었지만, 곰곰이 되짚어 보자면 나쁜 일의 대부분이 비 오는 날에 일어난 것도 사실이다.

게다가 오늘은 그냥 비도 아니고 마른하늘에 비라니, 더더욱 안심이 안 되잖아. 그런 생각을 하며 머리를 헤집던 나는, 주머니에서 울리는 진동을 느꼈다.

"어?"

혹시나 하며 핸드폰을 연 내 얼굴이 금세 실망으로 물들었다. 아니 하지만 교문에서 은지호와 헤어진 것이 방금이고, 그것도 아주 이상한 방식으로. 그러니 내가 그에게 문자 오기를 기대했던 것은 이상한 일이 아니다.

나는 복잡한 눈빛으로 핸드폰 화면을 응시했다. 하지만 은지호며 다른 사대천왕들은 여전히 묵묵부답이었고, 대신에 문자를 보내온 것은 여단 오빠였다.

[보낸 사람 : 여단 오빠
학교 끝나면 어디 가지 말고 후문에 있어]

[보낸 사람 : 여단 오빠
학원 핑계 대고 일찍 ㄱ]

문자를 읽다 말고 나는 눈썹을 꿈틀거렸다. 문자를 적다 말고 전송하다니, 여단 오빠답지 않은 실수였다.

도대체 무슨 일이지? 그렇게 생각하며 핸드폰을 매만지는데 옆에서 김혜힐의 물음이 날아왔다.

"그 오빠야? 남친 분."

김혜힐에 이어 김혜우도 나를 보고 있었다. 턱을 괸 그가 장난스럽게 물었다.

"왜, 우산 갖고 마중 나온대?"

"아, 놀리지 마."

"남친인데 뭐 어때."

김혜우의 대수롭잖은 대답에도 나는 입술을 삐죽였다. 그건 그렇지만, 여단 오빠와 내가 실제로 사귀는 사이가 아니라는 게 문제지.

다시 고개를 돌려 핸드폰을 바라본 나는 속으로만 중얼

거렸다. 하지만 이건 이웃해서 사는 친한 오빠 동생 사이에도 할 수 있는 거니까. 그리고 나는 핸드폰을 두 손으로 쥔 채 입술 앞에 가져가며 기도하듯 읊조렸다.

그러니까 제발 제가 더는 쓸데없는 생각을 하지 않게 해주세요. 여단 오빠가 우산을 가지고 나를 데리러 오는 일에 무슨 특별한 의미가 있다고는 더는 생각하지 않게.

바로 그때, 교무실로 떠났던 윤정인이 앞문을 열고 들온 덕에 김 쌍둥이와의 대화의 흐름이 끊겼다. 내가 안도의 한숨을 내쉬는데, 그가 손을 팔랑거리며 큰 소리로 외쳤다.

"야, 오전에 피구랑 농구랑 발야구만 몰아서 끝낸대! 일이 삼 학년 전부 체육관에 모이라더라."

헐, 뭐야. 곳곳에서 김샌 소리가 흘러나왔다. 솔직히 말해서 기왕 이렇게 된 거, 교실에서 영화나 보다가 집에 갔으면 하는 마음이었던 나도 아쉽다는 표정을 지었다.

그런데 그때, 다시 윤정인의 말이 이어졌다.

"그리고 오후에는 정상 수업한다던데."

방금까지는 아쉬운 소리로 그쳤다면 이제는 숫제 비명들이 터졌다. 아, 뭐야! 미친 거 아니야?

이윽고 비난의 화살이 윤정인에게로 쏟아졌다.

"선생님들 그렇게 말하는데 안 말리고 뭐 했어!?"

"3학년 선배들도 가만히 있는데 내가 무슨 말을 해?"

그러고 보면 3학년들 입장에서는 체육 대회를 하는 것이

나 오전에만 체육 대회를 하고 오후에는 정상 수업을 하나 별 차이가 없긴 할 것이다. 아니, 오히려 학교에서 집중이 더 잘되는 몇몇 학생들에게는 이득일 수도 있다.

그런 윤정인의 대답에도 아이들은 그래도 그렇지, 하며 아쉬운 기색을 감추지 못했다. 그런 아이들 사이에서 나도 책상에 머리를 처박고는 한숨을 푹 내쉬었다. 하여간 되는 일이 없는 날이네.

그렇게 해서 오전에는 습기로 눅눅해진 체육관에서 바쁘게 뛰고, 오후에는 피곤해진 몸을 책상에 붙이고 공부한다는 최악의 시나리오가 성립하고 말았다.

차라리 운동회만 하든가, 공부만 하든가. 운동회를 반기던 애들이든 아니든, 머리를 쥐어뜯고 신음하던 아이들이 체육관으로 가기 위해 하나둘 자리에서 일어났다.

그때, 윤정인의 마지막 말이 날아왔다.

"아, 그리고 간식은 열한 시에 온다더라. 내가 쏘는 거다."

와! 쩌렁쩌렁한 함성이 교실 가득 울렸다.

오늘 들은 단 하나의 희소식이었다.

* * *

무려 은지호네 큰 아버지가 이사장으로 계신 만큼, 돈 하나는 차고 넘치는 소현 고등학교는 체육관도 무척 넓었다.

2층 전체를 객석으로 쓸 수도 있는 거대한 돔형 체육관은 일이 삼 학년 모두를 너끈히 수용하고도 자리가 남았다.

그 사실이 이토록 원망스럽기는 처음이었다. 차라리 일이 삼 학년 모두 동시에 들어갈 수 없었더라면 오후까지 운동회가 연장되거나 정상 수업을 할 수 있었을 텐데. 아무튼, 원망해도 이미 늦은 일이었다.

내가 겪은 가운데 가장 가라앉은 분위기 속에서 체육 대회가 시작되었다. 피구든 농구든 발야구든 선수로 나갈 애들은 거의 정해져 있었다. 윤정인과 이민아, 이루다, 신서현은 일단 무조건 참가였고, 나나 김 쌍둥이는 내내 응원석 신세였다.

그게 결코 나쁘지는 않았다. 음, 일단 나는 일전에 1반의 일 이후로 피구를 별로 안 좋아하게 되기도 했고.

우리는 2층에서나마 목이 터져라 응원했다.

"8반 이겨라! 8반 이겨라!"

우리 양옆에서 목소리들이 쏟아졌다. 7반 이겨라! 1반 이겨라! 온 체육관이 스피커 속인 것처럼 각종 응원 구호로 쩌렁쩌렁하게 울렸다.

나눠진 운동장 각 구역에서는 여섯 개 정도의 경기가 동시에 진행되고 있어, 정황을 파악하기 힘들 지경이었다.

그러나 그중에도 눈에 띄는 반은 분명히 있었다.

응원석끼리 간격이 좁았기 때문에 옆 반에서 떠드는 소

리가 들렸다.

"지금 피구 1반이랑 붙는 거, 몇 반이냐?"

"4반."

"와, 운 더럽게 없네. 쟤네 바로 탈락 아니냐."

대화를 들으며 나는 가만히 미간을 좁혔다. 시합 초기니 그런 말하지 말라고 하기에는 멀리서도 보이는 두 반의 실력 차가 너무 압도적이었다.

이 많은 사람들 사이에서도 선명하게 눈에 띄는 색색의 머리칼들. 움직임이 그리 많지도 않았다. 공이 날아오면 아주 간단히 잡아서 도로 던졌다. 한 번 공이 던져질 때마다 두셋은 되는 사람들이 너무도 쉽게 아웃당했다.

각도라도 계산한 것인지, 사람들을 맞고 튕겨 나온 공은 도로 1반으로 돌아갔다. 다시 공을 잡아챈 누군가 던진 공에 또 두셋 정도가 한꺼번에 맞았다.

누가 다시 말했다.

"쟤들은 인간적으로 좀 너프시켜야 돼. 저런 게 밸붕이지 뭐겠어."

"미친, 게임이냐?"

들려오는 소리를 들으며 나는 심드렁히 턱을 괴었다.

두 사람 말 모두에 동감이었다. 그러게, 너프시켜야 하는 게 분명한데 쟤들은 게임 캐릭터가 아니다. 그게 문제라고.

그러다 나는 옆에서 날아온 김혜힐의 말에 고개를 돌렸다.

"너도 친구들이지만 가끔 참 무섭겠다."

"응? 어……."

반사적으로 턱을 괴고 있던 손을 뗀 내가 떨떠름하게 대꾸하자, 나를 돌아본 김혜힐이 의아한 듯 눈썹을 좁혔다.

그녀가 물었다.

"왜 그래?"

"어? 아니, 맞아. 가끔 무섭지."

아하, 하. 어색하게 웃는 나를 이번에는 김혜힐뿐 아니라 김혜우 외 몇몇 반 애들마저 희한하다는 듯 보기 시작했다. 다시 코트를 돌아보며 나는 표정을 어둡게 가라앉혔다.

사대천왕과 제대로 대화를 하지 않고 지낸 지도 벌써 2주가 지났다. 본래는 나와 반이 떨어지고 나서도 적어도 일주일에 한 번은 우리 집에 쳐들어오지 않고는 못 배기는 이들이었다. 그런 이들이 나와 아예 말을 섞지 않은 지 벌써 2주라니.

나는 문득 1학기 어느 일요일에 있던 일을 떠올렸다. 그때 집구석에서 오래된 디지털 카메라를 맨 처음 발견했던 게 누구인지는 벌써 기억도 나지 않았다.

다만 텔레비전에 흐르던 흐릿한 영상, 가장 먼저 화면에 얼굴을 비치던 주인이와 앞치마를 입고 있던 은형이가 떠올랐다.

그리고 돌아간 카메라가 비추던 여령이의 뒷모습과 은지

호의 무표정. 마지막으로 나와 나란히 앉아 문제집을 풀었던 유천영의 모습. 다시 돌려 본 영상 속에서 마주쳤던 그의 웃는 모습을 나는 아직도 기억하고 있었다.

그러다 나는 불현듯 두려운 마음이 들었다.

사실 내 모든 기억이 잘못된 게 아닐까? 그들이 그때 서 있던 곳은 정말로 우리 집 부엌일까?

애초에 그런 영상이 찍힌 적이 있던가? 그 카메라가 지금도 우리 집에 있을까? 그 카메라를 텔레비전에 연결하면 지금도 그 영상을 볼 수 있을까?

사실은, 이미 사라지고 없지 않을까?

여전히 구형 돔 천장으로 내다보이는 바깥에서는 맑은 하늘 아래 비만 주룩주룩 내렸다. 비현실적인 날씨에 생각조차 비현실을 넘나들고 있었다. 문득 손을 말아 쥔 나는 내 머리를 자학적인 몸짓으로 퍽퍽 때렸다.

그때 누군가 내 손목을 부드럽게 그러쥐었다. 나는 화들짝 놀라 고개를 들었다.

"단아?"

"아, 루다야."

이루다가 잔뜩 놀란 파란 눈으로 날 보고 있었다. 한 손으로는 젖은 머리카락을 수건으로 문질러 닦는 채였다.

이윽고 수건을 내린 그가 자연스레 내 옆에 걸터앉자 뒷자리 남학생들이 우우, 야유를 보냈다.

"야, 이루다. 너 아직 미련 못 버렸냐?"

"아, 좀 닥쳐."

뒤를 돌아보며 자연스레 가운데 손가락을 내미는 그의 모습은 여느 남자애와 다를 바가 없어 보였다.

정말 어떻게 저런 애 성별을 헷갈릴 수가 있었지? 멍하니 생각하던 나를 다시 돌아본 그가 물었다.

"무슨 일 있어?"

"어? 아니, 그냥."

반사적으로 대답하고 나는 흠칫했다. 루다는 나와 여단 오빠의 비밀을 아는 유일한 사람이고, 더불어 사대천왕에 대해서도 아주 잘 알고 있다.

고민을 털어놓을 수 있는 기회였는데, 그런데도 그들과 내 사이가 멀어졌다고 루다에게 말하는 것이 꺼려져서 반사적으로 거짓말을 하고 말다니.

왜일까? 생각하던 것도 잠시, 나는 곧 깨달았다.

내 입에 담으면 저들과 내 사이가 멀어졌다는 것이 비로소 실감이 날 것 같아서. 그러고 나면 그들과 내가 함께한 시간들이, 나날들이 한낱 사막의 신기루라도 되었던 것처럼 흩어져 사라질 것 같아서.

잠시 바닥을 보았다가 다시 시선을 들어 올린 나는 짧게 웃었다.

"비 오는 날이면 기분이 좀 별로더라고."

그러자 루다가 짚이는 구석이 있다는 듯 눈썹을 찡그렸다.

"아……."

"응?"

의아해하던 나는 곧 깨달았다. 아, 혹시 1학기 초의 일을 떠올린 건가? 확실히 비 맞으면서 운 적이 있지만, 아무튼 오해해 줘서 다행이었다.

"아니. 아무튼 여기서 쉬고 있어. 우승 따 올 테니까."

나를 향해 부드러운 표정으로 그렇게 말한 루다가 자리에서 일어나기가 무섭게 뒷자리 녀석들이 야유하기 시작했다.

"야, 폼 잡지 마라. 그래 봐야 떠난 기차 안 돌아온다."

"아, 닥쳐. 제발 닥치라고."

기어이 들고 있던 수건을 그들 얼굴로 집어 던져 그들을 정말로 입 닫게 한 루다가 나를 보고 아무렇지도 않게 생긋 웃었다. 그 미소가 요즘 무섭게 느껴지기 시작했다는 말은 차마 못한 채, 나는 그냥 마주 웃어 주었다. 루다는 터덜터덜 응원석을 내려가 1층으로 향했다.

가라앉은 분위기 가운데 운동회는 계속되었다. 곳곳에서 공이 팡팡 부딪치는 소리가 나고 고무 밑창 미끄러지는 소리가 났다.

그러는 동안에도 우리는 돔형 천장 한가운데 동그랗게 뚫린 창문을 통해, 비가 그치기는커녕 기세를 더해 가는 것을 볼 수 있었다.

설상가상으로 점차 구름까지 끼기 시작했다. 곳곳에서 우산 있냐? 아니, 하는 걱정스런 목소리들이 오가는 가운데, 이번에는 윤정인이 응원석 바로 아래까지 다가와 외쳤다.

"얘들아!"

앉아 있던 우리가 앞으로 몸을 빼며 물었다.

"뭐?"

"열한 시야. 후문에 간식 배달 와 있을 건데, 좀 가져와 주라! 롯데리아."

아차, 벌써 열한 시나 됐던가? 핸드폰을 주섬주섬 꺼내며 시간 참 빠르다고 얘기한 우리는 윤정인을 향해 크게 원을 그려 보였다. 오케이, 손을 흔든 윤정인이 다시 경기장 쪽으로 사라졌다.

햄버거면 그렇게 무거운 것도 아니니, 그냥 나와 김 쌍둥이, 평소 다니던 사람들끼리 다녀오면 되겠지. 운반 역에 자원한 우리는 우산을 빌려 바깥으로 향했다.

의외로 밖에는 우리 말고도 돌아다니는 학생들이 꽤 많았다. 나는 눈을 굴리며 그들 모습을 일일이 확인했다.

저기는 체육 대회 하는 틈타서 데이트하는 커플들인 것 같고, 저기는 우리처럼 간식 가지러 가나 보네. 그러다 나는 문득 발을 멈추었다.

"어."

"왜 그래?"

무심코 물었던 김혜힐이 앞을 돌아보고는 알 만하다는 듯 중얼거렸다.

아.

“재는 누가 모델 아니랄까 봐 흐린 날에도 저렇게나 눈에 띄네.”

“내 말이.”

김혜우가 가볍게 동조하는 것을 들으며 나는 입술을 달싹였다. 인사를 할까 말까. 고민하는 그때, 마침 그가 이쪽을 돌아보았다.

비가 와서 조금 쌀쌀해졌기 때문인지, 1반 반 티인 환자복 위에 검은 카디건을 걸친 그는 그때문에 더욱 환자처럼 보였다. 원래 창백한 흰 피부와 푸른 눈이 그에 한몫했는지도 몰랐다.

유천영이었다.

김 쌍둥이의 말처럼, 웅성거리며 후문 주위를 둘러싼 학생 무리들 가운데 그만이 도려낸 것처럼 선명했다.

나를 본 그의 푸른 눈이 잠시 커졌다가 이윽고 원래대로 돌아왔다. 내 얼굴을 무심히 훑던 푸른 눈이 나를 떠나자, 피부도 같이 뜯겨 나간 것처럼 두 뺨이 쓰리고 화끈거렸다.

내가 입술을 깨무는데 김혜우가 옆에서 중얼거렸다.

“못 봤나?”

“오빠.”

김혜힐이 조용히 경고 조로 불렀다. 예민한 그녀는 우리 사이에 흐르는 이상한 기류를 벌써 눈치챈 것 같았다. 여느 때와 같이 담담한 눈으로 나를 돌아본 그녀는 가자, 하며 내 팔을 잡고 보란 듯이 이끌었다.

혼자가 아니라는 그 느낌이 확실히 도움이 되었다. 나는 김혜힐의 팔에 이끌려 유천영을 가벼운 걸음으로 지나쳤다. 뒤통수에 시선이 느껴진 것 같았으나 확실치 않았다.

배달원이 제발 와 있기를, 그래서 이 후문을 어서 떠날 수 있기를 빌었는데 정말로 와 있어서 다행이었다.

비에 조금 젖은 박스를 넘겨준 배달원이 다시 오토바이에 시동을 걸었다. 윤정인에게 돌려줄 영수증을 주머니에 쑤셔 넣은 후, 나는 김혜우에게서 박스 하나를 안아 들었다.

그러는 한편 나는 안도의 한숨을 내쉬었다. 이제 떠나기만 하면 유천영과 같은 자리에 있을 필요는 없겠지.

그런데 빗소리를 뚫고 누군가 나를 부르는 소리가 들렸다. 유천영의 것은 아니었다.

"너 혹시 1학년 함단이 아니니?"

"네?"

무심코 대답하며 그쪽을 돌아보았던 나는 얼굴들을 확인하자마자 표정을 굳혔다.

하필이면 일전에 우리 반에 와서 나를 찾던 여학생들 무리였다. 그들 대부분이 예뻤기 때문에 쉽게 기억할 수 있었다.

대답 없이 굳어진 나를 보고 그들은 거침없이 떠들어 댔다.

"맞는 것 같은데? 얘 맞지?"

"맞다니까, 딱 표정 보면 몰라?"

"너 함단이 맞아, 아니야?"

마침내 한 사람이 직접 물었을 때, 나는 놀라서 그만 얼어붙고 말았다.

표정을 제대로 관리하지 못하는 내 옆에서 차가운 목소리가 날아왔다.

"맞으면요? 맞으면 어쩔 건데요."

김혜힐이었다. 김혜우가 그런 김혜힐의 손목을 붙들며 야, 너 어쩌려고 그래, 하고 묻고 있었다.

그러나 과연 김혜힐의 성격은 그런 것으로 죽일 것이 아니었다. 그녀가 싸늘한 검은 눈으로 그들을 노려보며 물었다.

"호구 조사를 이런 데서 하는 사람은 또 처음 봤네."

거침없이 말하는 김혜힐을 말리려는 듯하던 김혜우가 슬쩍 저쪽을 보더니 대답하는 말에 나는 이마를 짚었다. 아이고.

"김혜힐, 오빠가 이상한 사람한테 말 걸지 말랬잖아. 왜 자꾸 그래."

"미안, 버릇이 안 고쳐지네."

익숙한 듯 빈정거리는 김혜힐과 김혜우를 보며 상대편

여학생들의 얼굴이 붉으락푸르락해졌다.

나는 속으로 신음을 삼켰다. 김혜우가 김혜힐을 말려 줄 줄 알았는데, 둘 다 성격 장난이 아니라는 걸 잊고 있었네. 쌍둥이가 괜히 쌍둥이가 아니다.

황급히 팔을 뻗어 두 사람을 끌어당긴 내가 외쳤다.

“제가 함단이 맞는데요! 안녕히 계세요!”

내가 들어도 앞뒤가 안 맞는 말이었는데 상대가 그냥 들어 넘길 리 없었다. 흐린 날씨인데도 알아볼 수 있을 만큼 얼굴이 새빨개진 그녀들이 외쳐 댔다.

“얘네 미친 거 아니야!”

“야! 함단이라는 너, 할 얘기 있으니까 여기 남고 다른 애들은 보내 줄 때 가.”

“사람을 맘대로 오가라 하다니. 참 이상한 사람들이다, 오빠. 그치.”

김혜힐이 김혜우를 돌아보며 던진 말에 여선배들의 얼굴이 한층 붉어졌다. 나는 한 발짝 뒤로 물러서며 중얼거렸다. 으악, 어쩌지.

하필이면 간식을 받으러 후문에 나왔던 학생들이 구경하느라고 우리를 중심으로 원을 만들어서 달아나는 것도 쉽지 않을 것같았다.

어쩌면 좋지? 두 손으로는 김 쌍둥이의 팔 하나씩을 세게 붙든 내가 바쁘게 눈을 굴리는 그때였다. 거세게 내리는 빗소리를 뚫고 목소리 하나가 홀연히 날아왔다.

"함단이."

나는 고개를 돌렸다.

발목이 드러난 환자복 바지와 검은 카디건 자락이 보였다. 시선을 들어 올리자 예상했던 그 얼굴이 바로 앞에 있었다.

조금 피로한 듯한 얼굴로 나를 보며 유천영이 말했다.

"이리 와. …… 내 옆으로."

언제나 나를 부르던 그대로의 모습이었다.

잠시 침묵이 찾아왔다. 그 가운데 나는 유천영을 멍하니 응시했다.

거센 빗줄기가 유천영과 내 사이로 쏟아지고 있었다. 안아 든 종이 박스의 모서리 부분이 축축하게 젖어 들어갔다. 나는 유천영이 우산 밖으로 내민 손을 보았다. 흰 손끝에 둥글게 고인 물방울이 연신 땅으로 떨어지고 있었다.

빗소리를 뚫고 수군거림이 점차 커졌다. 간식을 기다리며 후문에 모여선 이들이 우리를 보며 수군거렸다.

"쟤네, 친해?"

"같은 중학교 나왔잖아."

"그래도."

그래도. 그 말에 담긴 의미를 나는 예민하게 감지해 냈다. 상처 같은 것은 받지 않았다. 그러기에 나는 이런 상황에도 저런 말들에도 너무 익숙했다.

다만, 내 머릿속을 꽉 채운 것은 단 한마디였다.

'이리 와.'

내 입술이 움찔거림과 동시에 이쪽을 보고 있던 여학생들도 침묵의 마법에서 풀려났다. 이윽고 나를 돌아본 그녀들이 일제히 소리를 높였다.

"우리가 할 얘기 있다고 말한 게 먼저야!"

"따라가지 마, 알았어?"

그런 그들의 기세는 유천영의 이어진 행동으로 금세 잦아들고 말았다. 내가 못 박힌 것처럼 제자리에 서서 꼼짝도 않자, 그는 직접 걸음을 옮겨 내 앞으로 다가왔다.

그리고 그가 다시 손을 내밀었다.

이번에 튀어나온 말은 전과 달랐다.

"가지 마."

나는 아무 대답 없이 그의 손을 응시했다.

쏟아지는 가을 빗줄기는 차가웠다. 유천영의 내민 손끝이 유독 새하얀 것이 원래부터 그랬던 것인지, 비에 젖어서 창백해진 것인지 알 수 없었다.

마침내 내가 한 손으로 상자를 받친 채 다른 손을 내밀어 그의 손을 잡자, 맞닿은 손에서 미지근한 온기가 피어올랐다.

나는 아무 말도 하지 않고 눈만 움직여 김 쌍둥이에게 눈짓을 보냈다. 아무튼 유천영이 이 자리에서 벗어날 좋은 기회를 준 것은 틀림없었다. 더불어 저 선배들의 원망의 대상 역시 유천영으로 바뀌었을 것이다.

하지만 저들이 뭘 어쩔 것인가? 평범한 학생을 가장하고 다니는 김 쌍둥이와 달리, 유천영은 발해 그룹 자제로 온 학교에 소문이 자자한데.

내 눈짓을 받은 김 쌍둥이가 작게 한숨을 내쉬더니 우리 쪽으로 다가왔다. 그와 동시에 유천영이 걸음을 떼었다. 인파를 뚫고 나오는 우리 네 사람을 건드는 사람은 아무도 없었다.

우리는 그대로 강당으로 향했다. 나는 한 손으로는 여전히 내 손을 쥐고 있던 유천영이 다른 손을 주머니에 넣어 핸드폰을 꺼내는 것을 보았다.

핸드폰을 귓가에 가져간 그가 짧게 말했다.

"후문에 간식 받을 사람 다시 보내 줘. 일이 생겨서."

나는 그런 그를 빤히 올려다보았다. 핸드폰을 탁, 소리 나게 접은 그가 나를 보더니 살짝 눈썹을 찡그렸다.

잠시 망설이던 내가 작은 소리로 물었다.

"……간식 가지러 갔었나 봐? 우리처럼."

"응."

"경기는 왜 안 나가고?"

피구나 농구를 볼 때도 유천영의 머리색만은 본 기억이 없었다. 푸른기 도는 검은색이니 상대적으로 눈에 띄지 않아서 그런 거라고 생각했는데.

그러자 유천영이 짧게 대답했다.

"모델이라서. 상처 나면 안 되니까."

"아, 그렇지……. 그렇겠네."

경기를 하다가 무릎이 까지거나 하는 부상이라도 당하면 유천영으로서는 곤란할 수밖에 없다. 얼굴이라도 다친다면 재앙이나 다름없고.

그러고는 또 한참을 아무도 말이 없었다. 빗소리만 가득한 침묵 속에 우리는 마침내 강당에 도착했다.

강당으로 들어가기 전에 유천영은 내 손을 놓고 돌아서려는 듯했다. 그런 그를 내가 붙잡았다.

내가 말했다.

"저기."

유천영은 물론이고 김 쌍둥이까지도 나를 돌아보았다. 잠시 망설이던 나는 김 쌍둥이를 향해 물었다.

"괜찮으면, 상자 좀 부탁해도 될까? 잠깐만 밖에 있다가 갈게."

그러자 서로 눈짓을 교환한 김 쌍둥이가 어깨를 으쓱하고는 김혜우가 내게로 다가왔다. 순식간에 빈손이 된 내가 말했다.

"고마워."

"뭘, 무겁지도 않으니까. 네 거, 미리 받아 둔다."

"아, 응."

가자. 김혜힐을 보며 그렇게 말한 김혜우가 이윽고 강당 안으로 사라졌다. 돌아서기 전 김혜힐이 유천영을 향해 잠시 서늘한 시선을 보낸 듯도 했다.

내가 손을 잡아당긴 그 순간부터 유천영은 꼼짝도 하지 않고 내 옆에 서 있었다.

동상처럼 못 박혀 서 있던 그를 돌아본 내가 말했다.

"잠깐 얘기 좀 해."

한동안 대답도 없이 나를 내려다보기만 하던 유천영은 이윽고 묵직하게 고개를 끄덕였다.

* * *

강당 뒤쪽에는 오토바이나 자전거를 댈 수 있는 곳이 있었다. 슬레이트 지붕이 쳐져 있었기 때문에 비가 들이치지 않았다.

그곳에 이르러서야 나는 주차된 오토바이를 치지 않게 조심하며 우산을 접었다. 그런 내 옆에서 유천영도 조용히 우산을 접었다.

나는 고개를 숙인 채 우산 끝에 고인 빗방울이 뚝뚝 떨어져 땅 위에 둥근 흔적을 그리는 것을 잠자코 보았다.

그러다 내가 먼저 입을 열었다.

"있잖아."

유천영이 고개를 끄덕였다.

"응."

"이리 오라고 말한 사람이 네가 아니었더라도 따라갔을 거야."

나는 굳이 유천영의 표정을 확인하지 않았다. 바닥을 바라보던 내가 빠르게 말을 이었다.

"너라서 간 게 아니야. 혜힐이랑 김혜우가 나 때문에 곤란해지면 나도 곤란한데, 때마침 네가 와서. 그래서 따라간 거야."

"……."

"네가 아니라도 따라갔을 거야."

말을 마치자마자 나는 젖은 손으로 얼굴을 훔쳤다. 머리를 식힐 것이 필요했다.

바닥을 내려다보며 나는 중얼거렸다. 사실은 이렇게 말하려던 게 아니었는데.

곤란한 걸 보고 와 준 거냐고, 그렇다면 고맙다고 말하려 했다. 그런 뒤에 이것저것 질문할 생각이었다.

도대체 무슨 일이냐, 무슨 일인지 알려 줄 수 없다면 언제까지 이럴 건지라도 알려 달라, 그리고 마지막으로 내가 잘못한 것이 있는지 조심스럽게 물으려 했다.

그러나 막상 입을 열자마자 나온 것은 네가 아니어도 상관없었다는 말. 내가 들어도 어처구니가 없는 투정이었다. 적어도 방금 유천영의 손에 의해 간신히 곤란한 상황에서 빠져나온 사람이 말할 것은 아니었다.

하지만 그럼에도 나는 입을 다물지 못했다. 대신에 나는 빠르게 말을 이었다.

"내가 물론 아까 그 사람들이 따라오란다고 굳이 따라가야 하는 건 아니지만."

유천영의 시선이 내 옆얼굴에 와 박히는 것을 느끼면서 나는 말을 맺었다.

"네가 오란다고 늘 따라가야 하는 것도 아니야."

"……."

유천영이 말이 없는 가운데 한동안 빗소리만이 이어졌다. 그리고 나는 젖은 손을 들어 이마를 문질렀다.

내가 말했다.

"왜 너는 항상 그렇게 말해? 이리 와, 하고."

"……."

"어떻게."

나는 말하다 말고 입술을 깨물었다.

"어떻게 2주 동안 얼굴도 안 보고 피했으면서 처음으로 하는 말이 그거야."

유천영이 침묵하는 것을 보면서 나는 차마 묻지 못할 말을 입속으로 욱여넣었다. 너는 내가, 네가 오라고 하면 항상 따라가는 그런 사람이야?

아까 손 내민 유천영의 위로 그의 과거 모습이 겹쳐졌었다.

'이리 와, 함단이.'

그 말을 처음 들은 것이 언제였는지는 기억나지 않지만, 마지막으로 들은 것이 언제였는지는 기억이 났다.

그때와 지금은 상황이 정반대였다. 그때는 내가 사대천왕을 피해 다녔고, 지금은 사대천왕이 나를 피해 다니는 판국이었으니.

사대천왕을 피해 빈 음악실로 도망쳐 간 나는, 그곳에서 루다와 얘기를 했었다.

'그렇게 불편하면 차라리 친구를 그만두는 건 어때?'

그가 물은 말에 나는 고개를 내저었다.

아니다. 그들을 친구로 받아들이지 못하는 것은 내 문제였다. 그리고 나를 찾아왔던 유천영이 내게 손을 내밀며 그렇게 말했었다. 이리 오라고, 내가 자신에게 올 것을 의심하지 않는 태도로 그렇게 말했다.

어쩌면 내가 이들을 믿었던 것만큼이나 이들도 나를 믿고 있을지도 모른다는 생각이 이제야 처음으로 들었다.

나에 대한 그들의 감정을 의심하지 않았듯이, 그들에게도 나는 당연히 그들에게 속해 있는 것이라서. 내가 다른 누구보다도 그들을 중요하게 여기는 것이 당연해서, 주말이면 당연한 듯 우리 집을 점령할 수 있었을 거란 생각이 든다.

그래도 내가 화내지 않을 것을 아니까.

내게 있어서 그들 곁은 언제나 가장 좋은 선택지였으니까.

아마 며칠 전에 이 사실을 알았더라면 나는 조금쯤 기뻐했을지도 모른다.

그들과 내가 의심할 여지없이 강한 연대로 묶여 있음을 깨닫고 기뻐하던 것이 불과 얼마 전의 일이었다. 그런데 우리는 지금 대체 뭐 하고 있는 걸까. 이게 대체 다 뭐 하는 일이냐고.

신경질적으로 생각하던 나는 옆에서 흘러나온 소리에 움찔 어깨를 떨며 고개를 들었다.

"그건……. 미안해."

옆을 돌아본 나는 놀랐다. 나를 내려다보는 유천영의 푸른 눈이 조금 떨리고 있었다. 그의 얼굴에 그토록 선명하게 당황이 드러난 것을 나는 처음 보았다.

하지만 그뿐이었다. 조금 더 기다렸으나 그에게선 더는 아무런 말도 없었다. 잠깐 입술을 깨물었던 내가 말했다.

"있잖아, 나는."

"응."

유천영이 눈을 내리깔며 대답했다. 입술을 한 번 깨문 나는 힘겹게 말을 이었다.

"너랑 내가 앞으로도 계속 볼 사이라고 생각해. 계속 보고 싶다고, 생각해."

사람에게 그 사람이 내게 얼마나 소중한 존재인지를 표현하는 것은 정말로 어려운 일이다.

"네가…… 그랬잖아, 나한테. 항상."

"응."

"계속 같이 있겠다고."

"……."

"전부터 계속 그랬잖아. 계속 같이 있을 거라고. 기억나? 여름에 우리 같이 카페 앉아 있을 때도 그랬고, 그리고 집에서 다 같이 영상 볼 때."

"아."

그가 천천히 고개를 끄덕였다. 그런 그를 보며 나는 눈시울이 붉어지는 것을 느꼈다. 그때 그 주말, 우리가 다 같이 모여서 영상을 보았던 것이 꿈이 아니라고 비로소 확인받은 기분이었다.

내가 다시 말을 이었다.

"그때도 우리 계속 얘기했었잖아. 몇 년 뒤에도 함께 있는 우리 모습에 대해서. 그래서 나는…….”

“응.”

고개를 끄덕이며 대답하는 유천영의 목소리가 아까보다 한결 부드러워져서 나는 오히려 목이 턱 막히는 기분이었다.

내색 않으려고 애쓰며 나는 말을 맺었다.

“나는 그 생각이, 그 말이 진짜 마음에 들었어.”

유천영은 또 말이 없었다.

내가 다시 말했다.

“나는 그 생각이 너무 마음에 들고 좋았거든……. 한동안 그때 얘기한 거, 생각만 해도 기분이 좋았어. 진짜로 뭐라고 더 표현해야 할지 모르겠는데…….”

내가 들어도 내 말은 엉망진창이었다. 앞뒤가 이어지고 있는지 아닌지도 알 수 없었다.

한 문장을 말하는 도중에도 불쑥불쑥 치솟은 말들이 마디 사이를 가르고 튀어나왔다. 좋았다, 좋아했다. 그 말밖에 반복되지 않는 것 같았다.

혼란스럽게 엉킨 말들을, 나는 간신히 매듭지었다.

“나한테 네가 그런 사람이야.”

말을 해 놓고도 스스로 어이가 없었다. 계속 같이 있었으면 좋겠다는 말 외에 내가 그에게 무슨 얘기를 했지? 그것만으로 내 마음을 다 표현할 수 있을까?

잠시 빗소리만 흐르는 침묵이 흘렀다. 그리고 따라붙은

말에 나는 참지 못하고 입술을 깨물었다.

"나도, 그래."

"……."

"나도 그랬어. 계속 같이 있을 거란 그 생각이, 나한테도 마음에 들었어."

나직하게 전해 오는 그 말에서 나는 알았다. 유천영도 틀림없이 나와 같은 말을 하고 있었다. 둘 다 처음 본 길을 가듯, 서투르게 더듬고 있어도 결국 향하는 곳은 같았다.

유천영이 다시 말했다.

"나한테 너는, 당연히 나중에도 내 곁에 있어야 하는 사람이야."

잠자코 듣고 있던 나는 입을 열었다.

"그런데 왜 이러는 거야?"

내가 물었고.

"그래서 이러는 거야."

그가 대답했다.

슬레이트 지붕 너머로 빗줄기가 더욱 굵어졌다. 나는 들이치는 빗줄기 사이로 그를 꼿꼿이 올려다보았다.

담담한 눈으로 나를 내려다보며 유천영이 말을 맺었다.

"너랑 계속 보기 위해서."

유천영을 빤히 보던 나는 이윽고 나는 고개를 내저었다.

"모르겠어. ……네가 지금 무슨 소리를 하는 건지."

"몰라야 해."

조금의 간격도 두지 않고 돌아온 대답이었다.

"그래야 너랑 내가 계속 같이 있을 수 있으니까."

무슨 소리냐고 내가 물으려던 그 찰나에 유천영이 갑자기 우산을 폈다.

팡, 소리와 함께 새파란 우산이 빗방울을 흩날렸다. 내가 말을 멈춘 사이, 우산을 쓴 그가 천천히 걸어 나가 슬레이트 지붕 밖에 섰다.

그가 나를 돌아보고서야 나는 다시 입을 떼었다.

"그럼 지금은?"

유천영은 나를 보는 가운데 말이 없었다.

내가 반복했다.

"지금은 왜, 같이 있어 주지 않는 건데."

그에 나를 빤히 응시하던 유천영이 고개를 돌려 다른 곳을 보았다. 그리고 그가 우산을 들지 않은 손을 뻗어 쏟아지는 빗속으로 넣었다. 흡사 내게 손을 내밀던 그때처럼.

빗방울이 계속 모여 그의 손바닥 위에 고이는 가운데 그가 갑작스레 입을 떼었다.

"비가 그치면."

"비?"

"비가 그치면…… 그때 다시 얘기해."

"……."

나는 잠시 말없이 바닥만 보았다.

유천영의 당황한 표정과 그가 말하는 것을 보아, 그도 나만큼이나 말을 거를 수 없는 상태란 것도 알았다. 그가 말한 '비가 그치기까지.'라는 것은, 그가 마음을 정리하기 위한 최소한의 시간일 터였다.

먹구름이 잔뜩 낀 하늘을 올려다보며 나는 생각했다. 아무렴 이 비가 내일까지 이어지진 않겠지.

그제야 나는 힘겹게나마 고개를 끄덕일 수 있었다.

내 반응을 확인한 유천영이 다시 돌아섰다. 그의 파란 우산이 둥근 원 모양이 되어 천천히 멀어지는 것을 보던 나도 이윽고 우산을 펴고 바깥으로 향했다.

우리 둘 다 강당으로 가고 있어서 길이 겹칠 수밖에 없었다. 나는 유천영과 일행으로 보이지 않을 만큼의 거리를 유지하면서 계속 걸어갔다.

그러면서 나는 묻지 못한 말을 입속으로 삼켰다.

있잖아, 너.

아직 나를 친구로 생각하기는 하는 거지?

* * *

우산을 접고 강당에 들어오자 고무 썩은 것 같은 냄새가 땀 냄새와 섞여 번졌다.

아무리 시설이 좋아도 십 대 청소년 천 명 정도가 섞여 뛰는데 어쩔 수 없겠지. 가볍게 코를 찡그린 나는 계단을 올라 2층 응원석으로 향했다.

2층에 올라오자 음식물 냄새까지 섞여 냄새는 한층 더 지독한 것으로 변모했다. 결국 손을 들어 코와 입을 가리는 나를 보고 김 쌍둥이가 손을 흔들었다.

"어, 왔냐."

"네 햄버거랑 콜라, 여기."

김혜우에 이어 김혜힐이 그렇게 말하며 햄버거와 콜라를 건네주었다.

받고 보니 배달에 시간이 꽤 걸렸는지 콜라는 얼음이 다 녹아 있고, 햄버거는 포장지까지 소스가 스며들어 눅눅했다. 입맛이 없어져서 주변 사람 나눠 줄까 하다가 나는 그냥 포장지를 뜯었다.

그리고 나는 햄버거를 한 번에 반 정도를 베어 물었다. 옆에서 한가하게 평소처럼 만담을 주고받던 김 쌍둥이가 순식간에 놀란 표정이 되었다.

그들이 당황해서 물었다.

"야, 누가 뺏어 간대? 좀 천천히 먹어."

"목 안 막혀? 여기, 콜라."

아니, 괜찮은데. 눈을 동그랗게 뜨고 괜찮다는 뜻으로 고개를 내저은 나는 세 입에 걸쳐 햄버거를 해치웠다. 그런 나를 보며 쌍둥이는 물론이고 주변에서 온통 기겁한 표정을 했다.

그중에 그나마 차분한 것은 신서현이었다. 손등으로 턱에 흘러내린 땀을 훔치며 그가 말했다.

“또 무슨 일 있었나 보네.”

“그걸 어떻게 알아?”

아까 유천영과 나 사이의 심상치 않은 기류를 봐서인지, 흠칫 놀라며 되묻는 김혜우에게 신서현이 대답했다.

“재, 이루다가 전학 갔을 때도 한동안 저렇게 먹었잖아.”

“아, 그러고 보니.”

김혜우가 대답하는 소리를 들으며 나는 머쓱하게 웃었다.

이윽고 간식을 먹으러 모여 앉아 있던 이들이 다시 농구 시합을 위해 떠났다. 응원석에서 다 같이 목소리를 높이는 것도 잠시, 나는 꽉 막힌 명치를 두들겼다.

옆에서 김혜힐이 말했다.

“체할 것처럼 먹더라.”

“하, 하하…….”

어색하게 웃던 나는 잠깐 화장실 좀, 말하며 자리에서 일어났다.

결국 먹은 것 전부 게워 내고 말았다. 간식 아깝게, 중얼거리며 입을 헹구고 강당으로 돌아오자 경기가 전부 끝나 있었다.

강당에 어질러진 공을 줍고 코트를 접는 등 학생들이 부산스럽게 움직이고 있었다. 응원석에 올라가 있던 학생들도 죄다 1층으로 내려와 있었다. 학생들 사이를 한참 헤매다가 겨우 우리 8반을 발견한 나는 그리로 다가가 섰다.

이윽고 무대 위에 올라선 교장 선생님이 체육 대회 결과를 발표했다.

"3학년 4반, 2학년 5반, 1학년 1반은 무대 위로 올라와 주십시오."

아, 역시나. 대충 예상했던 대로로군. 나는 심드렁하게 박수를 쳤다.

교장 선생님 앞에 나란히 선 세 명의 학생들 중에 은형이의 붉은 머리카락은 단연 눈에 띄었다.

그들이 학년별 우승을 차지하고도 아직 준우승상과 응원상이 남아 있었다. 이윽고 호명된 이름에 우리는 마구 박수를 쳤다.

"3학년 8반, 2학년 1반, 1학년 8반 무대 위로 올라와 주세요."

"아자!"

올라가기 전, 우리를 돌아보며 허공으로 주먹을 휘두른 윤정인이 헐레벌떡 앞으로 달려 나갔다. 그는 무대 위로 올라가다 하마터면 계단 턱에 걸릴 뻔했다.

마지막으로 응원상 시상까지 끝나자, 체육 대회 전 일정이 완전히 마무리되었다. 우리는 하나둘 강당 문을 향해 돌아섰다.

3학년들이 먼저 문을 빠져나가는 것을 보면서 주변에서 하나둘 볼멘소리가 터져 나왔다.

“아, 오후에는 수업이라는 게 말이 되냐.”

“내 말이. 그냥 이대로 집에 보내 줬으면 좋겠다.”

“진짜 모르는 척 집에 갈까 봐.”

말은 그렇게 하지만 우리 중에 이대로 튈 만큼 간이 큰 녀석들은 없었다. 그나마 대담한 녀석들 몇몇이 꾀병 작전을 계획하고 있기는 했다.

그런 얘기들을 들으며 잠시 멍해져 있던 나는, 어느새 반의 대부분이 강당을 떠났다는 것도 몰랐다. 누군가 내 팔을 당겨서 흠칫 놀라며 돌아보니 김 쌍둥이였다.

“단아.”

“아, 응. 가자.”

내가 황급히 대답하며 걸음을 떼자마자 그들이 고개를 내저었다. 응? 눈을 크게 뜨는 내게 그들이 내 뒤쪽을 가리켜 보였다. 그에 나는 뒤를 돌아보았다.

“아.”

그리고 나는 작게 내뱉었다. 몰아치듯 빠져나가는 사람들 사이에서 은형이가 나를 보며 작게 손을 흔들고 있었다.

눈이 마주치자 그가 웃었다. 평소보다도 조심스럽고 부

드러운 미소였다.

"잘 지냈어?"

그가 다가와서 묻는 말에 나는 괜히 눈시울이 조금 시큰해졌다.

* * *

유천영에 이어 이번에는 은형이와 대화하기 위해 김 쌍둥이를 먼저 떠나 보내야 했다. 조금 미안하네, 생각하며 발끝으로 땅을 콕콕 찍는 내게 은형이가 말을 건넸다.

"미안해. 진작 얘기해 봤어야 했는데. 애들이랑 떨어져 있을 틈이 없어서."

나는 고개를 내저었다.

"됐어. 안 그래도 체육 대회 때문에 바빴을 텐데. 게다가 넌 천영이랑 같이 살잖아."

"그래도."

나는 대답 않고 고개만 돌려 은형이를 바라보았다. 웃음기 하나 없이 진지한 표정으로 그가 말하고 있었다.

"그래도 미안해."

잠시 그를 올려다보던 나는 고개를 내저었다.

"네가 뭐가 미안해. 그 두 놈…… 녀석들이 너까지 연락 못하게 막은 건데."

"하하."

그제야 입가에 웃음기가 돌아온 은형이가 부드럽게 웃으며 고개를 내저었다.

다시 나를 바라본 그가 물었다.

"애들이랑 얘기 한 번도 안 해 봤어?"

"은지호랑은 아침에 교문 앞에서 마주쳤어."

"그래? 어땠…… 어?"

은형이가 조심스럽게 물은 말에 나는 어깨를 으쓱했다.

"내가 얘기 좀 하자고 했더니, 나 데이트하느라 바쁠 테니까 됐대."

"아하, 하."

은형이가 어색하게 웃었다. 이윽고 그는 손을 들어 이마를 가리고는 작게 중얼거렸다. 그 녀석, 정말.

더 얘기하면 뒷말하는 게 될 것 같아서(사실 이미 그렇지만), 나는 그쯤에서 입을 다물었다. 그러자 은형이가 다시 물어 왔다.

"천영이는?"

"아, 걔는……."

"응."

"미안하대. 그리고……."

"그리고?"

시선을 내리깔아 바닥을 보며 나는 대답했다.

"내가 걔랑 나는 앞으로도 계속 같이 있을 줄 알았다고 했더니, 자기도 그럴 줄 알았대. 자기도 그게 좋대."

"그래?"

대답하는 은형이의 목소리가 조금 더 커졌다. 나는 고개를 끄덕였다.

"응. 그런데 그러려면 내가 지금 걔가 그러는 이유를 몰라야 한다더라."

"아……."

은형이가 다시 이마를 짚었다. 그가 나지막이 한숨 쉬는 것을 들으며 나는 어깨를 으쓱했다. 부러 웃으려고 노력하며 나는 말했다.

"아, 아니야. 비 그치면 그때 다시 얘기하기로 했어. 이 정도면 조금 긍정적이지."

그러자 노력한 보람이 있었는지 은형이의 얼굴에서도 고뇌가 조금 걷혔다. 한숨을 내뱉으며 그가 말했다.

"그래? 다행이다."

그렇게 말하며 웃는 그에게 나는 마주 웃어 주었다. 그리고 우리는 교실로 돌아가기 위해 나란히 강당을 나왔다.

교실로 돌아가면 체육 대회 부상을 나누고 점심을 먹은 다음 수업을 듣겠지. 다음 수업이 뭐더라, 교과서가 있던가, 생각하는데 옆에서 목소리가 들려왔다.

"아, 그렇지."

"응?"

"사귀는 건 어때?"

"아."

짧게 내뱉은 나는 걸음을 멈추었다. 그것도 잠시, 걸음을 떼어 놓으며 나는 어색하게 웃었다.

"뭐, 그냥…… 특별할 건 없는 것 같아."

"그래?"

"응. 남들 다 하는 거 하고, 그냥 얼굴 보는 시간이 많아지고, 그 정도?"

대답하던 내가 작게 덧붙였다. 사실, 같이 하는 거 공부밖에 없어. 그러자 은형이가 웃음을 터트렸다.

그를 따라 걸음을 옮기며 나는 생각했다. 여단 오빠에 대한 일은 나중에 사실대로 밝혀도 되겠지. 이미 몇 번이고 거절당한 다음이다 보니 은형이에게조차 얘기 꺼내기가 쉽지 않았다. 적당히 대답한 것은 미안하지만, 다음에, 다음에를 되뇌며 나는 은형이와 헤어졌다.

오후에는 설마 했던 정상 수업이 진행되었다. 조금이나마 희망을 가졌던 이들이 하나같이 앓는 소리를 내는 것을 보며 나도 교과서를 펼쳤다.

그나마 다행인 것은 오후 남은 수업이 대체로 물렁한 선생님들이라는 것과, 오늘만은 핸드폰을 걷지 않았다는 사실이었다.

내 자리는 교실 맨 뒤에 가까워서 애들이 책상 아래로 연신 핸드폰 자판을 두들기는 모습이 아주 잘 보였다. 나 역시도 무료하게 턱을 괸 채 핸드폰을 힐끗거렸지만, 오는 연락이라고는 죄다 8반 아이들의 것이었다.

사대천왕의 번호는 당연히 찍히지 않았고 여단 오빠마저 연락이 없었다. 여단 오빠에게 연락이 왔던 것은 마지막의 수상한 문자가 마지막이었다.

핸드폰을 주머니에 집어넣고 볼펜 끝을 입술로 짓씹으며 나는 중얼거렸다. 뭐, 학교 끝나고 기다리라고 했으니 기다리면 되겠지.

혹시나 했지만 오후 내도록 비는 그치지 않았다.

* * *

학교가 끝나고 언제나처럼 앞문으로 쏙 들어온 반여령이 들어오자마자 외친 말에 나는 당황했다.

"짠, 단아! 나 우산 빌려 왔어. 이거 쓰고 가면 돼."

엥? 나는 눈을 크게 떴다.

반여령이 우산을 빌려 온 경로야 짐작하기 어렵지 않았다. 비 오는 날 반여령에게 자기 쓸 우산을 바치는 녀석들은 발에 채일 만큼 흔했다. 그리고 보통 여령이는 그 모두를 거절하곤 했지만, 가끔은 이런 날도 있는 거지 뭐.

내가 놀란 이유는 반여령이 우산을 빌렸다는 사실이 아니었다.

내가 되물었다.

"빌려 왔어? 왜?"

"응? 그거야……."

잠깐 눈썹을 찡그린 반여령이 창밖을 내다보고는 대답했다.

"비가 오니까?"

과연 반여령의 말대로 비는 아직도 그치지 않고 있었다. 그러나 내가 지적한 것은 그 부분이 아니었다.

"아니, 그게 아니라."

"응?"

"여단 오빠가 데리러 온다던데?"

그렇게 말하며 나는 핸드폰을 꺼냈다. 역시나 여단 오빠가 보낸 문자는 내 문자함 속에서 고이 잠자고 있었다.

그 문자를 확인한 여령이가 눈썹을 찡그렸다.

내가 다시 물었다.

"못 받았어?"

"응? 응, 전혀."

반여령이 그렇게 대답하자마자 어색한 침묵이 찾아왔다. 그 속에서 나는 가만히 인상을 썼다.

어라, 이상하다. 나는 중얼거렸다. 이럴 리가 없는데. 환상의 시스콤 여단 오빠가 여령이에게는 연락하지 않고 내게만 연락했다니?

나와 여령이가 동시에 말했다.

"수상하네."

"데이트네."

그리고 나는 곧바로 고개를 들었다. 방금 뭐라고?

눈을 크게 뜬 내게 여령이가 말을 이었다.

"지금 사귀고 처음 비 오는 날이니까 데이트하자는 거잖아, 오빠가."

잠시 생각하던 내가 대답했다.

"아니, 설마 이런 날씨에 데이트를 하려고."

"하지만 드라마에서 보면 막 비 오는 날 둘이 옷 뒤집어 쓰고 뛰어가고 그러던데?"

아니, 그건 드라마잖아. 게다가 우산이 있는데 굳이 왜 옷을 벗어서 뒤집어쓰겠니. 생각하던 나는 여령이가 다시 내뱉은 말에 당황했다.

"아, 아무튼 그럼 나는 먼저 갈게."

"엥?"

"방해하고 싶은데 방해하기 싫으니까!"

그건 대체 무슨 말이니? 아마 여령이의 안에서 평소처럼 데이트를 방해하고 싶은 여령이와, 우리 두 사람이 같이 있는 모습을 보고 싶지 않은 여령이가 싸우고 있음이 분명했다.

내가 얼이 빠진 사이 안녕! 하고 우렁차게 외친 반여령이 앞문을 향해 돌진했다. 심지어 손에는 나 주려고 빌려 왔다던 우산 두 개를 전부 쥔 채였다.

그제야 나는 다급히 외쳤다.

"잠깐! 기다려, 여령아."

"왜?"

나가다 말고 도로 뒷걸음질 치는 그녀에게 나는 진지하게 말했다.

"생각해 봤는데, 이거 아무래도 여단 오빠 아닌 것 같아."

"으응?"

"아니, 아까도 말했지만 여단 오빠가 왜 너를 두고 나한테만 연락하다니, 말도 안 돼."

그렇게 말하고 보니 비로소 하나의 가능성이 머릿속에 떠올랐다.

사실은 여단 오빠의 핸드폰을 훔쳐 간 스토커가 보낸 문자 아닐까? 보내 놓고 보낸 문자함에 들어가서 흔적을 지운 다음, 다시 여단 오빠 가방에 넣어 두면 여단 오빠는 그런 문자가 간 줄도 모르겠지! 그리고 스토커는 모두가 떠난 학교에서 내게 찾아와…….

헉. 이어지는 살벌한 상상에 나는 어깨를 떨었다. 역시 체육 창고에서 나를 가둔 건 반휘혈의 적이 아니라 스토커였나? 생각하던 것도 잠시, 나는 반여령의 심드렁한 대답에 고개를 퍼뜩 들었다.

"왜 말이 안 돼? 너랑 오빠랑 사귀는 사이인데."

아니, 그러니까 그게……. 나는 잠시 고민했다. 여단 오빠와 내 사이의 진실을 지금 여기서 밝혀? 아니, 하지만 그랬다가는 정말로 지금까지 비밀로 한 보람이 없게 된다.

게다가, 생각해 보니 어쩌면 이것은 스토커의 얼굴을 직접 볼 기회인지도 모른다. 나와 여단 오빠가 가짜로 사귀게 된 이유. 이번에 스토커의 정체를 확인한다면, 어쩌면 그걸 빌미로 담판을 지을 수도 있지 않을까?

내가 한참을 생각에 잠겨 있자, 여령이가 천천히 고개를 기울였다.

"왜 그래? 무슨 일인데."

"아, 아니."

손을 내저은 나는, 잠시 턱을 매만지다가 다시 물었다.

"혹시, 우산 하나 줄 수 있어?"

반여령은 왜냐고 묻지도 않았다. 그녀는 들고 있던 우산 중에 하나를 내게 쓱 내밀더니, 그럼 이걸로 된 거냐며 다시 교실 바깥으로 향했다.

음, 나랑 여단 오빠랑 같이 있는 모습이 정말로 보기 싫은 모양이로군. 매 등굣길마다 보는 걸로 충분하다, 이건가? 그런 생각을 하며 나는 여령이가 나간 문을 보았다.

그렇게 나는 빈 교실에 덩그러니 홀로 남겨졌다. 곁에 있는 것은 오직 우산 하나뿐.

나는 손에 쥔 우산을 허공에 대고 휘둘렀다. 부웅, 붕. 꽤 위협적인 소리가 났다. 검술 시범을 마친 것처럼 우산을 갈무리해 옆에 내려놓으며 나는 중얼거렸다.

"누가 오든 상대해 주지."

중얼거리고 나는 잠시 고민했다. 이거, 조금 장르가 바뀌지 않았나? 그리고 책상에 걸터앉으며 나는 중얼거렸다.

"어차피 여기서 자기 장르 지키는 사람 아무도 없는데, 뭐."

그리고 나는 어이가 없어서 너털웃음을 흘렸다.

이러저러 일을 겪으면서 나도 참 많이 성장한 모양이다. (가짜) 남자 친구의 스토커를 마주해야 하는 꽤 긴장해야 하는 상황이 분명한데도 태평하게 우산 휘두르는 연습이나 하고 있다니.

그렇게 생각하며 우산 끝을 땅에 쿡쿡 찌르던 내 눈에, 문득 우산 손잡이에 달린 투명 태그가 눈에 들어왔다. 그것을 끌어당겨 가까이에서 바라본 나는 이윽고 눈썹을 찡그렸다.

이름은 없이 핸드폰 번호만 적혀 있었는데, 그 번호가 왠지 낯이 익었다.

"아는 사람 건가."

그렇게 중얼거리며 핸드폰을 꺼내 무심코 번호를 입력한 나는, 불과 두 자리도 입력하지 않아 이름 하나가 화면에 떠오른 것을 보고 나직이 탄성을 내뱉었다.

"아."

[은지호]

잠시 얼어붙어 있던 나는 다시 핸드폰을 주머니에 집어넣고 우산을 살폈다. 과연, 온몸이 새카만 우산은 은지호의 결벽증적 성향과도 닮아 있었다.

우산을 한 손으로 휘두르며 나는 작게 중얼거렸다.

"이럴 거면 그러지나 말지……."

병 주고 약 주는 것도 아니고. 말은 그렇게 했으면서 또 우산은 빌려주고, 대체 뭐야. 그러던 나는 이윽고 고개를 내저었다.

아니지. 은지호는 이 우산을 내게 빌려준 것이 아니다. 그는 어디까지나 반여령에게 우산을 빌려주었고, 그게 마침 내게 온 것뿐이지.

하지만 그 은지호가 설마 반여령에게 우산을 빌려주면서 그것이 내게 올 경우조차 생각하지 않았을까?

잠시 생각하던 나는 다시 고개를 내저었다.

"아, 몰라."

그리고 나는 이마를 짚었다.

돌려주긴 해야 할 텐데, 돌려주면서는 또 뭐라고 말한담? 얘는 나한테 자기한테 찾아와 달라고 일부러 우산을 빌려준 거야? 아니면 정말로 의도치 않았는데 이렇게 된 거야?

의도치 않았다면 다행이지만, 의도한 거라면 좀 치사하다. 직접 말하거나 하다못해 문자라도 보내 주지. 내가 투덜거리는 그때였다.

체육 대회가 끝나고 꼼짝없이 자리에 묶여 오후 수업까지 끝낸 아이들은 종례를 하자마자 고삐 풀린 망아지처럼 뛰쳐나갔기 때문에 온 학교는 쥐죽은 듯 조용했다.

조용한 학교 안, 무거운 침묵을 뚫고 계단 오르는 소리가 복도 저편에서부터 들려왔다.

어깨를 움츠린 나는 우산을 힘주어 쥐었다. 그러면서 나는 중얼거렸다. 그동안 담이 많이 세졌다고 생각했는데, 아직도 무섭네. 이 와중에 방금까지 욕하던 은지호의 우산이 내 유일한 무기인 것이 조금 웃겼다.

스스로가 어이없어서 웃음을 흘리는 것도 잠시, 발걸음이 문 앞에서 멈추자 나는 다시 표정을 굳혔다.

마침내 앞문이 드르륵 소리와 함께 열렸다.

문이 열리고 들어온 사람을 보고 나는 잠시 당황했다. 하필 그가 들어올 때 바깥에서 천둥이 쳤다. 비가 한층 거세지기 시작했다.

잠깐 그의 등 뒤에 있는 복도 창을 보던 나는 당황하며 다시 그에게로 시선을 되돌렸다.

"여단 오빠?"

아니나 다를까 문이 열리고 들어온 사람은 여단 오빠였다.

나는 눈을 찡그렸다. 수상한 오타, 게다가 내게만 문자를 보내고 여령이에게는 보내지 않은 점 등등을 미루어 보아 당연히 문자를 보낸 사람은 당연히 여단 오빠가 아닐 거라고 생각했다. 그렇다면 달리 여단 오빠의 핸드폰을 손에 넣어 문자를 보낼 만한 사람은 스토커밖에 없다고. 그렇게 생각했는데.

나는 가까이 다가오는 여단 오빠의 얼굴을 빤히 보았다. 여령이와 내가 학교에 들어간 직후에 비가 쏟아지기 시작했었으니, 아직 학교에 가는 중일 터였던 여단 오빠가 봉변을 당한 것은 짐작하기 어렵지 않았다.

그것을 증명하듯 그는 어깨선과 팔에 세 줄 줄무늬가 들어간 자줏빛 체육복 차림이었다. 아마 비를 맞고 체육복으로 갈아입은 모양이지만 그 외에는 평소와 다를 것 없는 모습이었다.

그런데, 아니, 진짜로? 분장을 했거나 인형 탈 같은 거라도 뒤집어쓴 게 아니라?

"진짜 여단 오빠야?"

내 물음에 머쓱한 듯 머리카락을 매만지고 있던 여단 오빠가 살짝 미간을 찡그렸다. 또 애가 무슨 소리 하냐는 듯한, 의문과 약간의 체념이 섞인 눈빛을 보내다 말고 고개를 기울인 그가 물었다.

"여령이는?"

"아, 여령이. 그게……."

나는 잠시 우물쭈물했다. 여단 오빠를 스토커로 착각해서 여령이를 먼저 보냈다는 얘기를 어떻게 한단 말인가? 그런데 내가 아무 말도 않고 있자, 여단 오빠는 뭘 수긍한 건지 혼자 고개를 끄덕였다.

그가 다시 물었다.

"우산은 쓰고 갔어?"

"응? 아, 응. 내 것까지 빌려 왔더라."

그렇게 말하며 나는 손에 들린 은지호의 검은 우산을 살짝 들어 보였다. 잠시 우산을 내려다보던 여단 오빠가 말했다.

"그래."

그러고는 '왜 같이 안 쓰고 갔어?'라든가, '그래도 기다리라고 하지 그랬어.' 같은 말이 나올 줄 알았는데 아니었다.

손에 들린 비닐우산을 살짝 들어 보인 여단 오빠가 평소와 같은 목소리로 말했다.

"그럼, 우리도 갈까."

"어, 어?"

"집에."

순간 나는 얼굴이 확 붉어졌다.

여단 오빠가 이상하다는 듯 나를 찬찬히 뜯어보는 것을 무시한 채 척척 걸어 그의 옆으로 다가간 나는, 고개를 푹 숙이고 중얼거렸다.

여령이가 떠나기 전에 빗속의 데이트니 뭐니 말한 덕에 정말로 데이트라도 가자는 건 줄 알았잖아! 이어 우리는 나란히 계단을 내려가 중앙 현관으로 걸음을 옮겼다.

여단 오빠를 따라가며 나는 계속 생각했다.

왜 여령이가 없는 것에 대해서는 더 추궁하지 않는 거지? 이래서는 내가 곧 중대한 착각을 할 것 같았다. 이를테면 여단 오빠가 단지 나를 데리러 왔을 뿐이라거나, 그런.

바로 그때, 옆에서 팡 소리가 나서 움찔 놀라 고개를 돌렸더니 여단 오빠가 우산을 어깨에 걸친 채 나를 보고 있었다. 어느새 현관이 코앞이었다.

"가자."

그의 목소리가 내 귀에 낮게 달라붙었다. 잠시 멍하니 있다가 고개를 끄덕인 나는 우산을 폈다.

검은 우산이 머리 위를 뒤덮었다.

* * *

내가 먼저 문자에 대해 물으려 했는데 여단 오빠가 말을 꺼낸 것이 먼저였다. 흠칫한 나는 고개를 돌렸다.

"비 왔는데 체육 대회는 어떻게 됐어?"

아, 그거. 미미하게 웃은 내가 대답했다.

"오전에 실내 경기만 싹 몰아서 해서 우승 반 뽑고, 오후에는 정상 수업했어. 애들 다 죽으려고 하더라."

"아아."

대답하는 여단 오빠의 안색이 조금 흐려졌다. 아무리 학교 자체에 별로 구애받지 않는 여단 오빠더라도 수업이 싫긴 싫은 모양이었다.

킥킥 웃은 내가 말을 이었다.

"그래도 우리 반 준우승했다? 윤정인이랑 이루다가 크게 활약해서."

그리고 나는 새삼 놀라움을 곱씹었다. 윤정인이랑 이루다 운동 잘하는 거야 알고 있었지만 그 정도인 줄은 몰랐다. 두 사람이 날뛰니까 1반이랑도 해 볼 만하던데. 유천영이 모델 일 때문에 빠진 데다 주인이는 운동 신경이 평균보다 좋을 뿐 무투파가 아니기 때문에 그랬겠지만.

윤정인? 이루다? 여단 오빠가 처음 듣는 이름이라는 듯 고개를 기울이는 것을 보고 내가 말했다.

"아, 윤정인은 내가 자주 말하던 우리 반 반장. 그리고 루다는 왜 있잖아, 우리 전에 카페에서 마주쳤던."

"아."

여단 오빠가 짧게 내뱉었다.

그의 미간이 살짝 일그러진 것을 보며 나는 말을 이었다.

"기억 안 나? 눈에 되게 띄는데, 걔. 금발에 파란 눈인데……."

"기억나."

"아, 그래?"

그렇게 되물은 나는 눈을 굴렸다. 기억이 나는데도 여전히 눈을 찡그리고 있는 것은, 별로 유쾌하지 않은 기억을 떠올렸거나 혹은 그냥 루다가 마음에 안 들었다는 건데.

하지만 루다와 여단 오빠가 본 것은 저번 한 번밖에 없지 않나? 게다가 인사를 나눈 것이 다인 것으로 아는데, 그가 기분 나쁠 일이 뭐가 있어서?

고민하는 것도 잠시, 나는 어깨를 으쓱했다.

그냥 체질적으로 안 맞는 걸 수도 있지, 뭐. 유천영 역시 이루다를 별로 본 일이 없는데도 질색한 것을 보면, 유천영이나 여단 오빠처럼 직감이 뛰어난 사람들에게는 루다가 꺼림칙하게 느껴지는 걸지도 모른다.

여단 오빠의 시선을 돌리려고 나는 다시 말을 이었다.

"아, 맞아. 여령이도 대단했는데."

과연 여단 오빠의 시선이 다시 내게로 향했다.

"윤정인이랑 이루다랑 거의 사대천왕만큼 활약했는데 우승 못한 게, 내가 보기엔 우리 반 여자애들 중에는 여령이만큼 운동 잘하는 애가 없어서 그랬던 것 같아."

"그렇구나."

그렇게 말하며 고개를 끄덕이는 여단 오빠의 표정은 과연 평소대로 돌아와 있었다. 휴, 역시 기적의 시스터 콤플렉스가 모두를 구원하리라.

짧게 한숨을 내쉰 나는 좀 더 들뜬 목소리로 말을 이었다.

"응, 그래도 우리 반에도 운동 되게 잘하는 여자애 하나 있긴 있거든? 이민아라고, 별명이 남학생이야. 체육 선생님이 말하길 '쟤는 남자애들 경기하는 데 끼워 놔도 이길 애.'라고, 그 뒤로 별명으로 굳어졌는데……."

바로 그때였다. 여단 오빠의 표정이 갑자기 급박해지는 것을 보고 내가 왜 그래? 하고 물으려는 찰나였다.

텀벙하는 소리와 함께 가까이 지나가던 검은색 차체가 흙탕물에 빠졌다. 이윽고 좌아악 소리와 함께 빗물이 내 허리 높이까지 튀었다. 거의 동시에 여단 오빠의 손이 내 팔목에 닿았지만 이미 늦은 일이었다.

잠시 침묵이 흘렀다. 무릎 아래로 흘러내리는 흙탕물을 보다가 나는 작게 웃었다.

"하. 하하……."

"내가 찻길 쪽으로 걸었어야 했는데."

그렇게 말하며 여단 오빠가 작게 인상을 쓰기에 나는 고개를 내저으며 말했다. 괜찮아, 괜찮아. 나야 어차피 이거 한 번 입고 말 옷이었고, 여단 오빠는 이미 교복이 비에 젖어서 갈아입은 건데 젖으면 큰일 나는 건 저쪽이지. 그래서 일부러 내가 찻길 쪽으로 걸은 것도 있었다.

그래도 여단 오빠는 굳은 표정을 풀지 않았다. 이윽고 여단 오빠가 물은 말에 나는 고개를 들었다.

"우산 같이 쓸까?"

"응? 우산?"

그제야 주변을 둘러본 나는 고개를 끄덕였다.

아, 확실히 인도가 별로 넓지 않아서 우리 두 사람이 우산을 쓰고 걸으려면 거의 길 하나를 꽉 차지해야 했다. 사실 아까도 찻길에 가까이 걷고 있지 않았다면 흙탕물에 이렇게까지 젖을 일은 없었겠지.

다시 여단 오빠를 돌아본 내가 말했다.

"그럴까? 길도 좁고."

그렇게 말하며 나는 우산을 든 손을 내밀었다. 여단 오빠가 쓴 비닐우산은 일회용이다 보니 은지호 우산의 거의 반 정도 크기밖에 안 됐다.

나는 여단 오빠의 크고 긴 손이 내 손에서 우산 손잡이를 받아 가는 것을 보았다.

우산에서 내 머리 꼭대기까지의 거리가 쑥 벌어지고 여단 오빠의 어깨가 바로 내 옆으로 다가왔다. 여단 오빠의 체육복에서 맡아지는, 옷장 속에 옷을 오래 넣어 두었을 때나 나는 어렴풋한 나무 향기 같은 게 지나치게 가깝게 느껴져서 나는 잠깐 당황했다.

그제야 나는 깨달았다. 이래서 드라마나 영화에서 우산 같이 쓰는 게 무슨 대단한 일이나 되는 것처럼 다뤄지는 거구나. 좁은 원 안에 갇혀서 어깨가 맞닿은 채 걷는 것은 아주 좁은 공간을 공유하는 일이었고, 모르는 사람 사이에는 결코 쉽지 않은 일이었다.

심지어는 이렇게나 가까운 사람 사이에조차도.

힐끗 고개를 들어 위를 바라보니 여단 오빠의 얼굴에 검은 우산에서 비롯된 짙은 그림자가 드리워 있었다. 그때문인지 그의 얼굴이 유난히 창백해 보였다.

그렇게 생각하는 순간 나를 내려다본 그가 물었다.

"학교에서, 무슨 일 있었어?"

"응?"

"얼굴 창백해서."

"아, 우산 때문 아닐까?"

나도 방금 그런 생각하고 있었는데. 내가 말하기도 전에 그가 다시 말했다.

"학교에서 볼 때부터 생각하고 있었어."

"아……."

나는 웃던 그대로 시선을 잠자코 내리깔았다.

젖은 보도블록을 내려다보며 나는 중얼거렸다. 어쩐지 그때부터 표정이 조금 이상하다 했더니. 별달리 질문도 하지 않고.

이윽고 나는 천천히 입술을 떼었다.

“그냥, 친구들이랑 좀…….”

꺼낸 말에 여단 오빠의 표정이 미미하게 달라졌다. 장난스럽게 징징거리기는 했지만 내가 카페에서 그를 붙들고 나는 친구 없네, 어쩌네 하던 것을 떠올렸던 모양이었다.

그가 조금 어두워진 얼굴로 말했다.

“그거 아직 해결 안 된 거였구나.”

나는 고개를 끄덕였다.

그러고 보니 여단 오빠의 입장에서는 내가 그 뒤로 언급하지 않았으니, 당연히 해결되었을 거라 생각했을 수도 있었겠단 생각이 들었다. 왜냐하면 여단 오빠가 나와 반여령, 그리고 사대천왕을 한두 번 본 것도 아니기 때문이다.

아니, 직접 본 건 한 번뿐이지만, 그들을 알게 된 건 오래되었다. 여령이와 나를 통해서 많은 이야기를 들었으니까. 그러니까…… 갑자기 아무런 이유 없이 시작된 갈등이 이토록 오래가리라고는 그 역시 생각하지 못했을 것이다.

거기까지 생각이 닿자, 나는 가슴이 텅 비는 듯한 기분이 들었다. 입술을 깨물고 있던 나는 불쑥 내뱉었다.

“사람 일이란 게, 이럴 수가 있구나 싶어.”

여단 오빠의 시선이 내게 와 닿았다. 다 말해 보라는 듯 잠잠한 그의 눈빛에 숨을 한 번 삼킨 나는 말을 이었다.

“그렇게나 가까웠는데 한순간에 이렇게 멀어지다니, 심

지어 내가 알지도 못하는 이유로.”

“…….”

“정말 이럴 수가 있나…….”

그러다 또 불현듯 웃음이 나왔다.

하, 하하. 이윽고 눈두덩이를 꾹 누르며 나는 중얼거렸다. 하긴, 그러고 보면 딱히 이유가 있어서 친해진 것도 아니었어.

그러다 고개를 돌려 확인하니 여단 오빠가 나를 낯선 표정으로 보고 있었다. 무슨 말이라도 해야겠다 싶어 나는 입을 열었다.

“그러고 보니 나, 얼마 전에 뉴스에서 봤는데.”

여단 오빠는 내게 시선을 고정한 채로 대답하지 않았다.

“그, 사람들이 그냥 가까운 자리에 앉는 것만으로 사이가 가까워진다는 게 과학적으로 증명됐다더라. 새 학기 때 가까운 자리에 앉은 사람이랑 친해질 확률이 높다고.”

“…….”

“그러니까 그냥 갑자기 멀어져도 별로 이상할 것도 없는 것 같아. 나랑 걔들이랑 처음 중학교 1학년 때 같은 반 됐을 때, 하필이면 걔네가 내 앞뒤 자리 다 차지하고 앉았거든. 내 옆은 여령이였고.”

그리고 나는 혼자서 고개를 주억거렸다.

그래, 그런 이유로 우리는 친해졌었다. 그들과 내가 처음 만났을 때 자리가 가까웠으며, 여령이와 내가 친하다는 이유로. 물론 처음에는 약간의 트러블이 있었지만 결국 친해진 이유가 그때문이라는 데는 변함이 없다.

그리고 나는 중얼거렸다. 아니, 그래도. 그래도.

"……지금까지는 잘 지냈는데."

간신히 내뱉자마자 목이 턱 막혔다.

여단 오빠는 내 옆에서 터벅터벅 걸음을 옮기고 있었다. 진흙 자박거리는 소리가 내 발 아래서도 났다.

그 소리를 듣고 있다가 나는 다시 입을 떼었다.

"정말로, 지금까지는 잘 지냈는데. 방학 때도 딱히 멀어져 본 적 없었고, 얼마 전까지만 해도……."

거기까지 말하고 나는 숨이 턱 막혀서 입을 다물었다.

'미안해서 얼굴도 못 보겠다.'

그렇게 말하던 은지호의 목소리와.

'너는 나한테 그래도 돼. 내 말은, 우리는 그래도 된다는 거야.'

그렇게 말하던 유천영의 목소리가 아직도 잡힐 듯이 선명했다.

그런데 어째서 지금은 이렇게 된 거지? 나는 중얼거렸다.

은지호의 우산은 내게 있고, 유천영은 비가 끝나면 얘기하자고 했는데도 나는 왜 그들과 영영 멀어져 버린 것만 같은 기분이 드는 건지.

우리가 함께했던 시간들과 같이 나누었던 얘기들, 그 안에 거듭 반복되었던 우리의 미래에 대한 얘기는 다 어디로 간 걸까? 당연히 함께 있는 우리를 전제하고 그리던 미래는 대체 어디로 가고 나는 여기에 이러고 있는 걸까. 그 미래는 이제는 영영 오지 않는 걸까?

지금 그들은 나를 어떻게 생각하고 있을까? 그리고 나는? 나는 그들을 어떻게 생각하고 있지? 그러자 이마 중심에서부터 불쾌한 통증이 지끈거리며 번지기 시작했다.

한참 만에 나는 다시 입을 열었다.

"관계라는 게, 믿음이라는 게 이렇게."

"……."

"이렇게 쉽게 변하는 거구나 싶어."

4년간의 시간이 거짓말이라도 되는 것처럼 내가 지금 그들에 대해 생각하는 것은 단 하나였다.

그들이 갑자기 나를 더 이상 보고 싶지 않다고 한다면?

함께해야 할 이유를 못 느끼겠다고 한다면?

내 손을 잡고 나의 이야기를 더 들어 주고 내 고민에 공감해 주고 나를 슬픔에서 꺼내 줄 이유가 더는 없다고 생각한다면. 또, 그러고 싶다고 여기지도 생각하지도 않는다면.

그때 나는 어떻게 해야 하지?

그러다 문득 옆에 아직도 여단 오빠가 있다는 생각에 나는 고개를 들었다. 웃으려고 했는데 웃을 기분도 들지 않았다. 억지로 웃는 것은 학교에서만으로도 지쳤다.

결국 나는 그냥 털어놓고 말았다.

"갑자기 이런저런 얘기 멋대로 떠들어서 미안해, 여단 오빠."

"아니."

고개를 내젓는 여단 오빠에게 내가 다시 말했다.

"곤란했지. 무슨 말해야 할지도 모르겠고. 미안."

그러자 여단 오빠의 표정이 묘해졌다. 확실히 여단 오빠는 정곡을 찔린 듯한 표정이었기에 나는 그에게 조금 더 미안해졌다. 애초에 위로가 서투른 그인 것을 알기에 더더욱 그의 앞에서 털어놓고 싶지는 않았다.

그리고 나는 고개를 들고 우리 집까지의 거리를 가늠했다.

아, 얘기를 하면서도 부지런히 걸은 보람이 있어.

어느새 주차장 초입에 들어서 있었다. 이제 더는 여단 오빠를 곤란하게 하지 않아도 될 것 같았다.

나는 웃으며 말했다.

"가자. 오빠도 머리 감고 쉬어야지. 비 맞았잖아, 맞지?"

"응……."

멍하니 고개를 끄덕이는 여단 오빠에게 나는 다리를 살

짝 들며 웃어 보였다.

"나도 다리 봐, 엉망이야."

흙탕물이 다리 위에 엉켜 엉망이었다. 그 모습을 보고도 여단 오빠는 아무 말이 없었다. 어서 씻으라거나 잘 들어가라거나, 무슨 말을 할 법도 한데.

내 얘기에 그가 생각보다도 많이 복잡해진 모양이었다. 무슨 말을 더 할까 하다가 어서 놓아주는 게 낫겠다는 생각이 들어 나는 걸음을 옮겼다.

그러다가 나는 문득 걸음을 멈추고 그를 향해 한 가지를 물었다. 내내 궁금했던 것이었다.

"아, 그러고 보니 여단 오빠."

여단 오빠가 다시 고개를 들었다.

"문자 보내다가 오타 낸 거, 어떻게 된 거야?"

"아, 그거."

그리고 돌아오는 대답이 의외라서 나는 살짝 입을 벌렸다.

"문자 보내다가 선생님한테 뺏겼어. 다음 시험 때까지 압수."

아니, 저 사람. 수업 시간에 문자를 보냈단 말인가? 아무리 들을 것이 없어도 그렇지 그 여단 오빠가 수업 시간에 핸드폰으로 딴짓하는 모습이라니? 쉽게 상상이 가지 않았다.

아니, 하지만 뭐. 이윽고 정신을 차린 나는 고개를 절레절레 흔들었다. 여단 오빠가 수업 중에 핸드폰을 좀 하고 싶었을 수도 있지.

그러다 나는 문득 새롭게 떠오른 생각에 눈을 크게 떴다.

어라, 잠깐. 여단 오빠는 내게 문자를 치던 도중에 핸드폰을 뺏겼다. 작성되다 만 문자는 내게만 왔다. 여령이에게는 문자가 오지 않았다……. 그 말인즉.

고개를 든 내가 조금 멍한 얼굴로 물었다.

"여단 오빠."

"응."

그가 고개를 끄덕였다.

"나한테 먼저, 문자 보냈어? 여령이보다?"

"……."

그의 고개가 천천히 위아래로 움직이는 것을 보며 나는 눈을 크게 떴다. 잠시 망설이던 내가 물었다.

"……왜?"

여단 오빠는 나를 빤히 내려다보았다. 한참 만에 돌아온 대답은 평소와 같았다.

"모르겠어."

그러더니 내가 정말로? 하고 묻기도 전에 스스로 말을 고르고는.

"……알 것 같기도 해."

나는 그렇게 말하는 여단 오빠를 멍하니 올려다보았다. 내가 바라보는 가운데 눈을 내리깐 그가 말을 이었다.

"그러고 보면."

낮은 목소리로 그의 말이 이어졌다.

"우리가 가까워진 데도 별다른 이유는 없을지도 몰라."

"……그렇지."

나는 말없이 고개만 끄덕였다.

그건 그랬다. 언젠가 보았던 뉴스에서 떠들던 이론 같은 것은 이웃 관계에도 얼마든지 적응해 볼 수 있다. 어느 날 서울로 올라와 정착했던 우리 부모님 옆집에 여단 오빠네 부모님이 살고 계셨던 것은 어디까지나 우연이었다. 아주 작은 확률의 우연.

확실히 나는 가끔 그런 생각을 했다. 반 씨 남매와 내가 이웃집이 아니었으면 어땠을까? 하는 생각을.

하다못해 이웃집이 아니라 같은 아파트에 사는 정도의 관계에 불과했다면, 그런데도 우리는 이토록 가까웠을까? 만약 우리가 이웃집에 살지 않았더라면, 내가 이 아파트에 사는 여단 오빠를 흠모하는 다른 애들보다 유리할 수 있었을까? 생각 끝에 나는 언제나 고개를 내젓고는 했다.

그래, 생각해 보면 여단 오빠와 내가 지금 이토록 가까운 것도 사대천왕과 내가 가까웠던 이유와 별로 다르지 않다.

내가 다시 한번 고개를 끄덕이는 그때였다. 이어진 말에 나는 멍하니 고개를 들었다.

"그래도, 별다른 이유 없이 가까워졌다고 해서 별다른

이유 없이 멀어져야 하는 건 아니야.”

“…….”

“내 말은, 사람 마음이 멀어지는 게 굳이 별 이유가 있어야만 하는 건 아니지만, 그래도.”

잠시 망설이던 여단 오빠가 말을 이었다.

“그렇지 않은 관계도 있어.”

“…….”

“적어도 나는, 그래.”

여단 오빠를 멍하니 보던 나는 황급히 고개를 숙였다.

손바닥으로 눈두덩을 꾹 누르는 내 위에서 여단 오빠의 말이 이어졌다.

“나는 어렸을 때는 너랑 친남매가 아닌 게 싫었고, 지금은 그래서 다행이라고 생각해. 그건 달라졌어도, 그래도 나는.”

나는 다시 고개를 들었다. 여단 오빠의 검은색 눈이 이토록 따뜻하게 느껴진 것은 처음이었다.

그리고 그가 말을 맺었다.

“여전히 너랑 같이 있는 걸 좋아해.”

“…….”

“그러니까 너무, 걱정하지—.”

담담하게 말을 잇던 여단 오빠가 말하다 말고 곤란한 표정을 지었다. 이윽고 말을 멈춘 그가 어쩔 줄 모르는 듯하다가 내게 한 걸음 다가섰다.

이윽고 그가 나를 천천히 끌어안았다. 우산이 발아래로 나뒹굴었다.

"걱정하지 마."

여단 오빠가 다시 말했다.

"다 괜찮을 거야."

그리고 잠시 머뭇거리는 듯하던 그가 느리게 덧붙였다.

"……우리는 괜찮을 거야."

내 이마에 닿아 있던 여단 오빠의 어깨가 천천히 뜨거워졌다.

나는 고개를 들었다. 어느새 비가 그쳐 있었다. 구름 사이로 쏟아진 햇빛이 여단 오빠의 어깨에 닿아 있었다.

문득 주머니에서 진동이 울렸다. 하지만 나는 그 진동을 무시한 채 다시 여단 오빠의 어깨에 고개를 묻었다.

* * *

집으로 돌아오자 세탁기에 한 번 빨려 들어갔다 나온 것처럼 극심한 피로가 나를 덮쳤다.

나는 옷조차 갈아입을 생각을 못하고 그대로 침대에 쓰러져 죽은 듯이 두세 시간 정도 잤다. 그 동안에는 정말 꿈도 꾸지 않았다.

결국 내가 눈을 뜬 것은 엄마가 퇴근하고 나서였다.

체육 대회 하고 나서 옷도 안 갈아입고 이불에 누우면 어쩌냐는 엄마의 잔소리를 들으면서, 나는 간신히 몸을 일으켰다. 엄마가 방에서 나가고, 한참을 눈만 비비던 나는 문득 일어나 책상 앞으로 다가갔다.

책상 위에는 내가 일기장으로 쓰는 노트 한 권이 덩그러니 놓여 있었다. 평소에는 엄마에게 들키기 싫어 맨 밑 서랍 가장 깊숙한 곳에, 잡동사니와 함께 보관해 놓는 것이었다. 그것이 바깥에 보란 듯이 튀어나와 있고, 샤프가 그 사이에 끼워져 있었다.

나는 노트를 펼쳤다. 샤프가 꽂혀 있던 페이지를 바라본 나는 신음하며 얼굴을 감쌌다.

"꿈, 아니었구나."

활짝 열린 페이지에는 한 줄만이 쓰여 있었다.

여단 오빠에게 고백받았다.

제30조. 인터넷 소설에서도 명절엔 친척집을 갑니다

인터넷 소설에서도 명절엔 친척집을 갑니다

창문 사이로 흘러들어 오는 새소리에 나는 눈을 떴다.

아직 어두운 천장을 보며 한참을 눈만 깜빡이던 나는 도로 돌아누우며 중얼거렸다.

"……밤인가."

그렇지 않고서야 아침이 이렇게 어두울 리가 없지. 내 현실 도피가 끝난 것은 부리나케 방으로 들어온 엄마가 내 등짝을 두드리고 나서였다.

나는 비명을 지르며 몸을 일으켰다.

"아파! 나 일어났어, 일어났다고!"

"밥 먹어! 씻고 학원 가야지."

그렇게 쏘아붙인 엄마가 방 밖으로 나가신 후에도 나는 한동안 침대에서 벗어나지 못했다.

한참 뒤에야 겨우 이불을 벗어나 침대 아래로 발을 내리면서, 나는 바닥에서 올라오는 한기에 파르르 몸을 떨었다. 넓은 잠옷 소매 사이로 손목과 발목에도 차가운 기운이 스며들었다. 두 팔로 몸을 안고 벌벌 떨던 나는 이윽고 거실로 나갔다.

거실 베란다로 내다보이는 하늘도 아직 어둡기는 마찬가지였다. 불을 켜 둔 부엌 쪽만 환했다.

다시 엄마가 부르는 소리가 들렸다.

"일어났지, 딸?"

"응! 일어났어!"

또 구박이 날아올까 부리나케 부엌으로 향한 나는, 곧바로 식탁에 앉았다.

수저를 들어 모락모락 김이 오르는 국을 한입 떠먹으며 나는 생각했다. 이 기시감은 어디서 오는 거지? 머지않은 겨울에 이런 풍경을 또 본 것만 같았다.

아. 이윽고 나는 깨달았다. 딱 1년 전에 은지호가 우리 집 거실에 앉아 있을 때도 저런 풍경이었다. 그때도 불을 켜지 않아서 그의 은색 머리카락만이 어둠 속에 광원처럼 희미하게 빛났고, 긴 다리는 탁자 위에 걸친 채였다.

그때 그가 우리 집에 와 있던 이유는 다 같이 중학교 졸업 여행을 가기 위해서였지. 거기까지 떠올린 나는 잠시 쓸쓸한 눈으로 밥그릇을 내려다보았다.

그로부터 1년이 지나 고등학교 1학년 겨울 방학을 맞이한 지금, 나는 그런 나날들이 있었다는 것을 더는 믿을 수 없게 되었다. 기억 속 책장을 뒤적이다 간혹 만나는 그 장면들은, 남이 겪은 일이나 혹은 소설처럼 조금도 현실감이 없어서.

밥을 깨작거리던 나는 반 정도밖에 먹지 않고 수저를 내려놓았다. 맞은편에서 식사하던 엄마가 놀라며 물었다.

"왜 그것밖에 안 먹어?"

"이러다 지각할 것 같아서."

엄마는 곧바로 납득했다는 표정이 되었다.

그러게 일찍 일어나지 그랬어. 타박하는 소리를 뒤로하고 나는 화장실로 들어갔다.

* * *

머리를 말리지 않고 나가면 시간은 아낄 수 있지만 요즘 날씨에 그랬다가는 고드름이 얼고 만다.

이래서 겨울은 귀찮다니까. 투덜거리며 드라이어를 켜는 한편, 나는 다른 손으로 핸드폰을 집어 들었다. 머리를 말리며 문자를 확인하던 내 표정이 이윽고 굳어졌다.

드라이어를 끄고 곧바로 책상 위에 펼쳐진 채 방치된 문제집들을 한꺼번에 가방에 쓸어 담은 나는 그대로 가방을 젊어지고 신발장으로 달려 나갔다. 그러다 아차, 하고는 가방을 현관 앞에 던져 놓고 방으로 돌아온 나는 패딩을 꺼내 걸쳤다.

다시 신발장으로 나가 운동화에 발을 욱여넣으며 내가 외쳤다.

"엄마, 나 다녀올게!"

이렇게 빨리? 머리는 다 말렸어? 하는 소리가 이윽고 희미해졌다.

집에서 뛰쳐나오자마자 혹시 볼 새라 문을 잽싸게 닫은 나는 바로 앞에 서 있는 인물을 보며 외쳤다.

"오빠!"

여단 오빠가 난간에 기대어 바깥을 보고 있다가 이쪽을 돌아보며 조금 놀라는 표정을 했다.

그의 검은 머리카락이 겨울바람에 흩어졌다. 이윽고 그가 손을 뻗어 내 머리카락을 매만졌다. 언제나처럼 고요한 목소리가 내 귀에 닿았다.

"덜 말랐네. 왜 이러고 나왔어."

감기 걸려. 평온한 목소리로 그가 덧붙이던 것을 자르고 내가 말했다.

"오빠, 집에서 기다리지! 엄마가 나보다 먼저 나왔으면 어쩌려고 그랬어."

그는 여전히 태연한 표정으로 대답했다.

"데려다주는 것 정도는 괜찮잖아."

"그래도, 오빠랑 나는 같은 학원 다니는 것도 아닌데!"

무슨 말인가를 더 하려다 말고 우리 집 문 안쪽에서 인기척이 들리자 나는 화들짝 놀랐다.

아니나 다를까, 이윽고 '단아, 거기 너니?' 하는 소리가 흘러나오는 것을 들은 나는 잽싸게 손을 뻗어 여단 오빠의 손을 잡았다. 손에서 찌르르 전해 오는 냉기에 나는 잠시 어깨를 떨었다. 으악, 여기서 대체 얼마나 이러고 있었던 거야!

기겁하기도 잠시, 문 열리는 소리를 피해서 나는 부리나케 달리기 시작했다. 여단 오빠가 그런 나를 의아한 표정으로 따라왔다. 손은 여전히 놓지 않은 채였다.

겨울 방학이 시작된 지 일주일 지난 뒤의 풍경이었다.

* * *

두 달 전, 비 오던 체육 대회 날부터 나는 여단 오빠와 진짜로 사귀기 시작했다. 그러니까, 가짜 말고 진짜로. 그 말인즉 반여령이나 사대천왕에게 더는 여단 오빠와 내가 가짜로 사귄다고 털어놓을 필요는 없어졌다.

비가 그치고 다음 날, 나는 우산을 돌려주러 은지호에게 갔다. 그가 머뭇거리며 '얘기할 거 있다는 거, 뭐였어?' 하고 물었을 때 나는 대답했다. '아무것도 아니야. 얘기할 필

요 없어졌어.'

은지호는 마뜩하지 않은 듯 잠시 미간을 좁혔지만 아무 말도 하지 않았다. 그렇게 별다른 사과도 화해의 말도 오가지 않은 채, 그냥 그렇게 대강 마무리되었다.

그리고 약속한 대로 유천영도 나를 찾아왔다.

나는 뒤늦게 부재중에 찍힌 전화를 발견했지만, 유천영과 다음 날 학교에서 어련히 얘기할 수 있으려니 생각했다.

얘기할 게 뭐였냐고 묻는 유천영에게도 나는 똑같은 얘기를 했다.

다 해결됐어, 이제 됐어. 끝났어.

나는 여단 오빠와 내 사이에 대한 것을 말한 것이었는데도 왜인지 그들과 내 사이에 대해 말한 것인 양 서늘한 기분이 들었다.

그리고 그 골은 계속 메워지지 않았다.

11월 모의고사와 12월 모의고사 때문에 정신이 없는 와중에 나머지 남은 2학기도 지나가 버렸고, 그러자 곧바로 겨울 방학이 되었다. 그사이에 여섯 사람이 모일 시간 같은 것은 없었다.

사대천왕이야 원래 방학 때는 해외에 쏘다니느라 학기 중보다 더 만나기 힘든 녀석들이었다. 그나마 출국까지 남은 일주일 정도의 시간 동안 만나려면 만날 수는 있었겠지만, 나는 2학기가 끝나자마자 곧장 학원에 등록해 버렸다.

이민아가 다닌다는 곳이었다.

그들을 굳이 피하려고 학원에 등록했던 것은 아닌데, 입시 학원의 스케줄이 살인적이라는 것을 나는 전혀 몰랐다.

고등학교 다니는 것과 똑같이 아침 여덟 시에 집에서 나가서 학교나 다름없는 시간표대로 강의를 듣고, 밤에는 자습실에서 야간 자율 학습을 하다 보면 당연히 그들과 만날 시간 같은 것은 없었다.

내가 만나기 싫어한다고 오해하면 어쩌지 생각하면서도, 한편으로는 오해를 풀기 위해 노력할 힘조차 나는 남아 있지 않았다.

그때 그 일 이후로, 나는 그들과 내 관계를 개선할 의지를 잃어버렸다. 필사적으로 그들과 나 사이의 공통점을 찾고, 차이점을 찾고, 그들의 좋은 점을 찾는 일. 그들과 함께 있었던 좋은 일들에 대해 반복적으로 말하고 그들이 나에 대해 모르는 것에 대해 털어놓는 일.

그 모든 일에 대해 나는 더 이상 그래야 할 필요성을 느끼지 못하고 있었다.

관계를 유지한다는 것은 시간과 정성, 노력이 필요한 법이었다. 누가 먼저 그것을 잃어버렸던 걸까? 나는 확신할 수 없다.

오늘도 나는 아침부터 하루 종일 학원 강의실에만 앉아 있었다. 보일러를 후끈하게 때워 놓은 강의실에 앉아 손가락으로 샤프를 휘휘 돌리다 말고 나는 문득 중얼거렸다.

그러고 보면, 되게 웃긴 일이네.

"내가 공부를 잘하고 싶었던 건, 그 애들이랑 같은 대학에 가고 싶어서였는데."

아니면 적어도 비슷한 곳, 너무 떨어지지는 않을 곳으로 가고 싶어서였다. 그러니까 수준보다는 물리적인 거리 말이다.

몸이 멀어지면 마음도 멀어진다는 말을 나는 당연히 알고 있었고, 그들과도 그렇게 자연스레 멀어질까 봐 겁이 났다. 그런데 어쩌다 이렇게 되었을까? 나는 고개를 기우뚱 기울였다.

정말로, 어쩌다 이렇게 되어 버렸을까? 내가 다시 되뇌는 그때였다.

"안 풀려? 풀어 줄까?"

그 목소리와 함께 갑자기 문제집과 내 사이로 불쑥 사람 얼굴이 들어왔다. 엄마야, 놀래라! 나는 화들짝 물러나며 반사적으로 샤프를 그리로 들이댔다.

아악! 내게 다가왔던 얼굴이 그제야 비명과 함께 물러났다.

그가 고함을 쳤다.

"야, 너 방금 나 찌를 뻔했어! 알아?"

벌렁거리는 가슴을 안고 내가 대답했다.

"헉, 미안……. 아 씨, 놀래라."

그러고도 숨을 추스르지 못하는 내 옆에서 이민아가 타박했다.

"야, 네가 먼저 얼굴 들이밀어서 얘가 놀란 거잖아. 누가 누구한테 화를 내? 웃겨, 정말."

아니, 그래도 샤프까지 들이민 건 내 잘못이긴 한데. 말을 할까 말까 눈을 굴리며 나는 이민아와 윤정인의 눈치만 보았다.

내가 쉽게 윤정인을 옹호하지 못하는 이유는 아주 간단했다.

윤정인이 이민아를 향해 세상 서글픈 표정을 짓고는 징징댔다.

"너무 매몰차, 너. 우리 사귀고 있는 거 맞지?"

그런 윤정인에게 이민아가 주먹을 흔들어 보이며 물었다.

"그럼 헤어져 주랴?"

그러자마자 제가 잘못했습니다, 마마. 어쩌고 하며 사극에 나오는 충신처럼 바짝 엎드리는 윤정인을 보며 나는 황당하다는 표정을 숨기지 못했다. 하여간, 이제 거의 한 달째 본 장면인데도 적응이 안 된다.

그래, 내가 이민아와 윤정인이 싸우는 데 끼어들어서 윤정인을 옹호하지 못하는 이유는 바로 이렇다. 두 사람이 사귀는 사이이기 때문이다.

잘못하면 부부 싸움에 끼어드는 꼴밖에 더 되냐고. 나

참, 놀랠 노 자야. 두 사람이 또 티격태격하기 시작하자, 조용히 다른 쪽을 보면서 나는 혀를 내둘렀다.

누가 한 달 전, 아니, 한 달 전의 내게 '윤정인이 이민아를 좋아하고 있다.'고 말했더라면 절대로 믿지 않았을 것이다.

하지만 놀랍게도 이렇게 되었다. 두 사람이 사귄다는 얘기를 듣고 나서야 나는 이민아가 미팅 얘기를 꺼냈을 때 윤정인이 못마땅한 표정을 짓던 것이나, 잘생겼다는 말에 귀 끝까지 붉어지던 것을 떠올렸다. 하지만 설마 그게 민아를 좋아해서인 줄은 몰랐지.

윤정인이 이민아에게 고백한 것은 2학기가 끝나기 고작 일주일 전, 축제 때였다고 한다. 어쩐지 그때 불꽃놀이 할 때 안 보이더라니, 두 사람은 학교 뒤뜰에서 단둘이 고백을 주고받고 있었더란 것이다.

아무튼, 턱을 괸 채 아직도 다투는 두 사람을 보며 나는 생각했다. 잘된 거 아니려나? 한눈에 봐도 선남선녀인 데다 둘 다 시원시원한 성격에 운동이 취미라서 같이 시간을 보낼 때도 별문제 없는 것 같고. 게다가 이민아는 여러 종목에서 윤정인과 대등하게 겨룰 수 있는 몇 안 되는 사람이니 말이다.

아무튼 윤정인이 이민아를 따라 겨울 방학부터 이 학원에 나와 같이 다니기 시작하면서 학원 생활은 조금 편해졌다.

일단 천동호 무리가 학원을 나가 버린 것이다. 아마 천동호 무리에 끼어 있던, 이름은 잘 기억 안 나지만 이민아를 좋아한다던 그 남자애를 배려한 것 같았다.

잠시 회상에 잠겨 있다가 나는 다시 고개를 돌렸다.

자습이 끝나기까지는 아직 삼십 분 정도가 남았다. 삼십 분밖에 남지 않았다 보니 슬슬 윤정인처럼 자리에서 이탈한 이들이 여기저기 자리를 잡고 떠들고 있어서 조금 시끄러웠지만 집중하지 못할 정도는 아니었다. 게다가 벌써 한 달째 학원을 다니면서 거의 적응하기도 했고.

앞으로 십 분만 더 풀면 이 모의고사도 다 풀 것 같으니까, 그러고 나면 음악 좀 들으면서 쉬어야지. 그렇게 되뇌다 말고 나는 문득 옆이 조용해졌다 싶어서 고개를 돌렸다. 그리고 보이는 광경에 잠시 숨이 턱 막히는 것을 느꼈다.

이민아와 윤정인이 얼굴을 가까이 붙이고 이어폰을 나눠 낀 채 무슨 곡을 듣고 있었다. 얼핏 봐서는 음악에 무척 집중하는 듯 보였지만, 사실은 그렇지 않을 것이다. 누구와 음악을 듣고 있는지가 더 중요하겠지.

내가 중학교를 졸업했다는 사실보다 누구와 함께 중학 시절을 보냈는지가 더 중요한 것처럼.

잠시 두 사람을 바라보다가 나는 바로 옆에 있는 창으로 시선을 옮겼다.

어느덧 저녁 여덟 시, 검은 도화지처럼 어두워진 하늘 아래로 맞은편 학원 건물이 빛을 내뿜고 있었다. 그 위로 조금 피로한 듯 보이는 내 얼굴이 거울처럼 비쳤다.

잠시 그 모습을 보고 있다가 나는 시선을 비껴 내려 풀던 문제를 도로 보았다. 나는 입속으로만 중얼거렸다.

정말로 왜 이렇게 되어 버렸는지 모르겠어.

그 말은 공허한 메아리를 남기며 내 안으로 흩어졌다.

* * *

아홉 시 사십 분이 되자, 자습실 안이 유난히 떠들썩해지기 시작했다. 샤프를 바쁘게 움직이던 내 미간이 점차 움츠러들었다.

안 그래도 온풍기 열 때문에 후덥지근하지, 창문을 못 열어서 공기도 안 좋지, 그러던 차에 소음까지 더해지니 전혀 집중이 되지 않았다.

그것도 잠시, 벽에 걸린 달력을 힐끗 보고 나는 읊조렸다.

뭐, 어쩔 수 없나. 오늘은 1월 29일. 금요일도 아닌 수요일이었음에도 불구하고 이들이 들뜬 이유는 간단했다. 1월 30일인 내일부터 4일간 설 연휴가 있기 때문이었다.

설 연휴 마지막 날이 토요일과 겹쳐 하루 손해 봤다고는 하지만 주말과 이어져 4일이나 쉰다니, 고등학생으로서는 이만한 쉴 기회가 잘 없다.

결국 나도 더 공부하는 것을 포기하고, 문제집을 가방에 집어넣자마자 복도에서 요란한 소리가 들려왔다. 옆 자습실 애들이 못 참고 뛰쳐나온 것이 분명했다.

과연, 이윽고 문을 벌컥 젖히고 들어온 녀석 하나가 친구의 어깨를 건드리며 말했다.

"야, 가자."

동시에 고개를 돌려 이민아와 윤정인과 시선을 교환한 나는 자리에서 일어났다. 오늘 자습은 텄군. 주섬주섬 가방을 챙긴 우리들은 핸드폰을 돌려받고 밖으로 나왔다.

사실 일찍 나와 봐야 학원 차를 기다려야 하기 때문에, 우리는 집에 일찍 가지도 못한 채 한동안 발 동동 구르며 차를 기다렸다.

이민아는 그런 와중에도 학원 문에서 끊임없이 쏟아져 나오는 애들 중에 아는 애들에게 인사를 건넸고, 윤정인도 마찬가지였다. 윤정인은 어째 학원을 다니기 시작한 것은 나와 비슷한데 아는 사람 수는 이민아와 거의 비슷했다.

윤정인이 끊임없이 인사하는 모습을 보며 혀를 내두르던 나는, 그가 이쪽을 돌아보며 내뱉은 말에 웃음을 터트렸다.

"아, 내가 학원에 적응을 잘하고 있는 건지 모르겠다. 나, 낯가림 너무 심해서."

"그건 뭔 개소리야?"

이민아가 평소처럼 놀리기 위해서가 아니라 진심으로 황당하다는 표정을 짓고 물었다.

황당하기는 나도 마찬가지였다. 윤정인이 낯가림이 심하다니, 은지호가 겸손하다는 쪽을 믿겠다.

그러다가 나는 습관처럼 떠올린 비유에 내 머리를 퍽 때렸다. 나는 이전처럼 그들과 친하지 않으니까 그들을 두고 이런저런 비유를 하는 것도 무례한 일이 될 수 있다.

그런 나를 향해 이민아가 또다시 황당하다는 표정으로 물었다.

"너는 또 뭐 해?"

"아, 아니. 아무것도."

그리고 하하, 웃은 나는 윤정인에게로 시선을 옮겼다.

그가 투덜거리기 시작했다.

"야, 너희 진짜 모른다. 내가 얼마나 낯가림이 심하고 소심한 사람인데."

"올해의 헛소리상 드려야겠어요."

"내 낯가림을 감추기 위해서 일부러 요란하게 말하는 건데, 야, 너희 진짜 나를 모른다."

윤정인과 이민아 사이에 오가는 말을 듣고 있으면서 내 얼굴도 점차 굳어졌다. 아니, 저게 진짜 무슨 소리야? 생각하던 나는 무심코 시끄러운 소리가 들려서 옆을 돌아보았다.

마침 다른 학원 입구에서도 한 무더기의 아이들이 우르르 쏟아져 나오고 있었다. 이 근처는 학원가라 열 시쯤 되면 거리는 교복이나 사복 차림의 학생들로 끓어 넘쳤다.

아, 그러고 보니. 그들 학생 무리를 보며 나는 새삼스러운 감상에 사로잡혔다.

지금 학원 앞에서 이야기를 나누고 선 윤정인과 이민아, 나를 향해 아무도 이상하다는 시선을 보내지 않는다. 간혹 눈이 갈 만큼 시원시원한 이목구비를 가진 윤정인과 이민아에게 몇몇 사람의 시선이 머무르기는 하지만, 약간의 호기심 이상은 아니다.

사대천왕, 그리고 반여령과 함께 있을 때는 그렇지 않았는데.

내 생각이 점차 과거의 내게로 되돌아갔다.

늦게까지 불 켜진 학원 같은 것을 동경하던 때가 있었다. 물론 실제로 다니게 된 지금은 결코 다니게 되어서 좋다고는 말 못하겠지만, 그냥 발갛게 뺨을 물들이고 묵직한 가방을 등에 멘 채 집으로 돌아가는 버스를 타는 그들이 내게는 일종의 상징 같았다. 평범한 삶의 상징.

새삼 이 학원 밖 어딘가에서 또 다른 내가 길을 걷다 말고 잠시 멈춰 서서 이쪽을 올려다보고 있을 것 같은 기분이 들었다. 그리고 그 옆에는 필시 반여령과 사대천왕이 있을 것이다.

그러다 나는 잠시 고개를 내저었다. 말도 안 되는 생각.

마침 학원 차가 도착해서 우리는 그대로 차에 올라탔다.

학원 차 안에서는 자연스럽게 연휴에 대한 얘기가 시작되었다.

이민아의 손을 자연스레 잡고 있는 윤정인이 나를 향해 물었다.

“너, 이번 연휴 때 뭐 할 거냐? 우리 집은 일본 간다.”

내가 소외감을 느낄 것을 걱정해서인지 윤정인은 내게도 자주 말을 걸었다.

이민아가 그런 윤정인의 옆구리를 장난스럽게 툭 쳤다.

“자랑하지 마.”

나는 하하, 웃었다. 하지만 내가 듣기에도 저거 조금 자랑처럼 들리는걸.

그리고 내가 대답했다.

“나는 올해도 고속도로에 열다섯 시간쯤 갇혀 있겠지…….”

내 힘없는 목소리에 윤정인과 이민아가 놀라서 눈을 크게 떴다. 뭐? 열다섯 시간이나? 왜? 하는 소리에 힘없이 웃은 내가 대답했다.

“우리 친가, 거의 땅 끝이거든.”

“아…….”

“갈 때 여덟 시간, 올 때도 그쯤 잡아야 해. 아, 싫다.”

이런저런 여행의 추억을 떠올린 내 얼굴이 금세 어두워졌다. 시선을 교환하던 윤정인과 이민아가 일제히 내 어깨를 토닥였다.

이민아가 말했다.

“아, 우리 집은 그렇게 먼 건 아닌데, 그래도 가기 싫다. 친가 사촌들 꼴 보기 싫어.”

“그래? 왜?”

실의에 빠져 있던 것도 잠시, 눈을 휘둥그렇게 뜬 내가 되물었다. 형제자매는 물론이고 사촌도 잘 없는 나로서는 복작복작한 집안이 다소 부럽기까지 했다.

“아니, 틈만 나면 나한테 고나리질 하잖아. 자기들이 뭐 하나 잘하고 있으면 몰라, 그런데 그것도 아니고. 그리고 무엇보다 뭐만 해도 우리 엄마 시켜 먹으려고 한다니까. 우리 아빠가 집안 막내라서.”

“아아.”

그런 점이 또 불편하기는 하겠군. 이윽고 윤정인이 내 어깨를 토닥이며 상큼한 얼굴로 말했다.

“아무튼, 나는 비행기 타고 있을 거니까 파이팅.”

하하, 작게 웃은 내가 물었다.

“민아야, 나 네 남친 좀 때려도 돼?”

“얼마든지.”

이민아가 웨이터처럼 공손히 손짓하는 가운데, 내가 윤정인을 향해 막 주먹을 들어 올리는 그때였다. 창밖을 스쳐 지나는 실루엣을 보고 나는 어, 소리를 냈다.

짙게 선팅 된 차창에 어두운 밤거리 한가운데인데도 차

마 못 알아볼 수 없을 만큼 독보적인 인물이었다.

운전석을 돌아보며 내가 말했다.

“저기, 죄송한데 여기서 좀 세워 주세요.”

왜 그래? 무슨 일인데? 눈이 휘둥그레져서 묻는 윤정인과 이민아에게 괜찮다는 뜻으로 손을 내저은 나는 핸드폰을 꺼냈다. 아차, 소리도 진동도 아닌 그냥 무음 모드로 해 뒀잖아. 내 얼굴이 어두워졌다.

이윽고 멈춘 차 문을 열고 내리며 내가 외쳤다.

“밖에 여단 오빠 있어!”

“아, 그러냐. 잘 가라.”

“내일 봐!”

곧바로 수궁의 소리가 흘러나오는 것을 뒤로하고 나는 차에서 내렸다. 차 문을 닫자마자 나는 방금 차로 지나쳤던 길을 향해 달렸다.

얼마 달리지 않아 길 끝에서 키 큰 인영이 불쑥 나타났다.

“오빠!”

평소라면 단아, 하고 눈 마주치자마자 다정하게 이름 한 번 불러 줬을 법한데, 그러지 않고 걸음만 척척 옮겨 내 곁으로 다가온 그가 얼굴을 살짝 찌푸렸다.

그가 물었다.

“핸드폰은.”

“그게, 무음으로 해 뒀어요.”

평소에는 쓰지 않는 공손한 존대까지 입에 올리며 헤헤 웃은 나는, 두 손을 모아 얼굴 앞으로 내밀었다.

"죄송합니다……."

짧게 말한 내가 그대로 눈만 이리저리 굴리고 있자, 이윽고 한숨을 내쉰 여단 오빠가 손을 들어 자기 목에 두르고 있던 머플러를 풀었다. 그리고 그가 머플러를 내 목에다 감기 시작했다.

엥. 내가 말했다.

"나 괜찮은데. 추위 별로 안 타는 거 알잖아."

"공부해야 하는데 감기 걸리면 어쩌려고."

"아니, 이제 고3인 건 오빠인데……."

말하다 말고 문득 나는 깨달았다.

아니지, 보다 수능에 가깝다는 것이 꼭 공부를 열심히 해야 함을 의미하지는 않는다. 아마 여단 오빠는 고등학교 3학년이 돼서도 지금과 하등 다르지 않은 생활을 이어 나갈 것이다. 수업 시간에 수업만 들어도 전국 1등에 가까운 점수를 거머쥐는 삶을 말이다.

그나마 친구들과 함께 도서관에 다니기 시작하긴 했지만, 그것도 공부가 필요해서가 아니라 내가 학원 가 있을 동안 할 일이 없어서라는 것을 나는 알지.

나는 여단 오빠가 방금 내 목에 동여매 준 머플러를 조심스레 매만졌다.

요리 솜씨랑 손재주는 전혀 별개로군. 그런 무례한 생각을 하던 나는 이윽고 손을 내려 여단 오빠의 빈손을 잡았다.

며칠 전에 쌓인 눈이 아직 녹지 않아 도로변의 길이 은빛으로 빛났다. 우리는 그 길을 나란히 걷기 시작했다.

음력상 한 해의 마지막 날이었다.

* * *

여단 오빠하고는 윤정인이나 이민아와 했던 것과는 달리 새해 일정이 어떻게 되는지 물을 필요가 없었다. 그러기에는 우리는 너무 오래 이웃으로 살았고, 서로의 친척 구성이며 친척의 직업이며 최근 있었던 경조사까지 전부 꿰고 있었다.

마치 여단 오빠네 집이 우리 집인 것 같은 느낌마저 들 정도니, 이웃사촌이란 말에서 선조들의 지혜를 엿볼 수 있다고 할까. 그래서 여단 오빠는 그저 오늘 공부가 잘되었는지를 물었다. 나는 평소와 다를 것 없었다고 한 뒤, 나도 조심스럽게 질문을 던졌다.

"오빠 친구들은 오늘은 도서관에서 사고 안 쳤어?"

"……."

여단 오빠의 표정이 내가 말하기가 무섭게 굳어지는 것을 보고 나는 깨달았다. 아, 여단 오빠 친구들이 또.

정말 여단 오빠의 친구들은 여단 오빠가 감당해야 하는 단 하나의 인생의 시련이 아닐까……. 그렇게 생각하며 내가 여단 오빠의 등을 토닥이려는데 그의 입술이 불쑥 열렸다.

"오늘은 괜찮았어."

"응? 정말?"

"왜냐하면……."

그리고 잠시 도로에 시선을 고정한 여단 오빠가 작게 덧붙였다.

"오늘은 다른 일이 있었어서……."

"엥? 뭔데?"

잠시 머뭇거리던 그가 대답했다.

"……화내지 마."

"내가 왜 화를 내?"

그렇게 물은 것도 잠시, 나는 이어지는 말에 굳었다. 아, 이래서 화를 내지 말라고 한 거였구나.

"고백받았어. ……아주 큰 소리로."

주어가 생략된 말이었지만 누구를 향한 고백이었는지는 알 만했다. 그럼 설마 여단 오빠 친구들이 고백받은 일로 내가 화를 내겠는가.

한동안 우리 사이로 침묵이 흘렀다. 여전히 내 손을 잡고 걸으면서 여단 오빠는 내 눈치만 보았다.

이윽고 나는 굳어 있던 표정을 풀고는 말했다.

"슬슬 때가 됐다 하고 있었어."

"때?"

"나야 여단 오빠 오래 봤으니까, 그게 있거든. 그…… 왜 있잖아, 스킬 쿨타임 같은 것처럼."

게임에서 계속 하다 보면 갑자기 화면이 번쩍이면서 FEVER라든가 스킬 쓰는 구간이 나오는 것처럼, 여단 오빠도 매일매일 도서관에 출석 도장을 찍으면 한 번쯤 고백을 받을 것이라 예상했다. 아니, 그리고 아마 그 고백은 이번이 처음이 아니겠지. 나는 그것도 짐작할 수 있었다.

여단 오빠는 여령이 못지않게 철벽이면서도 또 여령이 못지않게 눈치가 없어서, 책상 위에 산더미처럼 쌓인 음료수들을 보고도 누가 자신을 괴롭힌다고만 생각했을 것이다. 아니면 자리를 뺏으려고 한다거나.

아무튼, 어색하게 웃은 나는 말을 이었다.

"나 그런 걸로 화 안 내, 괜찮아."

"괜찮아?"

여단 오빠가 미심쩍은 투로 물은 말에 나는 고개를 끄덕였다.

"내가 여단 오빠를 일이 년 봐 온 것도 아니고."

그러자 잠시 말을 멈춘 여단 오빠가 내 얼굴을 골똘히 들여다보았다. 내 말이 진심인지 아닌지 가늠해 보려는 듯한 눈빛이었다.

으음, 방금 한 말이 진심인지 아닌지와는 별개로 나는 얼굴이 조금 붉어졌다. 아니, 왜냐하면 여단 오빠의 검은 눈 안에 내 모습만 비치는 것이 나는 여전히 적응이 되지 않는걸. 어렸던 그때처럼 괜히 시선이 땅으로 내려가고 귀는 화끈거리고 발끝이 곱아든다.

이윽고 내게서 시선을 뗀 여단 오빠가 차분히 말했다.

"사귀는 사람, 있다고 했어."

"응? 응……."

그거야 사실이니까. 대수롭지 않게 고개를 끄덕이는 내게 여단 오빠가 말했다.

"앞으로도 계속…… 그렇게 말할게."

"응……."

대답하는 한편 나는 고개를 살짝 기울였다.

여단 오빠가 무슨 말을 하려고 이러는 거지? 평소답지 않은 화법인데. 생각하는 것도 잠시, 이어진 말에 나는 깨달았다.

그리고 한 박자 쉰 그가 말했다.

"차에서 얘기하던 사람."

"응?"

"누구야?"

"아아."

나는 짧게 내뱉었다. 학원 차가 워낙 좁아서 마주 앉은 사람끼리는 무릎이 거의 맞닿는 구조인데, 윤정인과 이민아가 나란히 앉으면 나는 자연히 맞은편에 앉는 수밖에 없었다.

그런데 맞은편에 앉아서 서로에게 고개를 기울이고 대화를 나누었으니, 꽤 친근해 보였을 것이다.

고개를 들자 여단 오빠의 조금은 집요한 시선이 여전히 내게로 향하고 있었다. 고개를 내저은 나는 웃으며 입을 열었다.

"같이 얘기하고 있던 걔, 윤정인이라고 우리 반 반장. 내가 자주 얘기했었잖아."

"아."

"전에 나랑 같이 있던 여자애 봤지? 이민아. 걔, 민아랑 사겨."

"그래……."

"다음에 소개해 줄까?"

내가 성큼 물은 말에 여단 오빠는 고개를 내저었다. 본래 사람 사귀는 것을 피곤해하고 귀찮아하는 그였으니(여단 오빠 친구들을 보면 대강 알 만하긴 하다), 소개시켜 주겠다는 내 말은 미덥지 않으리라.

생각하며 그의 옆얼굴을 빤히 보던 나는 이윽고 작게 웃었다.

"오빠."

"응."

아까보다 확연히 나아진 얼굴의 그가 나를 돌아보며 다시 대답한 말에, 나는 여전히 웃음을 참지 않으며 말했다.

“나도 누가, 음, 그러니까 그럴 리는 없겠지만 고백하면 남자 친구 있다고 그럴게.”

그리고 잠시 망설이던 내가 덧붙였다.

“음, 아니면 평소에 누가 안 물어봐도 먼저 말하고 자랑하고 다닐까? 그럼 진짜 아무도 나한테 고백 안 할 테니까.”

그리고 나는 살짝 눈을 굴려 여단 오빠의 얼굴을 확인했다. 아까 굳이 ‘계속 말하겠다.’는 표현을 쓰기에 이런 말을 하고 싶은 걸로 짐작했는데, 아니었나?

그리고 여단 오빠의 얼굴색이 아까보다 눈에 띄게 나아진 것을 확인한 나는 안도의 한숨을 내쉬었다. 다행이다, 이거 맞았나 보군.

그리고 우리는 평소의 분위기로 돌아가 걸음을 옮겼다. 기왕 윤정인의 화제가 끌려 나온 김에 윤정인에 대해 계속 떠들었더니 집에 오기까지는 금방이었다.

평소에 헤어지는 아파트 복도에 서서 우리는 마지막 인사를 나누었다.

“씻고 문자할게.”

“응.”

그렇게 말하고 여단 오빠가 잠시 머뭇거렸다.

이윽고 그가 고개를 숙이며 얼굴을 가까이 맞붙이는 것

을 느끼며 나는 살짝 움츠러들었다.

여단 오빠는 절대로 너무 갑작스럽지 않게, 내가 거부 의사를 표현할 수 있을 만큼 느린 속도로 다가와 뺨에 입술을 붙였다.

바로 그때였다. 갑자기 다다다, 소리가 들리더니 문이 벌컥 열리는 바람에 나는 반사적으로 손을 들어 올렸다. 이윽고 벽에 손을 짚고 숨을 몰아쉬던 나는 낭랑한 목소리를 듣고 고개를 들었다.

"두 사람 뭐 해?"

반여령이 우리 집 문을 붙잡고 황당하다는 표정을 짓고 있었다.

고개를 들었던 나는, 여단 오빠가 난간에 손을 짚고 깊이 한숨을 내쉬고 있는 것을 보고는 마음이 조금 무거워졌다.

아니, 그보다 여령이가 왜 우리 집에서 나오는 거야? 여단 오빠와 함께 집으로 들어간 나는 그제야 상황을 파악했다.

거실 탁자 위에는 맥주와 소주병, 그리고 과일 안주가 잔뜩 놓여 있었고 텔레비전에서는 최근에 가장 유행하는 드라마가 흘러나오고 있었다.

요즘 우리 부모님과 여령이네 부모님은 만났다 하면 한 시간이고 여섯 시간이고 이야기꽃을 피우기 바빠서, 덕분에 여단 오빠와 내 사이를 들키기에 더욱 쉬워진 상태였다.

나는 거실에 걸린 달력을 돌아보았다. 설날 직전 휴일이고 하니 오랜만에 모여서 이웃 간의 정을 다지고 있었군.

과연 거실 한쪽에 앉아 있던 여령이네 부모님이 우리를 보고 손을 흔들었다.

“단이 왔니?”

“네.”

“요즘 고등학교 2학년 됐다고 학원 열심히 다닌다며.”

몸 상하게는 하지 말렴. 여령이네 어머니가 그렇게 덧붙이시다 말고 내 뒤를 보더니 눈을 크게 떴다.

“둘이 같이 왔어?”

“오는 길에 만나서.”

여단 오빠가 무뚝뚝하게 대답하는 것을 들으며 내 가슴은 저 혼자 두방망이질하기 시작했다. 아니, 하지만 이 얼마나 위험한 상황이냐고! 사귀는 사이인 것을 숨기는 처지에 양쪽 부모님 전부 한집에 모여 있지, 더군다나 진실을 알고 있는 사람까지 끼어 있지, 무슨 드라마도 아니고.

그때 여령이네 어머니가 말했다.

“너, 방학 됐다고 너무 친구들이랑만 놀러 다니지 말고 단이도 좀 챙겨. 지금처럼 집에 올 때 같이 오고, 공부도 네 친구들이랑만 하지 말고 가끔 단이도 봐주고. 단이도 거의 네 친동생이나 다름없잖니.”

그 말에 방금 문 앞에서 우리가 한 일이 떠올라 얼굴이 달아올랐다. 아니, 친남매 사이에 그런 짓 하면 큰일 나지.

유감스럽게도 여단 오빠도 나와 같은 생각을 한 모양이었다. 그의 귀 끝이 붉어진 것을 보며 나도 괜히 같이 부끄러워졌다. 여단 오빠가 생각이 표정에 잘 드러나지 않는 타입인 것이 그나마 다행이었다.

답지 않게 기어 들어가는 목소리로 그가 대답했다.

"그럴게."

"단아, 들었지? 우리 아들 마음껏 부려 먹어."

"하하, 네. 감사합니다."

내가 식은땀을 흘리며 대답하는 그때, 고맙게도 아빠가 우리를 구해 주었다.

"너희 과일 안 먹을 거면 방에 좀 들어가라, 야. 거실 좁다."

"과일 좀 방으로 갖다 줄까?"

아빠에 이어 엄마가 상냥하게 물은 말에 황급히 고개를 내저은 나는, 거실에 앉아 있던 여령이를 향해 방 쪽으로 손짓해 보였다.

문을 달칵 닫아서 거실의 소음을 차단하고 나서야 비로소 안도의 한숨이 비집고 나왔다. 괜히 좀비라도 쏟아져 나올 것처럼 문을 등으로 막은 내가 중얼거렸다.

"도대체 드라마 주인공들은 비밀 연애란 거, 어떻게 하는 거야?"

사실 지난 몇 달 동안, 특히 방학이 되고 나서는 두 가족이 이렇게 한집에 모인 게 처음이 아닌데도 그럴 때마다 번번이 긴장하게 된다.

용케 내 중얼거림을 들은 여령이가 옆에서 입술을 삐죽 내밀며 말했다.

"그럼 헤어지든가."

"안 돼."

"그건 좀."

동시에 그렇게 말한 여단 오빠와 나는 눈이 마주치자 작게 웃음을 터트렸다. 그런 우리를 보며 여령이가 다시 심통 난 표정을 지었다.

이제 거의 두 달이 되어 가는데도 여령이가 아직도 우리 보고 헤어지라고 하는 이유는 이해가 갔다.

확실히 우리가 사귀고부터 가장 외로워진 것은 여령이었다. 나는 학원을 다니지, 여단 오빠는 친구들과 도서관을 다니는 데다 그나마 남는 시간에는 둘이서 데이트를 하니 여령이로서는 심통이 날 수밖에.

처음에는 같이 어디로 가자는 제안은 전부 거절하던 그녀는, 요즘 들어서는 조금씩이나마 받아들이고 있었다. 놀이공원이나 영화관, 한강이나 잠실 호수 뭐 그런 곳들. 셋이서 그런 곳을 갈 때면 당연히 데이트라는 기분은 들지 않았지만, 오히려 어렸을 때로 돌아간 것 같아서 좋았다.

아, 참. 그러고 보니. 자리에 앉으며 나는 주섬주섬 얘기를 꺼냈다.

"아까 학원에서 들었는데, 윤정인 이번 설 연휴 때 일본 간다나 봐."

그러자 여령이의 눈이 대번에 커졌다.

"일본을? 학원은 어쩌고?"

"이번 연휴 4일이니까, 그냥 얼른 갔다가 얼른 돌아올 건가 봐."

"우와, 좋겠다."

그렇게 말하며 여령이가 내 침대에 힘없이 풀썩 누웠다. 두꺼운 패딩 점퍼를 벗고 마찬가지로 그 옆에 풀썩 누운 내가 말했다.

"우리 집은 설 연휴 때 고향 가겠지."

"우리 집도 그렇겠지."

그런 우리를 향해 여단 오빠가 무슨 당연한 소리를 하냐는 듯한 시선을 보냈다.

꼼짝 않고 천장만 보던 우리는, 이윽고 차례로 돌아누우며 앓는 소리를 냈다.

"아, 너무 멀어. 싫어."

"나는 멀지 않아도 싫어."

고장 난 로봇처럼 싫어, 싫어, 하는 소리만 해 대는 우리를 향해 여단 오빠가 여전히 이해 안 된다는 눈빛을 보냈다.

알아, 연휴면 고향에 내려가야 한다는 거. 하지만 너무 귀찮은걸! 차라리 집에만 있을 수 있다면 좋을 텐데. 모처럼 컴퓨터도 잔뜩 하고 말이야.

베개를 끌어안고 그런 생각이나 하던 나는, 문득 나보다도 멀리 떠나는 또 다른 녀석들에게 생각이 미쳤다.

잠시 망설이던 나는 조심스럽게 물었다.

"저기, 여령아."

"응?"

"사대천왕은 이번 연휴 때 뭐 한다던?"

"아."

잠시 멍해졌던 여령이의 얼굴이 곧 환해졌다.

어찌나 기뻤는지 그녀는 갑자기 침대에서 벌떡 일어나 자세를 고쳐 앉기까지 했다. 그런 여령이의 모습을 보며 나는 미안한 마음이 들었다.

그래, 아까 말했듯이 여단 오빠와 내가 사귀기 시작하면서 가장 외로워진 사람도 여령이였으며, 또한 사대천왕과 내가 싸움으로써 사이에 끼어 가장 마음고생을 심하게 한 사람도 여령이었다.

특히 방학 때는 우리 여섯 사람끼리 놀러 가는 일이 제일 많았는데, 이번 겨울 방학에 여령이는 다 같이 어딘가로 놀러 가자는 말 한 번을 꺼내지 못했다. 작년처럼 겨울 바다라거나, 혹은 자주 놀러 가던 유천영네 별장 그 어느 곳도. 그런데 그런 내가 모처럼 먼저 그들 얘기를 물었으니, 여령이로서는 기쁠 수밖에.

죄책감이 느껴져서 살며시 시선을 피하던 나는, 돌아온 대답에 다시 고개를 돌렸다.

"일단 주인이는 서울에 남는다더라."

"그래?"

"응, 주인이네 친척은 거의 다 서울 살잖아. 평소에 자주 만나기도 하고, 연휴 때는 차 막히고 하니까 굳이 번거롭게 보지 말자고 했대. 그래서 집에서 쉰댔어."

그렇군. 나는 고개를 끄덕였다.

주인이의 친척에 대해 들으니 내 눈앞에는 자연스레 파티에서 보았던 우리나라와 우리혼의 대접전이 떠올랐다.

그 사람들, 그러고 살지 말아야 할 텐데. 주인이 더 고생시키지 않으려면. 갑작스레 표정이 흐려지던 내게 여령이의 외침이 들려왔다.

"그러니까 주인이는 부르려면 언제든지 불러도 돼!"

"응? 응……. 그래."

아차, 너무 갑작스러워서 떨떠름하게 대답해 버렸다. 여령이가 갑자기 시무룩해지는 것을 본 나는 급하게 화제를 돌렸다.

"은형이는?"

그러자 곧바로 원래대로 돌아온 여령이가 대답했다.

"은형이는 갈 곳이 있다던데."

"갈 곳?"

"응, 말 안 해 줬어."

여령이의 대답을 듣고 보니 그제야 은형이가 연휴 때면 항상 알 수 없는 이유로 나타나지 않던 것이 떠올랐다. 그는 늘 갈 곳이 있다고만 했지, 어디로 가는지는 한 번도 말하지 않았다.

음, 이번 해에도 그건 수수께끼로 남는 거로군. 얘기를 전해 주는 반여령의 표정도 그리 좋지는 않았다.

하지만 그녀는 애써 의문을 키우지 않으려는 듯, 갑자기 활짝 웃더니 화제를 돌렸다.

"아, 그리고 유천영이랑 은지호는."

"아, 응."

오랜만에 들은 이름에 내 몸이 긴장으로 바짝 굳었다. 나를 보는 여단 오빠의 시선이 조금 짙어진 것을 느낄 수 있었다.

여단 오빠를 향해 괜찮다는 뜻으로 살짝 웃어 보인 나는, 다시 여령이를 돌아보며 물었다.

"걔네 둘은 어쩐대?"

"아, 응. 걔네야 뭐 워낙 집안이 크다 보니까 일가친척 모임 같은 거 하나 보던데. 아주 대대적으로."

"아, 역시……."

"또 며칠 동안 양복 입고 지내야 한다고 은지호가 질색하더라."

질색하는 은지호의 표정이 눈앞에 그려질 듯 선해서 나는 키득키득 웃었다. 두 사람의 얘기를 듣고도 내 표정이 별로 나빠지지 않자 안심했는지 여령이도 따라서 웃었다.

그리고 여령이의 무릎에 편하게 머리를 기대며 나는 입 속으로만 중얼거렸다.

"잘 지내는구나."

아무리 사이가 멀어졌다고는 하지만 그들이 불행해지는 것은 바라지 않았다. 애초에 우리는 서로 싸워서 사이가 멀어진 것이 아니었으니까.

그리고 눈을 내리깔며 나는 중얼거렸다. 아니, 차라리 싸워서 멀어진 거였다면 상황이 이렇게 복잡하지도 않지. 그랬다면 다시 화해하고 원래대로 돌아갈 수 있었을 테니까.

나는 돌아누우며 중얼거렸다.

에라, 그렇다고 그 녀석들에게 대뜸 '이제 내가 싫어졌어?' 하고 물을 수도 없는 노릇 아닌가? 그런 물음을 정면에서 들었을 때 그렇다고 대답할 수 있는 사람이 어디 있겠냐고. 또 수천 번은 반복했던 고민이 나를 다시 사로잡기 시작하는 바람에 나는 고개를 내저었다.

아니야, 지금은 이런 생각을 할 때가 아니야. 나는 지금 눈앞에 다가온 설날의 중노동에서 어떻게 벗어날 수 있을지를 생각해야 한다고.

내가 막 중얼거리는 그때였다.

"애들아, 잠깐 나와 봐! 엄마 아빠 할 얘기 있으니까."

거실 쪽에서 엄마의 목소리가 날아왔다.

할 얘기라니? 의아한 표정으로 서로를 돌아본 우리는 곧 바깥으로 나갔다.

그새 맥주를 또 몇 병 땄는지, 테이블 옆에 빈 병이 늘어나 있었다. 그리고 테이블 한가운데에 놓인 건…… 켁. 나는 헛숨을 삼켰다.

저건 전에 은지호가 우리 집에 주고 간 맥켈란 아니냐. 잠깐, 그러고 보니 저거 가격을 물어본 적이 없는데. 설마 비싼 거 아니겠지? 나중에 돌려 달라고 하면 어쩌지?

은지호가 그럴 녀석이 아니란 것을 알고 있으면서도 내가 생각을 멈추지 못하던 그때였다. 갑자기 자리에서 일어난 엄마 아빠가 춤추듯 손을 맞잡았다. 그리고 그들이 내놓은 말에 나는 뒤집어질 듯이 놀랐다.

"우리, 설날에 외국 가!"

"뭐라고요?"

"대만으로 3박 4일. 원래 대만은 뎅기열 때문에 겨울에 가야 돼."

"맞아, 모기 없을 때."

당연한 듯 여령이네 어머니가 대답하는 것을 들으며 내 머릿속은 혼란에 빠져들었다.

아니, 잠깐. 대만을 간다고? 연휴에 외국으로 떠나는 것은 우리 집에서 처음 있는 일이었다. 더군다나 고등학교 3학년인 여단 오빠까지 데리고? 그렇게 생각하며 여단 오빠를 바라보니, 그 역시 뜻밖의 소식에 어안이 벙벙해져서 멍하니 서 있었다.

하지만 충격은 잠시, 점차 내 가슴은 기쁨으로 잔뜩 들뜨기 시작했다. 여령이도 신나서 물었다.

"엄마, 그럼 우리 캐리어부터 사야 하는 거 아니야? 여행 가방 사람당 하나씩 필요할 거 아니야."

여령이의 그 말에 갑자기 공기가 바뀌었다.

우리 부모님과 여령이네 부모님의 동작이 딱 멈추었다. 이윽고 네 사람의 눈이 일제히 여령이에게 박혀 들었다.

주춤 굳은 여령이가 뒤로 물러났다. 내 목덜미에서도 식은땀이 나기 시작했다. 뭐야. 나는 중얼거렸다. 반응이 왜 저러지?

그리고 그 이유는 얼마 안 가 밝혀졌다.

여령이네 어머니가 세상에서 가장 어이없는 농담을 들은 것 같은 표정으로 말씀하셨다.

"네가 거기를 왜 가? 너희는 친척 집 가야지."

"엥."

"고모한테 부탁해서 너 태우러 와 달라고 해 뒀어. 가평 할머니 댁 가 있어."

"엥? 어째서!"

여령이가 잔뜩 울 것 같은 표정으로 애처롭게 말했다.

그러자 여령이네 어머니는 금세 엄한 표정이 되어 훈계하기 시작했다. 어째서라니. 너, 할머니 보기 싫어? 명절날 얼마나 쓸쓸하시겠어 어쩌고 하는, 명절날 대명사 같은 잔소리가 쏟아지는 것을 들으며 내 얼굴이 덩달아 창백해졌다.

잠깐. 그리고 나는 우리 부모님 쪽을 돌아보았다. 내 머릿속에서는 불안한 예감은 왜 틀리지 않나, 하는 90년대 노래가 흘러가기 시작했다.

나는 내 뇌에게 정중히 요청했다.

그 노래를 꺼 주세요 DJ……. 하지만 전혀 소용없었다.

그리고 과연 그 노래 가사대로였다. 내가 조용히 손가락을 들어 나를 가리키자 부모님은 고개를 끄덕였다.

그리고 엄마가 말했다.

"너는 집에 있어. 수험생이 따라가기를 어딜 따라가."

이럴 수가! 나는 최대한 애처로운 표정을 지으며 대답했다.

"엄마, 나 이제 겨우 고2인데. 게다가 아직 겨울 방학이니까 사실상 고1이고."

내 생애 첫 해외여행을 이렇게 놓칠 수는 없어!

그러나 엄마는 단호했다.

"안 돼, 집에서 혼자 학원 공부 복습이라도 해."

그럴 수가. 입을 벌리고 절망에 빠져드는 내 등을 옆에서 여단 오빠가 조심스레 토닥였다.

그런 나를 구제한 것은 여령이네 어머니였다. 그녀가 우리 엄마를 돌아보며 물었다.

"뭐야, 단이 혼자 집에 두려고? 가까운 친척 없어?"

"없어요. 우리는 거의 다 광주에 있잖아."

"그래도 어떻게 단이 혼자 둬? 요즘 세상이 얼마나 험한데. 빈집 털이범이 그렇게 많대."

그 얘기를 듣고서야 엄마의 얼굴에 점차 걱정이 어리는가 싶었다.

헉. 설마, 잘하면 나도 대만 여행에 낄 수 있으려나? 나는 희망 어린 눈빛으로 여령이네 어머니를 보았다. 조금만 더요, 이모!

바로 그때였다. 손뼉을 탁, 친 이모가 말했다.

"아, 그래. 그러면 되겠다."

엄마가 의아한 듯 물었다.

"응?"

그리고 나는 이어진 말에 다시 한번 절망에 빠져들었다.

"왜, 단이도 우리 아들딸들이랑 같이 가평에 보내자. 가서 맑은 공기도 좀 쐬고, 같이 공부도 하라고 그러고."

얼굴이 창백해진 나는 속으로 소리만 질렀다. 아니, 왜 사람을 구하다 마십니까, 이모. 우리 집은 컴퓨터라도 있고 근처에 먹을 곳 놀 곳 친구들이라도 있지, 가평 산골짜기에 가서 제가 대체 뭘 한단 말입니까. 걱정해 주시는 것은 알겠습니다만.

그러나 내 간절한 텔레파시는 여령이네 어머니께도, 그리고 우리 엄마에게도 닿지 않았다.

"어쩜, 너무 좋은 생각이다. 그런데 그렇게 신세 져도 되겠어요?"

"에이, 우리 사이인데."

쾌활한 대화가 두 사람 사이에 오가는 것을 들으며 나는 절망에 빠졌다.

아…… 그런 내 등을 다시 여단 오빠가 두드렸다.

그렇게 우리는 팔자에도 없는 가평 여행을 떠나게 되었다.

* * *

새해 첫날부터 우리가 겪어야 하는 고난은 다양했다.

일단, 가장 먼저 두 부모님의 배웅 문제가 있었다.

"에취!"

계속 불어닥치는 매서운 바람에 나는 연신 재채기를 해 댔다. 그리고 그런 나를 보며 어머니가 걱정스러운 듯 잔소리를 해 댔다.

"그러게 왜 그렇게 얇게 입고 나왔어! 이 날씨에 잠옷 위에 패딩이 뭐야, 더 두껍게 입고 나와야지."

그렇게 말하면서도 어머니는 나를 들여보내 줄 생각을

안 했다.

지금은 해가 뜨기는커녕 빛 한 줄기도 없는 캄캄한 새벽 여섯 시. 나뿐만이 아니라 잠결에 끌려 나온 여단 오빠와 여령이도 잠옷 차림이기는 마찬가지였다.

심지어 여단 오빠는 무릎 아래가 잘려 나가고 없는 운동복 반바지 차림이었다. 덕분에 남자는 추위 잘 안 타나? 남자가 추위 더 잘 탈 텐데, 하는 생각만 하면서 나는 여단 오빠의 매끈한 다리를 한참 훔쳐보았다.

하지만 여단 오빠의 다리가 아무리 예쁘다고 한들 추위를 완전히 잊게 할 수는 없었다. 나는 코를 훌쩍이며 다시 앞을 보았다.

중형 택시를 불러다 놓고 우리 부모님들은 신나게 떠들며 짐을 싣고 있었다. 정말 우리가 한마디 말도 없어도 너무 즐거운 모습들이라, 그 모습을 보며 나는 고뇌해야만 했다.

도대체 왜 우리를 부르신 거지? 이윽고 가장 합리적인 결론이 튀어나왔다. 설날 내내 못 볼 테니 덕담하고 세뱃돈 주시려고!

나는 고개를 끄덕였다. 그 정도 보상이면 이 고통을 버틸 만하지.

그런데, 짐을 다 싣자마자 엄마 아빠는 '출발해 주세요.' 소리와 함께 차 문을 쾅 닫아 버렸다.

어라, 잠깐. 내가 망연히 중얼거렸다. 어딜 가요? 그리고 요란한 부르릉 소리와 함께 택시는 그대로 아파트 단지를 나가 모퉁이를 꺾어 사라져 버렸다.

"……도대체 우리를 왜 부르셨던 거지?"

차가 떠나는 모양을 보고 있던 여단 오빠의 첫말이었다. 내 말이 그 말이었다.

우리는 공격 대상을 잃은 좀비처럼 비척비척 집으로 돌아와, 여령이와 나는 여령이의 방 침대 위에 엎어져서 잠들어 버렸다. 여단 오빠도 곧바로 방에 들어가서 다시 잠들었는지 인기척이 없었다.

그리고 십 분도 안 되어 우리는 여령이네 고모의 연락을 받았다. 여령이가 졸린 눈을 비비며 전화 받는 소리를 듣고 나도 잠에서 깨어났다.

"여보세요, 고모?"

[어, 십 분 안으로 도착할 것 같으니까 준비하고 있어.]

"잠깐, 십 분? 십 부우운?"

놀라서 되묻는 여령이를 뒤로하고 아, 망했구나, 하는 생각부터 든 나는 잽싸게 방을 뛰쳐나왔다.

이럴 줄 알았으면 어제 짐이나 좀 챙기고 잘걸! 그렇게 생각하며 나는 방에 있는 모든 것을 쓸어 담았다. 숙제로 나온 문제집도 쓸어 담았고, 각종 필기구도 쓸어 담았고, 혹시 몰라서 수건과 빗도 챙기고 읽을 책도 챙겼다.

헐레벌떡 복도로 나가자 여령이와 여단 오빠도 전쟁을 준비하는 전사처럼 비장한 표정으로 가방을 짊어지고 복도에서 있었다. 그리고 우리는 곧장 아파트 단지로 내려갔다.

"……."

그러고 삼십 분 뒤, 여령이네 고모가 도착했다. 여령이네 고모는 우리 앞에서 차를 멈추더니 창문을 내리며 태연하게 내뱉었다.

"어머, 너희 눈사람 된 거 아니지? 살아 있는 사람 맞지?"

속눈썹에 엉겨 붙은 눈을 털어 내며 나는 중얼거렸다.

이 날씨에 삼십 분 동안 밖에 서 있었으면 눈사람의 자격을 얻었다고 생각합니다……. 그리고 우리는 마침내 가평으로 향하는 차에 올라탔다.

혼돈의 설날 새벽이었다.

* * *

차에 타자마자 정신없이 곯아떨어졌던 나는, 퍼뜩 정신을 차렸다. 히터 때문에 뻑뻑한 눈을 깜빡이며 창밖으로 톨게이트 이름을 확인하려고 했으나, 너무 높아서 잘 보이지 않았다.

그때 옆에서 조용한 목소리가 들렸다.

"거의 도착했어."

"앗, 오빠."

그렇게 말하고 나는 곧장 정신을 차렸다.

여단 오빠와 내 사이의 거리가 너무 가까웠다. 틀림없이 내가 여단 오빠의 어깨에 머리를 거의 처박다시피 잠든 게 틀림없었다.

그리고 나는 얼굴을 붉혔다. 아니, 물론 여단 오빠의 어깨에 고개를 기대고 잔 일 따위 전에도 무수히 많았다. 하지만 사귀기 전에 그런 거랑 사귄 뒤에 그런 것은 엄연히 다른 데다, 지금은 차 안에 우리만 있는 것이 아니었다.

과연 내가 여단 오빠에게서 후다닥 멀어지기가 무섭게 앞쪽에서 목소리가 날아왔다.

"혹시 너희, 사귀니?"

운전석에 손을 얹고 있던 여령이네 고모였다.

여령이네 고모는 사십 대 중반의 나이이신데도 범상치 않은 반 씨 가문의 핏줄을 증명하시듯이 나이는 아무리 봐도 삼십 대 초반 정도로밖에는 보이지 않는 데다, 범상치 않은 검은 원피스에 검은 코트 차림이었다.

당연히 아니라고 대답할 셈이었는데 백미러를 통해 날카로운 시선이 우리를 훑고 가자, 나는 반사적으로 움찔했다.

그 짧은 정적만으로 대답은 충분했던 모양인지 여령이네 고모가 웃으며 대답했다.

"그게 뭐 대수라고? 비밀로 해 줄게."

"……앗, 네. 감사합니다."

"또 바로 대답하네."

그렇게 말하며 여령이네 고모가 재미있다는 듯 웃었다. 나는 손가락을 꼼지락거리며 따라서 어색하게 웃었다.

정말 예기치 못했지만 여령이네 고모가 여단 오빠와 내가 사귀는 것을 아는 첫 어른이 되었군. 그리고 나는 여단 오빠와 눈을 마주 보았다. 그냥 사귄다고 사실을 알렸을 뿐인데 서로를 사랑하냐는 질문이라도 받은 것처럼 심장이 어색하게 쿵쾅거렸다.

나를 지그시 내려다보던 여단 오빠가 잠시 후 슬그머니 손을 뻗어 내 손을 쥐었다. 나는 괜히 귀가 붉어진 채로 고개를 숙이고 가만히 있었다.

내 옆에서는 여령이가 어깨에 기대어 고른 숨소리를 내고 있었다. 잘 때는 누가 업어 가도 모르는 여령이다 보니, 차가 도착할 때까지도 깨지 않을 모양이었다.

갑자기 거짓말처럼 조용해진 차 안에서, 나는 문득 생각에 잠겼다. 그러고 보니 인터넷 소설에서 여주인공과 사대천왕은 설날에 보통 뭐 하더라? 아무리 이곳이 소설 속이네 아니네부터 시작해서 사대천왕이 내게서 멀어졌다고는 해도, 이 세계가 나에게 그동안 주었던 엿을 생각하면 설날이라고 해서 안심해도 될 것 같지는 않았다.

전에 납치당했을 때도 언젠가 납치당할 거라 믿었기 때

문에 침착할 수 있었던 것처럼, 나는 이번에도 설날에 내게 일어날 일을 맞춰 보기로 했다. 정확히는 여령이와 여단 오빠에게 일어날 일이지만.

그런데 아무리 생각해도 설날에 대해 읽은 기억이 떠오르지 않았다. 눈썹을 좁혔다 풀었다를 반복하는 내 옆에서 여단 오빠가 물었다.

"왜 그래?"

"응? 어, 음……. 여단 오빠, 설날 때 뭐 해?"

물어도 별로 이상하지는 않은 주제니까 돌 직구로 물은 질문에 여단 오빠가 어깨를 으쓱하더니 대답했다.

"음식 먹고, 세배하고, 세뱃돈 받고…… 성묘하고."

"……."

"다들 하는 거 해."

나는 얼굴을 굳혔다. 여단 오빠의 입에서 나온 '다들 하는 거 한다.'는 말이 그토록 낯설게 들릴 수가 없었다.

아니, 하긴. 생각해 보면 설날은 민족 전통 행사인데 사대천왕이라고 해서 갑자기 '제사 음식을 케이크로 바꾸지.'라든가, '내가 성묘 따위 갈 것 같은가?'라고 하진 않겠지.

음, 그 모습들을 생각해 본 나는 표정을 더더욱 심각하게 했다. 확실히 그건 별로 그림이 좋지 않다. 아니, 그 전에 뭐라고 해야 할까…… 사대천왕이 아니라 패륜대왕이잖아. 그리고 나는 내 머리를 툭 쳤다.

이런 당연한 생각을 떠올리지 못하다니! 인터넷 소설의 정신 나간 법칙들로 생각해 봐도 설날에는 별다른 일이 일어날 것 같지 않았다. 적어도 한적한 시골 마을에서 잠시 나갔다가 삥 뜯기는 것 외에는 걱정할 일이 없을 것 같았다.

아아, 다행이다. 안도의 한숨을 내쉰 나는 마음을 편히 먹고 창밖으로 지나가는 풍경들을 구경했다.

설날 아침이니 만큼 도로에 차가 많을 줄 알았는데, 이쪽 도로 상황은 그렇게 나쁘지 않았다. 막히지 않고 쭉쭉 나아가는 차 양옆으로 점차 건물들이 사라지고 초목의 색깔들이 짙어지고 있었다.

그 모습을 보다가 나는 문득 핸드폰을 꺼내 사진을 찍었다. 찰칵하는 셔터 소리에 여단 오빠와 여령이네 고모가 일제히 이쪽을 돌아보았다.

나는 어색하게 웃고는 말했다.

“아, 친구들 보내 주려고요.”

“요즘 애들은 먹을 것도 다 사진 찍어서 보내더라.”

여령이네 고모가 희한하다는 표정으로 대답했다. 아니, 그건 먹기 전에 카메라를 꺼낼 이성이 있는 소수의 몇몇 사람들만이 가능한 일인데요.

그리고 나는 문자함에 들어가서 문자를 확인하기 시작했다. 바깥에서는 손가락이 떨어질 것 같았고 집에서는 자느라 정신이 없어서 오늘 문자를 확인하는 것은 이번이 눈

뜨고 처음이었다.

열두 시가 넘은 시점에 새해 문자를 보낸 이들이 많았다. 새해 복 많이 받으라거나, 건강하라거나, 하는 일마다 잘되라거나, 올 한 해도 잘 지내는 문자까지.

그러고 보니. 같은 반 아이들의 문자를 보며 나는 생각에 잠겼다.

다시 학교에 돌아가면 나는 고등학교 2학년이 될 테고 당연히 반 배치도 바뀔 터였다. 그렇게 생각하자 곧바로 아쉽다는 기분이 들었다. 우리 반만큼 좋은 반 없을 텐데, 아마.

그리고 문자에 방금 찍은 사진을 첨부한 나는, 일일이 답장을 보내기 시작했다. 고마워, 너도 설날 잘 보내, 올해도 건강하고. 윤정인에게 보낼 때는 잠시 망설이다가 '올해에는 신서현 고생 좀 덜 시키고.' 하고 보냈다.

그리고 시선을 내리자 그 아래 낯익은 이름들이 보였다.

반사적으로 폴더를 닫은 나는 깊이 심호흡을 했다. 여단 오빠가 옆에서 그런 나를 물끄러미 바라보는 것이 느껴졌다.

나는 그를 향해 어색하게 웃고는, 다시 폴더를 열었다.

그리운 이름들이 그 안에 있었다.

[보낸 사람 : 아들

엄마 요즘 날씨 추운데 몸은 괜찮아? 건강 잘 챙기구 새해에도]

[보낸 사람 : 아들

앗 손이 미끄러져서 중간에 전송했어ㅠㅠ 새해에도 잘 부탁해.]

"긴장했나 보다."

갑자기 목소리가 들려서 흠칫 놀란 나는 고개를 들었다. 여령이가 여전히 잠이 덜 깬 눈으로 핸드폰을 내려다보며 옅게 웃고 있었다.

잠깐 여령이를 바라보던 나는 고개를 끄덕였다.

그러게, 이모티콘 하나 붙이지 않은 말투나 띄어쓰기 꼬박꼬박한 문장, 말끝에 붙인 온점 따위가 전부 생소했다. 오죽하면 문자 내용만 보면 주인일 거라 생각도 못할 것 같았다.

이어서 나는 다음 버튼을 눌렀다.

[보낸 사람 : 권은형

단아, 새해 복 많이 받아. 올 한 해에도 하는 일 전부 잘되고 무엇보다 건강하자.]

은형이의 문자는 언제나와 같이 차분하고 흐트러짐 하나 없었지만, 그렇기에 더더욱 향수가 느껴졌다. 마치 오랫동안 돌아가지 않은 어느 집 문간에서 은형이가 비질을 하다가 나를 돌아보며 조용히 인사하는 것 같았다.

잠깐 망설이다가 나는 문자 보관함으로 들어갔다. 내가 보내지 못한 수많은 문자가 거기에 있었다. 오늘 급식 진짜 맛없었지,라든가 공부 안 돼 같은, 작은 한탄에서부터 시작해서 잘 지내?라든가 언제 시간 돼 같은 용기 낸 흔적들.

잠깐 망설이던 내게 옆에서 여령이가 내 폰을 뺏어 들었다.

"앗, 왜?"

"내가 문자 보낼래. 그래도 돼?"

여령이가 신나서 하는 말에 잠시 망설인 나는 고개를 끄덕였다. 뭐, 여령이야 두 사람이랑 친하지 않은 것도 아니고, 장난은 수습할 수 있을 정도로만 치겠지.

내 허락이 떨어지자마자 여령이는 신나서 자판을 두드리기 시작했다. 그 모습을 물끄러미 바라보던 나는 문득 중얼거렸다.

"어."

[받는 사람 : 아들

네 엄마는 내가 데리고 있다…….]

우리가 치던 장난 중에서는 작은 축에 속하는 편이었다.

아니, 잠깐. 그런데 최근에 무슨 일이 있지 않았나? 나는 희미한 기억을 뒤지느라 미간을 좁혔다. 저거랑 관련해서 무슨 일이 있었던 것 같은…… 앗, 잠깐!

내가 외쳤다.

"아, 잠깐, 여령아. 생각해 보니까 그거……."

그러나 이미 문자는 전송된 다음이었다. 문자 전송 완료 표시가 뜬 핸드폰을 쥐고 여령이가 물었다.

"응?"

"아니, 최근에 납치……!"

내가 채 대답하기도 전이었다. 갑자기 핸드폰 벨이 요란하게 울리기 시작했다. 액정에 떠오른 두 글자, 아들이 내 시야에 콱콱 박혀 들었다.

여령이도 왜인지 굳어서 나를 바라보는 가운데, 나는 심호흡을 하고서는 핸드폰 폴더를 열었다.

잠시 후, 목소리가 들렸다.

[거기 어디야.]

나는 세상에서 가장 공손한 목소리로 대답했다.

"가평입니다……."

그러면서 나는 기시감을 느꼈다.

아주 오래전, 주인이가 내게 'ㅎㅎㅎㅎ.'로만 된 문자를 보냈을 때와 정확히 같은 기분이었다.

* * *

[엄마, 납치당한 지 얼마나 됐다고 그런 농담을 해?]

“아니, 벌써 몇 달이나 지났는데, 계절도 두 번이나 바뀌었고, 그리고 이제 새해니까 작년 일이고…….”

우물우물 대답하던 나는 맞은편에서 들려온 주인이의 목소리에 곧바로 변명하던 것을 멈췄다.

[내가 새해 첫날을 그런 소식으로 시작해야겠어, 엄마?]

“……죄송합니다.”

그리고 나는 곧바로 고자질했다.

“그런데 여령이가 보낸 거야, 그 문자.”

그러자 주인이는 다정하고도 살벌한 목소리로 여령이를 바꿔 달라고 말했고, 나는 곧장 핸드폰을 넘겼다.

여령이가 도살장에 끌려가는 푸들처럼 바들바들 떠는 것을 보고도 나는 아무런 죄책감을 느끼지 못했다. 하하, 나도 살고 봐야 하지 않겠니.

여령이가 기어들어 가는 목소리로 대답했다.

“나 거짓말한 거 아니다 뭐……. 단이 내가 데리고 있는 거 맞잖아!”

[그러고 보니 설 연휴인데 왜 둘이 같이 있어? 설마 친척집도 같이 가는 건 아닐 테고.]

“바로 그 설마인데.”

히터 소리를 제외하고는 차 안이 워낙 고요하다 보니 여령이와 주인이가 대화하는 소리가 내 귀에도 아주 잘 들렸다.

여령이네와 우리 부모님이 같이 대만으로 떠났다는 대목

에서부터 주인이는 크게 웃기 시작했다. 그 웃음소리를 듣고 있으려니 괜히 기분이 좋았다. 조금 그리운 기분도 들고.

그렇게 생각하며 작게 웃던 나는, 핸드폰이 불쑥 돌아오자 놀랐다.

"왜?"

"왜긴? 바꿔 달라고 하니까지."

"아."

내게 바톤이 넘어올 줄은 몰랐는데. 그렇게 생각하며 나는 남의 물건이라도 되는 것처럼 내 핸드폰을 보았다.

납치라는 말을 계기로 갑자기 시작된 통화라서 미처 생각하지 못했는데, 그러고 보면 주인이와 통화하는 것도 참 오랜만이었다.

잠깐 망설이다 나는 핸드폰을 귓가로 가져갔다. 내가 잔뜩 긴장해서 말했다.

"응, 주인아."

[세뱃돈 못 받아서 어떡해, 엄마?]

어색할까 봐 걱정하던 것도 잠시, 내 입가에 옅은 미소가 그려졌다. 그러게. 당연한 듯 푸념하는 나를 향해 주인이가 또 웃었다.

그리고 주인이는 곧장 사촌들 얘기를 꺼내기 시작했다.

주인이 사촌들이야 나도 내 가족인 것처럼 알고 있었다. 인간 태풍이라던 우산에 컴퓨터 천재라던 우비, 그리고 파티 이후에 알게 된 여배우 이나라, 아니, 우리나라와 우리 혼에 대해서.

그런 개성 강한 사람들이니 집이 남아나지 않겠다고 생각은 했지만 과연 개판이었다. 게다가 양옆에선 계속 살벌한 소리들까지 들렸다. 네가 먼저 놔. 그러는 네가 먼저 놓지 그래. 너 지금 반말했어? 했다, 어쩔래?

주인이가 차분한 목소리로 말했다.

[그냥, 나라 누나랑 비랑 잠깐 싸우고 있는 것뿐이야.]

"도대체 무슨 이유로?"

[나한테 과일 먹여 주겠다는 이유…… 우읍.]

갑자기 과일이 입으로 들어온 건지, 주인이가 우물거리는 것을 들으며 나는 어색하게 웃었다.

여전히 사랑받는군. 그래도 잘 지내서 다행이다. 그렇게 중얼거리며 나는 지금쯤 감옥에 있을, 한때는 주인이의 어머니였던 여자를 떠올렸다.

주인이가 그 사람은 아예 떠올리지 말아야 할 텐데. 아마 그러기는 힘들겠지만. 그렇게 생각하는데 갑작스레 주인이의 질문이 쏟아지기 시작했다.

[엄마, 공부는 잘돼? 학원은 어떻고, 재밌어?]

그러고도 질문 세례는 계속되었다.

마치 인터뷰하기 전에 미리 적어 두었던 질문 목록들을 하나하나 꺼내는 기자처럼 사뭇 공손하고도 비장한 태도였다.

그것을 느끼고서야 나는 어쩌면, 어쩌면 주인이도 나만큼이나 이 통화를 고대했겠구나 하는 생각이 들었다. 내가 보내지 못한 그 수많은 문자들만큼이나 그도 내게 하고 싶은 말들을 쌓아 뒀을 거라고.

나는 무심코 창밖을 내다보았다.

이제는 얕게 흐르는 개울과 넓게 펼쳐진 들판, 산밖에 보이지 않는 풍경을 보며 끝도 없이 쏟아지는 주인이의 질문을 듣다 말고, 나는 갑자기 그의 말을 끊었다.

"주인아."

[응.]

돌아오는 목소리가 바짝 굳어 있었다. 어쩔 줄 몰라 하는 그의 표정이 눈앞에 잡힐 듯 선명하게 그려졌다.

나는 잠깐 머뭇거리다가 말했다.

"이제 한 달만 있으면 우리 반 배정 나오겠다. 3월에 학교에 돌아가면. 그치."

[…….]

그러자 수화기 너머가 잠시 조용해졌다.

나는 가라앉은 목소리로 말했다.

"……같은 반 됐으면, 좋겠다."

[나도.]

한동안 아무도 말하지 않았다. 그러다 갑자기 주인이는 이제까지의 질문에 대한 대답은 듣지도 않은 채 그만 끊겠다고 말했다.

결코 기분이 상해서 그러는 것이 아니란 것 정도는 알 수 있었다. 그저 같은 반 되었으면 좋겠다는 그 짧은 말이 그의 모든 질문에 대한 대답이었기 때문에. 그렇기 때문에 그는 더 이상 내게 무언가를 물어볼 필요가 없었다.

통화를 끊고 나서도 나는 목소리가 정말로 흘러나오는 소라고둥을 줍기라도 한 것처럼 내 핸드폰을 두 손 위에 올려놓고서 신기한 것이라도 되는 양 한참 동안 바라보았다.

그리고 곧바로 나는 용기 내서 은형이에게 전화를 걸어보았다. 새해 첫날이니까 할 수 있는 충동적인 행동이었다.

신호가 채 두 번도 가기 전에 잔뜩 놀란 목소리가 돌아왔다.

내가 물었다.

"여보세요?"

[단아!? 왜, 무슨 일 있…… 앗, 나 잠깐.]

물소리에 섞여 와장창하고 뭐가 깨지는 소리가 나기에 깜짝 놀라 어깨를 떨었다.

내가 다음에 전화할까? 하고 조심스럽게 묻자마자 절대 끊지 말라는 대답이 돌아왔다.

아, 네. 내가 그 단호함에 어깨를 떠는 사이, 덜그럭거리는 소리와 신문지 바스락거리는 소리 같은 게 분주하게 이어졌다.

얼마 안 가 다시 대답이 돌아왔다.

[아, 이제 괜찮아. 아침 식사하고 설거지하다가 접시를 깨는 바람에.]

“뭐? 손은 괜찮아? 안 다쳤고?”

[그냥 미끄러진 것뿐이야. 그보다, 무슨 일이야?]

무슨 일 생긴 거 아니지? 하도 걱정스럽게 묻는 통에 나는 잠시 눈을 굴렸다. 음, 무슨 다른 핑계라도 댈까? 하지만 괜히 없는 말 지어내서 걱정을 얹기는 싫은데.

잠시 여령이와 시선을 마주치다가, 나는 솔직하게 털어놓았다.

“아니, 그냥. 전화했는데.”

[…… 뭐?]

그러고 또 은형이가 한참 말이 없기에 잠시 망설이던 내가 물었다.

“혹시 화났어?”

[아니, 전혀. 그럴 리가 없잖아.]

곧바로 시원스레 돌아오는 말에 나는 안심했다. 참고 있던 숨을 내쉬는 찰나, 다시 목소리가 들렸다.

[오히려 아무 일 없는데도 전화해 줬다니 좋은데.]

“아…….”

[앞으로도 좀 자주 해.]

내가 잠깐 멍해져 있으려니 은형이가 장난스레 물었다.

대답. 그에 한참을 고개만 끄덕이다가 전화이니 전해질

리가 없다는 것을 깨닫고 뒤늦게 대답했다.

"……네."

[좋아. 잘했어.]

무슨 강아지 어르는 듯한 말이었지만 그래도 좋았다. 형체 없는 손이 내 머리카락을 쓰다듬고 지나간 기분마저 들었다.

머리카락을 매만지며 한참 실실대다가, 또 이런저런 대화를 나누다가. 은형이가 이제 그만 나갈 준비를 해야겠다고 말해서 나는 전화를 끊었다.

전화를 끊고 나니, 문득 어디로 가는지 물어보지 못했다는 생각이 들었지만 어차피 지금 물어보기에는 적절치 못한 문제였다. 아주 오랜만의 통화였는데 갑자기 그런 비밀을 파헤치다니 안 될 말이지.

고개를 내저은 나는 다시 수신 문자함을 뒤져 보았다. 두 사람의 이름만이 없었다.

은지호와 유천영.

그 사실을 확인하자 갑자기 명치가 답답해졌다.

내색하지 않고 머리카락을 쓸어 넘기면서 나는 중얼거렸다. 한 걸음씩 가자, 한 걸음씩. 그때, 차가 끽 소리를 내며 멈췄다.

그리고 시간이 조금 지난 후, 나는 고진감래의 뜻을 실감하게 되었다.

나쁜 일이 지나가면 좋은 일이 찾아온다고, 다르게 말하자면 좋은 일 뒤에는 또 나쁜 일이 찾아온다고.

집 앞에서 웅크려 앉으며, 나는 중얼거렸다.

"이게 어떻게 된 거야……?"

* * *

상황은 한 시간 전으로 돌아간다.

여령이네 고모는 우리를 집까지 태워다 주지 않았다. 마을 초입에 있는 펜션들이 많이 들어선 근처의 마트에서 내려 주시고는 말했다.

"알아서 찾아갈 수 있지? 저기 마트에서 뭐라도 사서 가."

"고모는 같이 안 가?"

"나는 너희 태워 주러 잠깐 온 거야. 평소에도 자주 들르는데 뭐."

그리고 잠깐 어깨를 떨면서 어휴, 나는 명절에 사람 모이고 그런 거 정말 싫더라. 투덜거린 그녀는 곧장 차를 돌려 떠나 버렸다.

떠나는 차를 멍하니 보고 있는 것도 잠시, 짐도 가볍고 걸어가는 것은 별로 어렵지 않겠다는 생각이 들었다. 여령이와 여단 오빠 기억력이면 당연히 할아버지 집에 가는 길 정도는 알고 있을 테고.

그리고 우리는 서로를 돌아보며 말했다.

"뭐 사 갈까?"

"폭죽 사 가자."

"좋아, 좋아."

여령이와 내가 신나서 팔짱을 끼고 앞서가고, 여단 오빠가 주머니에 두 손을 찔러 넣은 채 느긋한 걸음으로 그런 우리를 따라왔다.

마트의 사람들은 은퇴하고 전원주택을 차리신 것 같은 할아버지 할머니들이 반, 또 연휴를 틈타 놀러 온 것 같은 젊은 사람들이 반이었다.

그리고 그들은 여단 오빠와 여령이가 지나갈 때면 입을 쩍 벌리고 굳어서 꼼짝도 못했다. 예상은 했지만 계산대에서 줄을 서서 기다릴 무렵, 한 무리의 여대생들이 이쪽으로 다가오더니 여단 오빠를 향해 조심스럽게 말했다.

"저기, 혹시 괜찮으면, 번호……."

"사귀는 사람 있어요."

그렇게 대답한 여단 오빠가 냉큼 나를 돌아보았고, 나는 여단 오빠의 곁에 바짝 붙어 섰다.

그런 우리를 향해 눈꼴 시리다는 듯한 시선을 보낸 여령이가 혼자 봉투를 안더니 저만치 앞서 나아갔다. 앗, 잠깐. 우리도 따라서 마트를 나갔다.

도롯가의 한적한 길을 걸으며 우리는 장 본 것들을 이것저것 꺼내 보았다. 폭죽과 과자 봉지들, 환타와 포카리 스웨트, 원 카드 한 벌.

여령이가 말했다.

"우리 할아버지 집 옥상이 넓어서 폭죽놀이 하기도 좋고, 마당 넓어서 고기 구워 먹어도 돼. 아마 오늘 밤에도 고기 구워 먹을걸?"

"와."

"재밌겠지!"

환하게 웃은 여령이는 곧바로 어렸을 적 얘기를 늘어놓기 시작했다. 뒤뜰에 커다란 나무가 하나 있는데 할아버지가 거기 그넷줄을 매 주셨다니, 닭장에 모이를 주러 갔다가 닭이랑 심하게 싸워서 팔에 상처가 났다느니, 다섯 살 때는 등에 올라탈 수 있을 만큼 큰 개가 있었다느니.

그런 얘기를 들으면서 나는 여령이네 할아버지 집에 대한 기대를 무럭무럭 키워 나갔다. 어쩌면 이번에 어머니 아버지를 따라 대만에 가지 못하게 된 것이 잘된 걸지도 모른다는 생각까지 들었다.

그래. 다른 사람들은 시골 체험도 돈 주고 한다는데, 까짓것 컴퓨터 좀 못하면 어때? 내가 마음을 다지던 그때, 여령이의 외치는 소리가 들렸다.

"앗, 다 왔어, 저기야!"

"와."

나는 탄성을 내뱉었다.

아침 아홉 시라고는 해도 겨울이라서 해가 늦게 뜨는 요즘, 거대한 2층 주택이 산을 등지고 안개에 휩싸여 우뚝 서 있었다.

여령이가 부리나케 그 앞으로 가서 문을 두드렸다.

"할아버지, 할머니! 저희 왔어요! 여령이랑 여단이요!"

그동안에 나는 바깥을 구경했다. 오며 들은 대로 마당이 정말 넓었는데, 닭장은 흔적만 남아 있을 뿐이었다. 개도 키운 지 오래되었는지 개집은 비어 있었고, 밥그릇에는 맑은 물과 낙엽이 고여 있었다.

여령이가 다시 외쳤다.

"할아버지?"

"어?"

그 무렵 위화감을 느낀 나는, 인상을 찌푸리며 집 쪽으로 다가갔다.

그러고 보니 아까부터 생각했지만 1층 벽 한쪽이 통유리로 되어 있어 거실이 한눈에 보이는 집인데, 커튼 사이로 보이는 거실에는 인기척이 조금도 느껴지지 않았다.

내가 발코니에서 기웃거리고 있으려니 여령이가 중얼거렸다.

"이상한데. 단아, 나 잠깐 전화 좀 해 볼게."

"응."

여령이가 핸드폰을 꺼내 귓가에 가져다 대었다. 얼마 안 가 집 안 거실 쪽에서 따르릉따르릉 하고 전화벨 울리는 소리가 유리를 뚫고 이쪽까지 들려왔다.

하지만 전화를 받으러 나오는 사람은 아무도 없었다. 여령이는 포기하지 않고 이번에는 다른 곳으로 전화를 걸었다. 이번에는 곧장 전화를 받았는지 여령이의 얼굴이 환해졌다.

그녀가 외쳤다.

"할머니! 저 지금 집 앞이에요, 어디 계세요? 집에 왜 아무도 없어요?"

그러더니 여령이의 얼굴이 곧바로 굳어졌다. 안개 사이로 더욱 희뿌옇게 보이는 그 얼굴을 보며 나는 불안한 예감에 얼굴을 굳혔다.

그리고 예감은 사실이 되었다.

잠시 후, 통화를 마친 여령이가 내 쪽을 보며 창백한 얼굴로 웃었다.

그녀가 조용히 불렀다.

"단아."

"응."

그녀가 여전히 창백하게 웃는 얼굴로 말했다.

"어쩌지? 지금 할머니랑 할아버지…… 대만 가셨대."

또? 나는 풀썩 주저앉으며 생각했다.

왜 하필 또 대만이란 말인가. 이 가족들은 대만에 뭐가 있단 말인가? 이제 나는 가 보지도 못한 그 나라를 원망하지 않을 수 없었다.

대만에 우리 가족들, 그리고 평안한 설날 연휴까지 완벽하게 뺏겨 버린 셈이었다.

* * *

그것이 얼마 전까지의 일이었다.

우리는 집으로 이어지는 계단에 나란히 걸터앉아 흘러가는 구름을 올려다보며 넋을 놓고 있었다.

침묵을 깬 것은 나였다.

"어디로 가지."

"집에 가야지."

힘없이 대답한 것은 여령이었다. 그녀는 잠깐 우울한 눈으로 내려다보더니, 갑자기 배를 문지르며 말했다.

"배고프다."

그러고 보니 나도 그랬다. 우리 세 사람 다 새벽부터 가족들을 배웅하질 않나, 갑자기 짐을 챙기고 어쩌고 난리를 하도 많이 쳐서.

물론 난리를 가장 많이 친 것은 마트에서였지만, 아무튼 체력 소모가 만만치 않았다. 셋 다 쇠도 씹어 먹는다는 고등학생이었기 때문에 더욱 그랬다. 여단 오빠가 그나마 어른에 가까웠지만 그래 봤자 고3일 뿐.

우리는 잠깐 물끄러미 봉투를 내려다보다가 과자를 뜯었다.

내가 말했다.

"음료는 어쩌지."

"그냥 마시자."

그렇게 말한 여령이가 포카리 스웨트와 환타를 대충 따더니 뚜껑을 아무렇게나 던져 버렸다.

그렇게 우리는 길바닥 위에 과자를 까놓고 음료수를 병째 마시며 대강 아침 식사를 했다. 길 가던 개미들이 쫄쫄 포장지 위로 올라와서 과자를 가져가는 것을 보고도 나는 그저 하하 웃었다.

내가 말했다.

"많이 먹어."

"명절이니까 식사는 다 같이 해야지."

여령이도 초점이 없는 눈으로 그렇게 말하는 걸 보니 만만치 않게 정신이 나간 것이 틀림없었다. 나도 명절 음식으로 꽉 찬 상을 기대했지, 길바닥에서 개미들이랑 식사하는 것 따위는 상상도 못했다고.

어느 정도 배가 차고 나자 그럭저럭 이성이 돌아오기 시작했다. 여전히 길에 주저앉은 채 무릎을 끌어안으며 내가 말했다.

"이제 어떡하지?"

"글쎄, 아마…… 서울로 돌아가는 차를 타야 할 것 같은데."

"어떻게?"

"택시 같은 거 없으려나?"

여령이가 대답했다. 그리고 우리는 다 같이 도로를 보았다.

도로는 다니는 차도 없이 휑했다. 그러고 보니 당연한 얘기지만 택시 기사 아저씨들도 각자의 고향에서 설날을 나고 계시겠군.

이어서 다양한 의견들이 쏟아져 나왔다. 여령이는 히치하이킹을 하자고 했고, 여단 오빠는 경찰을 부르는 편이 빠르겠다고 말했다.

여령이가 물었다.

"아무 일도 없는데 경찰 불렀다고 혼나면 어떡해?"

"그럼 폭력 사건을 만들까."

여단 오빠의 대답이 걸작이었다.

내가 떨떠름한 표정으로 사실 이 오빠도 지금 반쯤 이성 나간 거 맞지? 생각하는데, 여령이가 마찬가지로 떨떠름한 표정으로 대답했다.

"어떻게?"

"네가 날 때려."

"진짜? 진짜 때려?"

"두 사람 다 진정해."

무슨 악마 소환진 그리는 것도 아니고 경찰을 부르기 위해 폭력 사건을 일으키겠다니, 두 사람을 말리다 말고 나는 맞은편을 보았다.

워낙 시골이라 인심이 나쁘지 않아서인지 담벼락이 낮고 거실은 통유리 구조인 집이 대부분이었는데, 맞은편 집도 그런 경우였다.

맞은편 집 앞에는 차가 두 대 세워져 있었는데, 랜드로버와 아우디였다. 와, 꽤 사는 집인가 본데. 생각하던 나는 거실 쪽을 보았다.

복작거리는 정도까지는 아니더라도 인기척이 있는 것을 보니, 저기는 모임이 정상적으로 이루어지고 있는 모양이었다.

그거 부럽네. 내가 생각하는데 문이 벌컥 열리며 한 사람이 튀어나왔다.

짙은 초록색 반팔 티셔츠에 아래는 자주색 곰돌이 무늬 수면 바지 차림이었는데, 춥지도 않은지 그는 기지개를 한 번 켜더니 몸을 이리저리 돌리기 시작했다.

그리고 하품을 하던 그와 내 눈이 딱 마주쳤다.

"어."

내가 작게 내뱉었다. 그에 여령이와 여단 오빠가 동시에 고개를 들었다.

"왜 그래?"

이어 나를 따라 저쪽 집을 돌아본 그들의 표정도 변했다.

흐릿한 겨울 햇빛 아래서도 금색 머리카락은 해바라기처럼 선명한 색이었다. 기지개를 켜다 말고 천천히 손을 내린 그의 얼굴이 이윽고 화르르 타올랐다.

급히 돌아서는 그의 뒤에 대고 내가 외쳤다.

“루다야, 잠시만!”

“적어도 옷은 갈아입게 해 줘!”

아, 네. 너무 필사적인 그의 말에 나는 슬그머니 손을 내렸다.

그런 내게 멀리서 다시 루다의 처절한 외침이 날아왔다.

“왜 하필, 왜 하필 이럴 때만이야!”

그 처절한 외침을 듣고서야 나는, 루다와 마주쳤을 때의 그의 복장들에 대해 생각했다.

물론 대부분은 교복이나 무난하게 반팔 티에 청바지 정도였지만, 파티에서는 미니 원피스 차림이었고 REED 회사에 잠입했을 때는 거의 타잔에 가까운 차림이었지.

나는 그저 하하 웃었다.

* * *

몇 분도 안 있어 짙은 데님 팬츠에 붉은 니트를 걸친 루다가 문을 열어 주었다. 루다는 여령이에 이어 여단 오빠와 어색하게 인사를 나누었다.

"안녕하세요."

"안녕."

대답하는 여단 오빠의 표정에 비해 루다의 얼굴이 너무 어두웠다.

나는 잠시 망설이며 물었다.

"들어가도 돼?"

그러자마자 루다가 표정을 회복하더니 나를 돌아보며 말했다.

"아, 괜찮아. 들어와, 들어와."

루다가 너무도 흔쾌히 그렇게 말하기에 당연히 우리를 직접 안내해 줄 줄 알았는데, 정작 루다는 다른 곳으로 가 버리고 대신에 하늘색 머리카락이 우리 앞으로 불쑥 튀어나왔다.

나는 물론이고 옆의 여령이도 놀라서 외쳤다.

"루카스?"

"오랜만이야, 잘들 지냈어? 잘 지낸 것치고는 인상적인 만남이지만."

윽. 차례로 얼굴을 찡그리는 우리를 보며 킥킥대던 루카스가 이어서 '너희 사실 할머니 할아버지께 미움받고 있는 거 아니야?' 하고 물었다.

성격 나쁜 건 여전하시구먼. 생각하며 그를 노려보던 나는, 갑자기 날아온 포크가 그의 머리 옆을 지나가는 바람에 화들짝 놀랐다. 루카스는 놀라지도 않았다.

뒤를 돌아보며 태연한 목소리로 그가 말했다.

"왜요, 제니?"

"너는 내 후계자가 되고 싶으면 그 못된 성격부터 어떻게 해야 할 거야."

"와, 당신한테 성격 지적받을 때마다 진짜 억울한 거 알아요, 제니?"

그렇게 말하자마자 루카스의 머리 위로 또다시 나이프와 포크 몇 개가 더 날아갔다.

그 광경을 내가 넋을 놓고 바라보는 사이, 옆에서는 여단 오빠와 여령이가 작게 소곤거리고 있었다.

"누구야?"

"아, 친구네 오빠인데 그냥 전에 몇 번 마주쳐서 얼굴은 알아."

아무렴, 같이 화장하고 클럽을 갔다든가 회사 건물에 잠입했다든가 하는 얘기를 꺼내 놓을 수는 없는 노릇이다.

다시 루카스를 돌아본 내가 물었다.

"우와, 이게 얼마만이에요. 벌써 반년 만인가. 밀림은 잘 다녀오셨어요?"

그러자 나를 돌아본 루카스가 과장스럽게 불쌍한 표정을 짓더니 대답했다.

"말도 마. 밀림 다음에는 사하라였어."

하하. 자업자득이지, 뭘. 방긋 웃은 내가 대답했다.

"와, 진정한 후계자로 거듭나서 너무 좋으시겠어요."

"너 아직 악감정 다 안 풀렸지?"

루카스가 기막히다는 듯이 물었다.

그럼 풀렸겠어요? 받아치려던 나는 문득 시선을 느끼고는 고개를 돌렸다.

돌아본 자리에는 이제니와 이안, 그리고 보기만 해도 매서운 기도가 흘러나오는 할머니 한 분이 앉아 계셨는데, 날카롭고 새치름한 눈동자가 이제니와 판박이었다. 아니 그러니까, 이제니가 이쪽을 닮은 거겠지. 아마도 이루다의 외할머니인 모양이었다.

아차, 그러고 보니 정작 어른들한테는 인사도 안 하고 있었잖아? 오랜만에 보는 루카스가 너무 신기했던 나머지.

잠시 안절부절못하던 나는 꾸벅 고개를 숙였다.

"안녕하세요."

"안녕, 단아."

"오랜만이구나."

이제니와 이안의 차분한 목소리가 번갈아 들렸다. 그리고 그다음으로 노인의 묵직한 목소리가 얹혔다.

"우리 손주들 친구라고."

"네? 네."

"집으로 돌아가야 할 일이 생겼다고?"

아차. 나는 내 뒤에 있는 여령이와 여단 오빠에게 시선을 주었다. 잠시 시선을 교환하던 우리는 천천히 사정을 설명하기 시작했다.

부모님은 대만 여행을 가셔서 빈집 털이범이 많고 한데 어린애들끼리만 집에 있기도 좀 그러니 친가에서 설을 보내려 한 건데, 마침 할아버지 할머니도 말씀도 없이 대만 여행을 떠나신 뒤였다.

옆에서 루카스가 작게 물었다.

"너희 대만에 무슨 죄졌어?"

조용히 하십쇼. 내가 루카스를 향해 눈빛으로 경고하는 그때였다. 얘기가 끝나자마자 턱을 괴고 있던 이제니가 불쑥 말했다.

"그럼 우리 집에서 조금만 기다릴래? 지금 서울에서 기사를 부르면 금방 오기는 할……."

앗. 내가 반색하며 좋다고 말하려던 그때였다. 루다네 외할머니가 불쑥 말을 자르셨다.

"그런데, 그래 봐야 서울에 어른들도 안 계시다고 하지 않았냐."

"아."

생각지도 못한 사실을 지적받은 듯 이제니가 입을 다물었다.

그러고 보니 그도 그랬다. 하지만 설마, 문단속만 잘하면 도둑이 들 일은 웬만하면 없지 않을까?

내가 생각하는 그때였다.

"루카스, 루다야."

갑작스러운 외할머니의 부름에 옆에 서 있던 루카스와 루다의 어깨가 저절로 뻣뻣해졌다. 그들 모습을 보고 나는 깨달았다. 보통 무서운 어르신이 아니로구나.

과연 그 생각대로였다. 루다네 외할머니가 눈을 시퍼렇게 뜨고 물었다.

"내가 너희 친구 곤란할 때 돕지도 못하는 애들로 길렀니?"

나는 그 물음에 숨은 중대한 결함을 발견해 냈다. 아니, 저기, 할머니. 제가 알기로는 루카스는 고작 작년인가에 입양이 된 걸로 알고 있는데요.

그때, 기합이 바짝 들어간 루다와 루카스가 고개를 내저었다.

"아니요, 아닙니다."

"그럼 지금 너희가 해야 하는 일이 뭔지는 알겠지?"

재차 이어진 외할머니의 물음에 두 사람은 당연히 알고 있다는 듯 힘차게 고개를 끄덕였다. 그러니까 문제는, 두 사람이 우리를 위해 해야 하는 일을 우리만 모른다는 것이었다.

여령이와 나, 여단 오빠는 바쁘게 눈빛을 교환했다. 저게 무슨 소리야? 몰라, 나도. 대체 뭘 하려고 저러는 건지.

아. 그러다 나는 간신히 가장 그럴듯한 선택지를 떠올렸다. 루다네 외할머니는 어른이 하나도 없이 설날을 보내야 하는 우리 세 사람을 걱정해서 이 집에 우리를 재우실 작정인지도 모른다.

생각을 마치자마자 내 얼굴이 곧바로 창백해졌다. 으악, 그거야말로 대단한 민폐잖아! 내가 당장 입을 열어 그러지 않아도 된다고 말하려던 그때였다.

갑자기 신발장 쪽으로 향하며 루다가 결연히 말했다.

"가자."

응?

"가다니, 어디로?"

눈을 깜빡인 내가 되묻자마자 이번에는 루카스가 대답했다.

"어디냐니? 여기 바로 맞은편 집이지."

우리 맞은편 집이라면 여령이네 할아버지 할머니 집인데, 굳게 닫힌 집에 가서 대체 뭘 하려고? 그러다 말고 예전에 보았던 루카스의 신묘한 묘기를 떠올린 나는 미간을 좁혔다.

아, 잠깐. 설마. 설마……. 그리고 나는 몹시 불안한 기분으로 걸음을 옮겼다. 여령이와 여단 오빠가 여전히 영문을 모르겠다는 표정으로 나를 따라왔다.

그리고 잠시 후, 그들은 형용할 수 없는 눈빛으로 루다와 루카스를 바라보았다.

손님을 환영하듯 활짝 열린 현관문 앞에서 루다가 안쪽을 가리키며 친절하게 말했다.

"자, 들어가."

"뭐……."

"고맙다는 말은 필요 없어. 이웃 사이에 이 정도는 당연하지, 뭘."

산뜻하게 웃으면서 그렇게 말한 것은 루카스였다.

옆에서 여령이가 작게 중얼거리는 것이 들렸다.

"당연하기는 뭐가, 이웃 사이에 5초 만에 현관문을 따는 게 당연한 거야?"

사실 루다와 루카스는 이런 전통적인 열쇠로 된 현관문뿐만이 아니라 도어락까지도 뚫을 수 있다는 말은 차마 하지 못한 채, 나는 그저 어색하게 웃었다.

아무튼 루다네 외할머니도 보통 분은 아니야…….

내가 얻은 결론이었다.

* * *

여령이네 할머니 할아버지 집은 총 2층으로, 2층에는 안 쓰는 방이 두 개나 있었다.

하나는 붙박이장이 있는 옷 방이었는데 조금 퀴퀴한 냄새가 나는 것을 제외하면 괜찮았고, 바닥에 이불을 깔고 두 명 정도는 잘 수 있을 것 같았다.

나머지 하나는 서재였는데, 마찬가지로 이불 깔고 잘 공간은 충분했다. 나와 여령이가 옷 방에서, 여단 오빠가 서재에서 자기로 했다.

"아, 아무튼 살았다."

옷 방에 짐 가방을 내려놓으며 그렇게 말한 나는 한숨을 내뱉었다.

솔직히 가평에서 서울까지 왔다 갔다 하는 데 시간도 보통 걸리는 게 아닌 데다가, 말마따나 서울은 빈집 털이범들이 기승일 테니 이쪽이 안전하긴 했다. 더군다나 마침 옆집에 아는 사람도 있고.

그렇게 생각하자마자 밖에서 외치는 소리가 들렸다.

"단아!"

루다였다. 가방에서 짐을 꺼내 바닥에 늘어놓던 내가 고개만 쏙 빼고 외쳤다.

"왜!?"

"그랜마가 그러는데, 괜찮으면 식사할 때마다 와서 같이 먹으래!"

아차, 그러고 보니 식사에 대해서도 아무런 대책이 없었다. 집에 사람이 없을 줄은 몰랐으니 당연히 식사거리도 사 오지 않았고.

여령이와 잠시 눈빛을 교환한 내가 다시 외쳤다.

"가겠다고, 감사하다고 전해 줘!"

"오케이!"

외치는 소리가 점차 멀어지더니 이윽고 쾅 하며 현관문이 닫히는 소리가 들렸다. 루카스와 루다 모두 다시 집으로 돌아간 모양이었다.

창가에서 선명한 색채를 지닌 두 사람이 맞은편의 집으로 들어가는 것을 내려다보며 나는 숨을 크게 내쉬었다.

아무튼 결과적으로 그리 나쁘지 않은 설날의 시작이라는 생각이 들었다.

* * *

점심은 루다네 외할머니 집에서 먹었다.

설날의 대표 음식, 떡국에 산적에 온갖 전들이 차려진 그야말로 호화 상차림이었다. 잘 먹겠습니다, 말한 뒤에 하나둘 수저를 들었다.

새삼 가족들과 보내야 하는 명절날에 괜히 식사 자리를 불편하게 만들고 있다고 생각하니 눈치가 보였다.

전을 한입 베어 문 나는 눈치를 보다가 입을 열어 조심스럽게 말했다.

"와, 진짜 맛있어요."

그러자마자 맞은편의 이제니가 대답했다.

"맞아, 마트에서 시식해 봤는데 맛있더라고. 그래서 좀 사 왔어."

"아."

"안 그랬으면 명절 음식은 구경도 못했다, 너희. 특히 루카스, 너."

맞은편 자리에서 떡국을 뜨던 루카스가 투덜댔다.

"자식 되고 처음으로 한국에서 보내는 설날인데 좀 챙겨 주지."

그러자 살 떨리도록 상냥하게 웃은 이제니가 대답했다.

"아들, 독에 대한 저항 테스트 좀 할까?"

"잘못했습니다."

루카스가 곧바로 말한 뒤에 식사 자리에는 침묵만이 흘렀다. 가끔 분위기에 홀로 영향을 받지 않는 것 같은 루다네 외할머니만이 이것저것 집어 먹으며 맛있네, 이거 맛있네,를 연발할 뿐이었다.

독 얘기를 듣고부터 나와 여령이는 먹을 것이 입에 들어가지 않았다. 이제니라면 그럴 수도 있겠다는 생각이 자꾸만 들어서였다.

식사를 마치고 자리를 옮기는데, 여단 오빠가 문득 말했다.

"이 집, 유머 감각이 특이한 것 같아. 아까 우리 집 문 연 것도 그렇고……."

나와 여령이는 동시에 얼굴을 굳혔다. 아니야, 여단 오빠. 아까 그건 농담 같은 게 아니라 진담이었어! 지금이라도 이 범상치 않은 집안 내력에 대해서 얘기를 해야 하나, 나는 속으로 머리를 쥐어뜯었다.

식사가 끝나고도 고난은 계속되었다. 루카스와 루다가 식사가 끝나자마자 우리 집으로 놀러 오겠다고 냉큼 선언했기 때문이었다. 얻어먹은 것도 있고, 그러라고 하자마자 루다와 루카스는 당장 짐을 챙겨 나섰다.

우리 집 거실에 앉으며 루다가 말했다.

"하하, 우리 집에 계속 있었으면 지금쯤 몸 어디 한 군데에 포크가 꽂혀 있을 거야."

그에 루카스가 웃는 얼굴로 대답했다.

"나는 두 군데."

그 얘기를 듣고 있던 나는 다시 고개를 돌렸다. 내 옆에 쪼그려 앉은 여단 오빠가 그 두 사람을 희귀한 야생 동물이라도 보는 양 바라보고 있었다.

으아. 나는 두 손으로 얼굴을 가렸다. 제발 두 사람, 세간의 상식적인 선을 지켜 가며 대화를 해 줘. 그리고 나는 리모콘을 찾아내 텔레비전을 켰다.

생각 없이 웃을 수 있는 예능 프로그램이라도 보고 있으면 대화 주제가 이쪽으로 돌아오겠지, 마음속으로 간절히 바라는 그때였다.

—정글의 밤은 가혹합니다.

화면을 보며 나는 중얼거렸다. 왜 하필 동물의 왕국이냐.

생각하기가 무섭게 옆에서 루카스가 내뱉었다.

"아, 저기 나 다녀온 데잖아?"

그러기가 무섭게 화면에 표범이 나타났다.

—표범은 가장 빠르고, 가장 무서운 사냥꾼이지요.

루카스가 왜 들고 있는지 모를 포크로 텔레비전 화면을 가리키며 말했다.

"맞아, 진짜 무섭더라. 죽는 줄 알았잖아."

옆에서 여령이가 기겁하며 묻는 것이 들렸다.

"잠깐, 표범이랑 싸웠다고요?"

"그렇다니까. 특히 밤이 되면 사방이 깜깜해져서 보이지도 않는데……."

옆에서 여단 오빠가 텔레비전보다도 루카스가 백배는 흥미롭다는 표정으로 그쪽을 보고 있었다.

안 돼, 얼른 화제를 돌려야 해! 이곳에 남아 있는 단 한 명의의 민간인, 단 한 명의 상식인으로서의 사명감을 갖고 나는 필사적으로 채널을 돌리기 시작했다.

그래, 가라! 국민 예능 〈무모한 도전〉! 속으로 의기양양하게 외친 것도 잠시, 설 특집 방송 주제를 보고 나는 속으로 절규했다.

왜 하필 첩보 특집이야! 화면 안에서는 익숙한 연예인들이 귀에 인 이어를 끼고 검은 돈 가방을 들고 달리고 있었다.

옆에서 루카스와 루다가 차례로 중얼거리는 것이 들렸다.

"어허. 돈세탁은 저렇게 하는 게 아닌데, 뭘 모르네."

"제대로 하려면 홍콩 친구를 만나야지."

옆에서 여단 오빠가 작게 중얼거렸다.

"부루마불 얘긴가."

"응, 맞아. 여단 오빠."

나는 그렇게 말하며 여단 오빠의 손을 꽉 쥐었다.

맙소사, 내가 살다 살다 다른 사람도 아니고 여주인공 오빠의 상식을 지켜 주겠다고 다짐하는 날이 오다니.

나는 중얼거렸다.

아, 이런 설날은 싫어…….

* * *

낯선 천장이다.

아침에 눈을 뜨자마자 처음으로 떠올린 생각이었다.

바짝 얼어붙은 채 새벽빛에 드러난 낯선 무늬의 벽지를 바라보다가 나는 조심스레 눈을 굴렸다.

옆에서는 여령이가 진홍색 극세사 이불을 끌어안고 새근새근 새우잠을 자고 있었다. 잠시 가만히 있다가 몸을 일으킨 나는, 흘러내린 이불을 그녀의 어깨 위로 덮어 주었다. 반여령은 유난히 춥게 자는 버릇이 있었는데, 그래도 그렇지 감기라도 걸리면 어쩌려고.

인기척을 느꼈는지 반여령이 으음, 소리를 내며 미간을 살짝 좁혔다. 손을 들어 이마의 주름까지 꾹꾹 펴 주고 나서야 고개를 든 나는 사방을 살폈다. 방 전체를 감싼 거대한 붙박이장이 우리를 내려다보고 있었다. 그제야 나는 한숨을 내쉬며 어깨에서 힘을 뺐다.

그랬지, 우리는 설날을 맞이하여 여령이네 친가인 가평 집에 와 있었다. 가슴을 쓸어내린 나는 작게 중얼거렸다.

"휴, 무슨 차원 이동이라도 한 줄 알았네."

낯선 천장이니 뭐니 하는 건 솔직히 차원 이동한 사람들 단골 대사니까. 생각하다 말고 나는 깨달음을 얻었다.

아니지, 왜 남 얘기하듯이 하고 있어? 차원 이동을 한 건 나도 마찬가지인데. 다만 그 차원 이동이 용이나 마법 쓰는 세계가 아니라, 일가친척들이 애들만 빼놓고 전부 대만 여행을 가 버리는 이상하고도 현실적인 세계로 이루어져서 문제지.

"……."

이불 위에 두 손을 늘어트리고 멍하니 앉아 있던 나는, 이윽고 머리맡을 뒤적여 어제 찾아 둔 마른 수건을 꺼냈다.

"씻기나 하자……."

낯선 곳에서 자고 일어나는 게 오랜만이라서 그런지 아침부터 심란한 기분이었다.

아직 익숙하지 못한 집의 구조를 머릿속으로 더듬어 가며 2층 복도를 서성인 끝에 복도 끝에 있는 화장실을 찾을 수 있었다. 화장실로 향하는 길에 나는 여단 오빠가 자고 있을 방을 지났다. 문은 닫혀 있었다.

화장실 문고리를 잡아 돌리면서 나는 잠시 그쪽을 기웃거렸다.

그러고 보니, 여단 오빠는 일어났을까? 여령이 못지않게 아침형 인간인 건 여단 오빠도 마찬가지였다. 오늘이야 낯선 곳에서는 깊게 잠들지 못하는 내가 드물게 빨리 깬 것뿐이고.

그런 생각을 하던 내 손에서 문고리가 몇 번 헛돌았다. 그제야 문을 돌아본 내가 문고리를 힘주어 돌리던 그때였다. 찰칵, 소리와 함께 열린 문 사이로 뿌연 수증기와 더운 바람이 흘러나왔다. ……수증기?

아무 생각 없이 문을 활짝 열어젖히려다 말고, 나는 문득 상황을 깨달았다. 엄마야! 차마 입으로는 내뱉지도 못한 채, 나는 손가락 한 마디도 못 되게 열렸던 문을 다시 닫았다.

나는 그대로 우당탕 복도를 달려 계단 아래로 내려갔다. 그러면서 나는 내 머리를 수 번 쥐어박았다. 붕어도 아니고, 어떻게 어제 얘기했던 걸 벌써 까먹냐!

"위층 욕실은 여단 오빠 쓰기로 했었지, 참……."

말 그대로였다. 이 주택에는 욕실이 1층에 하나 2층에 하나 총 두 개가 있었는데, 여령이와 내가 조금 더 넓은 1층 욕실을, 여단 오빠가 2층 욕실을 쓰기로 어제 얘기해 둔 상태였다.

아니, 하지만 문 정도는 잠가 줄 수 있잖아! 나는 쿵쾅거리는 가슴께를 탕탕 두드리며 방금 지나온 계단을 올려다보았다.

어둠 속에 파묻힌 2층 화장실 쪽을 바라보며 나는 중얼거렸다.

"설마, 문 열린 거 몰랐겠지?"

제발 몰라야 하는데. 나는 마음속으로 빌었다.

만약 봤으면 어쩌지? 문 열었던 사람이 나인지 여령이인지 많이 불안할 텐데, 차라리 이따 여단 오빠가 나오면 가서 '아무것도 못 봤어.' 하고 이실직고하는 게 나을까?

이런저런 생각으로 내 머리가 터지기 직전인 그때였다. 찰칵 소리가 들리더니 이윽고 발소리가 들렸다. 복도가 삐거덕거리는 소리, 매끈한 나무판에 젖은 발이 달라붙었다가 떨어지는 소리가 이어서 들려왔다.

이윽고 어둠 속에서 나타난 여단 오빠와 내 눈이 마주쳤다.

천만다행으로 내가 있다는 것을 생각해서인지, 아래는 짙은 회색 기모 추리닝 바지에 위에는 옅은 회색 반팔 티까지 제대로 걸친 채였다.

목 위에는 수건이 걸려 있었고, 검은 머리카락은 살짝 젖어 있었다. 그의 검은 눈을 마주한 나는 포식자 앞의 사냥감인 양 꼼짝도 못했다.

그런 나를 한참이나 골똘히 바라보던 여단 오빠가 이윽고 고개를 멀뚱히 기울였다. 그리고 그가 이어서 내뱉는 말에 나는 안도의 한숨을 내쉬었다. 어휴.

"왜 그래?"

"아, 아무것도 아니야. 좋은 아침, 여단 오빠."

그렇게 말하며 나는 어색하게 웃었다. 아무렴, 방금 화장실 문이 작게나마 열렸던 것을 알았다면 저렇게나 아무렇지 않은 표정을 짓고 있지는 않겠지.

웃는다고 웃었는데도 내 표정에서 어색한 기미를 읽었는지 여단 오빠가 살짝 미간을 좁혔다. 그러더니 그는 이쪽으로 다가오려 했다.

계단으로 한 발자국 내디디며 그가 차분히 물었다.

"기분 나쁜 꿈이라도, 꿨어?"

"아니, 아니 아니아니!"

내 말이 급기야 외침이 되자 여단 오빠가 더욱 의아한 듯 미간을 찡그렸다. 그러거나 말거나 힘껏 손을 내젓던 나는 황급히 뒤돌아 도망쳤다.

1층 화장실로 들어가자마자 문을 쾅 닫은 나는 문에 기대어 숨을 헐떡이다가 거울로 다가가 이마를 박았다.

쿵쿵, 이마를 몇 번이고 찧으며 내가 중얼거렸다.

"이래서 드라마에서 사람들이 그렇게 이마를 박아 대는 거구나……."

해 보니까 별로 심신 안정에 도움이 되지는 않지만, 나 같은 쓰레기한테는 합당한 벌인 것 같기도 하고. 올바른 벌을 받고 있는 죄수의 기분이 이러할까.

아, 진짜! 기억력 없는 게 죄다, 죄! 어차피 없는 뇌세포 좀 더 없어져도 무슨 상관이냐! 몇 번이고 거울에 이마를 박으며 나는 울상을 지었다.

이른 아침부터 여단 오빠와 같은 지붕 아래 있다는 건 좋았지만, 그것 빼고는 별로 좋을 게 없는 최악의 아침이었다.

* * *

씻고 나온 나는, 화장실 문을 열자마자 보이는 거실에 여단 오빠가 앉아 있어서 흠칫 놀랐다.

텔레비전에서 사람들이 웃고 떠드는 소리가 바깥에서 들려오는 새소리와 섞여 희미하게 들렸다. 이윽고 여단 오빠의 검은 눈이 쓱 굴러 이쪽을 향했다.

그가 아까 하지 못한 아침 인사를 던졌다.

"일찍 일어났네."

"응, 어쩌다 보니……."

그렇게 말하면서 나는 머리에 얹은 수건 끝을 매만졌다. 그 모양을 잠시 지켜보던 여단 오빠가 다시 입을 열었다.

"감기 걸려. 머리 말리고 와."

잠시 생각하던 나는 고개를 내저었다.

"음, 아니. 드라이어 소리에 여령이 깰 것 같아."

"어차피 아침 먹으려면 깨워야 돼."

"아직 시간 좀 남았잖아."

그렇게 말하며 시계를 확인하니 과연 오전 아홉 시밖에 되지 않았다. 루다네 집이 언제쯤 아침을 먹을지는 모르지만, 부르러 사람이 오면 그때 깨워도 늦지 않다.

"그리고 어제 그렇게 놀아 댔으니 피곤하기도 할 거고."

내가 다시 말했다. '어제 그렇게 놀아 댔으니.' 의 '그렇게.'란, 다름 아닌 루카스와 루다 형제와의 부루마불을 말한다.

어제 루카스와 루다가 〈무모한 도전〉 첩보 특집을 보면서 돈세탁은 저렇게 하는 게 아니네 어쩌네 하는 말에 내가 땀을 삘삘 흘리며 '부루마불 얘기다.' 하고 계속 둘러댄 것이 화근이었다.

내 말에 여령이는 갑자기 부루마불이 하고 싶다고 하더니, 이 집 어딘가를 뒤져서 상당히 오래된 버전의 부루마불을 정말로 들고 나타났다.

그러고는 다섯 판 정도를 내리 했는데, 나는 거의 언제나 가장 먼저 파산해 버리고, 루카스도 돈 놀음에는 소질이 없는지 싸움은 여령이와 루다 둘만의 리그로 굳어 갔다.

새벽 한 시가 되어 내가 꾸벅꾸벅 졸 때까지도 여령이와 루다는 부루마불을 하고 있었으니, 아마 두 시는 넘어서 잤겠지. 그렇다면 지금까지 곤히 자고 있는 것도 그럭저럭 납득이 간다.

내가 그렇게 말하자 여단 오빠는 수긍한 기색으로 고개를 끄덕였다. 그러더니 그는 갑자기 소파에서 자리를 조금 옮겨 구석에 앉는 것이었다.

왜? 무심코 생각하던 나는, 그제야 내가 머리를 말리지 않고 나왔으니, 할 일은 한 가지라는 걸 깨달았다.

내가 그 사실을 깨닫기 무섭게 여단 오빠가 말했다.

“여기 앉아.”

“응?”

나는 잠시 당황했다. 여단 오빠가 저렇게 명령하듯 말하는 일은 아주 드물었다. ‘같이 텔레비전 볼래?’ 하고 물어보는 게 보통인데.

이어지는 말에 나는 그 이유를 깨달았다.

“머리 말려 줄게.”

“아니야, 괜찮아.”

그렇게 말하며 나는 슬금슬금 물러났다. 화장실에서 거울에 이마를 찧으며 참회한 게 불과 몇 분 전인데, 지금 바로 여단 오빠와 붙어 앉으라고? 그랬다가는 내 심장이든 양심이든 둘 중에 하나는 터지고 말 것이다.

"지금 생각해 봤는데 여령이를 깨우는 게 맞는 것 같아."

내가 하하 웃으며 말하자, 나를 보던 여단 오빠의 한쪽 눈썹 끝이 성큼 치켜 올라갔다.

이크, 뭔가 눈치챘나? 내가 얼른 뒤돌아 계단을 오르는 그때였다. 턱, 계단 손잡이를 붙잡은 내 손 바로 위에 커다란 손이 얹혔다. 바짝 얼어 있던 나는 이윽고 고장 난 로봇처럼 삐걱삐걱 고개를 돌렸다.

어느새 여단 오빠가 바로 뒤에 다가와 있었다.

방금 내 머리를 말려 주겠다고 말할 때까지만 해도 그의 눈에 머무르던 아침 공기 같은 온화한 기운은 어디 가고, 그의 눈이 어느새 서늘하게 굳어 있는 것을 보고 나는 짧게 숨을 들이켰다. 딸꾹질이 나올 것 같았다.

여단 오빠가 말했다.

"왜 피해."

"아, 안 피했는데."

"왜 말 더듬어."

"마, 말 안 더듬었는데."

여단 오빠가 다시 한번 검고 서늘한 눈으로 나를 보았다. 나는 눈을 내리깔고 내가 들어갈 만한 크기의 쥐구멍을 찾기 시작했다.

이 세상 어딘가에는 내가 들어갈 만한 쥐구멍이 분명히 있을 거다. 포기하면 안 돼. 마음을 다잡던 내 귓가에 이윽고 옅은 한숨 소리가 들렸다.

어깨를 흠칫 떤 나는 슬그머니 고개를 들었다. 한결 누그러진 눈빛의 여단 오빠가 물었다.

"……드라이어, 어디 있는지는 알아?"

"그러고 보니까, 아니."

"나도 못 봤어."

"……."

"이리 와."

한동안 말없이 서 있던 나를 여단 오빠가 끌어당겼다. 나는 고개를 푹 숙인 채 종종걸음으로 그를 뒤따랐다. 나를 소파에 앉힌 그가 수건으로 내 머리카락을 토닥이기 시작했다.

그러는 동안 거실에는 침묵만이 흘렀다. 소리를 작게 켜 둔 텔레비전에서는 여전히 음악 소리와 발작적인 웃음소리가 터져 나왔지만 그마저도 이 고요를 깨지는 못했다.

시간이 한없이 늘어지는 것 같은 기분이 들었다. 여단 오빠가 나를 불러 세웠을 때만 해도 뻣뻣하게 얼어 있던 나는, 어느새 어깨의 힘을 풀고 편안히 숨을 내쉬기 시작했다.

등 바로 뒤에 앉은 여단 오빠에게서 낯선 향기가 풍겼다. 아마도 보디 워시를 바꿨기 때문이겠지만, 나무와 풀,

허브를 온통 섞은 듯한 그 향이 여단 오빠와 잘 어울렸다.

아마 여단 오빠 자체가 아침을 닮은 사람이라서겠지. 언제나 차분하고 고요해서 찬물처럼 느껴지지만, 따뜻한 햇볕은 약하게나마 분명히 존재한다.

사람도 인기척도 없는 부엌에 시선을 던지며 내가 멍하니 생각하는 그때였다. 갑자기 내 머리를 감싸고 있던 손이 툭 떨어졌다. 나는 뒤를 돌아보았다.

“여단 오빠?”

“이 정도면 괜찮겠지.”

그렇게 말하며 여단 오빠가 다시 내 머리 위로 손을 올리더니, 수건 양 끝을 잡고 내 턱 밑으로 묶어 보자기처럼 둘렀다.

아, 잠깐. 아무리 볼 꼴 못 볼 꼴 다 본 사이라지만 이건 좀.

어쩌면 여단 오빠가 나를 좋아하는 이유 중에 내 사과 머리가 있을지도 모른다고는 하지만, 그래도 이건 좀. 무슨 성냥팔이 소녀도 아니고.

그렇게 말하려던 나는, 무심코 여단 오빠의 표정을 올려다봤다가 그대로 입을 다물고 말았다. 여단 오빠의 눈빛이 처음 내 사과 머리를 보았던 그때만큼이나 즐거워 보였기 때문이었다. 아까도 말했지만 아침 햇살처럼 늘 차분하고 감정의 변화가 적은 사람이라 이런 모습을 보는 것도 쉽지 않다.

잠시 고민하던 나는 곧 결론을 내렸다. …… 음, 그냥 이대로 있을까. 사실 나는 여단 오빠의 저런 눈빛을 좋아한다.

그러기가 무섭게 여단 오빠가 하는 말에 나는 기겁하며 생각을 고쳐먹었다.

"귀엽다."

"오빠 아직 잠 덜 깼구나……."

세상에 이런 성냥팔이 소녀 같은 모습을 보고 귀엽다고 할 사람이 대체 어디 있어. 내 쪽팔림보다도 여단 오빠의 안구 보호를 위해 내가 막 여단 오빠의 손을 떨쳐 내려는 그때였다.

내 머리를 감싼 수건 위에 두 손을 올려놓은 채로 여단 오빠가 고개를 기울였다. 베란다에서 흘러들어 오던 밝은 빛이 여단 오빠에게 가려 사라졌다.

꽃잎이 움트듯이 여전히 느린 동작이었다. 잠깐 눈을 깜빡이다가 나는 살짝 눈을 감았다.

누군가 엄지로 살짝 누른 듯 가볍고 뜨끈한 촉감이 볼을 스쳤다. 이윽고 광대 바로 아래의 귀와 가까운 곳에 다시 입술 도장이 꾹 찍혔다.

그러고는 갑자기 여단 오빠가 수건으로 내 머리카락을 다시 문질렀다. 아직 덜 마른 머리카락 한 줌이 이마 위로 흘러내렸다. 그제야 눈을 뜬 내가 살짝 눈을 찡그렸다.

안 그래도 이미 충분히 상태 심각했는데. 방금 일어나서 퉁퉁 부은 얼굴에 성냥팔이 소녀인 것도 모자라 머리카락까지 산발이 되다니.

"안 그래도 엉망인데."

"내 눈에는 엉망 아니야."

여단 오빠가 너무 가까운 거리에서 나를 보며 그렇게 말하는 바람에 나는 말문이 막혔다.

잠시 넋이 나가 있던 내게 여단 오빠가 다시 말했다.

"왜 피했어."

"어, 응?"

"아까."

그제야 불과 한 시간 전의 일을 떠올린 내 얼굴이 화끈 달아올랐다. 그랬지, 그것 때문에 여단 오빠에게서 그토록 달아나려고 했던 건데.

여단 오빠의 얼굴이 여전히 가까이 있었다. 내 머리카락에서 풍기는 샴푸 향기와 여단 오빠의 머리카락에서 풍기는 샴푸 향기가 순식간에 섞여 들어서 코를 가득 메웠다. 고작 그것뿐인데도 4년 동안이나 봐 온 얼굴이 몹시도 낯설게 느껴졌다.

나는 소파 위로 내리고 있던 두 손을 슬그머니 움켜쥐었다.

새소리가 흐르는 바깥. 집 안에 켜켜이 쌓인 정적과, 어딘가 정신이 아득해지는 휴일 나절의 공기의 흐름.

나는 더듬더듬 입을 열었다.

“아니, 왜 피한 거냐면.”

“응.”

“그게…….”

나는 슬쩍 바닥을 내려다보았다. 지금 당장 미끄러지듯이 바닥으로 내려가서 무릎을 꿇고 석고대죄, 할 수 있을까? 내가 타이밍을 가늠하는 그때였다.

앞뜰 쪽에서 들려온 작은 목소리에 나와 여단 오빠는 뻣뻣하게 얼어붙었다.

“끝났어?”

속삭이듯 묻는 목소리는 루다의 것이었다. 통유리로 된 베란다 바깥을 바라보니, 두 손으로 얼굴을 폭 감싼 채 다른 곳으로 고개를 돌리고 있는 루다가 보였다. 그의 옆에서는 루카스가 태연하게 이쪽을 보다가 우리와 눈이 마주치자 씩 웃었다.

루카스가 말했다.

“응, 이제 끝났는데. 봐도 돼.”

“그래?”

그렇게 말하며 고개를 돌리고 있던 루다는 그쪽을 우두커니 보고 있는 나와 여단 오빠를 보고는 잠시 말을 잃었다.

삐꾹삐꾹, 새소리만이 우리 사이를 타고 흘렀다.

* * *

어제보다도 어색한 분위기 속에서 아침 식사를 마친 뒤, 또래끼리만 남게 되고 나서야 루카스가 변명처럼 내뱉었다.

"아니, 그렇다고 다시 제니한테 돌아가서 '둘이 쪽쪽거리기 바빠 보여서 그냥 왔어요. 아침쯤 굶어도 되겠던데.' 하고 말할 순 없잖아."

"악, 표현이 그게 뭐예요!"

내가 기겁해서 그의 팔을 찰싹 때리는 동안, 옆에서는 여령이가 우리를 보며 아하, 그런 일이 있었구나, 하는 표정을 짓고 있었다. 으악, 쪽팔려 죽겠네, 진짜.

나는 루다를 돌아보았다. 루카스가 그 화제를 다시 끄집어낼 때부터 이미 귀 끝까지 발갛게 물들어 있던 루다는, 나와 눈이 마주치자 화들짝 놀라며 시선을 피했다. 그런 모습을 보였으니 나로서는 할 말이 없다.

내가 바싹 마른 입술을 여닫는 사이, 옆에서는 루카스가 태연하게 지껄였다.

"여기가 아파트가 아니고 주택인 건 알고 있지? 아니 뭐, 모르는 것 같아서 말해 봤어."

땅에 붙어 있는 건물을 주택이라고 한단다. 그렇게 덧붙이는 루카스를 향해 나는 입의 지퍼를 걸어 잠그는 시늉을 했다. 제발 조용히 좀 하쇼.

다행히 내 뒤에서 여단 오빠가 아무런 말도 없이 루카스를 빤히 노려봐서인지 루카스는 금세 놀리는 것을 멈추었다. 그제야 나도 한숨 돌릴 수 있었다.

그리고 우리는 곧바로 오늘은 뭘 할지에 대해 토론하기 시작했다. 어쩐지 점점 설날이라기보다는 원래부터 이렇게 가평에서 만나서 놀기로 약속하고 다 같이 모인 것 같은 기분이 들기 시작하는데 말이지. 아, 그러고 보니.

"성묘는 안 가요? 아니면 세배를 한다든가."

"그거라면 오늘 아침에 했어. 성묘는 원래 안 챙기고."

내가 물은 말에 대답한 것은 루다였다.

아, 그렇구나. 내가 고개를 끄덕이는 사이 루다가 루카스를 가리키더니 말을 이었다.

"사실 원래도 설날을 챙기는 집은 아닌데, 올해는 루카스를 소개할 겸 겸사겸사 들른 거라."

"아, 그렇구나."

잠깐 생각하던 나는 앗, 잠깐. 하고 외쳤다. 내가 루카스를 돌아보며 물었다.

"그럼 설마 어제가 루다네 외할머니랑 루카스랑 처음 뵌 거였어요?"

"아, 응. 그런데?"

"자기 집같이 편하게 있던데."

여령이가 중얼거린 말에 루카스가 하하 웃고는 '이게 다 연륜 아니겠어!' 했다. 아니, 거야 우리보다 일곱 살이나 많기는 하지만 그래 봐야 스물다섯이고, 연륜이라기보다 그냥 철면피인 거 아닙니까.

일단 집에서 계속 떠들고 있는 것도 아닌 것 같아서 바깥으로 나가서 마을을 한 바퀴 돌며 오늘 무엇을 할지에 대해 의견을 나누었다.

루다가 이 근처에 스키장이 있다고 했지만 갑작스럽게 하기에는 너무 무리한 운동 아니냐고 내가 말해서 기각되었고, 무서운 점은 나 말고는 아무도 스키를 탄 다음 날 근육통 따위에 대해 신경 쓰지 않는다는 것이다.

역시 이 조합으로는 내가 너무 불리해. 내가 말없이 얼굴을 창백하게 물들이는 사이, 이번에는 여령이가 밤에 마당에서 고기를 굽자고 제안했다. 음, 그건 괜찮네.

그때, 루카스가 말했다.

"아니, 그런데 지금 당장 할 게 없잖아."

"서바이벌 게임은 어때요?"

아니, 대체 왜 대화가 죄다 익스트림 스포츠로 튀냐. 내가 나는 좀 빼 달라고 말하려는 찰나, 여령이가 한곳을 가리켜서 바라보니 서바이벌 게임장이 있었다. 하기는, 가평이니 놀러 오는 사람들을 노리고 만든 거겠지.

일말의 희망을 놓지 않고 내가 말했다.

"설마, 설날인데 영업을 할까?"

했다.

*　*　*

몇 분 뒤, 나는 옷을 갈아입고 서바이벌 게임장의 창고에 앉아 보호 장비와 총을 지급받고 설명을 듣고 있었다.

루다와 루카스야 받은 교육이 있으니 대강 예상은 했지만, 총의 조준을 시험한답시고 과녁판에 쏴서 죄다 정중앙만 맞추고 있었다. 옆에서 서바이벌 게임장 관리인이 그 모습을 보며 속 편하게 감탄하고 있었다.

"와, 두 분 다 엄청 잘하시네요~"

그런 그를 원망 어린 눈으로 보던 내가 물었다.

"설날인데 운영을 하시네요?"

그러자 서바이벌 게임장 관리인은 뒷머리를 긁적이며 쑥스러운 듯 웃었다.

"하하, 여기가 고향이라서……!"

그러니까 왜 하필 고향이 여기인 건데. 침울하게 중얼거렸지만 별수 없었다.

게임장은 타이어나 간이 벽 등 이런저런 엄폐물로 가득했고, 3라운드를 내리 해서 2라운드를 이기는 팀이 승리하는 구조였다.

총알은 페인트 탄인데, 강도가 세서 절대 머리는 노리면 안 되고 몸을 세 발 맞으면 아웃이었다.

게임을 시작하기 전, 편을 나누는데 루다와 루카스는 각각 다른 팀을 하기로 했다.

"우리 둘이 한 팀이면 밸런스가 안 맞으니까."

루카스가 모처럼 빼기지도 않는 태연한 태도로 말했다.

실제로 그게 사실일 것을 알기에 나는 그냥 고개를 끄덕였다. 아무리 반 씨 남매가 운동 신경이 좋다고는 해도, 설마 전문적으로 교육받은 사람들에 비할까.

그러고 보니 반여령이랑 여단 오빠가 찢어져도 사람 수가 맞지 않았다. 내가 손을 들어 올리며 말했다.

"저는 어디 들어갈까요?"

그러자 나를 본 루카스가 미묘한 표정으로 대답했다.

"너는…… 그냥 들어가고 싶은 데 아무 데나?"

"뭐예요, 그 표정은. 저 때문에 승패가 갈릴 수도 있잖아요."

"글쎄……."

미묘한 표정으로 그렇게 말하는 루카스의 등을 내가 한 대 때렸다. 그래, 나도 REED사에서 일어났던 추격전에서 명백히 드러났던 내 무능력을 아직 기억하고 있었다. 그래도 너무한 거 아니냐고.

다행히 손님이 없어 무료하게 있던 관리인이 자기도 참여하겠다고 해서 인원은 3:3으로 갈렸다. 루카스와 여단 오빠, 내가 한 팀, 루다와 여령이와 관리인이 한 팀이었다.

그리고 1분도 안 되어 관리인은 몸에 세 발을 맞고 나가서 우리가 게임하는 것을 구경하게 되었다.

아니, 대체 언제 나가신 거야? 엄폐물 뒤에 숨어 그쪽을 힐끗거리다가 갑자기 몸의 균형을 잃었다.

엄마야! 작게 비명을 지르며 넘어져서 정신을 차리고 보니 훤히 뚫린 곳에 있었다. 다른 엄폐물 뒤에 숨어 있던 여단 오빠와 루카스가 나를 보고 대체 뭐 하냐고 입 모양으로 방긋거리고 있었다.

바로 그때였다. 저기 숨어 있던 루다와 여령이가 동시에 내게 총구를 겨눴다. 아차, 망했군. 나는 눈을 질끈 감았다. 어차피 같이 게임 하면 내가 제일 빨리 죽을 건 예상하고 있었다니까.

예상치 못한 상황이 벌어진 것은 그때였다. 갑자기 여령이가 방아쇠를 당기는 대신 바로 옆의 루다의 멱살을 잡아챘다. 악! 덕분에 조준이 흔들린 루다가 성질을 냈다.

"갑자기 뭐야? 미치기라도 했어!?"

"너 어떻게 단이한테 총을 쏠 생각을 할 수가 있어!"

"아니, 지도 방금 총 겨눠 놓고 무슨 소리야! 누구는 좋아서 겨눈 줄 알아!?"

티격태격하는 두 사람을 보며 루카스와 여단 오빠가 어처구니없다는 표정을 지었다. 그러더니 두 사람은 이윽고 서로를 보며 저런 동생을 둬서 고생 많겠다는 듯한 눈빛을 주고받았다.

그사이 나는 슬슬 기어서 엄폐물 뒤로 다시 기어 들어갔다. 왜일까, 살아남았는데 별로 기쁘지는 않군. 나는 중얼거렸다.

그때, 서로의 팔을 잡고 아옹다옹하던 이루다와 여령이가 갑자기 잽싸게 서로를 놓고는 반대 방향으로 피했다. 동시에 둘 사이에 초록색 페인트 탄이 퍽 하고 꽂혔다.

돌아보니 루카스가 얄밉게 웃고 있었다.

"너희 아주 여유만만이다?"

그리고 루카스는 다리 한쪽만 훽 들었다. 방금 비켜선 곳으로 페인트 탄 두 발이 연이어 꽂혔다. 그 모습을 보며 나는 생각했다. 무슨 무림 고수도 아니고.

뒷짐까지 진 루카스가 태연하게 말을 이었다.

"같은 팀이 돼서 그러면 안 되지."

그 모습을 보며 루다가 살벌하게 중얼거렸다.

"오늘 내가 예전에 받은 후계자 교육을 여기에 다 쏟아부어서라도 이긴다."

"그 교육이 뭔지는 몰라도 도와는 드릴게."

옆에서 여령이도 말하는 것을 보니, 아무래도 대결은 루다 대 루카스의 구도로 흘러갈 모양이었다.

과연 그랬다. 루다와 반여령은 어느새부턴가 나도, 심지어 여단 오빠도 별로 노리지 않은 채 루카스만을 철저하게 노렸다. 그러다 여령이가 먼저 아웃되고 나서는 거의 루다와 루카스의 일대일 구도로 흘러갔다.

엄폐물 사이를 이동하다가 나는 루다와 마주쳤다. 아, 마침 잘됐다고 생각하며 내가 말했다.

"미안한데 나 좀 쏴 주라."

솔직히 내 저질 체력으로는 10분 정도 뛴 것만으로 한계였다. 겨울인데도 방탄조끼 안에 땀이 찰 정도였다.

저기 마침 여령이도 탈락했으니 나도 옆에 가서 좀 쉴 생각으로 말한 거였는데, 루다가 갑자기 입술을 질끈 깨물고는 말했다.

"그런 말 하지 마……. 내가 어떻게 널 쏴."

"아니, 이거 서바이벌인데."

나는 잠시 헷갈렸다. 사실은 우리 영화 찍고 있었는데 나만 몰랐나? 방금 루다의 비장한 말을 들어 봐서는 충분히 가능성이 있는데.

바로 그때, 루다의 뒤에서 퍽 소리와 함께 뭔가 터졌다. 움찔하며 고개를 돌린 나는, 루다 뒤에 서 있던 루카스와 시선이 마주쳤다.

총을 흔들며 루카스가 말했다.

"우리 루다, 그동안 도망쳐 다니느라 사격은 제대로 안 배웠구나."

"칫, 한 번 더 해!"

루다가 금세 이를 갈며 그쪽으로 걸어갔다. 혼자 남겨져 있던 나는 이게 다 뭐 하는 거람, 생각하고는 그쪽을 쫄래쫄래 따라갔다.

이번에는 팀 조합을 바꿔서 루다와 나, 여단 오빠가 한 팀이 되었다. 그리고 루카스는 가차 없이 나를 쏘아서 2분 만에 탈락시켰다.

나는 미련 없이 게임장을 나가 게임장이 보이는 벤치에 걸터앉았다. 그리고 몇분 뒤, 예상치 못한 사람이 터덜터덜 걸어와 내 옆에 앉았다. 나는 조금 놀란 표정을 지었다.

"어쩌다가 그랬어요?"

루카스가 별로 상심한 기색도 없이 대답했다.

"루다가 두 발, 네 남친이 한 발."

"아."

"네 남친, 꽤 잘하더라."

나는 그냥 고개를 끄덕였다. 루카스가 살짝 고개를 기울이며 놀란 표정을 지었다.

"칭찬했는데 별로 안 좋아하네? 놀라지도 않고."

내가 칭찬하는 일 흔치 않은데 말이야. 말하는 루카스에게 나는 담담하게 대답했다.

"오히려 못한다고 들었으면 놀랐을걸요."

그제야 납득했다는 표정을 지은 루카스가 손가락으로 하

늘색 머리카락을 꼬며 대답했다.

"아하. 엄친아, 뭐 그런 건가? 너희 나라에 재미있는 표현 많더라."

"맞아요. 실제로 엄마 친구 아들이기도 하고, 딱 그 말에 맞는 사람이기도 하고."

그렇게 말하자 루카스는 생각에 잠기는 기색이 되었다.

무릎 위에 팔꿈치를 올려놓은 그가 턱을 괴고는 말했다.

"흐음, 루다한테 듣기는 들었어. 너랑 네 남친, 엄청 어렸을 때부터 알아 온 사이라고."

"기억은 잘 안 나는데, 거의 유치원 때부터일걸요."

사실은 기억이 잘 안 나는 정도가 아니라 아예 없는 거지만 말할 수야 없지. 내가 눈을 내리깔고 생각하는데 불쑥 물음이 돌아왔다.

"용케 사귀었네?"

"네?"

"연애의 유효 기간은 환상의 유효 기간이라고들 하니까."

환상, 환상 말인가. 나는 미간을 조금 좁혔다.

그러고 보니 이민아도 그 비슷한 얘기를 했다. 상식적으로 생각해서 잘생긴 윤정인보다 평범한 길 가는 사람에게 조금 더 설렐 수 있지 않겠냐고, 뭐 그 비슷한 말이었는데.

그리고 그 두 사람이 지금 사귀고 있군. 세상 참 모를 일이야. 미묘한 표정을 짓고 있던 내게 루카스의 말이 이어졌다.

"친한 사이끼리 사귀었다가 다시 친구로 지내기로 하는 경우도 많지. 이유가 뭔 줄 알아?"

마침 이민아와 윤정인 생각을 하고 있던 터라 흠칫 놀랐다. 될 수 있으면 두 사람이 오래 사귀어 줬으면 했는데. 워낙 보기 좋은 커플이라.

그리고 잠시 고개를 기울였던 내가 고개를 내저었다.

"아뇨. 뭔데요?"

"내가 이 사람을 잘 알고 있다고 믿고 있었는데, 막상 사귀고 보니까 아닌 거지. 이미 오랜 세월 동안 서로에게 길들여져서 퍼즐 조각처럼 잘 맞던 사람이, 갑자기 그게 아니게 되는 거야."

"아."

"사람끼리 서로에게 맞춰 가는 건 상당히 고통스러운 일인데, 이미 맞춰져 있던 사람과 다시 그 일을 겪어야 한다니. 억울하고 상실감도 들고. 그런 사람 다시 찾기 쉽지 않은데 말이지, 괜히 욕심을 부려서 아주 중요한 걸 잃어버렸다 싶고."

내가 감탄하며 말했다.

"루카스, 연애 몇 번 해 보셨어요?"

"아, 오해하지 마. 세 번 안 되는데 연애 상담을 많이 해서."

"루카스한테 누가 상담도 해요?"

"야, 너 그거 무슨 뜻이냐."

루카스가 가볍게 내 볼을 당겼다 놓았다. 아니, 그럼 내 앞에서 허구한 날 루다랑 다투지를 말든가.

잠시 억울한 표정을 짓고 있던 내가 물었다.

"여단 오빠랑 제가 걱정돼서 그러시는 거예요?"

"뭐, 그것도 있고 좀 궁금한 것도 있고?"

혹시 루카스가 나한테 관심이? 나는 생각하려다 말았다. 아니, 일단 나이 차이는 둘째 치고 저 사람 눈 대단히 높을 것 같아. 그냥 그런 느낌이 있다.

잠시 고민하던 나는 대답했다.

"음, 알고 지낸 지 오래된 건 맞는데, 그거랑 상관없이 환상이 지켜지는 사람 있잖아요. 여단 오빠가 그런 존재라서."

"뭐야, 그게?"

"진짜로 엄친아와 옆집 오빠에 대한 환상 같은 걸 용광로에 넣고 휘저어 만들어 낸 것 같은 그런 사람이라서. 아무리 오래 알고 지내도 그 환상이 깨지는 걸 본 적이 없어요."

듣고 있던 루카스가 조금 어이없다는 투로 물었다.

"그런 사람이 진짜로 옆집에 있는 건, 옆집 사람이 뱀파이어인 거랑 거의 비슷한 확률 아니야?"

서양이라 비유가 뱀파이어인가. 아무튼 나는 고개를 끄덕였다. 실제로 그것과 비슷한 확률인 것 같기는 한데, 여주인공 오빠라서 그냥 그러려니 하고 있다.

"아무튼 그래서 뭐랄까, 환상은 지켜지고 있는 게 맞는데 별로 놀라지는 않는 것 같아요. 항상 옆에 있었으니까, 익숙한 느낌."

"흐음."

듣고 있던 루카스가 두 손을 등 뒤로 짚으며 고개를 젖혔다.

잠시 생각하는 듯하던 그가 불쑥 말했다.

"그것도 별로 좋은 징후는 아닌데."

"네?"

"사귄 지 100일도 안 됐는데 벌써 익숙해지면 곤란하지. 연애를 지속시켜 주는 건 새로움인데."

그가 덧붙이는 것을 들으며 나는 조금 어이없는 표정을 지었다. 저 사람, 말하는 것만 봐서는 진짜 연애 도사인데.

그런데 바로 그때였다.

"너, 진짜 좋아하는 거 맞아?"

"네?"

"어쩌다 좋아하게 됐는데?"

잠시 하늘을 올려다보던 내가 대답했다.

"……좋아할 만한 사람이니까?"

"허?"

눈썹을 살짝 찡그린 루카스가 곧바로 대답했다.

"그럼, 다른 누가 갑자기 나타나서 반여단이 좋다, 하고 고백해도 질투 안 할 거냐?"

"음……. 이해될 것 같은데요. 저 같아도 좋아할 사람이라서."

"아니, 그거랑 그거랑 다르지. 그리고 그런 보편적인 기준 말고."

"어……."

다시 생각하던 내가 대답했다.

"다정하고, 자상하고, 배려심 많고."

"남자는 좋아하는 사람한테는 원래 그래. 뭘 못 맞춰 주겠어?"

"……저랑 같이 있어 주고 저를 좋아해 줘서요."

밀어붙여진 끝에 툭 튀어나온 진심이었다.

그러고는 곧바로 입을 다물었다. 한동안 눈을 내리깔고 괜히 발끝으로 언 땅을 헤집었다. 그러는 동안 옆에서는 루카스도 마찬가지로 말이 없었다.

한참 만에 그가 말했다.

"너 말이야."

"네."

루카스가 멀리 앞을 응시했다. 그곳에서 빗겨 나간 페인트 탄 하나가 나무에 부딪혀 부서지고 있었다.

그가 말을 이었다.

"내가 앞으로 이 사람보다 더 좋은 사람 만날 수 있을까, 그런 생각하고 있는 거 아니냐."

나는 대답하지 않았다. 루카스가 다시 말했다.

"선택지가 없는 곳에서의 선택이, 정말로 선택이 될 수 있을 거라고 생각해?"

"……."

"시야를 넓혀. 너 스스로를 너무 궁지에 몰아넣지 마."

그래야 네가 자기 마음에 솔직하게 살 수 있으니까.

뒤따르는 목소리에는 어쩐지 일말의 후회마저 담겨 있어서, 나는 그냥 고개를 끄덕였다.

* * *

서바이벌 게임이 끝나는 길에 가평에 처음 왔을 때도 들렀던, 이곳에서 제일 큰 마트에 들러서 마당에서 구울 고기와 폭죽놀이 세트를 샀다.

그러면서 나는 문득 가방에 바리바리 싸 온 문제집을 여기 오고 한 번도 펴 보지 못했다는 생각에 잠시 우울해졌다. 뭐, 그래도 재미있게 놀았으니까 그걸로 됐지.

마트를 나왔다. 읍내를 지나 다리를 지나 차가 하나도 다니지 않는 도로변을 걸었다.

가로등 사이의 거리가 멀어서 꽤 어둡구나 생각하는데, 옆에서 누군가 내 손을 잡았다. 나는 놀라는 대신에 그 손을 그대로 잡고 내 주머니에 넣었다. 그런 뒤에야 고개를 들고 그를 보며 옅게 웃었다.

"또야."

그렇게 말한 여령이가 작게 투덜거리더니 앞서 걸어가 버렸다. 그녀가 갑자기 앞서 걷던 루다의 정강이를 차는 바람에 루다가 돌아보며 뭐야, 하고 성질을 내는 모습이 렌즈 속 화면처럼 뿌옇게 보였다.

나는 여단 오빠와 손을 잡고 집으로 돌아왔다. 돌아오자마자 사 온 야채들을 씻고 쟁반에 수북하게 담아 마당으로 날랐다. 겨울이라 춥긴 해도 날벌레가 없다는 점은 좋았다.

고기를 구워 나눠 먹고, 그런 뒤에는 거실에서 텔레비전을 보며 떠들었다. 여단 오빠의 어깨에 기대어 앉은 와중에도 나는 낮에 나누었던 루카스와의 대화를 생각했다.

이 사람이 아니면 안 된다는 생각은, 다른 사람이 존재하기 때문에 할 수 있는 거겠지. 나는 여단 오빠가 아니면 안 되는 걸까, 없어서는 안 되는 것뿐일까. 생각해 보았지만 답은 나오지 않았다.

설날부터 이렇게 복잡한 기분에 빠지게 하다니. 내가 멀지 않은 곳에 놓인 루카스의 살랑거리는 머리카락을 노려보는 그때였다. 볼 거 없냐며 정신없이 텔레비전 채널을 돌려 대던 루다가 문득 멈추었다. 나는 텔레비전에는 별 관심이 없었기 때문에 그쪽에는 시선을 두지 않았다.

그런데 그때였다. 갑자기 나와 여령이를 돌아본 루다가 말했다.

"저기."

"응?"

대답하며 고개를 들어 텔레비전 쪽을 바라보았던 여령이가 이윽고 얼어붙었다. 무슨 일인가 싶어 그쪽을 보았던 나도 곧 얼어붙었다.

뉴스 화면에 익숙한 이름이 떠올라 있었다.

[속보] 발해 그룹 회장 교통사고, 현재 의식 없어.

모든 생각이 멈추었다. 드라마 속인 것처럼 현실감이 없었다.

그 가운데 나는 갑자기 주머니를 뒤져 핸드폰을 빼냈다.

진동이 울리고 있었다.

제31조. 그가 불행에 익숙해지기까지

그가 불행에 익숙해지기까지

가평에서 발해 병원에 가는 데까지만 차로 네 시간이 걸렸다. 설날이 이미 이틀이나 지나고 난 뒤라 귀성하는 차들 때문에 도로가 미어터졌다.

병원 앞에 도착했을 때는 새벽 세 시였다. 사방이 깜깜한 데다 공기가 너무 차가워 폐가 얼어붙을 것 같은데도 사방에서 취재 차량으로 보이는 밴들이 진을 치고 있었다. 다행히 운전자인 루카스는 솜씨 좋게 차를 몰아 그들 사이를 빠져나갔다.

주차장에 도착해 차에서 내리자마자 누군가 우리를 기다리고 있었다. 눌러쓴 검은 비니 아래로 붉은 머리카락이 몇 가닥 흘러내려 있었다. 코와 입을 가린 목도리 위로 회녹색 눈이 선명했다.

목도리를 푸르며 그가 말했다.

"단아, 여령아. 왔구나."

눈가는 멀쩡한 것으로 보아 운 것 같지는 않았는데 목소리는 푹 잠겨 있었다. 그 말을 듣자마자 여령이가 대뜸 외쳤다.

"그럼 오지, 왜 안 와!"

그러자마자 그녀는 갑자기 태도를 바꾸어 울상이 된 얼굴로 입을 벌렸다가 다물었다가 안절부절못했다.

나는 그런 행동의 이유를 알아챘다. 가까운 사람이 시련에 직면했을 때 우리가 가장 먼저 하는 말은 거의 언제나 '괜찮아?'였다. 하지만 분명히 괜찮지 않을 것을 알아서. 그런데도 은형이라면 괜찮지 않은 것조차 숨기고 다정하게 웃어 줄 것을 알아서.

한참을 입만 벙긋거리던 여령이가 결국 택한 것은 은형이의 소맷자락을 조심스레 쥐는 것뿐이었다.

그에 잠시 커졌던 은형이의 눈이 서서히 가늘게 접혔다. 웃는 것도 우는 것도 아닌, 애매하게 웃는 얼굴로 여령이를 내려다보던 은형이가 이윽고 나를 돌아보았다.

"단아. …… 와 줘서 고마워."

"할 수 있는 게 오는 것밖에 없었는데 뭐가 고마워."

나도 울 것 같은 기분으로 그렇게 대답하자 은형이는 손을 내밀어 내 머리를 푹 눌렀다. 그리고 그는 내 등 뒤를 향해서도 꾸벅 고개를 숙였다.

"새벽인데, 데려다주셔서 감사합니다."

"아니, 뭘 별일이라고."

차를 운전해 온 루카스가 손을 내젓고는 멋쩍은 듯 눈을 굴렸다. 그는 아무래도 이런 상황 자체에 익숙지 않은 모양이었다. 하기는 친구도 아니고 동생의 친구의 친구의 아버지쯤의 사고였다. 루카스로서는 생판 본 적도 없는.

침묵이 길어지던 그때, 루카스의 옆에 서 있던 루다가 말했다.

"그럼, 우린 가 볼게."

그제야 뒤를 돌아본 내가 허둥지둥 대답했다.

"아, 응. 태워다 줘서 고마워. 계속 신세 지고."

"아니야, 신세는 무슨. 우리도 설날 잘 보냈어. 그리고……."

은형이를 돌아본 루다가 무척 경직된 얼굴로 덧붙였다.

"쾌차하셨으면 좋겠다."

"고마워."

대답하는 은형이의 목소리는 몹시 담담해서 평범한 덕담이라도 주고받는 것 같았다.

이어 두 사람 뒤에 서 있던 여단 오빠가 말했다.

"필요한 물건 있으면 말해. 집에서 챙겨서 택시 타고 나갈게."

"응, 일단 아침까지는 지켜보고."

"쾌차하시길 바란다."

이번에도 은형이는 고개를 끄덕이고 공손히 말했다. 감사합니다. 마지막으로 내게 시선을 던진 여단 오빠가 차에 올라탔다.

루카스와 루다, 여단 오빠를 태운 차가 주차장에서 빠져나가자 다시 우리를 돌아본 은형이가 말했다.

"위로 올라가자. 천영이는 지금 수술실 앞이야. 지호랑 주인이도 거기 있어."

나는 그저 경황이 없이 고개를 끄덕였다. 여령이도 겁에 질린 듯 창백해진 입술을 깨물고 은형이의 소매를 더 힘주어 잡기만 했다.

우리 세 사람은 주차장에서 바로 연결되는 엘리베이터를 타고 올라갔다. 엘리베이터 숫자가 차례로 바뀌는 모습을 보면서도 도저히 현실감이 느껴지지 않았다.

아니, 하지만 그럴 수밖에 없었다. 방금까지 나는 그럭저럭 평온한 설날을 보내고 있었는데, 갑작스러운 텔레비전 보도가 모든 것을 깨뜨렸다. 당사자가 아닌 나조차 현실감이 없는데 당사자들은 대체 어쩌고 있을까. 유천영은.

마침내 엘리베이터 문이 열리고 환한 복도가 드러났다. 걸음을 옮겨 모퉁이를 돌자 그 끝에 익숙한 얼굴들이 보였다.

수술실 앞에 나란히 놓인 파란색 의자에 유천영과 우주인이 앉아 있었다. 수술실 문 위에 붉은 글씨로 '수술 중.'이라는 글자가 떠 있었다.

우리 어머니 아버지 두 분 다 건강 체질이었기 때문에 누군가 수술하는 것을 기다려 본 적이 한 번도 없어서, 저런 건 지금껏 드라마에서나 봤던 나였다.

우리를 가장 먼저 발견한 것은 벽에 기대어 있던 은지호였다. 초조하게 아래를 보고 있던 그가 우리를 보고는 입을 열어 말했다.

"왔냐."

그의 목소리도 은형이만큼이나 잠겨 있었다. 말 그대로 자다가 달려 나온 듯, 추위를 잘 타는 은지호가 안에는 반팔 티에 검은 카디건만 덮은 차림이었다.

내가 고개만 끄덕이는데, 이어서 우리 쪽을 돌아본 주인이가 힘없이 웃었다. 그가 평소보다 한층 가라앉았지만 여전히 따뜻한 목소리로 말했다.

"여령아, 엄마. 오느라 고생 많았겠네. 시골집에 있었다며."

"외국에 있었어도 와야지."

울 듯한 목소리로 대답하는 여령이의 옆에서 내가 작은 목소리로 덧붙였다.

"……대만 안 가서 다행이었어."

그때였다. 석상처럼 굳은 채 꼼짝도 안 하던 유천영이 마침내 움직였다. 상체를 앞으로 숙이고 두 손으로 이마를 감싼 채 아무것도 들리지도 보이지도 않는다는 듯 그때까지 꼼짝도 없던 그가 마침내 천천히 두 손을 내리고는 고개를 돌려 이쪽을 보았다.

안 그래도 백자를 연상시키던 하얀 얼굴이 이제는 핏기라고는 조금도 찾아볼 수 없었다. 날카로운 무언가에 베여도 피가 나오기는커녕 새하얀 단면만 보일 것 같았다.

한동안 무거운 침묵만이 수술실 복도 앞을 메웠다. 그러다 그가 입을 열어 내 이름을 부르고 나서야.

"함단이."

나는 우리가 서로 말을 하지 않고 지낸 지가 거의 두 달째였다는 것을 기억해 냈다.

그의 목소리로 내 이름이 불리는 것이 이렇게 낯선 일이었나.

멍하니 그 울림을 곱씹던 나는 그제야 또 다른 가능성 역시 떠올려 냈다.

무슨 이유인지는 몰라도 내 얼굴만 봐도 빤히 보일 정도로 심란해하고 불편해하던 그였다. 그리고 그것이 유례없이 무너진 지금, 나는 당연히 그가 나를 필요로 할 줄 알았다.

내가 무너진 순간에 그를, 그들을 필요로 하듯이.

그러나 아니었다면?

안 그래도 힘든 순간에 나까지 짊어져서 더 버거워진다면.

새롭게 떠올린 가능성에 온몸이 뻣뻣하게 굳었다. 혀조차 굳어서 움직일 수조차 없었다. 내가 잔뜩 얼어붙어서 반질거리는 리놀륨 바닥만 내려다보는 그때였다.

"올 줄 몰랐어."

나직하게 돌아온 말의 의미를 해석할 수 없었다. 내가 오기를 기대하지 않았다는 것인지, 바라지 않았다는 것인지.

머릿속 바늘이 계속 긍정과 부정 사이를 오갔다. 한참 만에 나는 간신히 입을 열어 대답했다.

"네가 부르면 언제든지 왔을 거야."

그냥 솔직하게 말하기로 했다. 더는 고민하느라 아무 말도 하지 못하는 것은 싫었다.

그러자 유천영이 나를 올려다보는 것이 느껴졌다. 너무 두려워서 차마 그의 얼굴은 바라보지 못한 채, 나는 바닥만 보며 주먹을 움켜쥐고는 덧붙였다.

"이런 상황이 아니었더라도……. 네가 필요하다고 하면 왔을 거야."

"……."

계속 침묵이 흐르기에, 나는 살짝 용기 내어 고개를 들어 보았다. 여전히 의자에 앉은 유천영이 나를 가만히 올려다보고 있었다. 아까처럼 꼼짝도 하지 않은 채.

아까는 여러 겹 안개 낀 것처럼 흐릿하던 유천영의 눈이 조금 또렷해져 있었다. 그리고 그가 마침내 입을 떼었을 때, 나는 당황해서 손을 매만졌다.

"왜 그렇게 떨어."

그랬나? 내려다보니 정말로 두 손이 덜덜 떨리고 있었다. 그때까지도 벽에 기대 있던 은지호가 눈을 찌푸리더니 입고 있던 카디건을 벗어서 내게 건네었다.

"이거라도 입고 있어."

"어? 어, 어."

나는 얼떨결에 은지호의 카디건을 받아 어깨에 걸쳤다. 그러나 그의 체온이 떠나지 않은 옷에 푹 파묻히고도 손의 떨림이 사라지지 않았다. 너무 긴장해서라는 것을 나 스스로도 알고 있었다.

내가 말없이 카디건을 추스르는 그때, 유천영이 다시 말했다. 나는 고개를 들었다.

"그리고 너, 울 것 같아."

"아닌데."

이번에도 나는 고개를 내저었지만 사실 나 스스로도 자신이 없었다. 서울 근교에 가까운 친척조차 없는 나는, 수술실 앞에서 기다리는 이런 상황 자체가 정말 처음이라 너무 긴장되고 또 너무 무서웠다.

그러나 이런 때 내가 울어 버리면 뭐가 된단 말인가. 내가 무슨 앞으로 벌어질 슬픈 일을 미리 예감하기라도 한 것처럼 그렇게 울어 버리면 다들 기분이 불안해질 것이다. 그렇게 되면 유천영이 지금 애써 지키고 있는 평정심마저 깨지게 된다.

그런 내 생각을 읽기라도 한 것처럼 나를 뚫어져라 바라보던 유천영이 나직한 목소리로 말을 이었다.

"나보다도 네가 더 떨면, 부른 내가 미안하니까."

아니, 이건 그냥 수술실이 처음이라서. 내가 그렇게 말하려던 그때였다. 나를 보며 유천영이 말을 이었다.

"그런데, 있잖아."

"응."

"그런데도 너무 반가워서 어쩌지."

"……."

말을 잃은 내 앞에서 시선을 내리깔며 담담한 목소리로 유천영이 말을 이었다. 그의 목소리는 바닥으로 무겁게 가라앉았다.

"무섭게 해서 미안한데, 그래도 조금만 더…… 여기 있어 줘."

그제야 손을 떠는 것을 멈춘 내가 주먹을 움켜쥐며 대답했다.

"조금이고 뭐고, 내가 지금 널 두고 어딜 가."

그러자 유천영이 고개를 들더니 여전히 창백한 얼굴로나마 희미하게 웃었다.

그의 웃는 모습을 보며 나는 생각했다.

내가 대만에 가지 않아서 정말로, 정말로 다행이라고.

* * *

상황을 되짚는 것이 분명히 고통스러울 터인 유천영을

대신해 은지호에게서 얘기를 전해 들었다.

그러고 보면 은지호와도 얘기 안 한 지가 거의 두 달 되었는데 어제 얼굴 보고 얘기했던 것처럼 아무렇지도 않았다. 중학교 동창의 내공이 확실히 범상치 않기는 한 모양이었다.

그런 시답잖은 생각도 은지호의 설명을 듣자마자 곧바로 날아갔다.

"지금 들어간 지 여섯 시간째인데 끝날 기미도 안 보이고, 열 시간 넘을 수도 있어."

"열 시간……."

나는 멍하니 그 시간 단위를 되뇌었다. 사실 수술을 접해 본 적이 없는 나로서는 그 수술이 작은 것인지 큰 것인지조차 알 수 없지만, 은지호이의 표정을 보니 아주 심각한 것이란 것 정도는 짐작할 수 있었다.

다음으로 이어진 얘기는 더 심각했다. 은지호가 이마를 짚으며 말을 이었다.

"게다가 머리 쪽에 심하게 충격을 받아서…… 수술이 잘 돼도 깨어날지 어떨지 몰라."

"아……."

"지금 어른들 한 명도 없는 거, 긴급회의 소집돼서야. 수술 경과도 보장이 없는데 심지어 수술이 대성공해도 의식을 차릴지조차 미지수니까. 벌써 전쟁 준비하는 거지."

그제야 파티에서 보았던 두 사람을 떠올린 내가 물었다.
"천영이네 형들은? 유신이랑 유건인가."
"그 사람들은 지금 비행기 타고 오고 있어. 아마 유건은 곧장 회의 끌려갈 거고 유신만 올 텐데, 그래도 그나마 다행이지. 유천영 혼자는 아니게 되는 거니까."
"그러게. 그래도 그나마……."
그런데 그때였다. 말을 멈춘 은지호가 갑자기 나를 복잡한 표정으로 뚫어져라 보기에 나는 뺨을 매만졌다. 그러고 나서야 카디건을 가리키며 내가 물었다.
"아, 너 추위 많이 탔지. 이거 돌려줄까?"
"아니, 그게 아니라."
그러더니 그는 머리카락을 헝클어뜨리며 중얼거렸다. 아, 어쩌지. 어떡하냐, 진짜. 다들 설명하는 거 나한테만 맡기고. 그가 중얼중얼 내뱉는 말에 불안해진 내가 채근했다.
"왜 그래, 뭔데 그러는데?"
"아니, 그게…… 너 뉴스에서 사고 소식 들었댔지."
"응."
나는 고개를 끄덕였다.
"그럼 교통사고 났다는 거, 봤지."
"응."
"유천영네 아버지 운전기사가 누구인지, 너도 알잖아."
그제야 그가 말하고자 하는 바를 깨달은 나는 그 즉시 얼굴을 굳혔다.

은형이가 우리를 데리러 나오기까지 해서 전혀 떠올리지 못했던 사실이었다. 주차장에서 처음 마주쳤던 그의 얼굴은 조금 창백했지만 그야 사건이 사건이니 생각했다. 운 자국조차 없는 말끔한 얼굴이어서 더더욱 그랬다.

내 반응을 본 은지호가 그럴 줄 알았다는 듯 한숨을 내쉬었다. 그리고 이어진 말에 나는 발이 꺼지는 듯했다.

"유천영네 아버지랑 똑같이 중태야. 그쪽도 지금 대수술 중이고, 두 사람 다 깨어날지 어떨지조차 몰라."

"……."

"깨어나야지, 깨어나야 하지 않겠냐."

굳어져서 말이 없는 내 앞에서 은지호가 연이어 내뱉었다. 나 아닌 이 자리에 없는 누군가에게 화를 내는 것 같았다. 이를테면 저승사자라거나, 혹은 운명의 신 같은 존재에게.

"왜냐하면 권은형한테는, 걔한테는 지금 남은 게 그 한 사람뿐인데. 그러니까 살아나야지, 그래야 공평하지 않냐."

그리고 그가 머리카락을 마구 헝클어트리며 정신없이 중얼댔다. 아니, 세상이 공평하지 않은 거 아는데, 진짜 내가 할 말이 아닌 거 아는데, 그래도.

"내가 아는 사람 중에 제일 열심히 산 게 권은형인데."

그렇게 열심히 살았는데 이런 일이나 일어난다는 게 말도 안 되지 않냐. 은지호가 드물게 맥락 없이 아무렇게나

지껄이는 옆에서 나 또한 멍하니 중얼거렸다.

"착한 사람한테는 죽고 나서야 대가를 준다는 그거, 너무 말도 안 돼."

왜 지금이 아니라 죽은 다음인 건데.

사람은 누구나 행복해질 권리가 있었지만 그중에서도 특히 행복해질 사람이 있다면 그것은 은형이라고 나는 믿었다.

나는 두 손 가득 주먹을 움켜쥐었다. 그런데 어째서.

결국, 은지호가 우는 앞에서 나 또한 울었다.

* * *

다시 수술실 앞으로 돌아가자 은형이가 가장 먼저 우리를 맞이했다.

여전히 석상처럼 굳어서 움직이지 않는 유천영 옆에서, 은형이는 아무렇지도 않은 표정으로 물끄러미 바닥만 내려다보다가 우리 쪽을 돌아보더니 빙그레 웃었다.

평소처럼 말끔한 미소였다. 그래서 나는 그가 더 걱정이 되었다.

은형이가 여전히 웃는 얼굴로 물었다.

"안 피곤해? 멀리서 차 타고 오느라 힘들었을 텐데."

"아니."

나는 대답했다. 그리고 힐끗 옆을 보니 은지호가 조금 화난 기색으로 은형이를 뚫어져라 보는 것이 보였다.

그때 은형이의 대답이 들려왔다.

"그럼 뭐라도 먹어. 곧 배고파질 거야. 내가 사 올게, 이 병원 길은 잘 아니까."

"뭐? 아, 아니야. 됐어."

나는 황급히 고개를 내저었다. 배려해 준 건 고맙지만 어차피 이 상황에서 뭘 먹어 봐야 체하거나 배탈이 나고 말 텐데.

그러나 은형이는 꿋꿋했다.

"굶으면서까지 기다릴 필요 없어."

음식 가리는 아이를 앞에 둔 영양사라도 되는 것처럼 단호한 태도로 그렇게 말한 은형이가 일어나 걸음을 옮기기 시작했다.

그런 그를 멍하니 바라보던 내가 이윽고 달려가서 붙잡았다.

다시 나를 돌아본 은형이가 물었다.

"왜 그래?"

"아니, 은형아. 너 자리 뜨면 안 되는 거 아니야? 그러다가……."

잠깐 망설이다가 나는 덧붙였다.

"그러다가 수술 끝나고 의사 선생님이 나오는 거 놓칠 수도 있잖아."

이런 급박한 상황에 얕은 드라마 지식이나 떠올리고 있

는 게 어이가 없지만, 그래도 드라마에서 보면 꼭 수술실에서 의사들이 나와서 마스크 벗고 가장 먼저 수술 경과 얘기해 주던데. 은형이도 당연히 수술이 잘됐는지 궁금할 게 아닌가? 그런데 은형이는 내 말에 눈썹만 잠시 찌푸리고는 말이 없었다.

아니, 도대체 왜 저런 표정을 짓는 거야? 내가 이상한 얘기를 했나. 생각하는 그때 은형이가 마침내 입을 열었다.

"괜찮아. 어차피 회복실로 옮겨져서 바로 만날 수도 없거든."

"아니, 그래도 수술 결과는……."

들어야지. 이어지던 내 말을 은형이가 다시 잘랐다.

"그리고 수술이 끝나 봐야 의식이 언제 회복될지도 모르는 일이고."

"……."

나는 그렇게 말하는 은형이를 도저히 이해할 수가 없어서 멍청히 올려다보았다.

모르니까 더 조바심 나는 게 보통 아닌가? 안절부절못하고 발 동동 구르고, 여기를 한시라도 떠나고 싶지 않은 게 보통 아닌가? 그러는 사이에도 은형이는 내 팔을 떼어 놓고 저만치 걸어가고 있었다.

문득 정신을 차린 내가 외쳤다.

"은형아, 알았으니까 같이 가!"

그러자 은형이는 선선히 멈춰 서서 나를 기다려 주었다.

마침내 그를 따라잡은 나는, 함께 병원 안에 있는 마트 겸 편의점으로 향했다.

* * *

길을 잘 안다는 말이 거짓은 아니었던 듯 은형이는 거침없이 병원을 헤집고 다녔다.

가끔 도무지 환자나 환자의 가족으로 보이지 않는 수상한 사람들이 보일 때마다 은형이는 비니를 푹 눌러쓰며 거침없이 방향을 꺾었다. 아마도 발해 그룹 동향을 노리는 기자가 병원 안에 깔린 모양이었다. 그나마 수술실 근처가 보안이 삼엄해서 다행이었다.

우리는 가끔은 엘리베이터에 숨고, 또 가끔은 빈방에 숨으면서 계속 앞으로 나아갔다.

그러는 한편 나는 은형이를 의아하게 바라볼 수밖에 없었다. 은형이가 머리가 좋기는 하지만, 그렇다고 해도 한 번 와 본 병원 구조를 이렇게나 머릿속에 전부 외우고 다니는 건 좀 이상하지 않나? 은형이가 주인이도 아니고 말이다. 그렇다면 다른 가능성은 은형이가 여기 자주 다녔다는 건데, 하지만 왜? 혹시 무슨 지병이라도 있는 건가?

내가 그런 생각을 하는 사이에도 은형이는 나를 이끌고

거침없이 걸음을 옮겨 마침내 마트에 도착했다.

나를 카운터 앞에 세워 두며 은형이가 말했다.

"지금은 괜찮아도 몇 시간 더 앉아 있다 보면 허기지고 속도 아프고 그럴 거야. 일단 물이랑, 또 속 편한 걸로 좀 사 올게."

"응."

"같이 고를래?"

나는 고개를 내저었다. 지금 먹을 것을 봐 봐야 아, 이거 먹고 싶다든가 이건 먹고 싶지 않다든가 하는 생각 따위 떠오를 리 없었다.

그건 틀림없이 은형이도 마찬가지일 텐데 그는 대수롭잖게 고개를 끄덕이고는 그럼, 하는 말과 함께 사라져 버렸다. 나는 그런 그의 뒷모습을 복잡한 표정으로 응시했다.

그러다 문득 시끄러운 소리에 고개를 들자, 카운터 바로 위에 달린 텔레비전이 보였다. 카운터를 지키는 중년 아주머니가 무료한 표정으로 화면을 올려다보고 있었다.

마침 화면에 잡힌 것은 다름 아닌 이 이 병원 외관의 사진이었다. 하늘이 밝은 것으로 보아 실시간 중계가 아닌 것이 그나마 다행이었다.

또랑또랑한 기자의 목소리가 마트의 조용한 공기 위로 흘렀다.

[어제 오후 아홉 시 경, 서울 부근에서 교통사고가 발생하여 발해 그룹의 유진영 회장과 그의 운전기사 권 모씨가 급히 발해 병원으로 이송되는 일이 발생하였습니다. 병원 측에서는 두 사람 모두 중태로, 현재 대수술 중에 있으며 수술이 성공적으로 끝난다고 해도 의식 회복을 장담하기는 어렵다고 밝혔습니다.]

화면을 보고 있던 내 표정이 어두워졌다.

은지호의 말이 사실이었구나. 천영이네 어머니는 동승하고 있지 않았던 것 같아서, 그것만은 천만다행이었지만 은형이네 아버지도 같이 사고를 당했을 줄이야, 정말 상상도 못했다. 무엇보다 일을 당한 당사자가 저런 모습이니.

그리고 나는 눈살을 찌푸리며 다시 생각에 잠겼다.

은형이는 대체 왜 억지로 괜찮은 척하는 걸까? 괜찮을 리 없는데. 우리가 그렇게 못 미더운 걸까? 그렇게 생각하자 가슴이 답답해져 왔다.

물론 우리를 못 믿는 은형이에 대해서가 아니라, 은형이에게 믿을 만한 존재가 되어 주지 못한 스스로에 대해서였다.

한편 다른 가능성도 존재했으니, 바로 은형이가 두 사람이 곧 회복될 것을 믿어 의심치 않는 것이었다. 아니, 하지만……. 나는 팔짱을 낀 채 초조하게 발을 굴렀다. 내가 보아 온 바로는 은형이가 그렇게 긍정적인 사람이 아닌데.

그때였다. 카운터를 지키고 있던 아주머니가 문득 이쪽을 돌아보더니 말했다.

"여기도 한동안 기자들 때문에 시끄러워지겠어."

"네? 아, 네. 그렇겠네요."

"언제 깨어날지 모른다고 하니까, 입원해 있는 동안은 계속 시끄럽겠지."

고개를 끄덕이던 나는 그녀의 다음 말에 얼굴을 굳혔다.

"그나저나 운전기사 양반은 어떡한대? 자기 때문에 회장이 죽게 생겼으니, 저건 살아나도 책임 따지기 시작하면 산목숨이 아니잖아."

그 말에 나는 가슴이 섬찟해졌다. 무슨 말을 그렇게 하느냐고 물으려던 그때, 담담한 목소리가 아주머니의 말을 끊고 들어왔다.

"여기 계산이요."

돌아보자 은형이가 카운터 위에 물건들을 올려놓고 있었다.

500리터 생수 두어 개와 삼각 김밥, 기타 음식들. 아주머니는 태연한 표정으로 바코드를 찍으며 익숙하게 계산에 들어갔다. 물건들이 카운터 옆에 쌓이는 것을 보며 내 가슴의 짐도 점점 무겁게 쌓여 갔다.

나는 옆에 선 은형이를 계속 힐끗거렸다. 들었나? 들었을까? 그의 표정이 아까와 같이 담담해서 도무지 알 수가 없었다.

머리 위에서는 여전히 기자의 목소리가 이어지고 있었다.

[유진영 회장이 평소 그룹 경영 일선에 참여하고 있었기 때문에 전문가들은 이러한 상황이 발해 그룹에 큰 타격이 될 것으로 보고, 주가 변동에 관심을 집중하고 있습니다. 한편, 이러한 회장의 부재가 곧바로 비상 경영 체제로 이어질지에 대해서도 세간의 관심이…….]

사람이 죽어 가는 와중에 경영이 어쩌고 주가가 어쩌고 하고 있다니, 새삼 다른 세계라는 것이 실감이 났다. 내가 조금 질린 표정을 짓는 사이 은형이가 봉투를 받아 들었다.

그가 나를 돌아보며 말했다.

"갈까."

평소라면 내가 대답할 때까지 기다려 주었을 텐데 그렇게 말한 은형이는 먼저 걸음을 옮겨 마트를 나가 버렸다.

나는 한숨을 또 한 번 내쉬고는 무거운 걸음으로 그를 뒤따랐다.

* * *

은형이가 사 온 음식들은 수술이 끝날 때까지도 거의 손대는 이가 없이 의자 한구석에 방치되었다. 그나마 생수만 몇 모금씩 돌려 마시고는 그것으로 끝이었다. 그런 모습을 보고도 은형이는 조금도 유감을 표한다거나 하지 않았다.

유천영이 두 손으로 얼굴을 덮고 시간이 멈추기를 바라는 것 같은 모습으로 모든 것을 버틴다면, 은형이는 평소와 조금도 다르지 않은 모습으로 모든 것을 버텼다.

겉으로 보기에 더 심각한 사람은 물론 유천영이었지만 나는 은형이쪽이 더 불안했다. 다른 사람들도 그랬는지 여령이나 주인이는 간혹 은형이의 팔을 붙잡고 그대로 아무 말도 못했다. 그때마다 은형이는 아무렇지도 않게 웃으며 물었다.

"왜 그래?"

물론 우리가 무슨 말을 할 수 있을 리 없었다.

그로부터 두 시간쯤 뒤에 유천영네 어머니가 도착했다. 나는 유천영네 어머니를 직접 본 것이 처음이었는데, 검은 머리카락에 푸른 눈을 보고 유천영이 누구를 닮았는지 확실히 알았다.

그제야 두 손에 얼굴을 파묻고 바위라도 된 듯 꼼짝 않던 유천영이 간신히 고개를 들었다.

유천영이 파리한 입술로 내뱉었다.

"어머니."

"많이 기다렸지."

웅크려 앉아 유천영과 눈높이를 맞춘 그녀가 말을 이었다.

"지금까지 혼자 둬서 미안해. 형들도 새벽 두 시에 이쪽으로 오는 비행기 탔대. 이제 곧 공항 도착할 거야. 차는 보내 뒀어. 그리고…….”

그렇게 말하던 그녀 고개를 돌려 은형이를 보았다. 나는 물론이고 은형이 양옆에 앉아 있던 여령이와 주인이마저 움찔했다.

우리들은 보이지도 않는다는 것처럼 새파란 눈을 흔들림 없이 고정한 그녀가 입을 열어 불렀다.

“은형아.”

“네.”

대답하는 은형이의 표정은 이제까지 본 것 중에 가장 무표정했다. 붉은빛이 도는 속눈썹이 흰 뺨 위에 긴 그림자를 드리우고 있었다. 그대로 인형이라도 된 것처럼 은형이는 눈 한 번 깜빡이지 않았다.

한동안 복도에 침묵만이 흘렀다. 우리 모두는 숨도 쉬지 않은 채로 다음으로 이어질 행동을 기다리고 있었다.

바로 그때, 유천영네 어머니가 팔을 뻗어 은형이의 어깨를 끌어안았다. 그녀가 묵직한 목소리로 내뱉었다.

“많이 무서웠지.”

다시 침묵이 찾아왔다.

그 가운데 마침내 은형이의 입술이 열리더니 기계처럼 뻣뻣한 목소리가 흘러나왔다.

“아니요. 저는…….”

그리고 잠시 침묵하던 그가 말을 이었다.

"……죄송해요."

"은형아."

"죄송합니다."

은형이의 어깨를 가볍게 말아 쥐며 유천영의 어머니가 말을 이었다.

"네가 죄송할 게 뭐가 있어. 현장 목격자들이 네 아버지는 운전 잘못한 거 없다고, 차가 갑자기 끼어들었던 거라고 이미 증언했단다. 걱정하지 마."

"그래도……."

"내가 10년 전 일에 대해 지금 여기서 사과해야겠니?"

그렇게 말하는 그녀의 목소리에 은은한 분노가 배어들자, 그제야 은형이도 표정을 바꾸었다. 그의 얼굴 위에 그토록 민감한 표정이 떠오르는 것은 오늘 처음 보았다.

그런 그의 모습을 보며 나는 문득 깨달았다.

그렇지, 교통사고였다. 한때 은형이의 어머니를 앗아 가고 지금까지도 그를 비슷한 상황만 보면 떨게 하는, 바로 그 교통사고였다. 그런데도 은형이는 지금까지 평정을 가장하고 있었던 것이다. 왜?

바로 그때, 기적적인 타이밍으로 수술실 문이 열리더니 의사들이 걸어 나왔다. 은형이를 끌어안고 있던 팔을 푼 유천영네 어머니가 황급히 그리로 다가갔다.

눈 밑이 푹 파인 의사가 마스크를 벗으며 입을 떼었다.

"두 사람 다 수술은 성공적으로 끝났습니다. 방금 회복실로 이동했어요."

그러더니 잠시 뜸을 들인 그가 말을 이었다.

"다만, 의식을 되찾을지가 관건입니다. 수술에 앞서 설명 드렸던 대로 뇌에 충격이 있는지라……."

그 말을 단호하게 자르며 유천영의 어머니가 말했다.

"수술이 성공적으로 끝났으면 그걸로 됐어요. 두 사람 다 곧 떨치고 일어날 거예요."

그 말을 들으며 나는 크게 안도의 한숨을 내쉬었다.

일단 산 하나는 넘은 셈이었다. 물론 의사의 말대로 깨어나는가 마는가 하는 문제가 남아 있었지만, 유천영네 어머니의 단호한 말을 듣고 있자니 정말로 두 사람 다 곧 깨어날 것이라고 생각되었다.

남몰래 주먹을 움켜쥐며 이번만큼은 그 지긋지긋한 소설 속 기적에 걸어 보자고, 나는 생각했다.

소설에서는 위기는 언제나 성장하기 위한 것에 지나지 않듯이, 이 사건도 유천영과 은형이에게 있어 단지 지나갈 시련에 불과하기를.

그때, 유천영의 어머니가 이쪽을 돌아보고는 말했다.

"늦게까지 여기 있어 줘서 정말 고맙다. 너희 여기 앞에서 기다린 지 벌써 열 시간은 됐다며, 부모님들이 걱정하실 텐데."

그렇게 말하며 부드러운 눈으로 우리와 하나하나 눈을 맞춘 그녀가 말했다.

"일단은 집에 가자. 데려다줄게."

"아, 아니에요."

그렇게 말한 것은 여령이었다.

고개를 내저은 여령이가 말을 이었다.

"저희는 부모님들이 대만 여행 가셔서 어차피 집에 가도 사람 없어요. 저희는 여기 계속 있어도 괜찮아요."

그런 그녀의 옆에서 나도 열렬히 고개를 끄덕였다. 지금 이 상황에서 이 두 사람을 두고 어디를 간단 말인가?

그러자 살짝 미간을 좁힌 유천영네 어머니가 대답했다.

"그래도 식사는 해야 하지 않겠니? 남의 집 귀한 자식들을 굶길 수는 없잖아. 게다가 씻기도 해야 하고, 잠도 자야 하고."

"아니, 저희는 정말로 괜찮은데……."

그때였다. 실랑이하는 우리를 한 발자국 뒤에서 지켜보던 은형이가 갑자기 입을 떼었다. 지나치게 차분한 목소리였다.

"너희는 이만 가 보는 게 좋겠다. 일단 수술 결과 나왔잖아."

"그래도……."

우리에 그치지 않고 은지호와 주인이까지 바라본 은형이

가 옆을 돌아보더니 물었다.

"괜찮으시면 제가 데려다줘도 될까요? 가는 모습은 봐야 할 것 같아서요."

우리 사이의 술렁거림을 눈치채지 못한 듯한 유천영네 어머니가 대답했다.

"그러면 같이 차타고 다녀오렴. 아, 한동안 병실에 같이 머무를 거면 집에서 물건들도 챙겨 오고."

그리고 그녀는 덧붙였다.

"그런데 오늘은 은형이 너도 집에 가서 쉬는 편이 좋겠다. 장기전이 될 테니까. 초반에 너무 기력 소모하는 것보다 차라리 어제 밤새워 운 김에 오늘은 집에 가서 씻고, 제대로 된 식사도 하고 쉬고 와. 깨어나면 바로 연락 줄게."

그러자마자 은형이는 고민의 기색도 없이 대답했다.

"네, 그럴게요."

그러고 곧바로 이리로 다가온 은형이가 그때까지도 넋을 놓고 있던 우리에게 채근했다. 가자.

나는 그를 복잡한 심경으로 응시했다. 아까부터 수술실 앞을 지키지도 않고 우릴 데리러 오지 않나, 뭐라도 먹어야 한다며 마트에 다녀오더니 이제는 아무런 미련도 없이 곧바로 집에 가겠다고?

정말 이상했다. 정말 이상한데 그렇다고 애써 버티고 있는 사람에게 '너 왜 안 울어?' 하고 물을 수도 없는 노릇 아닌가?

정말로 이렇게 가야 하나? 은형이의 박력에 떠밀린 우리는 마침내 엘리베이터 앞에 섰다.

바로 그때였다. 누군가 뒤에서 은형이의 팔을 잡고 돌려 세웠다.

"나도 같이 가자."

유천영의 목소리였다.

설마하니 그가 따라올 줄은 몰랐기에 나는 놀라서 눈을 깜빡였다. 방금까지의 상태로 봐서는 아버지가 눈을 뜰 때까지 병원을 떠나지 않을 것 같던 그였는데.

한편 은형이도 꽤 놀란 모양이었다. 유천영을 보며 잠시 얼굴을 찌푸렸던 그가 곧 표정을 펴며 대답했다.

"천영이 너는 병원에 있지 그래? 필요한 건 문자하면 내가 가져다줄……."

유천영의 대답은 여전히 단호했다.

"같이 가. 나도 집에서 잘 거니까."

아까 수술실 앞에서의 모습을 봐서는 집에 가도 잘 수 있을 것 같지 않던데. 한편 은형이도 같은 생각을 했는지 유천영을 보며 거짓말하는 아이를 보듯 눈을 살짝 찡그렸다.

하지만 그는 별말 않고 고개를 돌렸다.

"……그래? 그렇게 해, 그럼."

그렇게 말하고 다시 산뜻하게 웃은 은형이가 흔들림 없

이 엘리베이터 안으로 걸어 들어갔다. 유천영이 무표정한 얼굴로 그 뒤를 따랐다.

잠시 후 반여령과 나, 은지호와 주인이가 복잡한 표정으로 엘리베이터에 올라탔다. 엘리베이터의 숫자가 바뀌는 것을 보며 나는 조용히 두 팔로 몸을 감쌌다.

물밑에서 우리는 모르는 두 사람만의 싸움이라도 일어나고 있는 듯한 느낌인데, 그 내막을 도무지 읽을 수가 없었다.

* * *

우리 집으로 향하는 차 안에서 나는 내내 생각했다.

아무래도 은형이가 이상해.

그냥 이상한 것도 아니고 아주 이상했다. 분명히 문병 온 사람은 우리고 보살핌 받아야 할 사람은 은형이인데 은형이는 그 반대처럼 굴고 있었다. 먹을 것을 갖다 주지 않나, 집에 데려다주겠다고 하지 않나.

게다가 그가 계속하는 걸로 봐서 그는 우리를 얼른 집에 보내고 싶어 하는 것 같았다. 맞은편에 앉은 평온한 은형이의 얼굴을 힐긋거리며 나는 눈썹을 살짝 찡그렸다.

은형이는 무슨 일이 생겼을 때 혼자 있고 싶어 하는 타입인 걸까? 아니, 하지만 보통 일도 아니고 아버지 일인데……. 그러다 문득 나는 지금까지 은형이가 문제에 처한 것을 본 적이 한 번도 없다는 것을 깨달았다.

초등학교 때부터 지금까지 타의 모범이 된다는 상장 문구에 제일 잘 어울리는 사람이었던 은형이. 착하고 성실하고 공부뿐만이 아니라 뭐든지 잘하고 게다가 모두에게 친절하기까지.

그런 은형이가 제일 큰 문제에 처했을 때라고 해 봐야 소풍이나 수학여행 때 통제되지 않는 반의 몇몇이 사고를 쳤을 때 정도였다.

즉, 나는 스트레스 상황에 처했을 때 은형이가 어떻게 대처하는지 거의 모른다. 그렇게 생각하자 나는 가슴이 더욱 갑갑해졌다. 심장이 사슬 같은 걸로 죄어드는 듯한 느낌이었다.

은형이에게 그렇게 수많은 위로를 받아 놓고 정작 은형이가 이런 상황에 처하고 나서는 차마 말 한마디도 던지지 못하다니.

나는 할 수만 있다면 은형이에게도 말하고 싶었다. 유천영에게 말했던 것과 똑같이 네 곁에 있어도 괜찮겠냐고, 너만 괜찮다면 그러고 싶다고, 네가 많이 걱정된다고.

한참을 고민하던 나는 결국 입을 열었다.

"저기, 은형아."

그런데 내가 채 말을 끝마치기도 전에 나를 돌아본 은형이가 빙긋 웃더니 말했다. 정확히 내가 하려던 말에 대한 대답이었다.

"괜찮아. 집에 얼른 들어가."

"응?"

"피곤하잖아. 벌써 거의 30시간 가까이 못 잤을 텐데."

그랬나. 나는 입술을 깨물었다. 그러고 보니 전날 낯선 잠자리가 불편해서 아침 일찍 깨었던 것 같으니까, 정말로 그쯤 된 셈이었다.

하지만 피로는 조금도 느껴지지 않았다. 너야말로 괜찮으냐고 물으려던 그때, 은형이가 다시 말했다.

"내 걱정은 하지 말고."

나는 이번에야말로 열었던 입을 도로 다물었다.

원천 봉쇄였다. 걱정하지 말라니, 저보다 단호한 거절이 어디 있을까?

내가 어깨를 늘어트리며 바닥을 보는 그때였다.

"은형아, 나 배고픈데."

상황에는 전혀 어울리지 않는 말이었다. 눈을 동그랗게 뜨고 옆을 돌아보자 안색이 조금 파리한 것 외에는 평소와 다를 것 없는 주인이가 다리를 꼬고 태연하게 말하고 있었다.

나와 눈이 마주치자 한쪽 눈만 찡긋한 주인이가 다시 은형이를 보더니 말을 이었다.

"엄마랑 여령이도 배고플 거고, 그런데 엄마랑 여령이는 지금 집에 가 봐야 아무것도 없잖아. 어른들 다 대만 가셔서."

"아."

"이대로 보내 봐야 굶고 바로 잠들고, 일어나서 또 굶을 것 같은데."

그에 나는 물론이고 여령이도 얼굴을 굳혔다.

아니, 도대체 병원에서부터 왜들 이러는 거야? 우리가 무슨 한 끼 굶으면 죽는 사람들도 아니고, 병원에서부터 지금까지 그놈의 밥, 밥.

생각하던 나는 이어진 은형이의 말에 고개를 들었다.

"그럼 우리 집에 들러서 식사하고 가. 끝나고 다시 데려다줄게."

"응? 아, 아니. 그럴 필요 없는데."

나는 기겁했다. 이대로라면 정말 큰일 난 사람한테 땡깡 부려서 밥 얻어먹는 파렴치한이 되잖아.

당장 거절하려던 나는 문득 주인이의 얼굴을 보고는 생각을 바꾸었다. 설마 주인이, 우리 때문에 저렇게 말해 준 건가? 아니 하지만 저 말로 어떻게 설득될 줄 알고?

내가 잠시 굳어 있는 사이, 은형이는 곧바로 기사 아저씨께 말해서 방향을 바꾸었다. 거대한 차체가 끼익 소리도 내지 않고 부드럽게 유턴하여 왔던 길로 돌아가기 시작했다.

* * *

은형이와 유천영이 평소 머무르는 별채는 신발장 바로

앞에 옷가지 몇 개가 떨어져 있는 것을 제외하고는 깨끗했다. 옷가지들을 수거해 빨래 통에 던져 넣은 은형이는 곧바로 방에 들어가더니 이불들을 꺼내 왔다.

"다들 피곤할 테니까 너무 졸린 사람은 누워 있어. 금방 차려 올게."

그리고 이불 몇 개를 바닥에 깔아 놓기까지 한 그는 다시 부엌으로 떠났다. 얼마 안 가 부엌 쪽에서 접시 달그락거리는 소리가 들려오고서야 나는 다시 정신을 차렸다.

나는 멍청히 서서 이불을 내려다보았다. 푹신해 보이기도 하고 피곤한 것도 사실이지만 결코 눕고 싶지는 않았다.

여령이와 내가 소파에, 은지호와 주인이가 바닥에 앉았다. 유천영은 1인용 소파에 앉아 다시 동상이라도 되는 듯 바닥을 보며 꼼짝도 하지 않았다. 나는 그런 그를 걱정스럽게 바라보았다.

역시 한잠도 잘 수 있을 것 같지 않은데, 왜 굳이 집으로 돌아오겠다고 한 걸까? 나는 부엌을 힐끗거렸다. 은형이가 집에 오겠다고 해서?

그렇다면 은형이는 왜 집에 오겠다고 한 걸까? 그의 평소 성격을 생각하면 천영이와 있으려고 했지 혼자 움직이겠다고 할 사람이 아닌데.

아, 모르겠다. 나는 머리카락을 헝클어트리다가 바로 옆에 리모컨이 놓여 있는 것을 발견했다. 습관적으로 텔레비전이라도 틀까 하다가 그대로 멈췄다.

지금 텔레비전에서 시시각각 보도하고 있을 내용이 무엇인지 맞추기는 어렵지 않았다. 수술이 성공적으로 끝났으니 이제 언제 깨어날지에 모든 초점이 쏠려 있을 것이다. 또한 깨어날 수 있을지, 이대로 깨어나지 못하면 어떻게 되는지에 대해서도.

잠시 얼굴을 찌푸리고 있던 나는 이윽고 고개를 돌려 주인이를 바라보았다. 이대로 조용히 있다가는 침묵에 집어삼켜질 것만 같았다.

"주인아."

이불로 하체를 덮고 두 다리를 감싸 안고 있던 그가 이쪽을 돌아보았다.

"응, 엄마."

"왜 갑자기 밥 얘기를 한 거야? 우리 배고프다는 얘기도 안 했는데."

그제야 이쪽을 돌아본 여령이도 작게 고개를 끄덕였다.

눈을 깜빡인 주인이가 천연덕스럽게 대답했다.

"엄마, 그래도 이 집에 오고 싶었던 건 맞잖아."

"아, 응. 그건 그런데."

그런데 설득에 실패했잖아. 내가 말하려던 그때였다.

"은형이한테는 걱정된다, 같이 있어 주고 싶다, 그런 말은 하면 안 돼."

나는 눈썹을 찡그렸다. 내가 되물었다.

"응?"

"은형이 평소 하는 거 봐. 좋은 일이 생기면 불안해하고 오히려 나쁜 일이 생기면 담담하잖아."

그의 말을 들으면서 나는 여전히 이해할 수 없어서 고개를 기울였다. 금색 눈으로 부엌 쪽을 힐긋 본 주인이가 말을 이었다.

"차라리 고집부리고 어처구니없는 걸 요구해야 돼. 배고프다, 밥 차려 달라, 이런 식으로. 은형이는 뭘 해 주는 건 익숙해도 받는 건 부담스러워하는 사람이니까."

"아."

긴가민가했지만 대충 알 것 같기도 했다. 걱정된다는 말에는 꿈쩍도 안 하던 그가 우리가 배고프다는 말에 두말않고 차를 돌렸으니. 나는 고개를 끄덕였다.

그리고 할 애기가 없어 다시 침묵이 흘렀다. 부엌에서는 규칙적인 도마 소리만이 계속되었다. 이불을 웅크려 안고 그쪽을 멍하니 바라보는데, 그 규칙적인 소리에 문득 졸음이 쏟아졌다.

한 번 피로를 느끼자 잠드는 것은 순식간이었다. 발이 미끄러져 벼랑에서 추락하듯 잠이 들었다.

그로부터 얼마나 시간이 흘렀을까. 작은 소음에 다시 눈을 떴을 때는 고요한 정적과 규칙적인 도마 소리는 온데간데없고 격정적인 감정과 팽팽한 긴장만이 사방을 채우고 있었다.

채 눈을 한 번 깜빡이기도 전에 상황이 이상하다는 것을 알아차린 나는 이불을 내리며 고개를 퍼뜩 들었다.

바라본 곳에 은형이와 유천영이 마주 보고 있었다.

"……러니까 돌아가려면 혼자 가. 나는 밀린 집안일 좀 하고 있을 테니까. 물건들은 가져다줄 테니까 걱정하지 말고."

억눌린 목소리로 그렇게 말하던 은형이가 눈을 꾹 감았다 뜨더니 말했다.

"나는 병원에 돌아가고 싶지 않아. 회장님께는 죄송하지만."

"언제 깨어나실지 모르잖아."

대답하는 유천영의 목소리는 담담했다. 안색이 하도 창백하기에 걱정했는데 그래도 아주 절망하고 있던 것은 아니구나 싶어서 마음이 놓였다.

내가 안도의 한숨을 내쉬던 찰나였다.

"네가 거기 있을 거니까 괜찮잖아. 나는 안 가도."

"그래도……."

유천영의 말을 끊고 은형이가 말을 이었다.

"회장님이 깨어나실 때 자리에 없는 건 죄송하게 생각해. 그래도 너뿐만이 아니라 사모님도 계시고 건이 형이랑 신이 형도 곧 올 거고 친척들도 올 거잖아. 그러니까 나 하나쯤 거기 없어도……."

“그래도 너희 아버지 깨어나셨을 때는 너 아닌 다른 사람들은 다 의미 없을 거 아니야.”

유천영이 담담한 목소리로 그렇게 말했을 때, 은형이의 회녹색 눈 안에 파팟 하고 작은 불씨 같은 게 튀는 것을 나는 본 것도 같았다.

그리고 목소리가 높아지는 것은 순식간이었다.

“천영아, 내가 언제 네가 어디 가자는 거, 안 간다고 한 적 있어? 이번만이야, 딱 이번만. 내가—.”

“그럼 이거 하나만 대답해.”

은형이의 말을 뚝 자른 유천영의 목소리는 질릴 정도로 담담했다. 그리고 이어진 물음에 나는 숨을 죽였다.

“너 왜 아까부터, 너희 아버지가 깨어나는 건 배제하고 말해?”

“아…….”

은형이가 무슨 말인가를 하려고 했다가 도로 다물었다. 그런 그를 푸른 눈으로 매섭게 쏘아보며 유천영이 말을 이었다.

“깨어날 거라고 기대도 않는 것처럼.”

“야, 유천영. 아무리 말이라도 그렇지. 그럴 리가…….”

끼어들어 그렇게 말하다 말고 은형이의 표정을 확인한 은지호가 얼굴을 굳혔다. 그도 그럴 게 은형이의 얼굴은 백짓장처럼 새하얗게 질려 있었다.

나도 그제야 병원에서부터 지금까지 은형이가 어머니의 일이 언급되었던 한 번을 제외하면 줄곧 평온한 얼굴이었던 이유를 깨달았다. 수술실 앞을 지키는 대신 오히려 분주하게 움직이던 것도.

하지만 왜? 나는 중얼거렸다. 깨어나는 것을 기대하고 바라는 것이 결코 이상한 일이 아닐 텐데. 은형이는 왜 수술 결과가 나오기도 전부터 손을 놓고 있었단 말인가?

그때 날카롭게 숨을 몰아쉬던 은형이가 이윽고 하, 웃었다. 나는 잠시 내 눈을 의심했다.

그리고 그가 말을 이었다.

"내가 뭘 어떻게 생각하든."

"권은형."

유천영의 낮은 부름을 끊고 그가 신경질적으로 떨리는 목소리로 말을 이었다.

"내가…… 회장님 깨어나시는 것 갖고 왈가왈부한 것도 아니잖아. 나는 회장님만큼은 깨어나실 거라고 믿어. 방금 그렇게 얘기했잖아. 그거면 된 거 아니야?"

그런데 그때였다. 잠시 가라앉은 눈으로 바닥을 보던 유천영이 고개를 내저었다.

"……아니."

은형이의 얼굴이 눈에 띄게 일그러졌다.

"뭐?"

"이번에 너희 아버지랑 우리 아버지랑 같이 사고 났을 때, 난 생각했어."

그리고 이어지는 말에 나는 눈을 크게 뜨고 숨을 죽였다.

"어쩌면 이번에는…… 우리 차례일 수도 있겠다고."

그 말이 끝나자마자 무거운 침묵이 찾아왔다. 이윽고 은형이가 얼굴을 왈칵 구기며 화를 냈다.

"유천영! 너 어떻게 그런 소리를 해."

"저번에는 우리가 운이 좋았던 거잖아. 그렇다면 이번에는 우리가 운이 나빠도, 아니, 그쪽이 공평하겠다고…… 계속 생각했어."

유천영이 창백하게 질린 얼굴로 그렇게 말하고 나서야 나는 그게 막 뱉는 말이 아님을 알았다. 병원에서부터 내내 유천영은 저렇게 생각해서, 그래서 동상처럼 굳어진 채 꼼짝도 못하고 있었던 것이다.

멍하니 있던 나는 은형이의 목소리에 정신을 차렸다. 그가 실핏줄이 불거진 눈으로 유천영을 노려보며 내뱉고 있었다.

"아니, 넌 아니야. 너희 아버지는 아니야."

얼굴을 일그러뜨린 그가 한 자 한 자 씹어뱉었다.

"이번에도 잃어버린다면 나야. 나는…… 이런 상황에서, 한 번도."

"권은형."

"한 번도, 뺏기지 않아 본 적 없는데……."

마지막 말은 어느새 자조로 변해 있었다.

안색이 변한 유천영이 무슨 말을 하기도 전에 박수 소리가 두 사람 사이를 가르고 울렸다.

우리 모두 소리 난 쪽을 돌아보았다. 소란에 정신이 팔린 나머지 누가 집에 들어온 것도 모르고 있었다.

염색한 것이 분명한 결이 안 좋은 금색 머리카락 아래로 유천영과는 조금도 닮지 않은 낙천적인 분위기의 이목구비가 보였다. 눈매만은 조금 닮아 있는 것도 같았다.

"뭐야, 병원도 가기 전에 집부터 들렀더니, 이게 무슨 일이냐."

천영이네 둘째 형, 유신이었다.

그때까지도 천영이를 이글거리는 눈으로 쏘아보던 은형이가 그제야 유신을 돌아보았다. 그러나 인사성이 깍듯한 그가 평소와는 달리 고개도 숙이지 않았다.

아랑곳 않고 유신이 말을 이었다.

"어쩐지, 유건이 무슨 일 날 것 같다고 이쪽부터 가 보라고 하더니."

그 말에 나는 얼굴을 굳혔다. 유건? 대체 그 사람은 예언자야 뭐야. 한국 땅 밟은 지 이제 한 시간도 채 되지 않았을 텐데 벌써부터 이쪽 상황을 예측하고 있었다니.

바로 그때, 굳어 있던 은형이가 마침내 움직였다.

그는 유신을 향해 짧게 목례하더니 곧장 몸을 돌려 현관 쪽으로 나갔다.

아무 신발에나 발을 끼운 그는 곧장 밖으로 나가며 문을 쾅 하고 닫아 버렸다. 쾅 소리가 어찌나 시끄럽게 났던지 한동안 귀가 먹먹했다.

귀를 매만지는 한편, 나는 방금 일어난 일을 믿을 수 없어서 눈을 깜빡였다. 은형이가 천영이에게 소리를 지르고 인사를 하지 않은 것도 모자라 문을 쾅 닫고 나가다니?

잠시 멍하니 있던 나와 여령이는 서로를 돌아보았다.

그리고 우리는 그를 쫓아 현관 밖으로 달려 나갔다.

〈끝나지 않은 '인소의 법칙.'들! 8권에서도 계속됩니다.〉